Danksagung

Mein besonderer Dank gilt meinem Mann und meinen Kindern, die in den letzten Jahren häufig auf meine Aufmerksamkeit verzichten mussten.

Herzlich danken möchte ich meinem lieben Freund Thomas Schimetat, der unermüdlich meine Fehler korrigiert und mich ermutigt und aufgebaut hat, weiterzuschreiben.

Danken möchte ich auch meinem Lieblingsarchäologen Dr. Johann Tinnes, der mir geholfen hat, die Bronzezeit, die eine schriftlose Zeit war, anhand von Literatur und experimenteller Archäologie besser kennen und verstehen zu lernen.

Ganz herzlich danken möchte ich Michael Stefan und seinem Bruder, die es mir ermöglicht haben, einen Einblick in die Mystik längst vergangener Zeiten zu erhalten, die auch heute noch real sein kann.

Besonders danken möchte ich meinem lieben Freund Guido Deussing, ohne den ich diesen Roman nie geschrieben hätte.

Herzlich danken möchte ich meiner Schwester Maria und ihrem Mann Stefan und meinen Freundinnen Brigitte, Sissi und Doris Würz. Sie alle haben mich unterstützt und mir mit Rat und Tat zur Seite gestanden.

Alle Namen, Personen und Gegebenheiten in diesem Roman sind frei erfunden. Ähnlichkeiten mit lebenden oder verstorbenen Personen sind rein zufällig.

Jana starrte den Bildschirm ihres Computers an, ohne etwas wahrzunehmen von dem, was sie sah. Ihre Augen brannten, und der Schmerz in ihrem Kopf ließ jedes Geräusch in ihrer Umgebung zur Qual werden.

Müde stand sie auf und holte sich ein Glas Wasser. Sie nahm zwei Aspirin aus dem Röhrchen in ihrer Handtasche und ließ sie in das Glas fallen. Sprudelnd begannen die Tabletten sich aufzulösen.

Während sie schluckweise die bittere Flüssigkeit trank, wanderte ihr Blick durch das große, helle Büro an der Königsallee, in dem sie als Brokerin arbeitete. Sie konnte nicht mehr verstehen, was sie an diesem Beruf einmal gereizt hatte. War es doch nichts anderes als die brutale Jagd nach dem schnellen Geld, das manch einen ihrer Kunden für immer ruinierte. Der ständige Stress, nur unterbrochen von dem ewig gleichen Getratsche ihrer Kollegen, ging ihr jeden Tag mehr auf die Nerven.

Sie sah auf ihre goldene Armbanduhr, ein Geschenk von Richard. Zwei Stunden musste sie noch durchhalten, bevor ihr Wochenende begann.

Die Zeit bis zum Feierabend verging quälend langsam. Als es endlich fünf Uhr war, nahm sie ihre Handtasche und verließ, so schnell sie konnte, das Büro. Sie stieg in ihr rotes Mercedescoupé und fädelte sich in den dichten Verkehr ein. Die ganze Welt schien an diesem Tag mit dem Auto unterwegs zu sein. Immer wieder stockte der Verkehr auf der Stadtautobahn, bis er schließlich ganz zum Erliegen kam. Der einsetzende Nieselregen war ebenfalls nicht geeignet, Janas Stimmung zu bessern. Die Dächer der farblosen Häuser in der Innenstadt von Düsseldorf gingen nahtlos in den tief hängenden, grauen Himmel über.

Schon als sie ihre Wohnungstür aufschloss, hörte sie das Telefon klingeln. Sie kickte ihre schwarzen Pumps in eine Ecke des kleinen Flurs und ließ sich mit einem tiefen Seufzer in ihren Lieblingssessel sinken, dessen Sitzfläche in der Mitte abgewetzt war und der in keiner Weise zu dem Rest ihrer Möbel passte.

Seit dem Auszug aus ihrem Elternhaus vor acht Jahren hatte sie den schweren braunen Sessel bei jedem Umzug mitgeschleppt. Er gab ihr ein Gefühl der Geborgenheit. Schon als kleines Mädchen hatte sie sich unverletzbar gefühlt, wenn sie sich tief in den Sessel geschmiegt hatte und der herbe Ledergeruch in ihre Nase zog, der noch heute Kindheitserinnerungen wach werden ließ.

Der Anrufbeantworter sprang an. Sie hatte ihn laut gestellt, damit sie hören konnte, wer anrief, bevor sie das Gespräch annahm. Es war Richard.

»Hallo, Süße, bist du schon zu Hause?«, hörte sie seine vertraute Stimme. »Ich wollte dich fragen, ob es bei unserer Verabredung bleibt. Achim und ich würden gerne so früh wie möglich losfahren.«

Er rief noch dreimal an, bevor Jana sich bequemte, den Hörer abzunehmen.

»Richard, sei mir nicht böse, aber ich bin total erledigt, ich glaube, ich werde mein Wochenende auf der Couch verbringen.«

Doch Richard war nicht bereit, auf Janas Gesellschaft zu verzichten.

»Komm schon«, versuchte er sie zu überreden. »Du

verbringst den ganzen Tag im Büro, ein bisschen frische Luft wird dir gut tun. Ich habe eine viel versprechende Stelle gefunden, und die Landschaft im Kyffhäuser ist atemberaubend. Ich habe den Wetterbericht gehört, es soll schön werden.«

Er redete noch eine ganze Weile auf sie ein, bevor sie nachgab. Er hatte Recht, sie musste dringend einmal durchatmen, und das war hier in Düsseldorf unmöglich.

»Schon gut, du hast mich überredet«, lachte sie, ihre Kopfschmerzen hatten nachgelassen und ihr Unternehmungsgeist war zurückgekehrt. »Wann soll es denn losgehen?«

»Ich hole dich morgen früh um acht Uhr ab. Pack deine Zahnbürste ein, wir werden dort übernachten.«

Zufrieden legte er den Hörer zurück auf die Feststation. Er würde Jana das ganze Wochenende bei sich haben. Wie er diese Frau liebte! Was würde er dafür geben, wenn sie ihm ganz gehören würde. Wie so oft schon stellte er sich vor, sie in seinen Armen zu halten, den Duft ihrer weichen Haut einzuatmen und ihren herrlichen Körper mit seinen Händen zu erkunden.

Am nächsten Morgen um halb acht hielt er vor Achims Wohnung.

»Jana kommt auch mit«, sagte er, während er Achims Suchgerät in seinem Jeep verstaute.

»Das kann ja wohl nicht wahr sein«, stieß Achim enttäuscht hervor. »Ich habe mich so auf das Wochenende mit dir gefreut.« Richard war sein bester Freund, er ging gerne mit ihm auf Schatzsuche. Doch die Sucherei war Männersache, Frauen störten dabei nur, und davon abgesehen würde er Richards Aufmerksamkeit mit Jana teilen müssen. Es war einfach nicht dasselbe, wenn sie mitkam. Seit Richard Teilhaber der Consultingfirma war, hatte er kaum noch Zeit, die Wochenenden mit ihm zu verbringen. Und als er dann auch noch Jana kennen gelernt hatte, war es ganz vorbei. Er konnte ihn gut verstehen, Jana war eine tolle Frau, und von solchen Frauen konnte er nur träumen. Frauen wie Jana verliebten sich nicht in kleine rothaarige Männer wie ihn. Schlecht gelaunt setzte er sich auf den Beifahrersitz.

»Ich würde lieber mit dir allein fahren. Frauen stören nur bei der Sucherei, ich habe mich so darauf gefreut, mit dir allein zu sein so wie früher«, maulte er.

Richard tröstete ihn. »Wir werden schon eine Gelegenheit haben, etwas zu unternehmen, ohne dass Jana dabei ist.«

Wie bald diese Gelegenheit kommen würde, konnte er zu diesem Zeitpunkt nicht einmal ahnen.

Der Regen hatte nachgelassen, als sie Düsseldorf hinter sich ließen. Der Himmel klärte sich mehr und mehr auf, je weiter sie Richtung Osten fuhren. Sie kamen gut voran und hielten nur einmal an einer Raststätte an, um etwas zu essen. Jana hatte sich freiwillig nach hinten gesetzt, um Achim nicht noch mehr zu verärgern. Sie wusste, dass er lieber mit Richard allein gefahren wäre.

Nachdenklich betrachtete sie den blonden Mann, der vor ihr am Steuer saß. Richard war der bestaussehende Mann, den sie kannte. Er war fürsorglich, charmant und zuverlässig. Wo er auftauchte, drehten sich die Frauen nach ihm um. Warum konnte sie ihn nicht lieben? Sie hätte keinen besseren Mann finden können.

Am frühen Nachmittag erreichten sie ihr Ziel. Sie waren quer durch Deutschland gefahren in der Hoffnung, hier Regenbogenschüsselchen zu finden. Kleine, gewölbte Goldmünzen aus der Zeit der Kelten, in deren Mitte oft ein Kreuz oder ein stilisiertes Pferd geprägt worden war.

Manchmal wurden sie auf frisch gepflügten Feldern sichtbar und funkelten im Licht der Sonne, in dem sich ein Regenbogen bildete.

»Nur wo der Strahl des Regenbogens die Erde berührt, liegt das Gold der alten Götter«, zitierte Richard gut gelaunt die Legende, während er den schwarzen Jeep sicher durch den dichten Verkehr lenkte.

»Mein Suchgerät ist besser als jeder Regenbogen.« Achim grinste. Er kannte keinen Respekt, schon gar nicht vor alten Geschichten.

Richard fuhr von der Autobahn herunter auf eine schmale Landstraße, die sich endlos durch Felder und Wälder zog, nur unterbrochen durch einige kleine Dörfer, die man als Fremder problemlos miteinander verwechseln konnte. Wären die Skateboard fahrenden Kinder nicht gewesen, die plötzlich vor ihrem Auto auftauchten, hätte man meinen können, die Zeit wäre an diesen Dörfern vorbeigezogen, ohne sie zu beachten. Die wenigen Häuser und Geschäfte drängten sich eng um einen kopfsteingepflasterten Marktplatz, der von einer erdrückend großen Kirche beherrscht wurde.

Die Zahl der entgegenkommenden Autos verringerte sich, je weiter sie fuhren. Richard nahm den Fuß vom Gas und blickte suchend durch das halb geöffnete Fenster. Nach einer Weile fand er, was er gesucht hatte.

»Hier müsste es sein«, sagte er zufrieden. Er bog links in einen kleinen Feldweg ein, der durch einen verwitterten Grenzstein gekennzeichnet war, und parkte den Wagen am Rand einer brachliegenden Wiese. Topografische Karten hatten ihn auf diese Ringwallanlage aufmerksam gemacht.

Mit steif gewordenen Beinen stiegen sie aus dem Auto und holten Rucksäcke, Klappspaten und Suchgeräte aus dem Kofferraum. Eine gespannte Erwartung lag auf den Gesichtern der drei Menschen, die hierher gekommen waren, um nach stummen Zeugen der Vergangenheit zu suchen. Der Himmel war strahlend blau, und frischer Wind blies ihnen ins Gesicht, als sie in verschiedene Richtungen aufbrachen.

Nur ein geschultes Auge konnte die Reste des Ringwalls erkennen, der aus grauer Vorzeit stammte. Das Bauwerk war größer als erwartet, die Zeichen seiner Existenz im Laufe der Zeit mehr und mehr verblasst. Wo einst Wehranlagen in den Himmel ragten, zeugten jetzt nur noch Unebenheiten in der Erde von einer längst vergessenen Kultur.

Jana hatte sich bewusst von ihren Begleitern getrennt, um Achim die Möglichkeit zu geben, Richard eine Weile für sich zu haben, aber auch um endlich einen klaren Kopf zu bekommen.

Glücklich darüber, der abgasgetränkten Stadtluft Düsseldorfs entkommen zu sein, sog sie die klare, würzige Luft des erwachenden Sommers tief in ihre Lungen und freute sich über das freie Wochenende, das vor ihr lag. Der Wind, der ihr durch die langen blonden Haare strich, verstärkte das Gefühl von Freiheit, das sie auf den sanft ansteigenden grünen Hügeln vor Nebra verspürte. Während sie langsam, ihren Metalldetektor vor sich her schwenkend, über die lang gezogene Erhebung lief, fielen die Anspannungen der letzten Wochen von ihr ab.

Dass sie heilige Erde betreten hatte, konnte sie nicht wissen. Es war auch nicht wichtig. Die alten Götter waren längst vergessen. Vor langer Zeit beherrschten sie Bäume, Erde, Wasser und Himmel, selbst die Steine waren von ihnen bewohnt gewesen. Heute aber kannte sie niemand mehr.

Unbemerkt wie ein dichter werdender Schleier senkte sich die Dämmerung über den lichten, noch jungen Wald. Die Entfernung zwischen Jana und ihren beiden Begleitern wurde größer, als Jana sich, einer inneren Stimme folgend, nach Süden wandte. Der scharfe Ostwind, der den aufsteigenden Vollmond begleitete, trieb ihr die Tränen in die Augen.

Sie genoss es allein zu sein. Sie brauchte Zeit zum Nachdenken und war froh darüber, dem stillen Vorwurf in Richards Augen für eine Weile entkommen zu sein. Sie liebte seine ruhige Zuverlässigkeit, aber etwas fehlte. Wenn sie nur wüsste, was es war? Es wäre unfair gewesen, ihn zu heiraten, obwohl sie es hasste, ihn zu verletzen.

Am Rande der abgeernteten Felder, auf die sie zulief, konnte Jana einen kleinen Wald und eine Hügelkette ausmachen. Schwarz und geheimnisvoll stachen sie von dem helleren Himmel ab. Kleine Tiere huschten an ihr vorbei und durchbrachen die Stille dieses historischen Ortes.

Nach und nach verschwand die Umgebung aus Janas Bewusstsein. Die gleichmäßige Bewegung, mit der sie ihr Suchgerät hin und her schwenkte, ließ sie ruhiger werden. Ihr Blick richtete sich auf den von niedrigen Gräsern und wilden Kräutern bewachsenen duftenden Boden, der unter ihren Schritten nachgab. Ihre Gedanken kreisten jetzt nur noch um die Suche nach Funden längst vergangener Zeiten. Anders als es bei Achim und Richard der Fall war, galt ihr Interesse weniger dem Gold, das hier vielleicht zu finden war, als vielmehr den stillen Zeugen der Geschichte, die Generationen von Menschen hier hinterlassen hatten.

Ihre Begleiter waren längst in der Dunkelheit verschwunden, als ein leises Signal ertönte. Jana brauchte einige Sekunden, bis sie begriff, dass es aus ihrem Suchgerät kam.

Ein Blick auf das Display ließ ihre Hände vor Aufregung zittern. Gold! Die Nadel zeigt Gold! Sie konnte es kaum glauben. Nie vorher hatte sie Gold gefunden. Erneut schwenkte sie den Detektor über die Stelle, um den unbekannten Metallgegenstand genauer orten zu können. Wieder ertönte das Signal, und die Nadel zeigte erneut Gold an. Sie bückte sich und zog eine kleine Maurerkelle und einen Schraubendreher aus ihrer dicken gesteppten Weste. Geschickt schob sie die obere Humusschicht beiseite und griff nach ihrem Schraubendreher, um den darunter liegenden härteren Boden aufzulockern. Sie konnte es kaum erwarten, ihren Fund in die Hände zu bekommen. Ihr Herz begann zu rasen. Was hatte sie wohl gefunden? Vielleicht ein goldenes Collier? Oder sogar eine Amphore gefüllt mit Goldmünzen? Schnell arbeitete sie weiter und beförderte immer mehr Erde aus dem größer werdenden Loch. Sie war ungefähr dreißig Zentimeter tief im Boden, als der Schraubendreher auf etwas Hartes stieß und dabei ein kratzendes Geräusch machte. Vorsichtig entfernte sie die letzten Erdklumpen, die sich noch zwischen ihr und dem unbekannten Metallgegenstand befanden. Sie konnte nicht genau erkennen, was da in dem dunklen Loch vor ihr lag. Es sah aus wie ein großer, alter Teller. Enttäuscht legte sie den Schraubendreher zur Seite. Einen etwas spektakuläreren Fund hatte sie schon erhofft. Mit der Hand wischte sie den Rest Erde von dem runden Metallstück. Noch immer konnte sie nicht viel von dem erkennen, was dort vor ihr lag. Sie griff nach ihrer Taschenlampe und richtete den Lichtstrahl auf das Loch. Was sie jetzt sah, ließ ihr beinahe den Atem stocken.

Mond und Sterne glänzten ihr golden entgegen.

Ein Schauer rann durch ihren Körper. Obwohl es mittlerweile ziemlich kalt geworden war, lief ihr der Schweiß von der Stirn. Eine seltsame, unwirkliche Stimmung hatte sich über den Wall gelegt. Ihre Hände zitterten, als sie den runden Gegenstand aus der weichen Erde zog. Er war schwerer als erwartet. Voller Stolz betrachtete sie ihren Fund. Etwas Geheimnisvolles strömte von ihm aus. Es war ihr erster großer Fund – wie alt mochte der Gegenstand sein? Sanft strich sie über den runden Mond, der in die Scheibe eingelegt war und sich weich und glatt anfühlte, ebenso die Sterne, die in verschiedenen Gruppen um den Mond angeordnet waren. Etwas Ähnliches hatte sie noch nie gesehen, obwohl sie seit Jahren ihre gesamte Freizeit der Sucherei widmete. Dazu hatte sie Unmengen von Büchern über Bodenfunde aus verschiedenen Epochen gelesen.

Ihr Herz hämmerte wie nach einem Marathonlauf. Tief sogen ihre Lungen die kalte Luft ein, und Gedanken sprangen kreuz und quer durch ihren Kopf, während ihre Hände sich fest um das kalte Metall schlossen. Ein eisiges Gefühl durchfuhr sie, kroch unaufhaltsam ihren Körper hoch.

Sie fühlte, dass sie nicht länger allein war. Beunruhigt sah sie sich um, konnte aber niemanden entdecken.

»Richard, Achim, seid ihr es?«, rief sie fragend in die Dunkelheit. Niemand antwortete. Es war jetzt so still, dass Jana ihren Atem hören konnte.

Ihr Blick wurde von einer allein stehenden, noch jungen Esche angezogen. Schwärzer als die Hölle und sonderbar glänzend, bewegte sich etwas Unheimliches in dem Baum, genau an der Stelle, wo die Äste sich teilten.

Die Angst packte Jana mit einer Wucht, die ihr Luft nahm. Zitternd starrte sie das schwarze Ding in dem

Baum an. Sie spürte die Macht, die von ihm ausging, körperlich. Etwas, das mächtiger war als alles, was sie kannte, und sie begriff, dass es ein Fehler gewesen war, die Sternenscheibe dem Schutz der Erde zu entreißen. Wahrscheinlich hatte sie Tausende von Jahren dort gelegen, sicher vor den gierigen Augen der Menschen verborgen. Die furchtbare Angst in ihr ließ sie erstarren. Sie spürte, dass ein Kampf stattfand. Ein Kampf, in dem sie selbst nicht wichtiger war als ein Staubkorn.

Ein Hirschkopf schälte sich aus dem Baum. Er hatte beinahe menschliche Gesichtszüge. Sein riesiges Geweih ging in die Äste der Esche über.

Eine Ewigkeit schien vergangen zu sein. Jana wagte kaum noch zu atmen. Sie glaubte, die furchtbare Angst nicht eine Sekunde länger ertragen zu können. Die Stille um sie herum zerrte an ihren Nerven. Das Blut in ihren Ohren rauschte immer stärker, bis es wie ein reißender Fluss durch ihre Adern donnerte. Ihr Kopf schien zu platzen. Sie sehnte die herannahende Ohnmacht herbei, in die sie sich fallen lassen konnte.

Wie aus dem Nichts senkte sich eine Aura aus Licht über den Baum. Janas Angst verschwand augenblicklich, und Sehnsucht nach dem überirdisch leuchtenden Licht ergriff Besitz von ihr. Der Wunsch und die Sehnsucht nach diesem Licht wurden übermächtig. Sie wollte aufspringen und hineinlaufen, doch es war ihr unmöglich, sich zu bewegen. Das Licht kam näher, löste sich von dem Baum, kam direkt auf Jana zu.

Dann geschah das Unglaubliche, vom Schicksal Vorherbestimmte, Unabänderliche. Es geschah ohne Vorwarnung. Ein gleißender Mondstrahl schoss auf die Scheibe, und heiße Stromschläge rasten durch Janas Körper. Amethystfarbene Blitze sprühten aus der Scheibe und tauchten den Wall für einige Augenblicke in ein gespenstisches Licht. Jana wurde zum Spielball der Gewalten, war zum bloßen Zuschauen verdammt. Pulsierendes Blau umhüllte ihre Hände. Sie fühlte weder Schwere noch die Hitze, die sich in konzentrischen Wellen von der Scheibe ausbreitete. Hilflos bemerkte sie, wie ihr Körper sich in Milliarden winziger Teile auflöste, die wie silbrige Perlen in dem schimmernden Nebel, der sie umgab, versanken.

Stimmen von Millionen von Menschen aus Tausenden von Jahren flüsterten ihr zu. Die alles umfassende, unbegreifbare Zeitdimension war fest verwoben mit der Vergangenheit, der einen Herzschlag dauernden Gegenwart und der Zukunft. Gedanken vermischten sich mit Handlungen, Hoffnungen, Träumen. Die Zeiten flossen ineinander, verloren sich in dem schimmernden Nebel. Geburt und Tod umarmten sich, wurden eins.

Der wunderbare, schreckliche, immerwährende und vollkommene Gesang der Elemente begleitete sie in den Sog aus Zeit und Raum. Er zog sie tiefer und tiefer, saugte sie in seinen Schlund. Alles drehte sich, dann verlor sie das Bewusstsein. Das Letzte, was sie wahrnahm, war die Scheibe, auf der die Sterne und der Mond golden glänzten und die sie fest in ihren sich auflösenden Händen hielt.

Richard fuhr erschrocken herum, als ihn ein Lichtstrahl von der Seite direkt ins Auge traf. Das gesamte Areal hinter ihm war in violett gefärbtes Licht getaucht. Kleine Blitze sprangen zuckend hin und her. Das Licht kam aus der Richtung, in der Jana vor wenigen Minuten – oder war es länger her – verschwunden war.

»Ich habe schon wieder eine gefunden, heute ist mein Glückstag!«, stieß Achim freudig hervor und grub ein weiteres Regenbogenschüsselchen aus. Er steckte die kostbaren Funde in seine Hosentasche und kümmerte sich nicht um das, was um ihn herum geschah. Liebhaber würden ein kleines Vermögen für die Münzen zahlen, die er gerade aus dem Boden holte. Er war so sehr in seinem Element, dass er die Welt um sich herum vergaß.

Richard, der das Interesse an der Schatzsuche verloren hatte, beobachtete nachdenklich die Phänomene, die er zunächst einem Gewitter zuschrieb. Woher kamen die Blitze? Es war kein Unwetter gemeldet worden. Der Himmel war sternenklar. Nach wenigen Augenblicken war der Spuk vorbei. Er versuchte, die Dunkelheit mit seinen Blicken zu durchdringen und Jana zu erspähen. Vergeblich. »Jana!«, rief er in die Dunkelheit hinein. Keine Antwort. Er wiederholte seinen Ruf, doch es kam keine Antwort. Seine Stimme wurde lauter, drängender. Langsam machte er sich Sorgen. Ob ihr etwas passiert war?

Achim hockte noch immer einem Frosch ähnlich über dem Boden und zerbröselte kleine Erdklumpen mit seinen Fingern, um sich auch nicht den kleinsten Fund entgehen zu lassen. Eine dunkle verkrustete Münze kam zum Vorschein, die er zu den anderen in die Tasche steckte.

»Hör sofort auf!«, zischte Richard, der sich mit Achims Geldgier noch nie hatte anfreunden können. Doch Achim suchte weiter. »Du sollst damit aufhören!«, verlangte Richard barsch und zog Achim hoch. »Hast du die Blitze nicht gesehen?«, wollte er wissen.

»Was für Blitze?«, entgegnete Achim, den Blick immer noch in der Hoffnung, mehr zu erspähen, fest auf den Boden gerichtet. »Was interessieren mich deine Blitze? Eine so gute Stelle hatten wir schon lange nicht mehr. Ich glaube, ich bleibe die ganze Nacht hier und drehe alles auf links, bevor uns jemand zuvorkommt. Ich habe schon sechs Regenbogenschüsselchen gefunden, und hier liegen garantiert noch mehr.«

Richard packte Achim an der Jacke.

»Hör auf, um dich selbst zu rotieren. Markiere dir die Stelle und lass uns Jana suchen. Ich habe ein ungutes Gefühl. Vielleicht ist ihr etwas passiert.« Aufsteigende Panik schwang in seiner Stimme mit und ließ sie leicht vibrieren.

»Ach, die kann gut auf sich selbst aufpassen, die braucht keinen Babysitter«, entgegnete Achim und wollte sich wieder hinhocken, als er Richards wütenden Blick spürte. Er zögerte. Etwas in der Stimme seines Freundes irritierte ihn. Konnte es sein, dass Richard tatsächlich Angst hatte?

»Schon gut, ich komme mit«, gab er nach.

Er ließ seinen Metalldetektor liegen, um die Stelle leichter wiederzufinden, und stapfte ärgerlich über die Unterbrechung hinter dem fast zwei Köpfe größeren Richard her, der mit energischen Schritten auf die Stelle zulief, an der er Jana vermutete. Den Blick hielt er finster auf den Boden gerichtet, der so viele Schätze barg. Er hatte es ja gewusst, sobald eine Frau mitkam, gab es immer nur Ärger, und es war unmöglich, in Ruhe zu suchen. Davon abgesehen konnte er nicht verstehen, warum Richard so viel Wert darauf legte, dass Jana ständig mitfuhr, wo die Schatzsucherei doch reine Männersache war. Schon als Kinder hatten sie die Felder nach Schätzen abgesucht. Es hatte einfach mehr Spaß gemacht ohne Jana.

Auf dem Ringwall angekommen, hielten sie inne. Es herrschte absolute Stille. Selbst der scharfe Wind, der eben noch Bewegung in die Landschaft geblasen hatte, schien den Atem angehalten zu haben. Ein leichter Geruch von verbrannter Erde und angesengtem Gras stieg in ihre

Nasen. Der Mond erhellte gleichmütig den Wall und die wenigen Bäume und Sträucher, die darauf standen. In Richard kroch ein mulmiges Gefühl hoch. Hier stimmte etwas nicht. Es war zu still. Von Jana war nichts zu sehen. Er suchte die Umgebung mit der Taschenlampe ab. Keine Spur von Jana.

»Es muss ihr etwas zugestoßen sein.« Die Angst um Jana, die er über alles liebte, schnürte ihm die Kehle zu. Nie würde er den Abend vergessen, an dem er ihr feierlich den keltischen Liebesring überreicht und sie gefragt hatte, ob sie ihn heiraten wolle. Sie hatte ihn nur traurig angesehen und leise geantwortet: »Es wäre nicht fair, wenn ich dich heirate, ich liebe dich, aber nicht so, wie man seinen Mann lieben sollte, sondern wie einen Freund. Es tut mir Leid, doch ich kann dir keine andere Antwort geben, obwohl es niemanden gibt, mit dem ich meine Zeit lieber verbringe als mit dir.«

Er hatte die Welt nicht mehr verstanden, trotzdem genoss er jede Minute, die er mit Jana verbringen konnte. Er hatte die Hoffnung nicht aufgegeben, Jana eines Tages doch noch für sich gewinnen zu können.

»Sieh mal dort!«, unterbrach Achim seine Gedanken. Etwas Metallenes hatte den Lichtstrahl der Taschenlampe reflektiert. Beide liefen darauf zu, diesmal Achim voran.

»Janas Suchgerät, es ist noch eingeschaltet.« Instinktiv nahm er das Gerät auf. Da ertönte auch schon ein Signal. Im gleichen Augenblick entdeckte er das Loch, das Jana zuvor gegraben hatte.

»Sie muss etwas Außergewöhnliches gefunden haben!«, stieß Achim fast euphorisch hervor. »Ich würde zu gern wissen, was es ist.« Ohne sich weiter Gedanken um das Schicksal von Jana zu machen, nahm er seine Suche wieder auf. Schnell und routiniert sondierte er Tiefe und

Größe des Metalls unter ihm und zog einen Klappspaten aus seinem Militärrucksack. Rasch befreite er den Fund von der störenden Erde, und innerhalb weniger Minuten hatte er ihn freigelegt.

Überrascht sah Richard, dass Achim ein Schwert aus dem Boden zog und es mit einem triumphierenden Aufschrei über seinem Kopf schwang. Zur Kontrolle sondierte er noch einmal den Boden, um sich zu vergewissern, dass er nichts übersehen hatte. Wieder ertönte ein Signal. Achim bückte sich und zog nach kurzer Zeit ein zweites Schwert aus dem Boden.

»Zeig mal her«, forderte er Achim auf. Achim reichte ihm eines der Schwerter. Was er sah übertraf alle seine Erwartungen.

»Das ist unglaublich. Ein Vollgriffschwert aus Bronze.« Fasziniert drehte Richard das Schwert in seiner Hand und betrachtete es von allen Seiten. Es war ungefähr fünfzig Zentimeter lang und komplett aus Bronze. In den Tausenden von Jahren, die es in der Erde gelegen hatte, hatte sich eine dunkelgrüne Patina auf das Schwert gelegt. In der Mitte befand sich eine lange Gussnaht. Rechts und links daneben zogen sich Fäden aus Gold bis zu der Spitze des Schwerts. Der schmale, längliche Griff endete in einem aufgesetzten Hut und war durch zackenförmige Ritzungen ringsum verziert worden.

»Das hier ist kein keltisches Schwert«, sagte er zögernd, während seine Finger vorsichtig über das glatte Metall strichen. »Es sieht älter aus. Wenn ich mir den Griff anschaue, würde ich meinen, dass es aus der Bronzezeit stammt. Auf jeden Fall ist es wesentlich älter als die Münzen, die wir hier gefunden haben.«

Er kam nicht dazu, seiner Freude über den sensationellen Fund weiteren Ausdruck zu verleihen. Noch einmal geschah das Unfassbare. Kräftige Mondstrahlen wurden wie Speere auf die Schwerter geschleudert. Richard und Achim spürten Stromschläge heiß durch ihre Körper zucken. Violette Blitze sprangen um die Schwerter und erhellten wieder den Wall. Die beiden Männer sahen fassungslos zu, wie ihre Körper sich auflösten. Dann wurden auch sie, von dem zeitlosen Gesang der Elemente begleitet, in den Sog aus Zeit und Raum gerissen.

Die drei Sucher waren verschwunden.

Bauer Kowatzki war der einzige Mensch, der die Blitze und das seltsame Licht ebenfalls gesehen hatte. Wie jeden Mittwoch war er zum Skatspielen in seine Stammkneipe gefahren und hatte kräftig mit seinen Kameraden gebechert. Er fuhr gerade mit seinem Fahrrad auf dem kleinen Wirtschaftsweg hinter der Erhebung nach Hause, als er die Blitze sah. Fröstelnd trat er schneller in die Pedale. Es war kein Unwetter gemeldet, hoffentlich fing es nicht auch noch an zu regnen. Schwerfällig zogen die Gedanken durch sein von Alkohol umnebeltes Gehirn.

Nach und nach kehrte Janas Bewusstsein zurück. Es war, als würde sie aus einem tiefen Traum erwachen. Ihr gesamter Körper fühlte sich fast taub an. Nur langsam kehrte die Empfindung in ihre bleischweren Glieder zurück. Das unangenehme Gefühl des Nichts wich einem dumpfen Schmerz, der sich überall zu befinden schien, vor allem aber in ihrem Kopf. Vergeblich versuchte Jana, ihre trockenen Lippen mit der Zunge zu befeuchten. Sie öffnete ihre Augen, konnte aber nur verschwommene Umrisse wahrnehmen. Nach einer Weile schälten sich immer klarer werdende Konturen aus dem Nebel heraus.

Ihr Blick fiel auf die ausladende Krone einer riesigen

alten Eiche, deren Stamm so mächtig war, dass drei erwachsene Männer ihn nicht hätten umfassen können. Die Sonne schien warm durch das dichte Blätterdach der Baumkrone, und die Vögel zwitscherten so fröhlich, dass es wie ein Morgengruß klang. Unbekannter Blumenduft vermischte sich mit den wild wachsenden Kräutern und einem Hauch von Verwesung und Vergänglichkeit, der wie eine Drohung über der hellen Lichtung hinter den Eichen lag.

Verwirrt und benommen strich sie sich eine Haarsträhne aus dem Gesicht und stand auf. Der Ringwall und die Felder waren verschwunden. Sie befand sich mitten in einem wild gewachsenen Eichenhain. Aber nicht nur die Pflanzen in ihrer Umgebung hatten sich verändert. Es war viel wärmer geworden. Und es war heller Tag. Ihre Gedanken überschlugen sich. Was war mit ihr geschehen? Wie war sie hierher gekommen? Sie drehte sich um und ließ ihren Blick über die fremde Umgebung streifen in der Hoffnung, eine Antwort zu finden.

Der Eichenhain wirkte idyllisch und friedlich. Ein kleines Eichhörnchen flitzte einen Baum hinauf. Neugierig sah es auf sie herunter. Bewunderung für die majestätischen Bäume, die für die Ewigkeit gewachsen schienen, erfüllte sie trotz ihrer Benommenheit. Die weit ausladenden Kronen hatten sich zu einem natürlichen Dach verflochten und erinnerten an einen Tempel. Ihr Blick fiel auf eine kleine Quelle, neben der die vor Kraft strotzenden, gewaltigen Eichenstämme wie stumme Wächter standen. Durstig lief sie zu dem Wasser, das in dem warmen Sonnenlicht glitzerte. Schattenlichter tanzten auf der silbernen Oberfläche. Mit den Händen schöpfte sie das kühle Nass und ließ es über Gesicht und Hals laufen. Als sie erfrischt aufstand, entdeckte sie einen kleinen Pfad, der sich zwischen den Bäumen hindurchschlängelte und im Wald verschwand. Unentschlossen ging sie darauf zu.

Ich muss Richard finden. Der Gedanke an seine kluge Art, die Sicherheit und Geborgenheit ausstrahlte, tröstete sie ein wenig. Sie beschloss, den schmalen Pfad zu nehmen, und war erst wenige Meter gelaufen, als ein lautes Rascheln und das Knacken brechender Äste im Unterholz sie aus ihren Gedanken riss. Was war das? Erschrocken blieb sie stehen und drehte den Kopf in die Richtung, aus der die Geräusche kamen. Tiefes, wütendes Gebrüll kam bedrohlich schnell immer näher auf sie zu. Die eisige Angst, die in ihr hochkroch, lähmte sie. Ein riesiger Bär brach direkt vor ihr aus dem Unterholz. Fassungslos sah sie zu, wie er brüllend auf sie zustürmte. Er war verwundet und stutzte knurrend, als er sie bemerkte. Seine kalten, grausamen Augen musterten sie böse. Blut quoll aus einer hässlichen offenen Wunde an seiner linken Seite, als er sich schwer atmend aufrichtete. Dampfender Aasgeruch entströmte seinem großen Maul mit den scharfen, gelben Zähnen und schlug ihr ins Gesicht. Jana wurde übel, trotzdem konnte sie nicht aufhören, den Bären anzustarren. Für einen Moment sah es aus, als überlege er. Dann siegte seine Wut über die seltsamen Zweibeiner, die ihn jagten und ihm Schmerzen zugefügt hatten.

Er war gerade im Begriff, sich auf die wehrlose Jana stürzen, als eine Lanze durch die Luft schwirrte und ihm die Kehle zerriss. Der Bär bäumte sich ein letztes Mal auf, und tiefe, verwunderte Traurigkeit stand in seinen Augen. Der Todeskampf dauerte nur kurze Zeit. Nach einem letzten verzweifelten Laut brach das gewaltige Tier zusammen und blieb regungslos liegen. Helles Blut färbte das Gras rot und sickerte in den weichen Waldboden.

Lautlos betrat Balder, der Jäger, die Lichtung. Obwohl

er den Bären getroffen hatte, schäumte er vor Wut. Es war kein guter Tag gewesen. Seit dem frühen Morgen war er mit seinen Männern auf der Jagd, ohne Erfolg zu haben. Ein mächtiger Hirsch hatte ruhig grasend vor ihm und seinen Jägern gestanden. Er war gerade dabei, den Bogen zu spannen, als Cai, einer seiner Jagdgenossen, auf einen Ast getreten war, der laut knackend unter seinem Fuß zerbrach. Der Hirsch hatte die Flucht ergriffen, noch bevor sein Pfeil ihn treffen konnte, und war als Jagdbeute verloren. Als sie dann der Fährte eines Bären folgten, hatte Cai seinen Pfeil zu früh abgeschossen und das Tier nur verwundet.

Es war gegen ihre Regel, die besagte, dass bei größerem Wild alle Männer gleichzeitig schossen, um die Chancen zu erhöhen, das Tier zu erlegen. Seit langem wusste Balder, dass Cai ihn aus vollem Herzen hasste und ihm seine Jagderfolge missgönnte.

Der Bär war rasend vor Angst und Schmerz in Richtung der heiligen Quelle gestürmt, die nicht weit von ihrem Dorf entfernt war. Balder bekam Angst um die Dorfbewohner und um sein kleines Mädchen, das so gerne in den Wald lief. Zu gut kannte er die Gefahr, die von einem verwundeten Bären ausging. Er stürmte hinter dem verletzten Tier her, ohne auf Dornen zu achten, die seine Kleider zerrissen und ihm lange und tiefe Kratzer zufügten. An der Quelle hatte er ihn endlich eingeholt.

Mit Entsetzten sah er das Tier, das sich aufgerichtet hatte und im Begriff war, sich auf eine junge Frau zu stürzen, die starr vor Angst nur wenige Meter von ihm entfernt stand. Er zwang sich, ruhig zu atmen, hatte nicht mehr die Zeit, den Bogen zu spannen. Der Bär drehte ihm die rechte Seite zu. Es gab nur eine Chance, die Frau zu retten. Laut den Namen seines Jagdgottes Cernunnos rufend, schleuderte er seine Lanze auf den Bären und traf ihn in die Kehle.

Unfähig, sich zu bewegen, stand Jana an der gleichen Stelle wie vorher und begriff nicht, das sie längst in Sicherheit war.

Den gespannten Bogen in der Hand, lief der Jäger vorsichtig auf den riesigen Bären zu. Erst als er sicher sein konnte, dass der Bär tot war, beugte er sich über ihn. Mit einem kräftigen Ruck zog er die blutige Lanze aus dem Kadaver und wischte sie am Gras ab. Dann erst ging er verwundert auf Jana zu.

Die Frau war so groß wie er. Lange, goldene, aus den Strahlen der Sonne gewebte Haare umrahmten ihr schmales Gesicht. Schweigend hob sie ihren Blick und sah ihn aus großen turmalinblauen Augen an. Der Himmel schien zu verblassen neben diesen Augen. Überwältigt vor Staunen und Ehrfurcht sank er auf die Knie.

»Corventina, Muttergöttin, wie kann ich dir dienen?«, stammelte er fassungslos über das Glück, dass ausgerechnet ihm die Göttin erschienen war. Er sprach eine raue, fremd klingende Sprache. Jana sah zögernd auf den Jäger hinunter. Sie war immer noch wie gelähmt vor Schreck. Er sah gut aus, die eckigen, fast schon zu breiten Wangenknochen harmonierten mit dem schmalen Mund und der geraden Nase. Unter einem einfachen Lederwams trug er ein knielanges, grob gewebtes blaues Hemd. Darunter schauten halblange, zerrissene Hosenbeine hervor. Seine durchbrochenen Ledersandalen waren dunkel und speckig. Über der Schulter hing ein Köcher aus Leder, in dem einige Pfeile steckten. An dem breiten, mit Strichmuster verzierten Ledergürtel war eine gefütterte, hölzerne Scheide befestigt, die durch ein Bronzeortband zusammengehalten wurde. Der Griff eines Schwertes schaute daraus hervor. Ein lederner Beutel und ein Dolch vervollständigten seine Ausrüstung.

Die drei Männer, die nacheinander aus dem Dickicht hinter ihm getreten waren, starrten sie ebenfalls verblüfft an. Sie waren in grobe Stoffgewänder gekleidet und mit Speer und Bogen bewaffnet.

Das war zu viel! Die Männer, die aussahen, als kämen sie aus einer längst vergangenen Zeit, der tote Bär, die blutige Lanze, dies alles war wie ein Albtraum, aus dem es kein Entrinnen gab. Ohne weiter nachzudenken, drehte Jana sich um und rannte den kleinen Pfad hinunter, erfüllt von der Hoffnung, zurück zum Jeep zu gelangen.

Ich muss Richard und Achim finden, war ihr einziger Gedanke.

Nach wenigen Minuten erreichte sie den Waldrand. Außer Atem, mit brennenden Lungen trat sie aus dem Wald und blieb verblüfft stehen. Vor ihr lag ein kleines, fremdartig aussehendes Dorf mit rechteckigen Häusern, geschützt durch einen Erdwall und eine Umfriedung aus Holz. Von weitem drangen Kinderstimmen und Hundegebell an ihr Ohr. Enttäuscht starrte sie auf das Dorf. Wo war der Jeep? Und wo waren ihre Begleiter?

Der Jäger, der ihr gefolgt war, blieb dicht hinter ihr stehen. Sein Atem ging ruhig, während er sie aus schmalen, zusammengekniffenen Augen aufmerksam musterte. Er hatte sich geirrt. Sie war keine Göttin, sondern nur eine verängstigte Frau, die mit erschrockenen, weit aufgerissenen Augen vor ihm stand. Woher mochte sie gekommen sein? Und diese seltsame Kleidung, die sie trug. Eine blaue enge Hose, darüber ein langärmeliges Hemd und eine dicke Weste, deren Taschen sich beulten. Sein Blick blieb an ihren goldenen Haaren hängen, die ihn faszinierten. Sie war wunderschön. Egal, woher sie kam und wer sie war: Er hatte sie gefunden, deswegen gehörte sie ihm.

Besitzergreifend nahm er ihre Hand und zog sie wortlos hinter sich her in sein Dorf. Jana gab auf. Willenlos ließ sie sich mitziehen.

Zwischen den einzelnen Häusern standen runde Hütten, die mit Holzschindeln gedeckt waren. Eine kleine Hütte auf Holzstelzen sah düster auf sie herunter. Jana erschauerte, als sie die von der Sonne gebleichten Tierschädel entdeckte, die an beiden Seiten des schmalen Eingangs befestigt worden waren. Dicke, bunt schillernde Fliegen saßen dicht gedrängt darauf. Eine schmale, in einen Baumstamm geschlagene Treppe führte zu dem finsteren Eingang hinauf, der von einer kleinen Tür versperrt wurde. Beißender Qualm stieg ihr in die Augen, als sie an einem kaminähnlichen, nach oben spitz zulaufenden Ofen aus Lehm vorbeiliefen. Als sie weitergingen, kamen sie an einem mit Weidengeflecht umzäunten Pferch vorbei, in dem neun Ferkel aufgereiht wie eine Perlenkette neben ihrer Mutter lagen und zufrieden grunzten. Sie waren kleiner als die Schweine, die sie kannte.

Schmutzige, halb nackte Kinder rannten ihnen fröhlich kreischend entgegen. Frauen in bunt gemusterten, bis zu den Knöcheln reichenden Gewändern traten neugierig aus ihren Häusern. Aus einigen der mit Stroh gedeckten Dächern wehten Rauchfahnen, die wie ein wärmender Pelzmantel schützend über den schlichten Holzhäuser lagen.

Irgendetwas passte nicht, verstärkte die Unwirklichkeit dieser Situation. Jana blickte sich suchend um, versuchte, sich zu konzentrieren. Sie kniff die Augen zusammen und runzelte die Stirn, um besser nachdenken zu können. Ihr Gehirn arbeitete auf Hochtouren. Was war es bloß, was hier nicht stimmte? Ein Gedanke schoss ihr durch den Kopf. Er war so ungeheuerlich, dass sie kaum wagte weiterzudenken. Sie lauschte angestrengt, legte den Kopf schief, um besser hören zu können. Das war es! Nicht das kleinste vertraute Motorengeräusch war zu hören. Es gab kein klingelndes Telefon, keinen Fernseher, der lief, nicht einmal ein Radiosender plärrte die unvermeidliche Werbung heraus für ein Produkt, das, wenn man erst einmal von ihm erfahren hatte, für die Zukunft unverzichtbar geworden war.

Ungläubig starrte Jana die Frauen an. Ihr Verstand weigerte sich zu begreifen, was ihre Augen sahen.

Sie kramte nach ihrem Handy. Kein Empfang, dabei hatte sie es extra gestern aufgeladen.

Die Neuigkeit, dass die Männer eine fremde Frau mit goldenen Haaren mitgebracht hatten, verbreitete sich rasend schnell. Immer mehr Menschen betraten den großen Platz, der sich in der Mitte des Dorfes befand. Die Dorfbewohner, zu denen sich mittlerweile auch die Männer gesellt hatten, starrten Jana wortlos und fasziniert an.

Die Stille über dem Dorfplatz war erdrückend und wurde nur durch das Summen einiger aufdringlicher Bremsen unterbrochen.

Nach einer Weile traten die Menschen auseinander und machten ehrfürchtig einem kräftigen Mann mittleren Alters Platz, der mit energischen Schritten auf sie zukam und sie aus dunklen, kalten Augen misstrauisch musterte. Über seinem für diesen Tag viel zu warmen, bunt gemusterten Umhang glänzte einen goldener Brustschmuck, der aus immer drei aneinander hängenden, mit Kreisen verzierten Scheiben bestand. Ein kostbarer gedrehter Goldreif lag um seinen dicken, kurzen Hals.

Verzweifelt versuchte Jana, dem kalten, durchdringenden Blick standzuhalten.

»Wer bist du, Frau, dass du ohne Begleiter in unser Dorf kommst?« Ungeduldig wartete er auf Antwort, ohne sie dabei aus den Augen zu lassen. Er sprach die gleiche Sprache, die schon der Jäger benutzt hatte. Wie kam es, dass sie diese Sprache verstehen konnte? Janas Gedanken liefen im Kreis. Die Ereignisse der letzten Stunden forderten ihren Tribut. Starker Schwindel ergriff sie. Ihre Beine gaben nach. Dunkle Schleier legten sich über ihre Augen.

Balder, der Jäger, der sie keine Sekunde aus den Augen gelassen hatte, bemerkte, wie ihre Augen glasig wurden. Er öffnete die Arme, um sie aufzufangen. Nach einem leisen Seufzer sank sie bewusstlos in seine starken Arme.

Er trug sie in das Haus seines Bruders Argor. Der zarte, blumige Duft, den ihre Haut verströmte, berauschte ihn. Vorsichtig legte er sie auf eine mit Hirschfellen bedeckte Holzbank. Nach einem langen Blick auf ihr blasses, von der Anstrengung gezeichnetes schönes Gesicht legte er eine aus Schafwolle gewebte Decke über sie und strich ihr vorsichtig über das seidenweiche Haar. Dann verließ er nach kurzem Zögern das Haus. Gefühle, die ihm fremd waren und die er nicht einordnen konnte, beherrschten seine Gedanken und irritierten ihn. Sie war so ganz anders als die Frauen, die er kannte.

Er winkte Laya, die Frau seines Bruders, zu sich und forderte sie auf, in die Hütte zu gehen, um den Schlaf der fremden Frau zu bewachen. Laya gehorchte wortlos. Neugierig betrachtete sie die fremde Frau, die friedlich auf ihrem Lager schlief. Es ging nichts Bedrohliches von ihr aus. Sie streckte ihre Hand aus und berührte zaghaft eine der goldenen Haarsträhnen. Wie weich sie sich anfühlten, vielleicht würde die Fremde ihr Glück bringen? Sie sah aus wie eine Göttin. Der Duft fremder Blumen umgab sie. Sicher hatte Corventina ihre Bitten erhört und ihr die Frau ins Haus geschickt. Wie sehr wünschte sie sich einen Sohn.

Wenn sie Argor einen Sohn schenken könnte, würde er bestimmt wieder freundlich zu ihr sein, so wie er es früher gewesen war. Seufzend setzte sie sich ans Feuer und stellte sich vor, wie es wäre, einen Sohn zu haben. Keine der anderen Frauen würde es mehr wagen, ihr mitleidige Blicke zuzuwerfen oder abfällige Bemerkungen zu machen, weil sie nur Mädchen gebären konnte.

Als Balder aus dem Haus seines Bruders trat, erwarteten ihn die Männer bereits ungeduldig und neugierig. Ohne sich um die Frauen zu kümmern, die mit gespitzten Ohren hinter ihnen standen und die Köpfe zusammensteckten und tuschelten, betraten sie das große Langhaus ihres Stammesführers, das als Versammlungsraum diente. Frauen brachten aus Honig und Gerste gebrautes Bier und füllten die Becher und Hörner der Männer. Dann entzündeten sie das Feuer und verschwanden wieder.

Eine Gruppe halbwüchsiger Jungen prügelte sich lautstark um den besten Platz an der kleinen, fensterähnlichen Öffnung, die als Belüftung diente, in der Hoffnung, einige Worte der Männer aufschnappen zu können.

Fintan, der Stammesführer, ließ sich auf einen lederbezogenen Klappstuhl fallen, der an allen vier Ecken mit bronzenen Klappergehängen verziert war und seine Stellung als Dorfoberhaupt hervorhob. Die anderen Männer setzten sich im Halbkreis auf roh gezimmerte, halbe Baumstämme, die quer über zwei kleineren Hölzern lagen, um die mit großen Steinen geschützte Feuerstelle. Schweigend warteten sie darauf, dass Fintan das Wort ergriff.

Dieser nahm sein kostbar verziertes silbernes Horn und trank es in einem Zug leer. Nach einem kräftigen, erleichternden Rülpser wandte er sich dem Jäger zu.

»Wo kommt die fremde Frau her?«

»Ich habe sie an der heiligen Quelle gefunden. Der Bär, den wir gejagt haben, wollte sie angreifen, doch ich habe ihn erlegt«, sagte er stolz.

Sein Blick streifte über die gespannt zuhörenden Männer, bevor er mit seinem Bericht fortfuhr.

»Als ich sie gesehen habe, dachte ich zuerst, sie sei Corventina. Doch dann habe ich die Angst in ihren Augen entdeckt, und Göttinnen haben keine Angst. Sie hat mich angesehen wie ein Tier, das in der Falle sitzt. Gib sie mir zur Frau«, forderte er dann. »Ich habe sie gefunden, deswegen gehört sie mir. Sie hat schon viele Sommer erlebt, aber mir gefallen ihre Haare, und Kinder kann sie bestimmt auch noch bekommen.«

Erstaunt starrte Fintan seinen Bruder an. Selten hatte Balder so viel gesprochen, vielleicht hatte die fremde Frau ihn verzaubert? Er kratzte sich den Kopf und schnippte mit den Fingern eine Laus ins Feuer.

»Wer war noch bei ihr?«

»Ich habe niemanden sonst gesehen, sie war allein.«

Fintan warf seinem Bruder einen vorwurfsvollen Blick zu, den dieser jedoch nicht zu bemerken schien. Hatte die Frau ihm den Verstand geraubt? Es ging um die Sicherheit des Dorfes. In scharfem Ton fuhr er fort.

»Sie kann nicht allein gewesen sein. Keine Frau begibt sich ohne Begleitung in eine fremde Gegend. Dass sie nicht von hier stammt, steht fest. Oder hat einer von euch sie schon einmal gesehen?« Die Männer schüttelten den Kopf. Fintan hatte nichts anderes erwartet. Eine Frau mit solchen Haaren wäre jedem Mann aufgefallen.

»Wir müssen so schnell wie möglich herausbekommen, wie viele Begleiter sie hat und ob diese uns angreifen wollen. Geh und suche die Gegend um die Quelle herum nach Spuren ab. Nimm so viele Männer mit, wie du brauchst. Dann erst holt den Bären. Seid aber vorsichtig! Vielleicht gehört sie zu den Räubern.«

Bei dem Gedanken an die dreisten Überfälle, die sich in den letzten Monden ereignet hatten, stieg ohnmächtige Wut in ihm hoch. Drei von seinen Männern, die aus den Bergen kamen, wo sie kostbares Kupfer abgebaut hatten, waren überfallen und heimtückisch ermordet worden. Nicht einmal die Kleider hatten die Mörder ihnen gelassen. Ihre Leichen fand man nackt und grausam zerstückelt.

Der riesige Kupfervorrat, den die Götter in ihren Bergen für sie bereitgehalten hatten, war mehr und mehr geschrumpft. Der Bedarf an Kupfer hingegen war größer geworden. Immer tiefer gruben sich die Männer in den Berg.

Um die Götter zu besänftigen, mussten viele Tiere geopfert werden, und die Zahl der Dorfbewohner, die satt werden wollten, vermehrte sich ständig. Aber was noch schlimmer war: auch Wanderhändler gehörten zu den Opfern. Wenn sich die Überfälle in der Gegend herumsprachen, würden die Wanderhändler sie nicht mehr beliefern. Wie sollten sie ohne die benötigten Rohstoffe über den Winter kommen? Die Räuber mussten Fremde sein, die sich vor nichts fürchteten, denn die Straße der heiligen Steine stand unter dem Schutz der Götter.

Bisher hatten selbst die vereinzelt herumziehenden Räuberbanden das Recht der Händler auf freies Geleit nie verletzt und sie höchstens bestohlen, wenn sie unvorsichtigerweise neben der Straße eingeschlafen waren. Keiner wusste, wer die Mörder waren oder wie sie aussahen, es gab nicht einen Überlebenden. Nicht die kleinste Spur hatten sie hinterlassen. Wie böse Geister schlugen sie zu, um anschließend spurlos zu verschwinden. Die wildesten Geschichten waren bereits im Umlauf, und jeder versuchte, den anderen mit noch unheimlicheren Vermutungen zu übertreffen. Sorgenvoll runzelte Fintan die Stirn.

»Cian und Ladra, holt die Männer von den Feldern und stellt Wachen auf«, befahl er. Gehorsam standen die beiden Männer auf. Sie hätten gern mehr von dem Gespräch mitbekommen. Aber Fintans Befehlen hatte man zu gehorchen, wollte man sich nicht seinen Zorn zuziehen. Cian war zierlich und noch bartlos, seine schmalen knabenhaften Hände waren wie gemacht für die Flöte, die er spielte. Jetzt fingerten sie unruhig an seinem Umhang. Dunkles Haar quoll unter seiner runden Kappe hervor. Ladra war nicht größer als Cian, sein Körper quadratisch. Seine groben Gesichtszüge waren die eines wilden Stieres, doch das täuschte. Wache Intelligenz sprühte aus den dunklen, humorvollen Augen.

So verschieden sie waren, liebten die beiden Männer sich doch wie Brüder. Beide waren unverheiratet. Cian war zu jung, und Ladra hatte noch keine Frau gefunden, die bereit war, freiwillig sein Lager zu teilen. Die jungen Frauen fürchteten sich vor ihm. Bisher war es ihm gleichgültig gewesen, doch in letzter Zeit sehnte er sich nach einer Frau. Er war schon mehrmals kurz davor gewesen, Jegra, den Töpfer, zu fragen, ob er ihm nicht seine Schwester Tena zur Frau geben wolle. Sie war fleißig und immer freundlich. Bestimmt würde sie nicht so viel jammern, wie es manche der anderen Frauen taten, die ihren Männern dadurch das Leben vergällten.

»Die fremde Frau ist wunderschön, obwohl ich noch nie eine Frau in Hosenkleidern gesehen habe«, begann Cian verlegen das Gespräch, während sie gemeinsam das Langhaus ihres Stammesführers verließen. Ladra, der viel gutmütiger war, als die meisten Dorfbewohner vermuteten, hatte sofort die schwärmerischen Blicke bemerkt, mit denen sein Freund die junge Frau bedachte.

»Vergiss sie«, riet er. »Hast du nicht bemerkt, wie der Jäger sie angesehen hat? Er wird sie zur Frau nehmen. Es sind jetzt schon viele Monde vergangen, seit seine Frau Emer zu den Göttern gegangen ist. Es ist nicht gut, wenn ein Mann lange allein lebt.«

In ihre Unterhaltung vertieft gingen die beiden Männer auf die Felder, um ihren Auftrag zu erfüllen. An diesem Tag arbeiteten nur die Frauen weiter, die meisten der Männer tranken Bier und warteten ab.

Jana erwachte mit einem schalen Geschmack im Mund. Ihr Magen knurrte bedenklich. Ein Blick durch das Langhaus, in dem sie sich befand, ließ sie sofort aufspringen. Die Decke, mit der sie zugedeckt war, stank nach altem Schweiß und Moder, angeekelt schob sie sie zur Seite. Nahm dieser Traum denn gar kein Ende? Es war dämmrig, Licht fiel nur durch das mit Stroh gedeckte Dach herein. Spinnweben hatten sich ungestört ausgebreitet und fingen einen Teil der ständig herabrieselnden Staubkörner und Strohfragmente auf. In dem Dach befand sich genau über der großen Feuerstelle eine Öffnung, die den Raum beherrschte. An einer schweren Kette hing ein großer Bronzetopf, und in dem fest gestampften, mit frischem Stroh bedeckten Lehmboden steckten einige Vorratsgefäße aus Ton.

Verschiedener Hausrat war an Regalen aus einfachen Holzbrettern gehängt worden. Auf den Regalen standen Tonkrüge und Tonbecher in verschiedenen Größen. Ein aus krummen Ästen gebauter Webstuhl war zur Hälfte mit grobem, längs gemustertem Stoff bedeckt. In dem kleinen Kuppelbackofen aus Lehm zeugte leicht glimmende Glut davon, dass vor kurzer Zeit Brot darin gebacken worden war. Auf einem Stein mit einer Mulde in der Mitte lagen noch Reste von gemahlenem Korn unter einem grauen Schiebestein.

Ihr gegenüber standen weitere Bettstellen aus Lehm mit Fellen darauf. Mehrere Lanzen, Schaufeln aus Geweih, eine Harke mit drei Zähnen und zwei riesige Jagdbogen hingen an den mit Lehm verschmierten Wänden aus Weidengeflecht. Es roch nach Stall und Dung und kalter Asche.

Aus dem dahinter liegenden Raum hörte man das Stampfen der Pferde und das Muhen einer Kuh. Jana fuhr sich nervös mit den Fingern durch die Haare und bemerkte erst jetzt die Frau, die still an der Feuerstelle gesessen hatte.

»Ich heiße Jana«, sprach sie Laya nach kurzem Zögern an. »Kannst du mir etwas zu trinken geben, ich habe großen Durst.« Ihr wurde plötzlich bewusst, dass sie die Sprache der Dorfbewohner sprach. Obwohl sie in ihrer eigenen Sprache dachte, kamen die fremden Worte mühelos über ihre Lippen.

Laya stand auf, füllte aus einem Tonkrug eine goldgelbe Flüssigkeit in einen Becher aus Ton und reichte ihn ihr. Gierig trank Jana den Becher leer. Es schmeckte nach Honig und Alkohol, doch es war genau das, was sie jetzt brauchte. Sie ließ sich den Becher erneut füllen und betrachtete die Frau, die kleiner war als sie und sie bewundernd aus dunklen, glühenden Augen ansah. Sie mochte Ende zwanzig sein, hatte aber bereits einen Zahn verloren. Ihre Weiblichkeit löste sich in der oft mit dem Alter schleichend eintretenden Geschlechtslosigkeit auf, die alten Frauen und Männern, aber auch Babys eigen ist.

Sie trug einen schlichten blauen Umhang über der roten Bluse, die sie in ihren knöchellangen bunten Rock gesteckt hatte. Ihr einziger Schmuck bestand aus einer Radfibel und einer untertellergroßen Gürtelscheibe mit Spiralmuster, aus deren Mitte ein Dorn ragte. Die Füße waren mit Wolllappen umwickelt, die mit bunten Bändern an den Knöcheln festgebunden waren.

Schüchtern reichte ihr die junge Frau ein großes Stück Käse und ein noch warmes, duftendes Brot. Hungrig biss Jana in das Brot. Es war hart und trocken. Sie probierte den Käse und ließ sich noch einmal den Becher füllen. Wieder und wieder wanderte ihr Blick über das Innere der Hütte. Verstohlen kniff sie sich in den Arm. Der Schmerz kam sofort, doch sie war immer noch hier. Spätestens jetzt hätte sich alles in leichte Traumschleier auflösen müssen. Voller Verzweiflung starrte sie auf den primitiven Lehmboden. Sie verstand nichts mehr. Was war mit ihr geschehen? Warum war sie hier? Und wichtiger noch, wie kam sie wieder von hier fort? In dieser verstaubten Hütte wollte sie nicht länger bleiben.

Sie sprang so plötzlich auf, dass Laya erschreckt zusammenzuckte. Mit großen Schritten stürmte sie zu der schiefen Holztür, die man mit einem breiten Holzriegel verschließen konnte. Die Sonne blendete sie, als sie aus dem halbdunklen Haus trat.

Gehetzt sah sie sich um. Es konnte einfach nicht wahr sein, was ihre Augen sahen und ihr Verstand nicht begreifen wollte. Die mit Stroh gedeckten Dächer schienen den Boden zu berühren. Ein kleineres, aus Holz und Fellen bestehendes Rundzelt und ein großer Holzbrunnen standen am Ende des Dorfes. Die Türen waren alle zu der mit ungleichmäßigen Holzbohlen ausgelegten Straße ausgerichtet. In der Mitte befand sich ein großer Platz, von dem aus

Schafe und Rinder in die einzelnen Häuser getrieben wurden.

Es war schon später Nachmittag, und die Sonne bereitete sich darauf vor, dem Mond Platz zu machen. Tobende Kinder bewarfen sich übermütig mit Lehmklumpen und kreischten begeistert auf, als ein Hahn zu Tode erschrocken zur Seite sprang. Vor dem Haus gegenüber saßen drei Frauen mit hölzernen Handspindeln auf einer grob gezimmerten Holzbank. Andere Frauen waren dabei, Stoffe mit Staudensaft einzufärben. Über einem großen Gestell aus Holz wurde Fleisch geräuchert, dessen Duft alle anderen Gerüche übertönte. Ohne ihre Arbeit zu unterbrechen, beobachteten die Dorfbewohner misstrauisch die fremde Frau. Jana überlegte. Sie musste irgendetwas unternehmen, aber was?

Sie war noch zu keiner Entscheidung gekommen, als der Jäger mit seinen Männern und dem riesigen Bären zurückkam.

Die kleinen struppigen Hunde, die überall im Dorf herumliefen, stürzten sich mit wütendem Gekläff auf den Bären, wurden aber von den Männern fortgejagt.

Schaudernd sah Jana auf den riesigen Schädel des toten Bären. Ihr fiel ein, dass sie sich nicht einmal bei dem Jäger für ihre Rettung bedankt hatte.

Widerwillig lösten die Frauen ihre Blicke von Jana. Unter den auffordernden Rufen der Begleiter des Jägers begannen sie, sich des Bären anzunehmen. Mit scharfkantigen Messern aus Feuerstein häuteten sie den Bären, schabten das Fell sauber und verteilten das Fleisch. Auch die wartenden Hunde bekamen ihren Anteil. Jana trat auf den Jäger zu.

»Danke, dass du mir das Leben gerettet hast«, sagte sie leise und hauchte ihm einen Kuss auf die Wange. Verblüfft sah er sie an, während er sich mit der Hand über die Wange strich, auf die Jana ihn geküsst hatte. Ihre Stimme gefiel ihm. Sie war weich und warm.

Die Frauen, welche die kleine Szene beobachtet hatten, begannen aufgeregt zu tuscheln. Das Verhalten der fremden Frau war unerhört. Wie konnte sie es wagen, einem Mann in aller Öffentlichkeit so nahe zu treten? Und der Jäger? Er stand da, die Hand an der Wange, und schaute sie mit dümmlichem Blick an. Es war unglaublich. Seit dem Tod seiner Frau, die vom Fieber dahingerafft worden war, hatte er keine andere mehr angesehen. Dabei gab es einige Frauen, die gerne Emers Platz eingenommen hätten. Balder war ein guter Mann. Er war mutig und hatte seine Frau immer gut behandelt. Nie hatte er sie geschlagen, wie es viele Männer taten.

Er besaß als Bruder des Dorfältesten ein großes Haus und würde Fintans Platz einnehmen, wenn dieser zu den Göttern gehen würde. Denn Fintan hatte keinen Sohn. Seine Frau hatte ihm nur Töchter geboren, worüber er sehr zornig war. Und jetzt das. Die Frau war schön und fremd mit ihren goldenen Haaren und der zarten Haut. Und ihre Kleidung, da war man sich einig, war schamlos. Diese Frau gehörte nicht hierher. Sie würde nur Unruhe bringen. Besser, man behielt sie im Auge.

Endlich kam Balder wieder zu sich.

»Komm mit, Frau.« Er nahm Janas Hand und führte sie in das Haus seines Bruders Fintan. Schweißgeruch, vermischt mit dem beißenden Qualm feuchten Holzes, schlug ihr entgegen und ließ ihre Augen tränen.

Fintan und der Rest der männlichen Dorfbewohner saßen oder lagen mittlerweile stark angetrunken an der Feuerstelle, deren Holz zu glühender Asche verglommen war. Zwei der jüngeren Männer stritten heftig miteinander. Mit glasigen Augen standen sie sich wütend gegenüber, die Hände zu Fäusten geballt.

Fintan hatte sich schwerfällig aufgesetzt und war bemüht, Würde und Autorität auszustrahlen. Er war sich bewusst, dass alle Blicke auf ihn gerichtet waren, selbst die beiden Streitenden hielten inne. Ihre Arme sanken nach unten, die zusammengeballten Fäuste öffneten sich.

Finster starrte er dem Jäger und der Frau entgegen. Als wenn er nicht schon genug Ärger hätte. Der Jäger sah ihn zufrieden an.

»Kein Fußabdruck weit und breit, wir sind bis zum Fluss hinuntergeritten, sie war tatsächlich allein, nicht der kleinste Ast war abgebrochen, auch sonst habe ich nichts entdecken können, woraus wir schließen könnten, dass sie Begleiter hatte oder Gefahr droht.«

Fintan vertraute den scharfen Augen des Jägers, denen nichts entging. Sein Gesicht verlor etwas von seiner Härte.

»Wer bist du, und was willst du hier?«, wiederholte er seine Fragen an Jana.

Jana überlegte verzweifelt. Wie sollte sie diesen Menschen etwas erklären, was sie selbst nicht einmal annähernd verstehen konnte. Doch sie hatte keine Wahl. Zögernd begann sie ihre Geschichte zu erzählen.

»Ich komme aus einem fernen Land. Wir befanden uns auf einer Reise und sind unterwegs überfallen worden. Ich wurde entführt, konnte mich aber befreien und bin geflohen. Dann bin ich durch den Wald gelaufen, bis ich zu der Quelle kam, wo ich von einem Bären angegriffen worden bin. Dieser Mann« – sie wies mit dem Finger auf den Jäger – »hat mich gerettet und in euer Dorf gebracht.«

Fintan sah sie misstrauisch an.

»Und deine Begleiter? Wo sind die geblieben?«

»Die sind von den Männern getötet worden, die uns

überfallen haben.« Erleichtert darüber, dass ihr die Geschichte eingefallen war, sah sie Fintan an. Ob er ihr glauben würde? Doch Fintan gab sich damit nicht zufrieden.

»Wer waren die Männer, die dich entführt haben?«, bohrte er weiter, ohne Jana aus den Augen zu lassen. Jana begann zu schwitzen. Kleine Schweißperlen bildeten sich auf ihrer Stirn, was Fintan nicht entging.

»Die Männer waren mir fremd. Ich kann dir nicht sagen, woher sie gekommen sind. Mein Dorf steht viele Tagesreisen von hier entfernt, wir sind lange Zeit unterwegs gewesen.« Sie merkte selbst, dass sie nicht besonders glaubwürdig war. Sie konnte noch nie gut lügen. Doch ihr war einfach keine bessere Geschichte eingefallen.

Fintan war gerissen, schlau und misstrauisch. Er überlegte gut, bevor er eine Entscheidung traf. Den uneingeschränkten Respekt seiner Stammesgenossen konnte er nur so erhalten, seinen Führungsanspruch nur durch Erfolg begründen. Er wandte sich wieder an den Jäger.

»Selbst wenn es stimmt, dass ihre Begleiter tot sind, halten sich aber die Männer, die sie überfallen haben, noch in dieser Gegend auf. Sicher sind sie längst auf der Suche nach der Frau. So lange wir nichts Genaues über sie wissen, ist sie eine Gefahr für das Dorf.«

Cai mischte sich in das Gespräch. Er konnte den Jäger seit dem Tag nicht leiden, da dieser Emer zur Frau bekommen hatte. Er hätte sie selbst gerne geheiratet, aber Emers Vater hatte es vorgezogen, dem Jäger seine Tochter zu geben.

»Wir sollten Mabon holen«, schlug er vor. »Er wird die Götter befragen. Dann wissen wir, ob sie eine Gefahr für uns ist oder nicht.«

Auffordernd blickte er in die Gesichter der Männer. Als sein Blick den des Jägers traf, verzog er hämisch das

Gesicht. Er gönnte Balder die fremde Frau nicht, die ihm ebenfalls gefiel. Lüstern musterte er Janas lange Beine, die sich unter der engen Jeans abzeichneten. Einige der Männer begannen zustimmend zu nicken. Balder wurde blass vor Schreck. Mabon würde sie der großen Erdgöttin opfern. Er warf einen Blick auf Jana, die still neben ihm stand. Nein, er wollte sie nicht verlieren. Fest sah er Fintan in die Augen.

»Ich habe die Frau gefunden, und deswegen gehört sie mir. Ich werde sie zur Frau nehmen, sie kann sich um Isa kümmern und mir einen Sohn schenken«, sagte er energisch, ohne Cai zu beachten.

Fintan überlegte eine Weile. Die Frau würde nur Ärger und Unruhe ins Dorf bringen, das stand fest. Allerdings, wenn er sie Balder zusprach, wären die Besitzansprüche geklärt, und niemand würde es wagen, ihm die Frau streitig zu machen. Wenn Balder sie unbedingt haben wollte, musste er selbst sehen, wie er mit ihr klarkam. Davon abgesehen war er es schon lange leid, Mabon die Entscheidungen zu überlassen. Der heilige Mann war allmählich eine Bedrohung für ihn geworden. Die Dorfbewohner glaubten fest an das, was die Götter durch ihn sprachen. Er hatte mehr und mehr an Macht gewonnen. Früher hatte er alle wichtigen Dinge vorher mit ihm besprochen, jetzt ging er sofort zu den Göttern, um sie zu befragen. Jedes Mal entschieden sie so, wie es Mabon gerade passte. Das war ihm schon lange ein Dorn im Auge. Schließlich war er der Stammesführer und traf hier die Entscheidungen.

»So soll es geschehen«, beschloss er. »Die Hochzeit wird nach dem nächsten vollen Mond stattfinden. Dann gehört die Frau dir, und du wirst dafür sorgen, dass sie nicht noch mehr Unruhe in unser Dorf bringt.«

Zufrieden nahm der Jäger Janas Arm und führte sie

aus dem Langhaus. Weder Jana noch Balder bemerkten den hasserfüllten Blick, den Cai ihnen zuwarf.

Jana, die aufmerksam das Gespräch verfolgt hatte, sah dankbar zu Balder, dem Jäger auf. Sie spürte, dass er sie vor etwas Schrecklichem gerettet hatte. Zu besorgt war sein Gesichtsausdruck während der Unterhaltung der Männer gewesen. Sie hatte nicht gewagt, sich in das Gespräch einzumischen. Trotzdem konnte sie nicht verhindern, dass Wut in ihr hochstieg. Ihr Instinkt warnte sie davor, etwas Unüberlegtes zu sagen oder zu tun. Niemand hatte sie gefragt, ob sie überhaupt heiraten wollte. Was bildeten diese dreckigen, betrunkenen Männer sich ein? Sie hatte sich noch nie etwas vorschreiben lassen und würde es auch jetzt nicht tun. Sie dachte gar nicht daran, hier zu bleiben und den Jäger zu heiraten, spürte aber auch, dass sie vorsichtig sein musste. So beschloss sie, erst einmal abzuwarten, denn Mabon schien eine Gefahr für sie zu sein. Wie sie dem Gespräch entnehmen konnte, war er der Priester des Dorfes. Ein Buch fiel ihr ein, das sie einmal gelesen hatte. Darin spielte ein blutrünstiger Priester eine große Rolle, der sogar kleine Kinder geopfert hatte. Bei dem Gedanken daran bekam sie eine Gänsehaut. Sie musste Zeit gewinnen, um eine Möglichkeit zu finden, nach Hause zurückzukommen.

Erleichtert darüber, den scharfen Augen Fintans entronnen zu sein, lief sie neben dem Jäger aus dem halbdunklen Haus. Tief atmete sie die klare Luft ein, die ihr entgegenwehte.

»Ich glaube, ich könnte ein ganzes Schwein verdrücken.« Achim ließ sich am Fuß einer Eiche nieder und lehnte den Kopf an die Efeuranken, die sich um den dicken Stamm wanden. Ratlos sah er Richard an.

»Was ist überhaupt passiert? Wo sind wir hier?« Sie waren an einer Quelle zu sich gekommen und versuchten zu begreifen, was geschehen war. Alles sah ganz anders aus als vor den seltsamen Blitzen. Riesige beeindruckende Bäume rahmten die Quelle ein, die vorher ebenfalls nicht da gewesen war. Seit einer halben Stunde drehten sich ihre Gedanken im Kreis.

»Woher soll ich das wissen? Ich weiß nur, dass ich Hunger habe. Lass uns zum Jeep zurückgehen und etwas essen. Vielleicht ist Jana längst da und wartet auf uns.« Bei dem Gedanken an den Schinken und die Brötchen, die sie mitgenommen hatten, lief ihm das Wasser im Mund zusammen. Schwerfällig stand Achim auf, seine Glieder fühlten sich an wie nach einem Marathonlauf.

Sie liefen den Weg zurück, von dem sie annahmen, dass es der war, den sie gekommen waren. Beide hingen ihren Gedanken nach und taten so, als ob sie nicht bemerkten, dass der Wald und auch der Hügel ganz anders aussahen. Urwüchsig und von dichtem Unterholz bewachsen war der vorher so lichte Wald. Vögel zwitscherten und kreischten, dass es in den Ohren wehtat. Kleine Tiere huschten und raschelten an ihnen vorbei. Achim wäre beinahe über eine der Baumwurzeln gestolpert, die sich über den kleinen Pfad wanden. Sie glaubten schon, sie hätten sich verlaufen, als der Wald lichter wurde und einen ungepflasterten Weg mit tiefen Wagenspuren freigab. Erleichtert wechselten die beiden Männer auf den Weg über.

»Rechts oder links?« Achim musterte den Weg, den man in beide Richtungen nur einige Meter einsehen konnte, da er nicht gerade verlief, sondern leichte Biegungen aufwies. Ratlos wanderte sein Blick nach oben zu dem tiefblauen Himmel, als hoffte er, dort eine Antwort zu finden.

Richard überlegte. Als sie sich auf den Weg gemacht hatten, um Jana zu suchen, war es bereits dunkel gewesen.

»Ich denke, wir gehen nach rechts«, entschied er. Der Weg war an beiden Seiten von wellenförmig wogenden, grün leuchtenden Weizenfeldern eingerahmt. Bunte Blumen säumten den Weg, doch kein Traktor oder Bauer war zu sehen.

Außer den Tiergeräuschen und dem leichten Rascheln des Windes war nichts zu hören. Die Sonne stand jetzt hoch am Himmel. Warme, würzige Luft umschmeichelte sie.

Irgendwo wird der Weg schon hinführen, beruhigten sich die beiden Männer gegenseitig, immer noch darauf bedacht, sich ihre aufsteigenden Ängste nicht anmerken zu lassen. Plötzliches Hufgetrappel schreckte sie aus ihren Gedanken. Hoffnungsvoll blickten sie in die Richtung, aus der die Geräusche kamen. Es dauerte nicht lange und ein Holzwagen, von zwei Pferden gezogen und zwei Reitern flankiert, bewegte sich auf sie zu.

Als die Truppe näher kam, wollten Richard und Achim ihren Augen nicht trauen. Fassungslos starrten sie den Wanderhändler an, der von seinen beiden Söhnen begleitet wurde. Die vier Räder und die balustradenartige Umrandung des Holzkastenwagens glänzten in der Sonne. Sie waren genauso wie die acht Speichen der Räder mit golden schimmernden Bronzeblechen überzogen. Die langen Seiten des Wagens zierte eine große Zahl ringförmiger, dreieckiger und knopfartiger Bronzeelemente. Die Rückseite des Kastens war mit noch mehr Ornamenten versehen, insbesondere einem Gestell aus drei Reihen von durchbrochen gearbeiteten Schmuckplatten, dessen Seiten aus acht gegossenen Bronzesäulchen gebildet wurden.

Das Joch bestand aus mit Leder überzogenem Holz, die ebenfalls verzierten Trensen der kräftigen, struppigen Pferde aus Bronze.

»Die Typen sehen aus, als kämen sie direkt aus der Bronzezeit.« Achim, der sich – bedingt durch die Schatzsucherei – auch mit der Bronzezeit befasste, rieb sich mehrmals die Augen und öffnete sie wieder, während er den Händler und seine mit Bronzeschwertern und Bögen bewaffneten Söhne wie überirdische Erscheinungen ansah. Er konnte seinen Blick nicht von der großen silbernen Fibel wenden, mit denen der Händler seinen Wollumhang befestigt hatte. Gierig starrte er das Schmuckstück an, das er erst einmal in seinem Leben auf der glänzenden Titelseite eines Buches gesehen hatte.

Der Händler und seine Söhne betrachteten nicht weniger verdutzt die beiden Männer, die in blauen Jeans, mit Hemd und Weste bekleidet, unbewaffnet vor ihnen standen. Fasziniert wanderten die Augen des Wanderhändlers hinunter zu Achims und Richards Stiefeln. Er hatte alle Länder bereist und war sogar schon in dem Land der immerwährenden Sonne gewesen, wo es eine Gruppe von Menschen gab, die nur einen einzigen Gott anbeteten. Dieser hatte nicht einmal einen Körper, und keiner wusste genau, wie der Gott aussah. Die Menschen, die den ungewöhnlichen Gott anbeteten, hatten ständig ein Leuchten in den Augen und gingen glücklich singend ihrer Arbeit nach. Er war sehr beeindruckt von ihnen gewesen. Aber so ein Schuhwerk hatte er selbst dort, in diesem Land voller Wunder, nicht gesehen. Seine Neugier wuchs, während er geschäftstüchtig vom Wagen sprang und seinen Söhnen ein Zeichen gab abzusteigen.

»Wir grüßen euch, Fremde. Wohin des Weges?« Achim und Richard sahen sich verblüfft an. Was war das für eine Sprache? Sekunden verstrichen, wurden länger. Richard schluckte schwer, sein Gaumen war trocken, als er mit heiserer Stimme antwortete.

»Wir haben uns verlaufen und sind auf dem Weg in das nächste Dorf.« Entgeistert packte Achim ihn am Arm.

»Wieso kannst du die Sprache sprechen? Wie kommt es, dass wir sie verstehen?«, zischte er Richard ins Ohr.

»Ich habe keine Ahnung.« Resigniert wandte sich Richard wieder dem Händler zu, der sie aus intelligenten, wissenden Augen forschend ansah. »Könnt Ihr uns sagen, wie weit es bis zum nächsten Ort ist?«

Ganz geheuer waren ihm die Fremden nicht. Doch da sie offensichtlich unbewaffnet und zahlenmäßig unterlegen waren, lud er die beiden Männer freundlich ein, mit ihnen zu essen. Er hatte viele faszinierende Dinge auf seinen weiten Reisen durch alle bekannten Länder kennen gelernt und fürchtete im Gegensatz zu seinen Zeitgenossen das Fremde nicht.

»Wir wollten gerade eine Pause machen, bitte setzt euch zu uns, anschließend nehmen wir euch mit ins nächste Dorf. Ihr könnt hinten auf dem Wagen sitzen. Ich bin Midir, der Wanderhändler, mit der besten Ware im ganzen Land, und das sind meine Söhne Caer«, dabei zeigte er auf den Älteren, dann mit stolzem Blick auf den Jüngeren: »Credne.«

»Mein Name ist Richard, und das ist mein Freund Achim.« Wie selbstverständlich kamen die fremden Worte aus seinem Mund. Dankbar nahmen Richard und Achim das Angebot an, und als der Händler geräuchertes Fleisch, Käse und Brot auspackte, merkten sie erst, wie hungrig sie waren. Gemeinsam ließen sie sich auf dem weichen, warmen Boden neben dem Wagen nieder. Nachdem Caer die Pferde am Wagen festgebunden hatte, schenkte er aus einem großen Tongefäß aus Honig und Gerste gebrautes Bier ein. Er war ungefähr Mitte zwanzig und sah sie aus dunklen Augen gutmütig an. Er und auch Credne trugen dunkle Umhänge aus einem leichten Wollstoff über grob gewebten bunten Hemden, unter denen Hosenbeine aus dem gleichen Stoff hervorschauten. Die Umhänge waren mit je einer großen bronzenen Fibel befestigt, die aussahen, als wären sie aus vier Hariboschnecken zusammengesetzt worden. Unter den Ärmeln blitzten dicke gedrehte silberne Armreifen. An kostbaren breiten silbernen Gürteln hingen ein Messer und ein Lederbeutel. Aus einer verzierten ledernen Scheide schaute ein Schwertgriff hervor.

Achim nahm das großzügig geschnittene Fleisch und biss ein großes Stück ab. Er trank den Tonbecher leer, verzog das Gesicht, hielt ihn aber dennoch auffordernd dem jungen Mann hin. Auch Richard langte kräftig zu. Während sie aßen, beobachteten die Männer sich gegenseitig.

»Mir gefällt euer Schuhwerk«, hielt es Midir nicht länger aus und wies mit dem Finger auf Achims Stiefel.

»Denkst du, was ich denke?« Achim ignorierte die Frage des Händlers. Nach Fassung ringend, sah er Richard an. Dieser überlegte, dass das, was sie in den letzten Stunden erlebt und gesehen hatten, ihr Vorstellungsvermögen bei weitem überstieg.

»Wenn du mich so fragst, sieht das hier alles ziemlich echt aus. Ich weiß zwar nicht, was mit uns passiert ist und warum, aber ich denke, wir sind mit den Schwertern und den Blitzen irgendwie in der Vergangenheit gelandet.«

Achim war schockiert und gleichzeitig erleichtert, als Richard aussprach, was er nicht wahrhaben wollte, nicht zu verstehen in der Lage war. Besser eine weit hergeholte Erklärung als gar keine.

»Was sollen wir deiner Meinung nach tun?«

Achim nahm noch einen kräftigen Schluck von dem schalen, bittersüßen Bier. Ein wohliges Gefühl breitete sich in ihm aus.

»Lass uns abwarten, bis wir das nächste Dorf erreicht haben. Dort können wir telefonieren. Warum haben wir auch die Handys im Auto liegen lassen?«

»Du hast nicht begriffen: Wenn wir in der Vergangenheit sind, werden wir ganz bestimmt kein Telefon finden. Wir sollten zusehen, dass wir hier schnellstmöglich wieder wegkommen, doch vorher müssen wir Jana finden.« Er war ganz sicher, dass sie ebenfalls hier war. Woher diese Sicherheit kam, konnte er nicht sagen, er wusste es einfach. Ernst sah er Achim an.

»Ich schlage vor, wir versuchen, uns über unsere Situation klar zu werden, und überlegen dann, wie wir am besten wieder herauskommen.« Der Analytiker in ihm, der so gar nicht zu seiner Schatzsucherei passte, kam zum Vorschein. Das Brot schmeckte Achim auf einmal nicht mehr.

»Du willst damit sagen« – er zögerte noch, suchte verzweifelt einen Ausweg – »wir befinden uns mitten in der Bronzezeit, denn die Typen hier sehen genauso aus. Das heißt, wir sind ungefähr eintausendfünfhundert Jahre vor Christi Geburt bei unseren Vorfahren gelandet. Das ist doch absurd.«

Der Wind wehte heftiger. Die Blätter in den Bäumen begannen zu zittern, als Achim den Namen Christi aussprach. Ein dunkler Schatten legte sich für den Bruchteil einer Sekunde über die Sonne. Kalte Schauer rannen durch ihre Körper, ließen sie frösteln. Ebenso plötzlich, wie er gekommen war, verschwand der Schatten wieder.

Höflich hatten der Händler und seine Söhne zugehört,

obwohl sie nichts von dem Gespräch verstehen konnten. Als die Fremden sich ihnen wieder zuwandten, gab er Credne einen Wink, woraufhin dieser eilfertig aufsprang und Körbe und in Decken gewickelte Gegenstände von dem Wagen holte. Credne und ebenso Caer hatten diesen Ausdruck in den Augen, den man nur bei Menschen entdecken konnte, die viel gereist waren. Midir breitete eine große Decke aus und strich sie glatt. Dann holte er Bernsteine in verschiedenen Größen, kostbare Felle, Salz in Tontöpfe gefüllt, Schwerter, Dolche, mit Sonnenscheiben verzierte Rasiermesser aus Bronze und Silber, schimmernde Stoffe und zuletzt Schmuckstücke aus Gold, Silber und Bronze hervor.

Achims Augen wurden groß, als er all die Kostbarkeiten zum Greifen nahe vor sich sah, nach denen er fast jedes Wochenende auf der Suche war. Auch Richard bekam glänzende Augen, als er ungläubig die vielen Ringe, Armreifen, Nadeln, Waffen und Fibeln betrachtete. Große Malachitstücke, Silber- und Bronzebarren rundeten das Angebot ab.

Erwartungsvoll und erfreut über das offensichtliche Interesse wischte der Händler sich mit dem Handrücken Fett und Krümel vom Mund und schenkte noch einmal die Tonbecher voll. In Gedanken überlegte er bereits, was er mit dem Schuhwerk den Winter über verdienen konnte. Ein zufriedenes Grinsen breitete sich auf seinem Gesicht aus, das von Wind und Wetter gezeichnet und von tiefen Falten durchzogen war.

»Sagt, wo habt ihr euer Schuhwerk her? Möchtet ihr es tauschen?« Wieder zeigte er auf die Stiefel, dann mit einer großzügigen Geste auf seine Waren. Achim fingerte bereits an seinen Stiefeln und begann sie auszuziehen. Er hielt sie dem Händler hin, der sie wie eine Rarität hin und her drehte und überlegte, wer von den Handwerkern, die er kannte, in der Lage war, nach diesem Muster Schuhwerk anzufertigen.

»Ich tausche sie gegen deine Fibel.« Er zeigte, auf die große Gewandspange des Händlers – »und« – als dieser nichts erwiderte – »gegen eines von den Schwertern«. Dabei griff er nach einem kleinen Bronzeschwert, dessen Griff ebenfalls aus Bronze mit spiralförmig eingedrehten Enden geschmiedet war. Die Klinge war mit einfachem Strichmuster geschmückt.

Dem Händler war alles recht. So gern, wie er sonst handelte, aber sein Ruf würde sich in allen Ländern verbreiten, wenn er mit solchen Neuerungen zu den Dorfbewohnern kommen würde. Er probierte die braunen Lederstiefel an, die ihm zu passen schienen. Stolz lief er damit um den Wagen und ließ sich von seinen Söhnen bewundern. Ohne den Blick von seinen Stiefeln zu lassen, wandte er sich an Richard.

»Was möchtest du für dein Schuhwerk haben?«

Wenn ich Dagda, dem Stammesfürst, solches Schuhwerk als Geschenk überreiche, wird er seinen Wintervorrat bei mir tauschen, schoss es ihm durch den Kopf. Nach kurzem Zögern gab er sich einen Ruck und hielt Richard ein bronzenes Vollgriffschwert hin, als dieser nicht sofort antwortete. Ein kurzer Wink, und seine Söhne brachten zwei Paar einfache Lederschuhe, die mit Riemen an den Knöcheln befestigt wurden. Richard zog sich die Stiefel aus und reichte sie dem Händler, ohne sich seine Freude anmerken zu lassen. Midir ließ sich noch zwei Hemden, zwei wollene Umhänge und Hosen bringen, dazu zwei Ledergürtel und zwei Raupenfibeln aus Bronze. Zuletzt reichte er Richard und Achim zwei Wollmützen. »Es ist besser, wenn ihr das hier anzieht«, bemerkte er, »die Bewohner des Dorfes, das wir heute noch erreichen, sind nicht an Fremde gewöhnt. Außer ihrem Dorf und den Dörfern der Umgebung haben sie noch nicht viel gesehen. Allein eure Haare werden Aufsehen erregen. Die Menschen hier haben alle dunkle Haare. Ich aber habe schon Menschen mit roten, gelben und braunen Haaren gesehen und viele fremde Länder mit vielen verschiedenen Göttern bereist«, erklärte er. Stolz schwang in seiner Stimme »Auch kenne ich Tiere, für die es in dieser Sprache keine Worte gibt, und Völker, die sich mit Zeichen verständigen, die sie in Ton oder Wachs einritzen. Wollt ihr mir nicht sagen, wo das Land liegt, aus dem ihr stammt?« Erwartungsvoll sah er Richard direkt in die Augen. Richard hielt dem Blick des Wanderhändlers stand. Er mochte Midir und hatte Vertrauen zu ihm, da er ihn aus seinen klugen, weisen Augen freundlich ansah. Doch was sollte er ihm antworten? Er machte eine weitreichende Bewegung mit seinem Arm.

»Wir kommen aus einem Land, in das ihr nicht reisen könnt, und hoffen, dass wir einen Weg finden werden, wieder dorthin zurückzukehren. Wir sind nicht freiwillig hier und wissen auch nicht genau, wie wir hierher gekommen und wo wir sind. Mehr kann ich dir nicht sagen, wir versuchen selbst, es zu begreifen.«

Midir gefielen die offenen Worte. Sie klangen ehrlich. Obwohl er nur verstanden hatte, dass die beiden Männer von sehr weit her kamen, sagte ihm sein Gefühl, dass die Fremden für ihn und seine Söhne keinerlei Gefahr darstellten. Er spürte, dass sie von einem Geheimnis umgeben waren, doch er hatte gelernt, dass es manchmal besser war, nicht alles zu wissen.

Die Kostbarkeiten wurden zum Leidwesen von Achim wieder eingepackt. Die Männer reichten sich freundschaftlich die Hände und tranken noch einen großen Schluck Bier, das besser schmeckte, wenn man sich erst einmal daran gewöhnt hatte. Die Jungen bestiegen die Pferde, die ebenfalls getränkt worden waren und geschnitzte Trensen aus Bein trugen, deren beiden Enden in Vogelköpfe übergingen.

Midir zeigte auf den Wagen und bedeutete ihnen aufzusteigen. Richard und Achim überlegten nicht lange und sprangen hinten auf den Wagen.

Etwas Unwirkliches lag über ihnen, als sie es sich, satt gegessen und leicht benebelt von dem Alkohol, in dem Wagen bequem machten. Gedankenverloren schauten sie auf die friedliche, zwischen Wiesen und Wald wechselnde, leicht hügelige Landschaft. Langsam und unbemerkt war die Dämmerung heraufgezogen. Sie waren so in ihre Gedanken und Gespräche vertieft, dass sie die fünf Wegelagerer erst bemerkten, als es zu spät war. Genau dort, wo der Weg sich etwas verengte, kurz bevor er eine Biegung beschrieb, lösten sich fünf verwahrlost aussehende Gestalten aus dem Schatten der Bäume und versperrten ihnen den Weg. Sie waren mit Schwertern und Messern bewaffnet. Zwei der Männer hielten ihre gespannten Bögen auf sie gerichtet. Entsetzen breitete sich auf dem Gesicht des Händlers aus. Er öffnete den Mund, um etwas zu sagen, als ihn ein Pfeil in die Kehle traf. Ein gurgelndes Geräusch ausstoßend, kippte er vornüber und war sofort tot. Seine beiden Söhne zogen mit einer Schnelligkeit, die man ihnen gar nicht zugetraut hätte, ihre Schwerter und preschten aufheulend vor Wut auf die Angreifer los. Der Ältere drückte plötzlich und mit voller Wucht beide Fersen in die Flanken seines Pferdes, woraufhin das mächtige Tier wütend vorne hochstieg und den Anführer mit einem Hufschlag niederstreckte. Die Bogenschützen konnten wegen der mittlerweile zu geringen Entfernung ihre Pfeile nicht mehr abschießen, ließen die Bögen fallen, zogen ihre Schwerter und rückten bedrohlich näher.

Richard presste entsetzt eine Hand auf den Mund, während Achim sein neues Schwert nahm und vom Wagen sprang, entschlossen, sich damit zu verteidigen, wenn es nötig werden würde. Die Angreifer stürmten auf den Wagen zu. Ihre triumphierenden Schreie verstummten jedoch schnell, als der ältere Sohn des Wanderhändlers sein Pferd herumriss und mit gezücktem Schwert auf sie zuritt. Rasend vor Wut schlug er einen der Räuber nieder. Das Pferd keilte geängstigt von dem Blutgeruch wie wild um sich. Einer der Männer wurde von den schweren Hufen getroffen, schlug die Hände vors Gesicht und taumelte schreiend zurück. Blut lief zwischen seinen Fingern herunter. Credne war um die Angreifer herumgeritten und griff von hinten an. Eine Zeit lang durchschnitten nur das Klirren der aufeinander prallenden Schwerter und die Schreie der in einen tödlichen Kampf verstrickten Männer die Stille des Waldes. Als es gerade so aussah, als würden die Angreifer, die vom Boden aus schlechtere Chancen hatten, unterliegen, rammte einer der Räuber, ein kräftiger, untersetzter Mann mit tellergroßen Händen, sein Schwert mit voller Wucht in die Flanken von Crednes Pferd. Das Pferd knickte ein. Der jüngere Sohn wurde gegen einen Baum geschleudert, Knochen splitterten.

Neuen Mut fassend, versuchte der andere Räuber, Caer mit seinem Schwert zu treffen. Kaltblütig nutzte er den Moment, den dieser – abgelenkt von dem Sturz seines Bruders – nicht aufpasste, um ihm sein Schwert in die Seite zu stoßen. Vor Schmerz und Wut heulte dieser auf, riss noch einmal sein Pferd herum, während das Blut an seinem Bein herunterlief, und schlug dem bulligen Mann mit einem weit ausholenden Schlag blitzschnell den Kopf ab. Der Kopf rollte den Waldboden entlang und blieb mit glasig gewordenen Augen neben dem Wagen des Wanderhändlers liegen. Dann sank Caer bewusstlos vom Pferd.

Der übrig gebliebene Räuber kam langsam und drohend auf den vor Aufregung zitternden Achim zu, dem jetzt kalter Schweiß ausbrach. Das hier war kein Spiel, es war tödlicher Ernst. Lauernd, auf einen Fehler des anderen wartend, standen sie sich abschätzend gegenüber. Der Räuber schlug blitzschnell zu. Achim schaffte es im letzten Moment, den Schlag mit seinem Schwert zu parieren. Es war das erste Mal, dass er sich mit einem Schwert verteidigen musste. Er kannte solche Kämpfe bisher nur aus dem Fernsehen, wo sie immer ziemlich einfach aussahen. Der Schlag war stärker als erwartet und riss ihm die Waffe aus der Hand. Wehrlos stand er dem Räuber gegenüber, der ihn mit einem bösartigen, hämischen Grinsen ansah, bevor er ausholte, um ihm das Schwert in die Brust zu stoßen. Beide hatten Richard vergessen, der bisher starr vor Entsetzen dem Gemetzel zugesehen hatte, unfähig, sich zu bewegen. Als er bemerkte, in welcher Gefahr Achim sich befand, war er so schnell er konnte vom Wagen gesprungen, in der Hand einen großen Malachit. Lautlos schlich er sich hinter den Räuber und schlug ihm voller Verzweiflung und mit aller Kraft den Stein auf den Kopf. Stöhnend fiel dieser vornüber und blieb regungslos liegen.

»Das war knapp.« Erleichtert wischte Achim sich den Schweiß von der Stirn. Das Entsetzen über das Erlebte stand in den Gesichtern der beiden Männer, die dem Tod knapp entronnen waren. Sie ließen den Blick über den Kampfplatz schweifen. Er blieb auf den Leichen der Wegelagerer hängen. Vor wenigen Minuten hatten diese

Männer noch voller Kampfeslust vor ihnen gestanden. Jetzt hatten sie keine Träume und auch keine Ziele mehr. Der Bandit, der den Huftritt abbekommen hatte, verfolgte die Ereignisse mit einem Auge. Das andere war völlig zugeschwollen. Angsterfüllt, die Hände auf sein entstelltes Gesicht gepresst, bewegte er sich langsam rückwärts in Richtung Wald.

Richard und Achim beachteten ihn nicht. Sie liefen zu Caer, der bewusstlos auf dem Boden in einer Pfütze aus Blut lag.

»Geh zum Wagen und sieh nach, ob du irgendetwas zum Verbinden findest«, bat Richard Achim, während er den Verletzten auf die Seite drehte und vorsichtig die Kleidung über der Wunde entfernte.

Richard, der mit achtzehn Jahren den Wehrdienst verweigert hatte, war fünfzehn Monate als Rettungssanitäter tätig gewesen, um erste Hilfe zu leisten. Das kam ihm jetzt zugute. Die Wunde war tief, doch es schienen keine inneren Organe getroffen zu sein, soweit er das erkennen konnte. Er hoffte es wenigstens.

Achim brachte in Streifen gerissenen Stoff. Richard drückte ihn fest auf die Wunde, um die Blutung zu stillen.

»Wir müssen die Wunde auswaschen, um sie zu desinfizieren. Bleib du hier, ich sehe mal nach Credne.« Der lag mit verdrehten Gliedern neben dem Baum und war ebenfalls bewusstlos. Vorsichtig tastete Richard Crednes Kopf ab. Er fühlte eine fast hühnereigroße Beule am Hinterkopf. Außerdem schien das rechte Bein gebrochen zu sein. Er holte Wasser vom Wagen, kühlte die Beule damit und ließ es über die Stirn des Mannes laufen. Mitleidig betrachtete er das bleiche Gesicht, aus dem gerade die ersten Bartstoppeln sprossen.

Es war dunkler geworden, und ein Hauch von Unwirklichkeit lag über dem Kampfplatz. Die Stille, der Blut- und Schweißgeruch und das nervöse Stampfen der Pferde verstärkten diesen Eindruck noch. Ringsum verschwammen bereits die Konturen der Bäume. Nur die Blätter raschelten leise im Wind. Es war unheimlich, und Richard schüttelte sich. Der Schrei eines Nachtvogels ließ ihn erschreckt zusammenzucken. Credne bewegte sich, stöhnte leise. Richard strich ihm beruhigend über die Stirn, die er weiterhin kühlte. Der Verletzte öffnete seine Augen und sah verwirrt um sich.

»Was ist passiert?« Er versuchte aufzuspringen. Richard drückte ihn sanft nieder.

»Ganz ruhig, wir kümmern uns um dich, mach dir keine Sorgen, du bist in Sicherheit.« Er wandte sich an Achim

»Wir brauchen Feuer«, rief er ihm zu. »Hast du ein Feuerzeug oder Streichhölzer mit?« Achim kramte in seinen Taschen und fand eine vergammelte Streichholzschachtel mit der Werbung der Pension, in der sie manchmal übernachteten, wenn sie auf der Suche nach neuen Fundstellen waren.

Sie sammelten trockene Äste und benutzten einen Streifen von dem Stoff des toten Händlers zum Anzünden. Kurze Zeit später flackerte ein Feuer und warf gespenstische Schatten.

Es war jetzt vollkommen dunkel. Nur der Mond erleuchtete den Platz. Vorsichtig trugen sie die verwundeten Brüder zum Feuer. Caer war ebenfalls wieder bei Bewusstsein. Tränen der Trauer rannen über sein verschmutztes Gesicht, als er sah, dass sein Vater tot war.

Richard brachte Wasser in einem Bronzetopf zum Kochen und wusch die Wunde aus, so gut er konnte. Dann drückte er ein zusammengelegtes, vorher ausgekochtes Stück Stoff darauf und wickelte die Streifen fest darum.

Achim holte Bier und füllte die Becher. Die Männer schauten sich erschüttert und immer noch geschockt an. Der vom Pferd getretene Bandit hatte sich aus dem Staub gemacht. Credne wollte wissen, warum sie ihn nicht getötet hatten.

»Wir haben uns zuerst um euch gekümmert, wir sind das Kämpfen und Töten nicht gewohnt.« Als er den glühenden Hass in Crednes Augen bemerkte, fügte er beruhigend hinzu: »Wir können ihn morgen suchen, weit kommt der sowieso nicht.«

Credne sah sich suchend um. »Was ist mit meinem Vater?« Angst schwang in seiner Stimme.

»Deinem Vater können wir leider nicht mehr helfen, er ist tot«, gab Richard traurig zur Antwort.

Eine ganze Weile sprach keiner der Männer ein Wort. Entsetzt und erschöpft saßen sie am Feuer und hingen ihren Gedanken nach.

»Habt ihr schon einmal einen Wagen gefahren?«, wollte Caer wissen. Seine Augen fielen ihm ständig zu, eine plötzliche Schwäche hatte ihn überfallen.

»Das Dorf ist nicht mehr weit, es wäre besser, dort zu übernachten.« Achim und Richard sahen sich an.

»Wir können es versuchen«, beschlossen sie. Der Gedanke, im Wald zu übernachten, gefiel ihnen ebenso wenig wie den Brüdern, die nun notdürftig versorgt neben ihnen am Feuer lagen. Sie trugen Caer und Credne in den Wagen, legten den toten Midir daneben und deckten ihn mit einem Fell zu. Achim rannte noch einmal zurück und beugte sich über die langsam steif werdenden Wegelagerer. Er bemühte sich, den Schauder zu unterdrücken, der ihn beim Anblick der Leichen erfasst hatte, nahm ihnen aber trotzdem mit schnellen Bewegungen die Fibeln, Schwerter, Messer und Beutel ab.

Die können sie jetzt nicht mehr gebrauchen, beruhigte er sein schlechtes Gewissen. Dann band er die Pferde an dem Wagen fest.

Richard nahm den Platz des toten Wanderhändlers ein, während Achim sich zu den Verwundeten setzte. Die Pferde trotteten bereitwillig los. Sie schienen den Weg bereits zu kennen und widersetzten sich Richards Bemühungen, den Wagen zu lenken, nicht.

Schon nach einer Stunde konnten sie den Duft von gebratenem Fleisch riechen. Ein Feuerschein erhellte schwach den Himmel. Hunde begannen wachsam zu bellen. Ein Kopf erschien an der Umfriedung aus Holz und Stein.

»Wer seid ihr, Fremde, dass ihr so spät in unser Dorf kommt? Was wollt ihr von uns?«, brüllte eine herrische Stimme.

Credne setzte sich mühsam auf. »Wir sind die Söhne des Wanderhändlers Midir mit zwei Freunden und sind überfallen worden. Bitte öffnet das Tor, wir benötigen dringend Hilfe.« Misstrauisch beugte sich der Kopf weiter nach vorn, ein zweiter Kopf erschien, dann wurde das große Holztor geöffnet. Die Neuigkeit verbreitete sich wie ein Lauffeuer. Immer mehr Menschen strömten aus ihren Häusern. Teils mitleidig, teils sensationslüstern beobachteten die Menschen die Fremden, die ihr Dorf aufsuchten.

Dagda, dem Fürsten dieses Dorfes, war sofort Bericht erstattet worden. Ärgerlich über die späte Störung kam er auf den Wagen zugestapft, der vor seinem Haus stehen geblieben war. Er hatte sich den Bauch mit köstlichem Wildschweinbraten voll geschlagen und alles mit einigen Krügen Bier heruntergespült. Gerade war er im Begriff, sich seiner Frau zuzuwenden, als sein Sohn hereinkam, um ihm den Besuch der Fremden zu melden. Credne schlug das Fell, mit dem sein toter Vater zugedeckt war, zurück, und Dagda und auch die Dorfbewohner sahen traurig auf Midirs Leiche. Alle hatten sie ihn gemocht. Nie hatte er sie wie die anderen Händler betrogen und immer gute Ware geliefert. Er konnte die spannendsten Geschichten erzählen aus Ländern, von denen sie kaum glauben konnten, dass es sie wirklich gab. Obwohl er von dort oft Dinge mitbrachte, die sie noch nie gesehen hatten, zweifelten sie am Wahrheitsgehalt seiner Geschichten. Wie dieses hauchdünne, stoffähnliche Material, auf denen Bilder und Zeichen gemalt waren, durch die sich die Menschen aus dem fernen Land verständigen konnten, wie Midir versicherte. In diesem Land gab es Tiere, die aussahen wie Eidechsen und sich genauso bewegten, die aber groß waren wie ein Baum, mit scharfen Zähnen in einem riesigen Maul. Sie konnten selbst Kinder, die schon einige Sommer erlebt hatten, mit einem Biss verschlingen.

Jedes Mal, wenn er im Sommer zu ihnen kam, wusste er Neues zu erzählen und zu zeigen.

Fürst Dagda ließ nach der heilkundigen Frau schicken, damit sie sich um Caer und Credne kümmern konnte. Er befahl, die Verletzten in sein Haus zu bringen. Jetzt erst bemerkte er Achim und Richard. Erstaunt betrachtete er Achims rote Haare, die selbst jetzt auf dem nur schwach erhellten Dorfplatz leuchteten.

»Und wer seid ihr? Was ist der Grund für euren Besuch?«, fragte er die beiden Männer, die in den neuen Gewändern seltsam fremd wirkten. Misstrauisch wartete er auf Antwort.

»Wir sind Reisebegleiter und Freunde von Midir«, gab Achim zurück, dem der Ton nicht gefiel, den Dagda angeschlagen hatte. Dagda gab sich vorerst mit dieser Antwort zufrieden.

Gemeinsam gingen sie auf das große Haus des Stammesfürsten zu. Die breite Holztür stand halb offen. Der Schweißgeruch, der sich mit dem aufsteigenden Qualm des Feuers mischte, trieb Richard und Achim die Tränen in die Augen.

Die Männer nahmen auf weichen Fellen Platz, die auf grob gezimmerten Bänken um die Feuerstelle herum ausgebreitet waren. Caer und Credne lagen schon bequem an dem einladend wärmenden Feuer. Frauen brachten Bier, Käse und Wildschweinbraten und zogen sich dann zurück, bis auf eine Magd, welche die Hörner und Becher der Männer nachzufüllen hatte, sobald diese leer waren.

Sie war ein junges hübsches Mädchen, mit einem schlichten Gewand bekleidet, das ihr bis über die Knie reichte. Lüsterne Blicke folgten ihr, besonders wenn sie sich bücken musste.

Die Tür öffnete sich knarrend. Kräutergeruch erfüllte das Haus, als Mira, die heilkundige Frau, hereinkam. Sie zählte ungefähr dreißig Sommer. Nur ihre Hände sahen aus wie die einer alten Frau. Sie beugte sich über Caer, nahm den Verband ab und betrachtete stirnrunzelnd die Wunde. Dann drückte sie eine streng riechende, breiige Masse tief in die verletzte Stelle, zog ein großes Stück Zunderschwamm aus einem ihrer Beutel und legte es darüber. Vorsichtig wickelte sie den Stofffetzen wieder darum und bat einen der Männer, Caer aufzurichten. Sie ließ sich einen Becher reichen und holte einen weiteren Beutel unter ihrem weiten Umhang hervor. Mit spitzen Fingern entnahm sie eine winzige Menge eines geheimnisvollen Pulvers, das aus zerstoßenen Kräutern hergestellt war. Sie vermischte es in einem Becher mit Bier. Gemeinsam stützten sie Caer beim Trinken. Er hatte angefangen zu fiebern. Frierend und zähneklappernd lag er unter seinem Fell.

Kurze Zeit, nachdem er die Medizin getrunken hatte, schlief er ein. Mira strahlte Selbstsicherheit und Erfahrung aus bei dem, was sie tat. Sie beugte sich über Credne, prüfte mit der Hand auf der Stirn die Temperatur des Verletzten und horchte auf seinen Atem, der ruhig ging. Dann erst bemerkte sie das Stück Holz, mit dem Richard das gebrochene Bein notdürftig geschient hatte. Interessiert besah sie sich das Bein und auch die improvisierte Schiene.

»Wer hat das hier gemacht?«, fragte sie neugierig. Die Kunst des Heilens war ihr Leben. Sie war begierig darauf, Neues zu lernen. Jedes Mal, wenn Midir in ihr Dorf kam, suchte sie das Gespräch mit ihm. Er hatte ihr schon mehrmals getrocknete Kräuter aus unbekannten Ländern mitgebracht und ihr erklärt, wozu diese dienten. Richard sah sie an. In dem von feinen Falten durchzogenen Gesicht stachen die Augen hervor, in denen er Intelligenz und ein tiefes Wissen entdeckte.

»Ich habe das Bein geschient, weil es gebrochen ist.« Als Mira ihn erstaunt anblickte, fügte er hinzu: »Es ist jetzt ruhig gestellt. Der Knochen kann so in Ruhe wieder zusammenwachsen.« Dagda verfolgte aufmerksam das Gespräch zwischen Mira und dem Fremden. Auch die anderen Männer hörten genau zu. Nach einer Weile erhob Dagda sich von seinem etwas erhöhten Platz, der mit dem kostbaren und seltenen Fell eines weißen Wolfes ausgelegt war. Mit einer kurzen Kopfbewegung schickte er die Frau hinaus. Sie konnte sich später mit dem Fremden unterhalten. Credne, der Dagda schon seit vielen Sommern kannte, bat Achim, die Stiefel, die Midir als Gastgeschenk für Dagda getauscht hatte, vom Wagen zu holen und dem Fürsten zu überreichen. Achim kam seiner Bitte sofort nach und übergab dem staunenden Dagda Richards alte Stiefel.

»Unser Vater hat sie für dich erworben, es ist sein letztes Geschenk. Gerne hätte er es selbst überreicht.« Credne standen die Tränen in den Augen, als er den letzten Gruß seines Vaters überbrachte. Dagda, der den Wanderhändler wirklich gemocht hatte, sah ihn mitleidig an.

»Ich werde dieses Geschenk des größten Wanderhändlers in unserem Land in Ehren halten, wir werden ihn nie vergessen. In Gedanken wird er immer bei uns sein. Wenn ihr es wünscht, werden wir ihn in unserer heiligen Erde begraben, wo unsere Götter über ihn wachen und ihn in sein neues, ewiges Leben begleiten.« Die Männer waren gerührt. Dagda betrachtete neugierig seine neuen Stiefel. Er war sich des Werts des Geschenks bewusst. Wer hatte schon solch ein Schuhwerk außer ihm? Leicht belustigt sahen Richard und Achim zu, wie Dagda seine geschnürten Lederschuhe ablegte und freudig erregt in die Stiefel schlüpfte, die ihm allerdings etwas zu groß waren. Ebenso stolz wie Midir einige Zeit vorher probierte er sie aus und ließ sie von seinen Männern bewundern. Dann setzte er sich zurück auf seinen Platz.

Nachdenklich musterte er die Söhne des Händlers und die beiden Fremden, die ihm nicht ganz geheuer waren. Der Kleinere mit den roten Haaren, die sich kaum von dem flackernden Feuer vor ihnen unterschieden, hatte ihn überhaupt nicht bewundernd angesehen, sondern leicht gegrinst, als er sein neues Schuhwerk angezogen hatte. Auch der Große mit Haaren, deren Farbe gelb wie ein Weizenfeld kurz vor der Ernte war, hatte eher belustigt als respektvoll geguckt. Dagda beschloss sofort, das zu ändern. Er ließ sich wieder auf seinem Wolfsfell nieder, das Midir ihm vor einigen Wintern mitgebracht hatte, und blickte drohend in die Runde. Die Männer des Dorfes kannten diesen Blick und hielten erschrocken in ihren Gesprächen inne.

»Ich möchte wissen, was mit Midir passiert ist«, befahl er mit strenger Stimme. Er hatte ebenfalls von den schrecklichen Überfällen gehört und nahm diese sehr persönlich. Nicht auszudenken, wenn sich die Wanderhändler davon abschrecken ließen und die Dörfer der Umgebung, von denen Dagdas Dorf das größte war, nicht mehr beliefern würden. Abgesehen von den Gewürzen und dem Rohmaterial für ihre Waffen, das sie ständig brauchten, würden sie die Geschichten vermissen, die jeder Händler erzählte und die von den Bewohnern der Dörfer während des Erzählens miterlebt wurden. Sie konnten gar nicht aufregend genug sein. Je spannender ein Händler erzählen konnte, desto besser wurde er bewirtet, was die Händler natürlich wussten und was ihnen jegliche Scheu vor Übertreibungen nahm. Credne, dem es momentan besser ging als seinem älteren Bruder, setzte sich mit Richards Hilfe mühsam auf. Sein Bein tat ihm weh. Er hatte starke Kopfschmerzen. Außerdem war er müde.

»Wir sind nicht weit vor eurem Dorf von Wegelageren überfallen worden. Sie haben uns in einem Hinterhalt aufgelauert. Unseren Vater haben sie getötet. Wenn diese Männer nicht gewesen wären, hätten wir ihnen nicht entkommen können. Bis auf einen Mann, der im Gesicht verwundet ist, haben wir alle Räuber zu ihren Göttern geschickt. Wenn ihr den Weg zurückgeht, werdet ihr die Leichen finden.« Bewunderung und Erleichterung machte sich in den Gesichtern der Bauern breit. Es waren raue, hart arbeitende Männer, die ihre Familien liebten. Wenn es nötig war, konnten sie aber auch eine volle Ernte stehen lassen, um mit Begeisterung in den Kampf zu ziehen. Momentan gab es leider bis auf kleinere Nachbarschaftsfehden keine größeren Kriege, so mussten sie sich mit gelegentlichen Raufereien begnügen. Dafür hatten sie in den vergangenen Jahrzehnten einen bescheidenen Wohlstand erreicht. Der letzte große Krieg war schon zwei oder drei Generationen her. Die Männer bekamen glänzende Augen, wenn die Händler von Schlachten aus fernen Ländern erzählten. Ihre Gesichter drückten keine besondere Intelligenz aus, fand Achim. Sie unterschieden sich nicht sonderlich von manchen kleinen Eifelbauern, die oft weltfremd auf ihren Traktoren hockten und jede Neuerung erst einmal ablehnten. Er konnte die misstrauischen Blicke förmlich fühlen, mit denen sie ihn und auch Richard mehr oder weniger unverhohlen musterten. Besonders einer der Männer, ein stumpfsinnig aussehender Greis, der nur noch aus Haut und Knochen bestand, starrte ununterbrochen auf seine Haare. Achim fing an, sich zu ärgern. Wütend gab er den Blick zurück und genoss den Schreck, der den Greis zurückzucken ließ.

Das Bewusstsein dieser Menschen war gerade dabei zu erwachen. Mit dem Entdecken von Kupfer und Zinn und der Fähigkeit, das Metall zu bearbeiten, war der erste Schritt zum Fortschritt getan. Die Gedanken, die ihm durch den Kopf schossen, faszinierten ihn. Er beschloss, sich morgen im Dorf die Handwerkshütten genau anzusehen.

Plötzlich wurde ihm bewusst, was er da plante. Er tat gerade so, als würde er ein Freilichtmuseum besuchen, dabei befand er sich tatsächlich in der Vergangenheit. In einer fremden, mystischen Zeit, die er nicht verstehen konnte.

»Ich werde noch verrückt«, flüsterte er Richard zu. »Was ist nur mit uns geschehen, ich kann überhaupt nicht mehr klar denken, oder träume ich das alles nur?«

Richard zuckte die Schultern. »Mir geht es genauso. Was wir heute erlebt haben, war einfach zu viel. Lass uns erst einmal schlafen, morgen sieht die Welt wieder anders aus.« Er hatte keine Lust mehr, weiter darüber nachzudenken, was mit ihnen passiert war. Er brauchte erst einmal Abstand, um wieder in der Lage zu sein, einen klaren Gedanken fassen zu können.

Dagda dachte über das nach, was er gehört hatte.

»Wer waren die Männer, die euch überfallen haben, waren sie euch bekannt?« Credne schüttelte verneinend den Kopf.

Dagda entschied, am nächsten Morgen den Kampfplatz aufzusuchen, um nach dem entflohenen Räuber zu suchen. Credne war zur Enttäuschung aller zu müde, um Geschichten zu erzählen.

Kurze Zeit später schliefen auch Achim und Richard, müde von den Erlebnissen des Tages und dem Bier, das ständig nachgeschenkt wurde, an dem Feuer ein.

Tief in Gedanken versunken lief Jana an den arbeitenden Frauen und spielenden Kindern vorbei, ohne sie zu beachten. Sie nahm die neugierigen Blicke, die ihr folgten, nicht einmal wahr. Das Bedürfnis, allein zu sein, war übermächtig geworden; sie musste die Gedanken ordnen, die in ihrem Kopf tobten. Ihre ganze Umgebung kam ihr unwirklich vor und überstieg ihr Vorstellungsvermögen. Endlich erreichte sie den Dorfrand. Vor ihr lag friedlich der Wald. Ein warmer Wind wiegte die Kronen der Bäume. Im letzten Moment unterdrückte sie den Wunsch, einfach in die grünen, einladenden Arme hineinzulaufen, denn gerade noch rechtzeitig war ihr der Bär eingefallen. Mitleidig sah sie die traurigen Augen des Bären wieder vor sich, dann, ohne es zu wollen, den aufmerksamen Blick des Jägers. Was war mit ihr passiert? Wie war sie hierher gekommen, und wo war sie überhaupt?

Sie konnte es nicht verstehen. Nachdenklich ließ sie sich auf den moosbewachsenen Boden des Waldrands sinken. Das beklemmende Gefühl, das sie während ihres Australienurlaubs vor einigen Jahren erfasst hatte, stieg in ihr hoch. Sie ging noch einmal in Gedanken den Tag durch. Der Schluss, zu dem sie kam, dem sie nicht ausweichen konnte, war nur schwer begreiflich. Sie hatte mit der Sternenscheibe eine Reise durch die Zeit gemacht und war in der Vergangenheit, irgendwo in grauer Vorzeit bei ihren Vorfahren, den Urgermanen. Aber wo war die Sternenscheibe geblieben? Und warum war sie hier? Jetzt sollte sie auch noch einen vorsintflutlichen Jäger heiraten. Er hatte ihr Leben gerettet, doch sie würde ihn ganz sicher nicht heiraten.

Sie lachte hysterisch auf, während ihr gleichzeitig die Tränen aus den Augen rannen. Vorgestern, als sie bei ihrem Italiener an der Königsallee saßen, hatte sie ihren Freunden von dem geplanten Wochenende erzählt. Ihre Freundin Petra hatte sie nur verständnislos angestarrt, als sie hörte, dass Jana in alten Stiefeln über Felder lief, um nach irgendwelchen Münzen aus vergangenen Zeiten zu suchen.

»Du wirst dir deine Nägel ruinieren«, prophezeite sie und wandte sich gelangweilt dem dunkelhaarigen Martin zu, den sie süß fand, was garantiert an seinem gut gefüllten Konto lag.

Plötzlich sehnte sie sich nach ihrer gemütlichen Dachgeschosswohnung. Selbst das Büro, vor dem sie geflüchtet war, erschien ihr in diesem Moment paradiesisch.

Doch Jana war kein Mensch, der sich hängen ließ. Mit der ihr eigenen Energie machte sie sich daran, eine Lösung zu suchen, die sie zurück in ihre vertraute Umgebung oder zumindest zu Richard und Achim bringen würde.

Die seltsamen Ereignisse hatten irgendetwas mit dem Fund zu tun, den sie gemacht hatte, das stand fest. Sie musste die Scheibe finden. Als sie an der Quelle aufgewacht war, hatte sie die Sternenscheibe nirgendwo gesehen. Vielleicht wusste der Jäger, wo sie sich befand. Sie beschloss, ihn zu fragen. Er würde ihr sicherlich helfen. Nachdem sie ihren Entschluss gefasst hatte, fühlte sie sich besser. Rasch stand sie auf und ging ins Dorf zurück.

Eine Frau mittleren Alters in rotem Gewand flocht mit geschickten Fingern einen großen Korb. Ablehnend blickte sie auf, als Jana zögernd zu ihr trat. Ein kleines Kind saß neben der Frau auf dem staubigen Boden und hielt ihr Bein umklammert. »Wie heißt euer Dorf?«, begann Jana das Gespräch, entschlossen, sich ein Bild von der fremden Umgebung zu machen, in der sie sich befand.

»Unser Dorf hat keinen Namen«, gab die Frau verwundert zur Antwort.

»Dann kannst du mir vielleicht sagen, wie weit das nächste größere Dorf von hier entfernt ist?« Jana drehte sich um, obwohl sie auch so wusste, dass sie von den Dorfbewohnern beobachtet wurde.

»Es gibt ein großes Dorf oben am Fluss, das sich eine halbe Tagesreise von hier befindet.« Das Kind, das ungefähr anderthalb Jahre alt war, begann an seiner Mutter hochzuklettern, riss ihr die Bluse auf und griff gierig nach ihrer Brust. Seufzend legte die Frau den Korb zur Seite und wickelte ihren Umhang um sich, und das Kind begann zufrieden an einer der großen Brustwarzen zu saugen.

Jana wollte sich gerade zurückziehen, als die Frau sie neugierig fragte: »Hast du auch Kinder? Haben bei euch alle Frauen goldene Haare und Hosenkleider an?« Amüsiert dachte Jana, dass sich wohl die Zeiten ändern, die Interessen der Frauen aber gleich blieben.

»Dort, wo ich herkomme, gibt es Menschen mit verschiedenen Haarfarben, rot, braun, gelb und schwarz. Bei uns tragen die Frauen Hosen oder Röcke, wie es ihnen beliebt. Ein Kind habe ich noch nicht, weil ich noch keinen Mann habe.« Das Gespräch begann ihr zu gefallen. Es lenkte sie von ihren quälenden Gedanken ab.

»Das verstehe ich nicht, hat dein Vater noch keinen Mann für dich ausgewählt? Du bist doch schon in einem Alter, in dem alle Frauen, die gesund sind, einen Mann und Kinder haben. Oder hast du eine Krankheit, dass kein Mann dich will?« Die Frau taute, von Neugier getrieben, langsam auf.

Jana überlegte und erzählte nach kurzem Zögern die Geschichte ihrer Entführung, die sie schon den Männern vorgelogen hatte. Angespornt durch die gespannte Aufmerksamkeit der Frau, die sie mit großen Augen ansah, schmückte sie diese noch ein bisschen aus. Mittlerweile waren auch die anderen Frauen näher gekommen und hörten gespannt zu. Immer wieder musste sie die Passage von der Entführung wiederholen. Die Beschreibung der Männer, die sie überfallen hatten, wurde jedes Mal ein bisschen schrecklicher.

Die Frauen sahen sie mit einer Mischung aus Bewunderung und Mitleid, aber auch ein wenig Neid an. Es waren einfache Frauen mit schlichtem Gemüt und ernsten Gesichtern. Durch die vielen Arbeiten, die sie täglich verrichteten, kamen sie gar nicht erst auf die Idee, über ihr Leben nachzudenken oder bestehende Gesetze ändern zu wollen. Jede Neuigkeit, die ihren tristen Tagesablauf unterbrach, nahmen sie dankbar auf. Sie strahlten eine bescheidene Zufriedenheit aus, oder war es Ergebenheit mit ihrem Schicksal? Die meisten von ihnen hatten das Dorf, in dem sie geboren waren, nie verlassen.

Die Dämmerung hatte sich unbemerkt über das Dorf gelegt und ließ es für Jana noch unwirklicher erscheinen.

Die Frauen riefen ihre Kinder zu sich und gingen in ihre Häuser, um das Essen vorzubereiten. Laya kam auf sie zu, an der Hand ein kleines Mädchen.

»Das ist Isa, die Tochter des Jägers, der bald dein Mann sein wird.« Das kleine Mädchen musterte sie still und aufmerksam. Sie war vielleicht sieben, höchstens acht Jahre alt. Ihre großen dunklen Augen beherrschten das schmale, kleine Gesicht. Lange schwarze Haare kringelten sich bis auf die Schultern. Sie hatte die breiten Wangenknochen ihres Vaters. Lange sahen die beiden sich an. Der Schmerz und die tiefe Traurigkeit, die aus den dunklen Augen strömten, trafen Jana bis ins Innerste. Sie wurde von Gefühlen der Zärtlichkeit überwältigt, die dieses kleine Mädchen in ihr auslösten. Sie würde Isa beschützen. Nie mehr sollte sie einen Grund haben, traurig zu sein. Aber da war noch etwas, sie konnte es deutlich spüren. Das Kind war genauso fremd und einsam hier wie sie.

»Seit ihre Mutter gestorben ist, spricht Isa nicht mehr«, bemerkte Laya.

Die Neuigkeit, dass der Jäger die fremde Frau heiraten wolle, hatte sich rasend schnell im Dorf verbreitet. Jana betrat zusammen mit Isa und Laya das Haus von Argor, in dem Jana bis zur Hochzeit schlafen sollte. Laya beugte sich über die Feuerstelle, holte Zunder, einen Feuerstein und Schwefelkies aus einem Beutel, den sie an ihrem Gürtel befestigt hatte. Dann schlug sie mit geübten Händen den Feuerstein an den Schwefelkies. Mit dem Zunder fing sie die sprühenden Funken auf und legte den glimmenden Zunder auf eine Hand voll Rohrkolbensamen. Vorsichtig blies sie in das Glutnest und legte trockene Äste darauf. Ein warmes Feuer flackerte auf, das schnell größer wurde. Argor, Layas Mann, und ihre drei Kinder betraten nacheinander die Hütte. Argor hielt ein großes Stück Bärenfleisch in der Hand. Er hockte sich auf den Boden und zerteilte es mit einer Feuersteinklinge in kleinere Stücke.

Laya schüttete aus einem Holzeimer Wasser in den großen Kessel, der über der Feuerstelle hing. Dann tat sie Bohnen, Dinkel, Kräuter und zuletzt das Bärenfleisch hinein. Die drei Mädchen starrten Jana neugierig an. Sie waren dünn und schmutzig. Strähnige dunkle Haare hingen ihnen bis auf die Schulter. Sie ließen sich auf dem staubigen Lehmboden nieder, die Köpfe an eine der Bänke gelehnt. Hungrig hingen ihre Augen an dem Kessel mit der Suppe. Wie junge Hunde schnupperten sie den aufsteigenden Geruch. Argor setzte sich auf eine Holzbank. Schweigend begann er seinen Jagdbogen zu reparieren. Jana beachtete er nicht. Immer wieder warf die Familie verstohlene Blicke auf die fremde Frau, die ihnen nicht ganz geheuer war. Jana hatte sich auf einer der mit Fellen bedeckten Bänke niedergelassen, niemand sprach ein Wort mit ihr.

Die kleine Isa setzte sich neben sie, was Laya erstaunt zur Kenntnis nahm. Wusste sie doch, wie schüchtern Isa war. Nach dem Tod ihrer Mutter hatten sie sich bemüht, sie zum Sprechen zu bewegen. Doch das Kind ließ niemanden an sich heran. Manchmal verschwand es für einige Stunden, um plötzlich wieder aufzutauchen. Mittlerweile hatten sich die Dorfbewohner an ihr Schweigen und ihr seltsames Verhalten gewöhnt und beachteten sie nicht mehr. Man hatte auch so genug Sorgen. Wie das Kind einen anschaute, das war unheimlich, so als würde es etwas sehen, das allen anderen verborgen blieb.

Laya reichte ihr eine Schale von dem Eintopf, der jetzt fertig war, und dazu ein Stück von dem noch warmen Brot. Angewidert starrte Jana auf die trübe Brühe, in der dicke, halb rohe Fleischstücke schwammen. Sie schielte auf die schmutzigen, schwieligen Hände von Layas Mann, der das Fleisch geschnitten hatte. Ekel stieg in ihr hoch. Sie stellte die Schale auf den Boden.

»Ich habe keinen Hunger«, sagte sie. Laya schaute ängstlich zu ihrem Mann. Der warf der fremden Frau einen kalten Blick zu und schaufelte sich mit dem Brot ungerührt seinen Eintopf in den Mund. Zwischendurch zog er mit den Fingern Stücke von dem mit Sehnen durchzogenen Fleisch aus der Suppe und stopfte sie hinterher. Sollte sein Bruder sich doch um die Fremde kümmern, was ging es ihn an, ob sie etwas aß oder nicht. Den Krug mit Bier, den Laya ihm reichte, trank er in einem Zug leer. Nach einigen kräftigen Rülpsern, die Jana erschrocken zusammenzucken ließen, wischte er sich den vor Fett triefenden Mund mit dem Ärmel ab und griff nach seinem Bogen.

Die zwei kleineren Mädchen legten sich nebeneinander auf eine der Bänke und schliefen sofort ein. Laya stand auf und deckte sie mit einem Fell zu. Das größere Mädchen nahm Janas Schale und schüttete die Suppe zurück in den Kessel. In die anderen Schalen goss sie etwas Wasser aus einem Krug, das sie anschließend an der fensterähnlichen Öffnung leerte. Sie stellte die Schalen zurück auf das Regal, nahm eine Nadel aus Bein aus ihrem Gürteltäschchen und begann zu nähen. Laya begab sich an ihren Webstuhl.

Janas Stimmung war auf den Nullpunkt gesunken. Der schweißgetränkte, muffige Geruch in der schäbigen Hütte ließ Übelkeit in ihr hochsteigen. Sie war müde und hatte Kopfschmerzen. Deprimiert saß sie auf ihrer Bank, während ihr alle möglichen Fluchtgedanken durch den Kopf schossen. Doch jeder Gedanke endete bei der Scheibe. Sie musste herausbekommen, wo sie sich befand, es schien die einzige Möglichkeit zu sein, diesem Dorf samt seinen Bewohnern zu entkommen.

Nach einer Weile wurde die Tür geöffnet, und der Jäger betrat die Hütte. Laya sprang sofort auf und reichte ihm Suppe und Brot. Schweigend aß er seine Suppe. Ab und zu streifte sein Blick über Jana, ansonsten beachtete er sie nicht. Sein Blick wurde warm, als er auf Isa fiel, die eng an Jana geschmiegt eingeschlafen war. Es würde gut werden, wenn sie erst einmal eine Familie waren. Der Gedanke, Jana zu fragen, was sie von der Heirat mit ihm hielte, kam ihm nicht. Frauen hatten sich der Entscheidung der Männer zu beugen. Er liebte sein kleines Mädchen, und es machte ihn traurig, dass er ihr nicht helfen konnte. Die anderen Kinder mieden und ärgerten sie. Immer stand sie abseits, und niemand wusste, was in ihr vorging.

»Wer ist Mabon?«, platzte Jana heraus, nachdem sie ihn einen Augenblick aufmerksam gemustert hatte. Er sah müde und erschöpft aus.

Kalt sah er sie an. Es ziemte sich nicht für eine Frau, einen Mann beim Essen mit ihrem Geschwätz zu stören. Dafür war anschließend Zeit. Er aß seine Suppe auf, trank sein Bier und rülpste laut und vernehmlich. Dann erst bequemte er sich zu einer Antwort.

»Mabon ist ein heiliger Mann, durch ihn sprechen die Götter.«

Ohne ein weiteres Wort stand er auf und verließ die Hütte. Er schlief in seinem eigenen Haus und kam nur zum Essen hierher und um seine Tochter zu sehen, die seit dem Tod seiner ersten Frau mit den Kindern seines Bruders aufwuchs.

Wütend sah Jana ihm nach. Was fiel diesem Bauer ein, sie so zu behandeln?

Er konnte sehen, woher er eine Frau bekam. Sie würde er jedenfalls nicht bekommen. Tränen der Verzweiflung liefen ihr über die Wangen. Niemand kümmerte sich um sie oder kam auf die Idee, sie zu trösten. Plötzlich war sie todmüde. Sie schob das kleine Mädchen zur Seite, drehte sich zur Wand und versuchte zu schlafen. Die stinkende Decke warf sie ans Fußende. Doch nach wenigen Minuten wurde ihr kalt. Das Feuer war heruntergebrannt, und sie begann zu frieren. Mit spitzen Fingern zog sie die muffige Decke zu sich heran und deckte sich zu. Dann sank sie endlich in einen unruhigen Schlaf.

Am nächsten Morgen erwachte Jana als Erste. Das Feuer war ausgegangen und zu schwarzer Asche verglommen. Ihr Blick fiel auf den verrußten Balken an der Decke. Ihr war schwindelig, und sie hatte immer noch Kopfschmerzen, außerdem tat ihr der Rücken weh von der ungewohnten Bettstelle, auf der sie geschlafen hatte. Die ganze Nacht hatte sie sich gequält, wurde von Albträumen hin und her geworfen. Immer wieder tauchte darin ein Hirsch auf, schwarz und glänzend wie Obsidian, mit menschlichen Augen. Seine Gestalt war einmal Tier und einmal Mensch. Erst in den frühen Morgenstunden war sie in einen tiefen Schlaf gefallen. Sie stand auf, ihr Blick streifte die schlafenden Menschen. Wie kann man nur so leben, dachte sie verächtlich und schlich leise aus der Hütte.

Sie sehnte sich nach einer erfrischenden Dusche und beschloss, zur Quelle zu gehen. Es war noch kühl, doch der Himmel war klar. Die Sonne gab mit jedem Augenblick, den sie höher am Himmel hinaufstieg, ein wenig mehr von ihrer Wärme an die Erde ab. Jana warf ihre Haare nach hinten, als könne sie so den muffigen Geruch herausschütteln, der, begleitet von den Körperausdünstungen der vielen Menschen, in dem schlecht gelüfteten Wohnraum vorherrschte. Ein kleiner struppiger Hund kam, freundlich mit dem Schwanz wedelnd, auf sie zu. Er war schwarz, bis auf einen weißen Fleck über dem linken Auge. Jana bückte sich, um ihn zu streicheln. Begeistert folgte ihr der Hund, als sie sich auf den Weg zur Quelle machte. Unbemerkt verließ Jana das Dorf. Wieder war sie überwältigt von der würzigen klaren Luft. Die Vögel lärmten, als sie den Wald durchquerte, der dunkel, grün und urwüchsig war. Nie vorher hatte sie so viele verschiedene Vögel gleichzeitig singen gehört, es schien, als wollten sie sich gegenseitig übertrumpfen. Nach wenigen Minuten erreichte sie die Lichtung und zog sich aus. Nur mit ihrem Slip bekleidet betrat sie die Quelle und tauchte in dem kalten Wasser unter. Nass, wie sie war, schlüpfte sie in ihre Jeans und zog ihr Baumwollhemd an. Ihr Kopf war wieder klar, und sie fühlte sich erfrischt und stark. Suchend sah sie sich um. Sie musste die Sternenscheibe finden. Sie konnte sich nicht erinnern, sie gesehen zu haben, bevor sie den schmalen Weg betreten hatte. Wo konnte sie nur sein? Hoffentlich hatte nicht jemand sie gefunden und mitgenommen.

Der kleine Hund knurrte leise. Jana fuhr erschrocken herum. Ein Bär, schoss es ihr durch den Kopf, und eisige Angst kroch in ihr hoch. Sie blickte in die Richtung, in die der Hund knurrte. Zuerst sah sie nichts, dann eine leise Bewegung hinter der mächtigen Eiche. Angsterfüllt starrte sie auf den Baum. Was war das? Mit stolz erhobenem Kopf löste sich ein Hirsch aus dem Schatten des Baumes. Nur die Muskeln bewegten sich unter dem glänzenden Fell. Unbeweglich sah er sie an. Jana schloss die Augen, öffnete sie wieder. Das gab es doch nicht. Der Hirsch hatte Augen wie ein Mensch. Eine Weile sahen sich Mensch und Tier an. Dann drehte der Hirsch sich um und war verschwunden. Es schien, als wäre er nie da gewesen. Jana drehte sich um und rannte, begleitet von dem Hund, ins Dorf zurück, geradewegs in das Haus des Jägers. Sie musste endlich etwas unternehmen. Der Jäger war der einzige Mensch, dem sie vertrauen konnte, schließlich hatte er sie vor dem Bären gerettet und wollte sie heiraten. Also konnte sie ihm nicht ganz gleichgültig sein. Sie konnte nicht wissen, welche Gefahren noch in diesem verflixten Wald lauerten.

Balder war gerade dabei, seine Jagdausrüstung anzulegen, als Jana in seine Hütte stürmte. Überrascht sah er auf.

»Bitte begleite mich zu der Quelle, wo der Bär mich angegriffen hat«, forderte sie ihn ungeduldig auf, »ich habe dort etwas verloren, was ich unbedingt wieder finden muss.« Sie unterstrich ihre Ungeduld, indem sie einen gewohnheitsmäßigen Blick auf ihr linkes Handgelenk warf, wie sie es immer tat, wenn sie jemanden zur Eile antreiben wollte. Ihre Augen blieben auf einem runden, weißen Fleck hängen. Sie hatte vergessen, dass sie ihre Uhr im Auto gelassen hatte, um sie bei der Sucherei nicht zu beschädigen.

»Ich weiß nicht, woher du kommst und wie es bei euch Sitte ist«, erwiderte der Jäger barsch. »Doch bei uns darf eine Frau das Haus ihres zukünftigen Mannes erst nach der Hochzeit betreten.«

Balder überlegte, ob es nicht ein Fehler war, die fremde Frau heiraten zu wollen. Ihr Benehmen war mehr als seltsam. Es gab ihm einen Stich, als er an Emer, seine erste Frau, dachte. Sie war so sanft und klug, jeder im Dorf hatte sie geliebt.

»Das tut mir Leid, ich habe nicht vorgehabt, gegen eure Sitten zu verstoßen.«

Das klang ehrlich, und der Ton des Jägers wurde etwas freundlicher, als er fortfuhr: »Die Quelle ist ein heiliger Ort, wir müssen den Göttern etwas opfern, wenn wir dorthin gehen.« Er war neugierig geworden, was sie wohl dort wollte. Mit geübtem Griff nahm er seinen Bogen von der Wand und steckte sein Schwert in die lederne Scheide an seiner Seite. Dann drückte er ihr einen Korb mit Getreide und Früchten in die Hand.

Gemeinsam verließen sie das Haus. Neugierige Blicke folgten ihnen. Die Frau, mit der sie sich am Vortag unterhalten hatte, sah ihnen nach. Als ihr Blick den von Jana traf, wandte sie schnell den Kopf ab. Das Wetter war umgeschlagen. Es sah nach Regen aus. Dicke Wolken hingen an dem grauen Himmel, und auch der Wind war schärfer geworden. Während sie durch den Wald liefen, warf der Jäger immer wieder bewundernde Blicke auf Jana, die leichtfüßig neben ihm herlief und keine Probleme hatte, mit ihm Schritt zu halten.

Nach kurzer Zeit erreichten sie die Quelle. Jana sah sich suchend um. Dünne Nebelschwaden stiegen vom Boden auf und legten sich schwerelos um ihre Beine. Der schwere, leicht süße Duft der feucht werdenden Erde stieg in ihre Nasen. Eine geheimnisvolle Atmosphäre breitete sich aus. Kein Vogel war mehr zu hören. Der Wald hatte aufgehört zu atmen, als der Jäger sich über die Quelle beugte. Ehrfürchtig legte er die mitgebrachten Früchte und das Getreide in das samtige Wasser, wo es, langsame Kreise ziehend, unterging. Jana sah ihm fasziniert zu. Sie konnte die Anwesenheit der fremden Götter förmlich spüren.

»Wie heißt der Gott, dem du geopfert hast?«, wollte sie wissen.

»Es ist die Quellgöttin Corventina, sie gehört zu den Muttergöttinnen und kann verlorene Lebenskräfte zurückgeben«, erklärte der Jäger. Er beobachtete, wie Jana suchend um die Quelle herumlief.

In wenigen Tagen würde sie seine Frau werden. Sie würde schon noch lernen, sich einzufügen und mehr Respekt zu haben. Wenn es nicht anders ging, würde er ihr eben Respekt beibringen müssen. Was er sah, gefiel ihm jedenfalls. Das schmale Gesicht mit den hohen Wangenknochen, die großen Augen, selbst der etwas zu breite Mund. Ihre schmale Taille und die vollen Brüste, die sich unter dem noch feuchten Hemd deutlich abzeichneten, weckten heiße Begierden in ihm. Eifersucht stieg in ihm auf, wenn er daran dachte, dass andere Männer sie ebenfalls so sehen würden. Sobald sie zurück im Dorf waren, würde er Laya bitten, ihr etwas zum Anziehen zu geben, damit sie sich so kleiden konnte, wie es sich für eine Frau geziemte.

Jana, die nichts von seinen Gedanken ahnte, suchte weiter. Dort, wo sie nach ihrer Reise durch die Zeit wach geworden war, konnte sie nichts finden.

»Wonach suchst du denn, Frau?«, fragte er.

»Ich suche eine große runde Scheibe aus Bronze, auf der man den Sternenhimmel sehen kann. Sie sieht ungefähr so aus.« Sie bückte sich und malte mit einem dünnen Ast die Scheibe in den weichen Waldboden, wie sie diese in Erinnerung hatte. Sie sah den Mann, den sie heiraten sollte, erwartungsvoll an. Der Jäger wurde blass und packte sie heftig am Arm.

»Wie kannst du von unserem Heiligtum wissen?« Seine schmal gewordenen Augen musterten sie misstrauisch.

»Lass mich los, du tust mir weh«, rief sie, erschrocken von seiner heftigen Reaktion. Erfolglos versuchte sie, sich aus dem harten Griff des Jägers zu befreien. Was hatte sie falsch gemacht, dass er sie so zornig ansah?

»Ich brauche sie, um wieder in mein Land zu kommen«, erwiderte sie trotzig.

»Du wirst nicht zurück in dein Land gehen, sondern meine Frau werden, wie es beschlossen worden ist«, sagte er entschieden.

Jana erkannte, dass sie so nicht weiterkam.

»Ich möchte sie nur noch einmal ansehen, sie war so wunderschön, bitte zeig mir, wo ich sie finden kann«, versuchte sie es weiter und warf ihm ihr strahlendstes Lächeln zu.

Dem Jäger wurde ganz heiß von ihrem Blick. Er musste sich beherrschen, um sie nicht in seine Arme zu reißen. Trotzdem schüttelte er den Kopf.

»Schlag dir das aus dem Kopf. Die Sternenscheibe, wie du sie nennst, wird nur zu unseren großen Festen, zu Ehren unserer Götter, hervorgeholt. Nur Mabon darf sie berühren und bewahrt sie für die Götter an einem heiligen Ort auf. Genug jetzt. Wir gehen ins Dorf zurück, und dort kannst du Laya bei ihrer Arbeit helfen.«

Jana wurde wütend. Sie war es nicht gewöhnt, dass jemand ihr sagte, was sie zu tun hatte.

»Ich werde nirgendwo hingehen, bis ich die Scheibe gefunden habe.«

Sie drehte sich um und musterte die Bäume und die dahinter liegenden Sträucher. Wo hatte Mabon die Scheibe bloß versteckt? Weit konnte sie nicht sein. Der Jäger hatte gesagt, sie wäre an einem heiligen Ort, und das hier war ein heiliger Ort.

Balder verschlug es für einen Moment die Sprache. Noch nie hatte eine Frau es gewagt, ihm zu widersprechen.

»Du wirst tun, was ich dir sage. Oder ist es dir lieber, dass die Götter über dich entscheiden?«

Die Kälte in seiner Stimme erschreckte sie, und sie entschied, dass es besser wäre, ihn nicht noch mehr zu reizen. Gemeinsam gingen sie zurück zum Dorf. Balder würdigte sie mit keinem Blick. Als sie das Dorf erreicht hatten, ließ er sie stehen und lief mit großen Schritten auf das Haus des Stammesführers zu.

Unschlüssig stand Jana auf dem Dorfplatz. Wieder wurden ihr misstrauische Blicke zugeworfen. Frustriert machte sie sich auf den Weg zu Layas Haus. Laya war im Stall und wusch ihr Gesicht und ihre Hände. Als sie Jana bemerkte, stand sie rasch auf.

»Balder sagt, ich soll dir bei deiner Arbeit helfen.«

»Die Kühe müssen gemolken werden«, gab Laya scheu zurück und reichte ihr eine große Tonschüssel. Jana nahm die Schüssel und stellte sie unter die Kuh. Sie zog an den Zitzen unter den schweren Eutern, wie sie es einmal im Fernsehen gesehen hatte. Nichts geschah. Sie drückte die Zitzen fest zwischen ihren Fingern. Die Kuh gab ein unwilliges Geräusch von sich.

Laya, die sie beobachtet hatte, trat neben sie.

»Du musst von oben nach unten drücken«, erklärte sie und wunderte sich darüber, dass die fremde Frau nicht melken konnte.

Jana versuchte es, und tatsächlich kam Milch aus den Zitzen. Voller Eifer machte sie weiter. Als die Schüssel gefüllt war, hatte Jana Mühe, sie in die Hütte zu tragen.

»Du kannst schon mal den Ofen vorheizen und das Korn mahlen«, schlug Laya sanft vor.

Jana lief zur Feuerstelle und nahm den halbrunden Stein, der auf der Innenseite matt silbern glänzte, und ein kleines Stück Feuerstein, wie sie es bei Laya beobachtet hatte. Dann schlug sie die beiden Steine gegeneinander. Nicht der kleinste Funke erschien. Sie schlug heftiger, ein Stück von dem Feuerstein brach ab und flog gegen die Wand. Laya, die ihr gefolgt war, sah ihr erstaunt zu.

Geduldig hockte sie sich neben Jana und zeigte ihr, wie man Funken schlug, indem man den Feuerstein von oben nach unten an der Markasitknolle entlangschlug.

Janas Ehrgeiz war erwacht, ihre Probleme für den Moment vergessen. Befriedigung erfüllte sie, als es ihr nach wenigen Minuten gelang, Funken sprühen zu lassen, und als der vorbereitete Zunder zu glimmen begann. Sie gab den glimmenden Zunder in den Kuppelbackofen und legte einige Äste darüber. Dann kniete sie sich auf den Lehmboden und versuchte mit dem Schiebestein Korn zu mahlen.

Doch auch das war nicht so einfach, wie es aussah. Laya wunderte sich immer mehr, doch sie wagte es nicht, die fremde Frau zu fragen, warum sie nicht einmal Korn mahlen konnte.

Der Tag verging rasch. Als es Mittag war, konnte Jana Korn mahlen, Brot backen und Feuer entzünden. Ihr Ehrgeiz, zu lernen, hatte sie ihre Sorgen für eine Weile vergessen lassen.

Nachmittags ging sie mit Laya in den Wald, um mit Schaufeln aus Geweih Wurzeln auszugraben. Die drei Mädchen und Isa liefen mit, und so kamen sie mit einem großen Korb voller verschiedener Wurzeln zurück. Laya schälte sie mit einer Klinge aus Feuerstein, und nach kurzem Zögern probierte Jana die Wurzeln. Sie schmeckten erdig, waren aber saftig und frisch.

Mehrmals an diesem Tag war Jana versucht, Laya zu fragen, wo Mabon die Heiligtümer versteckt hielt. Doch die Angst, dass sie es Balder erzählen würde, hielt sie zurück. Der Abend verlief ähnlich wie der vorherige. Jana aß nur wenig von dem Brot, den Eintopf ließ sie stehen.

Als Balder zum Essen kam, beachtete sie ihn nicht. Sie war müde von der ungewohnten Arbeit und schlief kurze Zeit später mit Isa im Arm ein, wobei sie die Wärme genoss, die von dem kleinen Kinderkörper ausstrahlte.

Die Tage flossen ineinander, ohne dass Jana etwas über den Verbleib der Sternenscheibe in Erfahrung bringen konnte. Eine verzweifelte Gleichgültigkeit hatte von ihr Besitz ergriffen, die zwischendurch in tiefe Depressionen wechselte. Mechanisch erledigte sie ihre Arbeit und tat alles, was von ihr verlangt wurde. Der einzige Mensch, der etwas Wärme in dieses ungewohnte, fremde Leben brachte, war Isa, die ihr nicht mehr von der Seite wich. Sie schien Janas Verzweiflung zu spüren.

In dieser Nacht hatte Jana von Richard geträumt. Sie waren nach London geflogen, um das Britische Museum zu besuchen, in dem sie fast den ganzen Tag verbrachten. Schon die Eingangshalle war überwältigend. Jana hatte noch nie ein so hohes Gebäude betreten. Ihre Augen flirrten, als sie versuchte, die Decke zu fixieren, die luftig und lichtdurchlässig über ihnen schwebte, beinahe wie der Himmel.

Jana war überwältigt von der Vielfalt und vor allem der Qualität der dort ausgestellten Exponate und hatte jede einzelne Vitrine genau betrachtet. Als sie Stunden später in der ägyptischen Ausstellung angelangt waren, kam Jana aus dem Staunen nicht mehr heraus. Meterhohe Statuen auf riesigen Granitblöcken zeugten von der hohen Kultur der Ägypter. Ramses II. sah kühl und unnahbar auf sie herunter.

Fasziniert stand sie vor den fast viertausend Jahre alten Mumien, bei denen sogar der Gesichtsausdruck zu erkennen war. Im nächsten Raum war ein kompletter römischer Tempel aufgebaut, mit Säulen und Statuen. Er war so gut erhalten, dass man erwartete, es müsse jeden Moment ein römischer Bürger herauskommen, der dort seinen Göttern geopfert hatte.

Lange stand sie vor einem etwa sechs Meter hohen

hethitischen Holztor aus der Bronzezeit, das über und über mit Keilschrift besetzten, hauchdünnen Bronzeblechen verziert war. Zu schade, dass sie diese nicht entziffern konnte. Gerne hätte sie erfahren, was dieses Tor den Menschen mitgeteilt oder wovor es sie vor dem Betreten gewarnt hatte. Sie war sich klein und unbedeutend vorgekommen in den majestätischen Hallen, durch die der Hauch von längst vergangenen Zeitepochen und Kulturen zog.

Anschließend waren sie durch die Einkaufsstraßen gelaufen, und Jana hatte sich in der Carnaby Street ein silbernes Feuerzeug gekauft, das die Form eines keltischen Schwerts besaß. Abends saßen sie hoch über der Themse in einem gemütlichen Restaurant und tranken Champagner, um ihren dreißigsten Geburtstag zu feiern. Es war ein wunderschönes Wochenende, und Jana war rundherum glücklich.

Als sie aufwachte und feststellte, wo sie sich befand, liefen Tränen der Verzweiflung über ihre Wangen. Isa schmiegte sich tröstend an sie und sah sie aus ihren großen dunklen Augen beruhigend an. Sie nahm Janas Hand und führte sie quer durch den tiefen Wald, den sie gut zu kennen schien. Sie liefen den ganzen Vormittag. Als die Sonne über ihnen stand, erreichten sie ein hoch liegendes Felsplateau, auf dem eine einzelne Eberesche stand. Die Esche war durch den ständigen Wind, dem sie ausgesetzt war, so schief gewachsen, dass Jana sich wunderte, dass sie nicht zur Seite kippte. Allen physikalischen Gesetzen zum Trotz hatten ihre Wurzeln einen Weg durch die Ritzen des harten Gesteins gefunden und sich dort festgekrallt. Der Baum strahlte knorrige Entschlossenheit und einen unbändigen Überlebenswillen aus.

Isa lief auf ihn zu und umarmte ihn wie einen alten

Freund. Sie winkte Jana zu sich und bedeutete ihr, den Baumstamm zu berühren. Zögernd kam Jana der Aufforderung nach und berührte die warme Rinde. Ein Kribbeln lief durch ihren Körper, als sie ihre ausgestreckten Hände auf den Baumstamm legte. Sie öffnete ihre Arme und umarmte den Baum, wie Isa es getan hatte. Voller Erstaunen spürte sie, wie der Baum ihr von seiner Kraft abgab.

Dankbar lehnte sie ihren Kopf an den Stamm und fühlte, dass sie ganz ruhig wurde. Alle Ängste fielen von ihr ab, stattdessen zog ein tiefes Glücksgefühl durch ihren Körper. Nach einer Weile löste sie sich von dem Baum und sah sich erstaunt um. Sie hatte die Schönheit der Natur bisher nicht wahrgenommen. Der Himmel über ihr leuchtete strahlend blau, und ein leichter Windhauch umschmeichelte sie wie ein Streicheln. Unter ihnen glitzerte ein breiter Fluss im Sonnenlicht, der an beiden Ufern von grünen Wiesen umgeben war.

Weit in der Ferne erhob sich schemenhaft ein Gebirgszug, der sich bis zum Horizont zog. Jana glaubte, noch nie eine schönere, urwüchsigere Landschaft gesehen zu haben. Sie nahm dieses Bild in sich auf, als wolle sie es für immer bewahren.

Sie trat zu dem Kind, das sie aus glänzenden Augen beobachtet hatte, und nahm es zärtlich in den Arm.

»Danke«, sagte sie. »Du weißt gar nicht, wie glücklich du mich gemacht hast.« Sie küsste das Kind auf beide Wangen und zog es näher zu sich heran.

»Ich liebe dich, Isa« – ihre Stimme wurde ernst –, »sag mir, wie ich dir helfen kann? Was ist geschehen, dass du nicht mehr sprichst?«, forderte sie das kleine Mädchen auf.

Isa nahm Janas Hände in die ihren und sah Jana direkt in die Augen. Die Umgebung um sie herum begann zu verschwinden, Jana sah nur noch die dunklen Augen. Sie hatte das Gefühl, in den Augen zu versinken, doch dann wurde es heller. Sie sah eine blühende Wiese, in deren Mitte eine wunderschöne junge Frau mit dunklen Haaren saß. In ihren Armen hielt sie ein kleines Mädchen. Jana sah, dass die Frau weinte, während sie ihr Kind fest an sich presste. Tränen rollten über ihr Gesicht, das unnatürlich blass war.

Dann war die junge Frau verschwunden, und das Mädchen saß allein in der Wiese, eingehüllt in verzweifelte Einsamkeit.

Die Bilder lösten sich auf, und Jana sah wieder in die Augen des Kindes. Sie spürte die tiefe Trauer, die Isa beherrschte. Es war die Trauer eines Kindes, das den Tod seiner Mutter nicht begreifen konnte und das versuchte, auf diesem Weg mit ihr verbunden zu bleiben. Das Herz tat ihr weh, und sie beschloss, alles, was in ihrer Macht stand, zu unternehmen, damit Isa wieder lachen würde.

Auf dem Rückweg sang sie Isa einige Kinderlieder vor, die sie von ihrer Mutter gelernt hatte. Sie schienen Isa zu gefallen, denn immer wenn sie aufhören wollte, sah das Kind sie bittend an. Den aufkommenden Hunger stillten sie mit Brombeeren, die sie unterwegs pflückten und die erfrischend waren und köstlich schmeckten. Erst am späten Nachmittag kehrten sie ins Dorf zurück. Als sie zu dem Langhaus kamen, standen Laya und Balder davor und warteten auf sie.

Layas Gesicht leuchtete erleichtert auf, als sie Jana und Isa sah. Sie hatte Jana längst in ihr Herz geschlossen. Auch Balder war erleichtert darüber, dass Jana zurück war. Obwohl er nicht so recht wusste, was er von ihr halten sollte.

Es war der erste Tag, seitdem sie hier war, an dem Jana

weder an die Scheibe noch an ihre Welt gedacht hatte. Sie fühlte sich für dieses seltsame kleine Mädchen verantwortlich und konnte den Gedanken nicht ertragen, sie zu enttäuschen. Sie wollte so schnell wie möglich in ihre Zeit zurück, doch ihr wurde schmerzhaft bewusst, dass sie es nie übers Herz bringen würde, Isa zu verlassen. Das erste Mal in ihrem Leben hatte sie Verantwortung für einen Menschen übernommen. Als einziges Kind war sie ihr Leben lang verwöhnt worden, und auch seit sie erwachsen war, fiel ihr alles in den Schoß.

Trotzdem musste sie die Sternenscheibe finden. Sie konnte auf keinen Fall hier bleiben, andererseits wollte sie das Kind nicht verlassen. Sie kam zu dem Schluss, dass es das Beste sein würde erst einmal abzuwarten. Wenn sie eine Möglichkeit gefunden hatte, nach Hause zurückzukehren, war es nötig, sich zu entscheiden. Bis dahin blieb ihr nichts anderes übrig als abzuwarten. Vielleicht konnte sie Isa sogar mitnehmen?

Jana, die bisher den größten Wert darauf gelegt hatte, ihr Leben ganz allein zu bestimmen und immer alles im Griff zu haben, hatte begonnen, sich in das für sie vorgesehene Schicksal zu fügen.

Am nächsten Morgen fing Jana damit an, sich das Leben in dieser fremden Zeit nach ihren Vorstellungen einzurichten.

Sie nahm eine Decke nach der anderen mit zum Brunnen und schrubbte sie mit Wollseife, bis sie sauber war. Danach kamen die Felle dran. Sie überzeugte die sanfte Laya davon, dass es besser für die Gesundheit wäre, die Schüsseln und auch das andere Geschirr mit kochendem Wasser auszuspülen und die Kinder und sich selbst täglich zu waschen. Sie pflückte Unmengen von Wacholderbeeren und kaute dreimal am Tag eine Hand voll davon.

Es half gegen Mundgeruch. Sie kochte dünne Sehnen aus und benutzte sie als Zahnseide. Laya beobachtete sie erstaunt. Jana erklärte ihr, dass es wichtig war, die Zähne zu pflegen, und dass man dann seltener die bei allen gefürchteten Zahnschmerzen bekommen würde.

Dann begann sie Laya bei der Zubereitung des Essens zu helfen und zerteilte das Fleisch in kleinere Stücke. Sie schmorte es in dem großen Kessel im eigenen Fett mit klein geschnittenen Wurzeln an und gab dann erst Wasser und Dinkel hinein.

Argor nahm zwar die Veränderungen in seinem Haus wahr, sagte aber nichts. Er war zufrieden, das Essen schmeckte besser, und die sauberen Decken störten ihn nicht.

Eigenwillig, wie sie war, ging sie ihren Weg, ohne sich beirren zu lassen.

Die Dorfbewohner gewöhnten sich langsam an sie und begannen damit, Jana als zukünftige Frau des Jägers zu akzeptieren.

Tagsüber war sie die meiste Zeit bei den Frauen und lernte deren einfaches, arbeitsreiches Leben kennen. Die Frauen sammelten Bucheckern, Eicheln, Beeren, Haselnüsse. Mit Schaufeln aus Geweih gruben sie verschiedene essbare Wurzeln aus. Die größeren Jungen kletterten auf die Bäume, um an die Baumpilze zu gelangen, deren weiche Schichten als Zunder benutzt wurden, aber auch zum Blutstillen. Jede Frau lernte bereits als kleines Mädchen nähen, spinnen, Felle abschaben, Stoffe einfärben und weben. Die Männer jagten Elche, Auerochsen, Rehe, Wildschweine und Hasen. Geschickt knüpften sie Netze für den Fischfang und bauten Boote in verschiedenen Größen.

Jana begann Bewunderung für diese Frauen zu empfinden. Trotz der vielen Arbeiten blieb Zeit zum Erzählen. Man unterhielt sich und lachte zusammen. Natürlich gab es auch manchmal Streit, der aber meist schnell wieder beigelegt wurde. Die Frauen bildeten verschiedene Grüppchen.

Schon nach kurzer Zeit wurde Jana zum Mittelpunkt der Frauen, weil sie die schönsten Geschichten erzählen konnte und freundlich und hilfsbereit zupackte, wenn es nötig war. Als ihr keine Geschichten mehr einfielen, erinnerte sie sich an die Bibel. Diese Geschichten gefielen den Frauen. Besonders die Geschichte von Salomon und dem Kind, das von zwei Frauen beansprucht wurde, musste sie wieder und wieder erzählen. Jana war wissbegierig und interessierte sich für all die Dinge, die das Leben in dieser Zeit prägte.

Jana hatte angefangen, sich an das Leben in dem kleinen Dorf zu gewöhnen, in dem Zeit nicht so wichtig war.

Sie hatte sich mit Ethne angefreundet, die sich mit Pflanzen und Kräutern auskannte, diese trocknete, zerstampfte und für jeden, der krank wurde, etwas zur Linderung bereithielt. Ethne war eine faszinierende Frau, die schwer durchschaubar war und deren Alter sich nicht schätzen ließ. Feine Falten durchzogen ihr rundes Gesicht, doch wenn sie lachte, wirkte sie wie ein junges Mädchen. Sie strahlte Weisheit und Autorität aus.

Von Ethne lernte sie, wie man die Kapseln der wilden Mohnpflanzen anschnitt, um an den Saft zu gelangen. Mabon brauchte ihn, um mit den Göttern sprechen zu können, und auch um Schmerzen zu lindern war er unentbehrlich. Ethne zeigte ihr, wie man aus Tierfett und Bienenwachs Salben und Cremes herstellte und den begehrten roten Farbstoff aus zerstoßenem Hämatit gewann. Der rote Farbstoff wurde zum Schminken der Toten benutzt, aber auch, um die Geschichte des Stammes an den Wänden der heiligen Höhlen festzuhalten. Sie lernte, dass Himbeeren gegen Durchfall und Husten halfen und entzündungshemmend waren. Schafgarbe wurde zum Färben genutzt, war gleichzeitig krampflösend und blutstillend. Gagel half, die Fliegen im Sommer abzuwehren, und wirkte harntreibend. Die Früchte wurden als Bierwürze genutzt, genau wie der Wacholder und die Rinde der Birke. Gagel war giftig, und Ethne riet ihr, sehr vorsichtig damit umzugehen.

Ethne durfte als Einzige die roten Beeren der heiligen Eiben pflücken, aus deren Steinen sie Gift, aber auch Arznei herstellen konnte. Die beiden Frauen verbrachten viel Zeit miteinander. Jana lernte mit den Dingen auszukommen, die von der Natur für die Menschen bereitgehalten wurden. Was ihr selbst nicht gelang, schaffte die Zeit. Sie wandelte Fremdheit in Vertrautheit, und Janas Lebenslust kehrte langsam zurück.

Ethne war oft mit Mabon zusammen, dem Priester des kleinen Dorfes, der Jana misstrauisch beobachtete. Ihm gefiel die Aura nicht, die um sie herum war. Er spürte, dass sie ein Geheimnis in sich trug. Sie war nur eine Frau, trotzdem beschloss er, wachsam zu bleiben. Irgendetwas stimmte nicht mit ihr.

Groß und finster stand er eines Morgens vor ihr, mit kleinen, stechenden, dunklen Augen, die so stark glänzten, dass man nichts in ihnen erkennen konnte. Jana hatte den Eindruck, dass er sehr auf das Wohl der Dorfbewohner bedacht war und deren Handlungen durch die von ihm empfangenen Anweisungen der Götter so lenkte, wie es ihm und den Göttern gefiel. Er strahlte Lebensweisheit und Erfahrung aus, aber auch ein gewisses Charisma, dem selbst Jana sich nicht entziehen konnte. Wenn sie sich von ihm beobachtet fühlte, bekam sie oft eine Gänsehaut. Sie verstand, warum der Jäger nicht wollte, dass sie mit ihm über die Sternenscheibe sprach.

Ethne suchte für ihn Kräuter, die er für seine Opferrituale benötigte. Sie mischte wohlriechende, geheimnisvolle Pulver für ihn zusammen.

Ethne hatte bemerkt, dass Jana nicht in dieses Dorf gehörte, doch sie war begierig darauf, Neues kennen zu lernen. Mit Jana konnte sie sich über Dinge unterhalten, die keine der anderen Frauen verstehen konnte und die von den Männern abgelehnt worden wären. Ihre Gedankengänge waren ihrer Zeit weit voraus, doch sie war gefangen in dieser archaischen Welt, in der es für Frauen wie sie keine Möglichkeiten gab. Sie hatte gelernt, ihre Gedanken zu verbergen, und das Kräutersammeln war die beste Möglichkeit für sie, sich von dem Dorfleben abzusondern. Sie war aus dem Alter heraus, in dem sich Männer für sie interessierten, und so brauchte sie keinen von ihnen zu heiraten.

An diesem Nachmittag saßen sie gemütlich in Ethnes Hütte und tranken Honigbier. Ethne konnte das beste Honigbier herstellen und trank mehr davon, als für Frauen erlaubt war. Mehrmals war Jana kurz davor, Ethne nach der Sternenscheibe zu fragen, doch irgendetwas hielt sie davon ab. Sie war sich nicht sicher, wie weit sie Ethne wirklich vertrauen konnte. Und sie wusste nicht, wie Ethne zu ihren Göttern stand und wie groß ihre Furcht vor Mabon war.

Ethne wollte wissen, warum Jana das Geschirr nach dem Essen auskochte, denn dies hatte sich längst im Dorf herumgesprochen. Jana überlegte, wie sie es ihr erklären konnte.

»In Resten von Essen entwickeln sich winzig kleine

Tiere, die man nicht sehen kann, die aber Durchfälle und Krankheiten verursachen können.«

»Das verstehe ich nicht. Wenn man sie nicht sehen kann, woher weiß man dann, dass sie da sind?«

»Dort, von wo ich herkomme, gibt es Geräte, durch die man sie sehen kann.« Das Wort Glas gab es in dieser alten Sprache noch nicht.

»Und wo kommst du her?« Die dunkelhaarige Frau mit den klugen Augen sah sie auffordernd an.

»Ich weiß nicht, wie ich es dir erklären soll, ich kann es selbst nicht verstehen. Wenn das alles hier kein Traum ist, habe ich eine Reise durch die Zeit gemacht. Ich komme aus der Zukunft.«

Das war die Gelegenheit, nach der Sternenscheibe zu fragen. Jana überlegte, wie sie am besten beginnen konnte.

Ethne brauchte einen Moment, um diese Neuigkeit zu verarbeiten, doch verstehen konnte sie sie nicht.

»Aus der Zukunft? Wie ist das möglich?« Sie beugte sich ungläubig nach vorn und sah Jana aufmerksam an. Ihre Stimme klang aufgeregt, als sie fortfuhr: »Du musst mir alles erzählen. Wie sieht das Dorf aus, aus dem du stammst?«

»Es ist kein Dorf wie dieses hier. Bei uns sind die Häuser aus Stein gebaut. Sie stehen dicht nebeneinander. Manche Häuser sind höher als jeder Baum bei euch im Wald, und es wohnen viele Menschen übereinander darin.« Das Bier war ihnen in den Kopf gestiegen, und sie mussten beide lachen über Menschen, die so verrückt waren, übereinander zu wohnen.

»Gibt es so wenig Platz in eurem Dorf?« Ethne konnte es nicht begreifen.

»Es gibt so viele Menschen.« Jana war nachdenklich

geworden. Das Leben hier war nicht besonders komfortabel, doch es machte Sinn. Jede Arbeit, die verrichtet wurde, trug dazu bei, das Überleben der Dorfbewohner zu sichern. Und die Menschen hier schienen alle zufrieden zu sein. Ob es daran lag, dass sie keine Wahl hatten?

Die Chance, nach der Sternenscheibe zu fragen, war vertan. Jana beschloss, sich nach den Göttern zu erkundigen unter dem Vorwand, ihnen opfern zu wollen, und dann unauffällig auf die Heiligtümer sprechen zu kommen.

Doch Ethne stand auf. »Bitte gehe jetzt, ich muss nachdenken. Wir reden morgen weiter.«

Enttäuscht folgte Jana ihrer Aufforderung. Sie nahm sich fest vor, am nächsten Tag nicht locker zu lassen, bis sie erfahren hatte, wo sich die Sternenscheibe befand.

Sie mochte die Abende, die sie mit Balder, der jetzt oft den ganzen Abend im Hause seines Bruders blieb, seiner Familie und Isa verbrachte. Er freute sich jeden Tag auf das Essen, und auch die Sauberkeit in Argors Haus gefiel ihm. Jeden Abend musste Jana eine Geschichte erzählen, und Balder lauschte ebenso wie alle anderen begeistert ihrer warmen Stimme, die sie in ferne Länder und zu fremden Menschen führte. Nach jeder Geschichte wurde ausführlich darüber diskutiert, ob die darin vorkommenden Personen sich richtig verhalten hatten und ob man selbst genauso gehandelt hätte. Dadurch lernte Jana in kurzer Zeit die unkomplizierte Denkweise der Menschen hier kennen, wofür sie sonst viele Jahre gebraucht hätte. Vor allem der Gerechtigkeitssinn dieser Menschen war beeindruckend.

Sie hatten ihre eigenen Gesetze, die hart, aber gerecht waren und die für jeden Einzelnen galten, ohne Unterschied.

Gemütlich saßen alle um das wärmende Feuer, verrichteten Handarbeiten und erzählten von den Erlebnissen des Tages. Isa liebte Jana, und Jana erwiderte die Gefühle des kleinen Mädchens, das sich oft vertrauensvoll an sie schmiegte. Der Geruch nach Feuer, der sich in den Haaren und Kleidern festsetzte, störte sie schon lange nicht mehr, im Gegenteil, sie hatte ihn selbst angenommen.

Laya, die wieder schwanger war, hatte ihr einen blauen Rock und Sandalen geschenkt. Und eine Bluse, deren Farbe gelb wie die Butterblumen auf den umliegenden Weiden war. Sie war fest davon überzeugt, einen Jungen zur Welt zu bringen. Dieses Glück hatte sie Jana zu verdanken, und sie versuchte, ihr das Leben zu erleichtern, wo sie nur konnte, um ihre Dankbarkeit zu beweisen. Jana hatte ihr geraten, jeden Tag Himbeeren zu essen, diese aber sorgfältig zu waschen. Sie hatte ihr gezeigt, wie man aus Brennnesseln Salat zubereiten konnte, und ihr empfohlen, so viel wie möglich davon zu essen, weil es gut für ihre Gesundheit und für die ihrer Familie wäre, besonders im Winter. Jana hatte sich mit Layas Hilfe selbst ein großes Umschlagtuch gewebt und es mit einer Nadel aus Geweih zusammengenäht. Stolz trug sie es über ihren Schultern. Wenn Balder sich unbeobachtet glaubte, musterte er Jana verstohlen, doch er sprach sie nie direkt an. Jana hatte schon bemerkt, dass die Frauen ihren Willen durchsetzen konnten und auch respektiert wurden. Doch das war nur möglich, wenn sie mit ihren Männern allein waren.

Eines Abends hatte Balder ihr ein bronzenes Hängebecken geschenkt, so eines, wie alle Frauen am Gürtel trugen. Wortlos hatte er es ihr in die Hände gelegt. Es sah aus wie eine Schmuckdose, an deren Unterseite zwei Bronzeösen dazu dienten, sie am Gürtel befestigen zu können. Die Dose war auf der Seite durch umlaufende Rippen und auf dem Boden mit einem plastischen Kreis- und Sternmuster geschmückt. Den Verschluss dieses Behältnisses bildete ein Deckel aus dünnem Bronzeblech, als Riegel diente ein flacher Span aus Sadebaumholz, den man durch drei Ösen geschoben hatte.

Laya hatte ihr lächelnd einen kleinen, aus Bein geschnitzten Kamm und eine Nadel hineingelegt. Jana bedankte sich höflich und wurde rot unter dem Blick, mit dem Balder sie ansah. Es lag so viel Verlangen darin, dass ihr ganz heiß wurde. Auch wenn sie es sich nicht eingestehen wollte, waren ihr die bewundernden Blicke, die Balder ihr zuwarf, nicht unangenehm. Wenn sie ihn in ihrer Zeit getroffen hätte, wer weiß? Vielleicht hätte sie sich sogar in ihn verliebt.

An manchen Abenden ertappte sie sich dabei, wie ihr Blick verstohlen zur Tür wanderte, bis der Jäger endlich auftauchte. Dann rief sie sich selbst zur Ordnung. Es durfte nicht sein. Sie konnte und wollte Balder nicht heiraten. Sie musste endlich die Scheibe finden und wieder in ihre Zeit zurückkehren, wo sie hingehörte. Doch sie konnte nicht verhindern, dass Balder in ihren Träumen erschien und sie in seine starken Arme zog. Die Sehnsucht nach ihm verfolgte sie nach solchen Träumen den ganzen Tag, und wenn sie ihn sah, liefen heiße Schauer durch ihren Körper.

Jeden Morgen ging sie zur Quelle, um sich darin zu waschen. Sie liebte die feuchte würzige Luft, die von dem weichen Waldboden aufstieg, und den Gesang der Vögel, der sie auf dem Weg zur heiligen Quelle begleitete. Über dem Arm trug sie einen Korb, in den sie ein wenig Getreide und einige Früchte gelegt hatte, um der ihr unbekannten Göttin zu opfern. Der kleine Hund lief mit und sprang ausgelassen um sie herum.

Auch an diesem Morgen genoss sie das Alleinsein. Fröhlich summte sie eine Melodie vor sich hin, während sie munter den ausgetretenen schmalen Pfad entlanglief. An der Quelle angekommen, ließ sie ihre Gaben in das Wasser gleiten und wartete, bis diese Kreise ziehend versanken, dann erst schlüpfte sie aus ihren Kleidern. Dass sie beobachtet wurde, merkte sie nicht.

Cai war früher als sonst wach geworden. Als er aufstand und aus seiner Hütte trat, sah er, wie Jana das Dorf verließ. Ohne dass sie es bemerkte, folgte er ihr. Er versteckte sich hinter einer Eiche und sah gebannt zu, wie sie sich auszog.

Als sie nackt im Wasser stand, konnte er sich nicht mehr beherrschen. Die festen Brüste und die langen schlanken Beine raubten ihm fast den Verstand. Ihm wurde heiß vor Verlangen. Als sie untertauchte, wie sie es jeden Morgen tat, schlich er sich näher heran. Der kleine Hund bemerkte ihn und knurrte leise. Cai gab ihm einen Tritt, sodass er jaulend durch die Luft flog. Als Jana wieder auftauchte, schaute sie direkt in Cais gierig grinsendes Gesicht. Sie begriff sofort, was er vorhatte. Blitzschnell sprang sie aus dem Wasser und gab ihm einen heftigen Stoß gegen die Brust. Dann griff sie nach ihrem Rock und ihrer Bluse und rannte, so schnell sie konnte, los. Cai taumelte einen Moment von dem Schlag, den Jana ihm versetzt hatte und den er nicht erwartet hatte. Dann rannte er ihr mit großen Sprüngen nach. Schnell hatte er sie eingeholt. Jana wehrte sich, so gut sie konnte, doch sie hatte keine Chance. Cai war größer und stärker als sie. Seine Hände hielten ihre Arme wie Schraubstöcke umklammert. Mit einer kraftvollen Bewegung schleuderte er sie auf den Boden. Verrückt vor Verlangen nach ihrem schönen Körper warf er sich auf sie. Er griff nach ihren

Armen, um sie festzuhalten, da er damit rechnete, dass sie sich wehren würde. Genüsslich leckte er sich die Lippen. Er würde es genießen, wenn sie sich unter ihm winden würde. Voller Vorfreude sah er auf sie herunter. Was war los mit ihr? Warum bewegte sie sich nicht? Jetzt erst bemerkte er das Blut, das ihre blonden Haare rot färbte. Mit Entsetzen sah er, dass ihr Gesicht eine unnatürliche Blässe angenommen hatte. Schlagartig kam er wieder zu sich. Er drehte Jana um und sah, dass sie mit dem Hinterkopf auf einen großen Stein aufgeschlagen war. Angst stieg in ihm hoch. Wenn Balder herausfand, dass er an dem Tod der Frau schuld war – er hielt Jana für tot –, würde er ihn umbringen. Fluchend zog er Jana die Bluse und den Rock wieder an und zerrte sie in die Büsche neben dem Pfad. Dann lief er ins Dorf zurück und erreichte unbemerkt seine Hütte. Endlich hatte er sich an Balder gerächt. Genugtuung erfüllte ihn. Er hatte Balder etwas genommen, das ihm wichtig war.

An den kleinen Hund verschwendete er keinen Gedanken. Als Laya erwachte, wunderte sie sich, dass Jana nicht in der Hütte war. Sie war bisher immer zurückgewesen, bevor die anderen aufgestanden waren, und hatte das Feuer im Backofen entzündet, um später in der heißen Glut Brot zu backen. Verschlafen trat Laya vor das Haus und ließ ihren Blick über den Dorfplatz schweifen. Von Jana war nichts zu sehen. Sie kümmerte sich um den Backofen und begann damit, die Kühe zu melken. Jana würde schon wieder auftauchen. Weit konnte sie nicht sein. Vielleicht half sie Ethne dabei, Kräuter zu sammeln.

Der kleine Hund war wieder auf die Beine gekommen. Schwanzwedelnd lief er zu Jana und leckte ihr über das Gesicht. Er stupste sie mit der Nase an, damit sie endlich aufstand, aber Jana rührte sich nicht. Winselnd legte der kleine Hund sich neben Jana auf den Boden, den Kopf auf ihrer Brust. Dann stand er wieder auf. Unschlüssig lief er um Jana herum. Schließlich rannte er ins Dorf zurück zu Isa, die vor dem Haus Argors auf einer Bank saß. Er bellte sie an, doch Isa beachtete ihn nicht. Mit leerem Blick sah sie an ihm vorbei. Der Hund gab nicht auf. Mit seinen kleinen spitzen Zähnen zog er an Isas Ärmel. Immer und immer wieder bellte er sie an, bis sie schließlich aus ihrem tranceähnlichen Zustand erwachte. Sie begriff sofort, dass irgendetwas mit Jana nicht stimmte, wich der kleine Hund Jana doch nie von der Seite. So schnell ihre kleinen Füße sie trugen, lief sie hinter dem Hund her. Nach kurzer Zeit verschwand der Hund in den Büschen. Auffordernd bellte er, damit Isa ihm folgte. Als Isa Jana am Boden liegen sah, das getrocknete Blut in ihren Haaren, liefen ihr Tränen über das kleine Gesicht. Sie beugte sich über die Schwerverletzte und schmiegte sich an sie. Doch Janas Augen blieben geschlossen.

Angsterfüllt rannte Isa zurück, um ihren Vater zu holen. Es war schon später Vormittag, als Laya zu dem Holzbrunnen am Ende des Dorfes ging. Sie wollte Wasser holen. Ethne kam vorbei, den Arm voller Kräuter.

»Hast du Jana gesehen?«, rief Laya ihr zu.

»Nein, ich war im Wald, um Kräuter zu sammeln, warum fragst du?«

»Sie ist schon seit dem frühen Morgen fort, sonst hilft sie mir immer bei meiner Arbeit. Vielleicht sollten wir Balder Bescheid geben.«

»Ich werde zu ihm gehen«, versprach Ethne und lief in die Hütte des Jägers.

Balder war nicht da. Sie erfuhr, dass er bei Fintan war, um die nächste Jagd mit ihm zu besprechen. Als sie das Haus ihres Stammesführers betreten wollte, trat der Jäger, gefolgt von seinen Männern, zu denen auch Cai gehörte, aus der Tür.

»Laya schickt mich, ich soll dir sagen, dass Jana verschwunden ist.« In diesem Moment kam Isa angerannt. Sie zog Balder am Arm, damit er ihr folgte, aber Balder schüttelte sie ab. Er machte sich Sorgen um Jana.

»Wir müssen sie suchen. Ladra und Cian, holt eure Waffen.« Wieder zupfte Isa an seinem Ärmel. »Wir müssen Jana suchen, geh ins Haus«, forderte er Isa auf, ohne sie anzusehen. Verzweifelt sah Isa, wie die Männer sich umdrehten, um ihre Waffen zu holen.

»Jana … tot …«, brach es stockend aus ihr heraus, während ihr die Tränen über die Wangen strömten. Verblüfft blieb Balder stehen. Isa hatte zum ersten Mal seit dem Tod ihrer Mutter gesprochen. Er sah sie an und bemerkte die Verzweiflung auf ihrem Gesicht.

»Zeig mir, wo Jana ist.« Er hob sie hoch und nahm sie auf den Arm. Isa zeigte ihm den Weg. Sie fanden Jana, die wie tot auf dem Boden lag. Balder beugte sich über sie und fühlte, dass ihr Herz noch schlug. Er sah Ladra an.

»Lauf sofort zurück und hole Ethne«, forderte er ihn auf. Ladra folgte seinem Befehl und kam wenig später mit Ethne zurück. Ethne untersuchte die Wunde an Janas Kopf und runzelte sorgenvoll die Stirn.

»Sie ist schon auf dem Weg zu den Göttern, viel kann ich nicht mehr für Jana tun.«

Der Jäger packte sie an den Schultern und schüttelte sie verzweifelt.

»Bitte hilf ihr, Isa braucht sie und ich auch«, fügte er leise hinzu.

»Wir müssen sie vorsichtig ins Dorf tragen«, befahl Ethne. »Ihr dürft sie so wenig wie möglich bewegen.« Balder hob Jana hoch und legte ihren Kopf an seine Schulter.

Dann trug er sie in Ethnes Haus und ließ sie vorsichtig auf einer Bank nieder. Traurig sah er ihr bleiches Gesicht an.

»Holt mir Wasser«, verlangte Ethne. Ladra rannte los, um es ihr zu holen. Ethne begann, Kräuter zu zerstampfen und sie zu zerreiben. Sie nahm ein großes Stück Zunderschwamm, den sie mit Wasser befeuchtete. Dann tat sie den Kräuterbrei hinein und legte ihn vorsichtig unter Janas Kopf. Mit einem nassen Tuch wischte sie Jana das Gesicht sauber und kühlte ihre Stirn. Sie drehte sich zu Balder und Isa um, die mit sorgenvollem Gesicht zuschauten.

»Mehr kann ich nicht tun, wenn die Götter es wollen, wird sie zu uns zurückkehren.«

Ethne saß den ganzen Tag neben ihr, kühlte ihren Kopf und befeuchtete ihre Lippen. Sie hielt ihr stark riechende Heilkräuter unter die Nase und opferte Corventina Räucherwerk, damit diese Jana aus der Dunkelheit zurückholte und ihr die verlorenen Lebenskräfte zurückgab. Sie nahm dafür Alraune, Stechapfel und einen kostbaren Sonnenstein, eine Träne der heiligen Bäume, der zischend und knisternd im Feuer explodierte und einen betäubenden Duft aufsteigen ließ.

Als es Abend wurde, begannen Janas Augenlider leicht zu flattern. Ihre Atmung war nicht mehr so flach wie vorher, sie wurde stetig kräftiger, und Jana bewegte stöhnend ihren Kopf. Die Schwärze um sie herum wurde heller, dann kam sie in ein weißes Land. Es war unendlich still und friedlich. Sie wollte in dem weißen Land bleiben, aber jemand schien dies nicht zu wollen. Sie begann, um sich zu schlagen, als das verzerrte Gesicht von Cai vor ihr auftauchte. Unruhig drehte sie sich hin und her. Dann schlug sie die Augen auf. Verwirrt sah sie in Ethnes Gesicht.

»Wo bin ich?«, kam es zögernd von ihren Lippen.

Der Jäger kam mit Isa herein. Ethne hatte nach ihm geschickt, als Jana anfing, sich zu bewegen. Er beugte sich über sie, glücklich darüber, sie nicht verloren zu haben.

»Wer bist du?«, fragte Jana

Balder sah erschrocken zu Ethne. Diese schüttelte beruhigend den Kopf.

»Ihr Geist ist verwirrt, das kommt von dem Sturz, es wird sich wieder geben«, versuchte sie Balder zu beruhigen. »Komm morgen wieder, dann geht es Jana bestimmt besser.«

Sie hatte nur bedingt Recht. Es ging Jana zwar mit jedem Tag besser, doch sie konnte sich an nichts mehr erinnern, was vor ihrem Sturz gewesen war. Isa wich nicht von ihrer Seite, und auch Balder war so oft wie möglich bei ihr. Nach wenigen Tagen zog sie wieder in Agors Haus um.

Cai ging Jana aus dem Weg. Er war auf der Hut. Unruhig war er die ganze Nacht in seiner Hütte hin und her gelaufen, als er erfahren hatte, dass Jana noch lebte. Doch als nichts passierte, begann er, den Vorfall zu vergessen.

Die Tage vergingen, wurden zu Wochen. Jana verrichtete ihre Arbeit genau wie die anderen Frauen. Ethne hatte ihr erzählt, wie man sie gefunden hatte und dass sie bald die Frau des Jägers werden würde. Sie hatte ihr alles erzählt, was sie von ihr wusste, auch dass Balder sie an der Quelle entdeckt und vor einem Bären gerettet hatte und dass sie von weither gekommen war. Nur dass sie eine Reise durch die Zeit gemacht hatte und aus der Zukunft kam, verschwieg sie ihr.

Sie hatte lange darüber nachgedacht und sogar von den Pilzen aus dem heiligen Kreis gegessen, um von den Göttern eine Antwort zu erhalten. Sie war in eine so tiefe

Trance gefallen, dass sie zwei Tage benötigte, um wieder zu sich zu kommen. Cernunnos erschien ihr, in der rechten Hand hielt er den Widderkopf und in der linken Hand ein Baby mit goldenen Haaren. Dann sah sie Cernunnos als stolzen Hirsch auf einer endlosen Ebene stehen, inmitten von kranken und verkümmerten Bäumen. Giftiger Nebel lag über der trostlosen Gegend, und die vereinzelten Gräser und Sträucher wirkten müde und grau. Sie verstand nicht, was er ihr damit sagen wollte. War Jana das Baby mit den goldenen Haaren? Wenn sie es war, stand sie unter Cernunnos Schutz.

Es wäre ihre Pflicht gewesen, Mabon sofort von dem, was sie gesehen hatte, zu berichten, doch die Angst um Jana hielt sie davon ab. Sie wollte sie nicht verlieren.

Jana ging nicht mehr zur Quelle, um sich zu waschen. Wie die anderen Frauen wusch sie sich mit Seife aus Wollfett im Stall. Die Seife wurde gleichzeitig zum Waschen der Kleider benutzt. Sie hatte oft Kopfschmerzen, die schlimmer wurden, wenn sie versuchte, sich an irgendetwas zu erinnern, das vor dem Sturz gewesen war. Manchmal zuckte ein Bild vor ihrem inneren Auge auf, aber es war zu kurz, um es zu erkennen. Da war etwas, sie spürte es ganz deutlich, etwas, das sie wissen musste, doch so viel sie auch grübelte, es fiel ihr nicht ein. Nachts kamen die Träume. Immer wieder tauchte der Hirsch mit den Menschenaugen darin auf und wollte ihr etwas sagen, doch sie konnte ihn nicht verstehen. An anderen Tagen war der Hirsch ein Adler, der Kreise ziehend über sie flog. Auch er sah aus menschlichen Augen auf sie herunter. Einmal war er ein Bär, der hoch aufgerichtet vor ihr stand und sie ansah.

Dann sah sie das Licht, das alles einhüllte. Es gab

nichts, das von Bedeutung war, außer dem Licht. Selbst nachdem sie aufgewacht war, spürte sie ein brennendes Verlangen nach dem Licht, das nicht von dieser Welt war.

Isa und der kleine Hund wichen nicht mehr von ihrer Seite.

Abends, wenn sie mit dem Jäger und dem Rest der Familie zusammensaß, war sie glücklich. Gemeinsam saßen sie um das gemütlich flackernde Feuer und erzählten. Es war die Gemeinschaft, die ihr Geborgenheit und die Kraft gab, ohne Erinnerung zu leben. Und die Liebe des Jägers. Sie waren selten allein, aber wenn ihre Blicke sich trafen und ineinander versanken, war es das schönste Zwiegespräch. Manchmal träumte Jana, dass er sie in seine starken Arme zog und küsste, und sie wünschte, er würde es tun.

Isa redete wieder, und Jana war beeindruckt von den Gedanken, die das kleine Mädchen aussprach. Wenn Isa sie ansah, hatte sie das Gefühl, als würde das Mädchen in sie hineinsehen und ihre Verzweiflung über ihre verlorene Erinnerung spüren.

Einmal saßen sie abends bei Lug, dem Schmied, der am besten die Geschichte ihres Stammes erzählen konnte. Er entführte sie in eine alte Zeit, lange bevor er selber geboren worden war, und erzählte ihnen von den Sternen. Jana und Balder hörten ihm fasziniert zu. Man bekam ihn nicht oft zu sehen, weil er sich meistens in seiner kleinen Schmiede aufhielt und arbeitete. Er war ein sehr ernster, nachdenklicher Mann, und in seinen Augen lag ein stilles Wissen. Jana mochte ihn, genau wie der Jäger, der mit ihm befreundet zu sein schien. Lug hatte als einziger Bronzehandwerker etwas abseits seine Schmiede errichtet.

Es war eine runde Hütte mit einem Abzug, die er aus

Stroh und Holz gebaut hatte. Der Boden und die Werkbänke bestanden aus in der Sonne getrocknetem Lehm. Hölzerne Balken und Querstreben hielten das Dach, das aus übereinander liegenden Wildschweindecken bestand. Die einzelnen Wildschweindecken waren versetzt übereinander geschichtet, damit die von dem Kohlebecken aufsteigende Luft entweichen konnte. Steine umgaben die mit Holzkohle gefüllte Schmelzgrube, und vor ihr lag auf einem Holzblock ein Ziegenfell-Blasebalg, an dem mit rohen Lederstreifen Tondüsen befestigt waren. Die Düsen dienten dazu, den Luftzug des Blasebalgs in das Holzkohlefeuer zu lenken. Sie reichten genau bis an den durchlöcherten Stein am Rand der Grube; der Stein verhinderte, dass der Blasebalg zu heiß wurde und Feuer fing. Auf den Lehmbänken lagen Zangen, Hämmer und Meißel, Feilen und andere Werkzeuge.

Daneben stand auf einem Baumstumpf ein Amboss. Lug spürte, dass er nicht mehr viele Sommer erleben würde, und hatte nur den einen Wunsch, sein größtes Werk zu vollenden. Es würde sein Vermächtnis werden, sein letztes Geschenk an seinen Stamm. Er wusste, dass er sein Werk vollenden musste, bevor er sich mit der guten Erdmutter vereinigen und mit Cernunnos, dem großen Gott, auf die Jagd gehen konnte. Sein Vater hatte vor langer Zeit den »Guss der verlorenen Form« erfunden. Dabei stellte man zunächst die Form aus Wachs her und umkleidete diese anschließend mit Ton. Beim Erhitzen schmolz das Wachs, und der so entstandene Hohlraum ließ sich mit flüssigem Metall ausfüllen. Nach dem Aushärten wurde die Ummantelung aus Ton zerschlagen.

Schon als kleiner Junge war er am liebsten bei seinem Vater in der Schmiede. Er bewunderte ihn mit allen Fasern seines Herzens, weil er so klug war und so viele schöne Dinge herstellen konnte, aber auch weil er anders war als die meisten der Dorfbewohner, die nur Schmuckstücke oder Waffen haben wollten. Abends, wenn er mit seiner Arbeit fertig war, ging er mit dem kleinen Lug aus dem Dorf und zeigte ihm die Sterne. Stundenlang konnte er den Himmel beobachten, und er erzählte ihm von seinen Gedanken. Er war es, der ihm beigebracht hatte, Kupfer und Zinn zu Bronze zu schmelzen und zu gießen, und der ihn in alle Geheimnisse einweihte.

Er brachte ihm bei, wie man schmiedet, schweißt, nietet, ziseliert und graviert, und er hatte ihn auch in die Kunst eingeweiht, das sehr seltene, himmlische Metall aus den vom Himmel herabgeschleuderten riesigen Steinen herauszuarbeiten, das außer ihm kein Schmied bearbeiten konnte, weil man dafür sehr große, kaum auszuhaltende Hitze erzeugen musste. Einmal durfte er zuschauen, wie sein Vater eine große Silberschale bearbeitete. Fasziniert sah er, wie sein Vater die Silberplatte angewinkelt auf dem leicht konkaven Ende eines Baumstumpfes aufsetzte und mit einem glatt gefeilten Schafknochen so lange auf die Scheibe hämmerte, bis sie eine leicht gebogene Form angenommen hatte. Dann hielt er sie gegen das flache Ende eines Holzpfahls und hämmerte rundum, um einen umlaufenden Knick zu erhalten. Auf halber Höhe der Schale formte er erst einen weiteren Knick und dann den Schalenrand senkrecht. Mit einem dritten Knick bog er die Schale am oberen Ende nach innen. Hierauf klopfte er das Gefäß aus, um glatte Rundungen zu erhalten, und polierte die Schale mit einem weichen Schotterstein, um Unebenheiten auf der Außenseite zu glätten. Das abschließende Polieren mit einem harten, glatten Achat verlieh der Schale einen strahlenden Glanz. Durch das Hämmern hatte sie eine leicht facettierte Oberfläche erhalten, in der sich das Licht in unregelmäßigen, hellen Tupfen brach. Lange war er an diesem Abend mit seinem Vater vor der Schale gesessen und hatte deren Schönheit bewundert.

Lug seufzte und fuhr fort, sein Werk zu vollenden. Vor seinen Augen verschwammen die Muster, und immer öfter musste er eine Pause einlegen, um weiterarbeiten zu können. Er hatte einen Goldbarren zunächst durch Hämmern in Schalenform gebracht, um diesen anschließend über einem Amboss mit Treibdorn zu einem Kegel zu schmieden. Er setzte sein ganzes Können und seine gesamte Erfahrung ein, um den fast neunzig Zentimeter langen Goldkegel zu verzieren. Mit einer Punze drückte er rings um den Kegel sechs Reihen mit kreisförmigen Sonnensymbolen zu Ehren Cernunnos ein. Dazwischen setzte er die Fruchtbarkeitssymbole und die Zeichen für die Elemente.

Endlich hatte er es geschafft. Mabon würde zufrieden sein. Er schickte seinen Gehilfen los, um Fintan Bescheid zu geben. Ehrfürchtig nahm Fintan den Kegel entgegen. Bewunderung für den Schmied lag in seiner Stimme, als er sagte: »Dieses Werk aus den Händen des besten Schmieds im ganzen Land wird Dagda zufrieden stellen und ihm als Gabe für die Nutzung seines Kupferbergs mehr als genügen.« Am nächsten Tag brach Fintan mit zehn schwer bewaffneten Männern auf, um Dagda das wertvolle Geschenk zu überreichen.

Der Tag ihrer Hochzeit rückte näher. Jana war kaum noch von den anderen Frauen zu unterscheiden. Ihre blonden Haare wurden wie bei allen Frauen von einer Kappe mit einem Besatz am Rand und einem Schleier verdeckt. Ihre Haut war von der Arbeit im Freien gebräunt. Das Einzige, was an ihr auffiel, waren die tiefblauen, großen Augen, die ihre Gefühle widerspiegelten.

Dann war es endlich so weit. Am nächsten Morgen würde sie die Frau des Jägers werden. Die Frauen wuschen ihre Kleider und begannen Unmengen von Blumen zu pflücken. Kinder und Hunde liefen fröhlich mit in den Wald und auf die umliegenden Wiesen. Die älteren Frauen, die sich nicht mehr so gut bücken konnten, saßen auf den Holzbänken und flochten aus den Blumen riesige Kränze. Alle hatten gute Laune und schienen sich auf die bevorstehende Hochzeit zu freuen. Der Jäger war bereits im Morgengrauen mit seinen Männern auf die Jagd gegangen und kam mit zwei Wildschweinen beladen zurück, die kurze Zeit später, auf einem riesigen Grill aufgespießt, einen köstlichen Geruch verbreiteten.

Als die Sonne die Schatten der Nacht vertrieben hatte, legte sich eine erwartungsvolle Stimmung über das Dorf. Holztische wurden auf den Dorfplatz geschafft und mit riesigen Mengen von gebackenem Brot beladen, in das die Frauen zur Feier des Tages Honig beigemischt hatten. Gebratene Hühner und das Fleisch der beiden erlegten Wildschweine wurden in der Mitte aufgetürmt. Die Tische bogen sich unter der Last der Köstlichkeiten, und große Tongefäße voller Bier wurden bereitgestellt. Dann wurde alles mit Blumen geschmückt. Die Dorfbewohner versammelten sich auf dem Dorfplatz, die Blicke gespannt auf das Haus gerichtet, in dem Jana lebte. Endlich öffnete sich die Holztür. Ein bewunderndes Raunen ging durch die Menge, als Jana anmutig und strahlend schön heraustrat. Sie hatte sich mit Layas und Ethnes Hilfe seit dem frühen Morgen herausgeputzt. Ihr Kleid war strahlend weiß und reichte bis auf den Boden. Ein blaues Band säumte das Gewand. Es war genau wie das dreieckige Umschlagtuch, das über ihren Schultern lag, mit Stickerei verziert worden. Eine Frau nach der anderen war zur Tür hereingekommen und hatte ihr ein Geschenk gebracht: Töpfe, Tongefäße, Haarnadeln und Bronzearmreifen. Sie war jetzt besser ausgestattet als die meisten Frauen.

Das Haar hatten die Frauen ihr hochgesteckt und eine ebenfalls weiße Flügelhaube mit bronzenen Nadeln darauf befestigt. Diese war über und über mit kleinen spiralförmigen Röllchen und einigen Halbmonden geschmückt. Sie schwatzten und lachten. Jana ließ sich von der Fröhlichkeit anstecken. Sie freute sich auf die Hochzeit, weil sie den Jäger liebte. Doch trotz aller Freude warnte sie eine Stimme in ihrem Kopf. Aber wovor? Sie versuchte, die lästige Stimme abzuschütteln. Was konnte ihr Besseres passieren als die Frau des Jägers zu werden? Er würde sie beschützen und gut zu ihr sein. Sie hatte Isa und den kleinen Hund. Ethne war ihr eine gute Freundin, und die anderen Frauen mochten sie ebenfalls. Es gab keinen Grund, beunruhigt zu sein. Doch die warnende Stimme blieb.

Ein silbernes Collier aus zwölf halbmondförmigen Anhängern lag um ihren schlanken Hals, das ihr der Jäger eines Abends umgelegt hatte. Unter den langen Ärmeln klirrten die Bronzereifen, die sie von den Frauen bekommen hatte. Die Taille schmückte ein Gürtel aus Bronze, der in eine untertassengroße Scheibe überging, welche die Sonne darstellte und Cernunnos ehrte.

Als Letztes war der Schmied in die Hütte gekommen. Feierlich überreichte er ihr ein wunderschön gearbeitetes Bronzeschwert, das sie Balder als Hochzeitsgeschenk überreichen sollte. Lug mochte die junge Frau, die aus ihrem alten Leben herausgerissen worden war und sich fremd fühlen musste.

Mabon im weißen Gewand, seine goldene Sichel in

der Hand und einen Beutel am schlichten weißen Gürtel befestigt, und Fintan, in seine prächtigsten Gewänder gehüllt, erwarteten sie bereits. Neben ihnen stand Balder. Er trug ebenfalls ein weißes Gewand und als einzigen Schmuck einen breiten silbernen Gürtel. Seine Haare bedeckte eine weiße, runde Kappe, die mit einem blauen Band verziert war. Die Menschen hatten einen Kreis gebildet, in deren Mitte Jana und der Jäger geführt wurden.

Mabon bedeutete Jana, Balder das Schwert zu überreichen. Balder brach einen Bissen von dem zeremoniellen Brot ab, das Mabon ihm reichte, und steckte es Jana in den Mund. Damit bekundete er seine Absicht der Fürsorge für Jana. Dann überreichte er ihr feierlich einen bronzenen Hakenschlüssel und gab ihr damit die Schlüsselgewalt über sein Haus. Mabon legte Janas und Balders Hände ineinander. Die Hochzeitszeremonie war vollzogen. Jana war jetzt Balders Frau und ging damit in seinen Besitz über.

Die Dorfbewohner brachen in Jubel aus und wünschten dem Brautpaar Glück. Bis tief in die Nacht wurde gefeiert. Cian spielte auf seiner Flöte. Die Menschen sangen und lachten. Jeder aß, so viel er konnte. Die Männer schütteten Unmengen von dem Honigbier in sich hinein, und viele schliefen dort ein, wo sie gerade saßen oder lagen. Balder und Jana wurden von einem johlenden Haufen betrunkener Männer zu Balders Haus begleitet. Sie sparten nicht mit derben Bemerkungen über die bevorstehende Hochzeitsnacht.

Dann war Jana mit ihrem Jäger allein. Ein wenig verlegen sah sie ihn an. Auch er hatte kräftig getrunken. Sie zog die Nadeln, mit denen die Flügelhaube befestigt war, aus ihrem Haar und legte die Kopfbedeckung ab. Mit unsicheren Bewegungen half Balder ihr aus dem weißen Gewand.

Nackt stand sie vor ihm. Ihr schöner Körper wurde nur von dem flackernden Feuer erleuchtet, das eine der Frauen für sie entzündet hatte. Balder stöhnte vor Verlangen auf. Sie war schön wie eine Göttin. Er konnte den Blick nicht von ihren Brüsten wenden, die sich ihm fest und rund entgegenstreckten. Zärtlich sah er sie an, die Augen dunkel vor verhaltener Leidenschaft. Ihre Knie wurden weich unter diesem Blick. Heiße Schauer jagten durch ihren Körper. Aufstöhnend zog Balder sie auf seine Schlafstätte, die jetzt auch die ihre sein würde, und küsste sie, bis ihr schwindelig wurde. Hastig entledigte er sich seiner Kleider und legte sich auf sie. Hart spürte sie seine Männlichkeit an ihren Schenkeln. Er griff nach ihren Brüsten. Seine Hände wanderten über ihren Körper und erkundeten ihn. Jana ließ sich von seiner Leidenschaft forttragen in ein Land, in dem es nur sie beide gab. Ihr Körper hob sich ihm entgegen, sie konnte es kaum erwarten, bis er sich mit ihr vereinte und ihre beiden Körper zu einem einzigen verschmolzen.

Die Morgendämmerung war bereits angebrochen, als die beiden Menschen, deren Liebe sich über Raum und Zeit hinwegsetzte, eng aneinander geschmiegt in einen tiefen Schlaf sanken.

Am nächsten Morgen wachte Jana als Erste auf. Nachdenklich betrachtete sie den Mann, mit dem sie ihr weiteres Leben verbringen würde. Er schien fest zu schlafen. Sie küsste ihn zärtlich auf den Mund. Bei dem Gedanken an die letzte Nacht zog ein wohliger Schauer durch ihren Körper, und ihr wurde heiß vor Verlangen. Sie rutschte näher an ihn heran. Ihre Hände strichen über seine muskulösen Oberschenkel. Balder war jetzt ebenfalls wach. Er drehte sich zu ihr und griff nach ihren Brüsten. Zärtlich streichelte und küsste er sie. Seine Hände wanderten tiefer. Jana stöhnte leise auf. Erneut schlug die Leidenschaft über ihnen zusammen, als Balder sie wieder und wieder liebte.

Glücklich lag Jana in seinen Armen. In ihrem ganzen Leben war sie noch nie so glücklich gewesen. Sie liebte diesen Mann und beschloss, alles zu tun, um ihn glücklich zu machen.

Abrupt löste Balder Janas Arme von seinem Körper und stand auf. Er kleidete sich an und griff nach seinen Waffen.

»Ich gehe zur Jagd.« Nach diesen Worten drehte er sich um und verließ das Haus. Jana sah ihm enttäuscht nach. Sie hätte gerne noch eine Weile in seinen Armen gelegen und seine Nähe gespürt.

Sie nahm ihre Kleider und ging in den Stall, um sich zu waschen. Die Wasserschüssel war leer, und ihr blieb nichts anderes übrig, als sich anzuziehen und zum Brunnen zu gehen, um welches zu holen. Die Frauen, denen sie begegnete, warfen ihr verstohlene Blicke zu. Jana beeilte sich, in ihr Haus zurückzukommen. Sie trug die schwere Schüssel in den Stall und wusch sich gründlich. Sie hatte gerade ihren Rock und ihre Bluse angezogen, als Isa hereinkam. An einem Hanfseil zog sie eine Kuh hinter sich her.

»Argor hat sie uns geschenkt, damit wir Milch haben.«

Sie führte die Kuh in den Stall und sah Jana an.

»Jetzt bist du meine Mutter, aber ich darf meine Mama nicht vergessen, obwohl ich dich so lieb habe.« Sie weinte, und Jana nahm sie liebevoll in den Arm.

»Du brauchst deine Mama nicht zu vergessen. Zeig mir, wo ihr sie begraben habt. Wir werden ihr Blumen bringen.

Dann sieht sie vom Himmel aus, dass du an sie denkst, und sie wird glücklich darüber sein, dass es dir gut geht.«

Isa führte sie zu einem großen Hügelgrab außerhalb des Dorfes, und unterwegs pflückten sie einen großen Blumenstrauß, den sie auf das Grab legten.

Dann gingen sie gemeinsam zu Balders Haus zurück, das jetzt auch das ihre war. Jana genoss es, ein ganzes Haus für sich allein zu haben, und begann sofort damit, es nach ihren Vorstellungen herzurichten.

Als es Abend geworden war, hatte sie alles geschrubbt, Brot gebacken und das Essen gekocht. Sie überlegte, was sie tun sollte, bis Balder nach Hause kam. Ihr Blick fiel auf den Webstuhl, an dem ein fast fertig gewebtes Tuch hing.

Wer war die Frau, deren Platz sie eingenommen hatte? Hatte Balder sie genauso geliebt wie sie? Eifersucht stieg in ihr auf bei dem Gedanken, dass Balder eine andere Frau in den Armen gehalten und geliebt hatte.

Isa war ihrem Blick gefolgt. »Mama wollte mir ein neues Kleid nähen«, sagte sie traurig. Jana riss sich zusammen. Die Vergangenheit war vorbei. Sie hatte keinen Grund, auf eine Tote eifersüchtig zu sein.

»Möchtest du, dass ich das Kleid fertig stelle?«, fragte sie das kleine Mädchen.

Isa überlegte einen Moment. »Ich glaube nicht, dass Mama etwas dagegen hat«, sagte sie leise. Jana setzte sich an den Webstuhl und begann zu weben. Isa sah ihr zu. Während Jana webte, schlief Isa auf der Bank, auf der sie gesessen hatte, ein. Jana stand auf und deckte sie zu, dann legte sie Holz nach und wartete sehnsüchtig auf Balder. Es war schon nach Mitternacht, als er müde zur Tür hereinkam. Schweigend nahm er die Schüssel mit dem Essen, die Jana ihm reichte. Bis auf das Knistern des Feuers war es still. Sofort nach dem Essen stand er auf und legte sich auf ihre gemeinsame Bettstelle. Sekunden später war er eingeschlafen.

Jana zog sich aus und legte sich neben ihn. Tränen der Enttäuschung liefen ihr über die Wangen. Das sollte ihr neues Leben sein? Sie hatte sich so auf ihren ersten gemeinsamen Abend gefreut. Liebte Balder sie vielleicht gar nicht? Brauchte er nur eine Frau, die ihm Söhne schenkte? Oder dachte er noch an seine erste Frau und hatte sie nur geheiratet, damit Isa wieder bei ihm wohnen konnte? Sie grübelte bis in den frühen Morgen und sank dann in einen tiefen Schlaf. Als sie aufwachte, war Balder schon fort. Rasch sprang sie aus dem Bett und zog sich an. Als sie zum Brunnen lief, sah sie Balder, begleitet von Cian und Ladra, aus dem Haus ihres Stammesführers kommen. Sie stellte die Schüssel ab und lief auf ihn zu.

»Ich muss mit dir reden, Balder.« Als er sie erstaunt ansah, fügte sie nach einem Blick auf seine Männer hinzu: »Allein.«

Balder folgte ihr in sein Haus und sah sie ärgerlich an. »Was gibt es denn so Dringendes, dass du mich von meinen Männern fortholst?«

Jana wusste nicht recht, wie sie beginnen sollte. Doch dann strömte es nur so aus ihr heraus.

»Ich möchte wissen, ob du mich liebst und warum du nicht mit mir redest. Gestern habe ich den ganzen Abend auf dich gewartet, schließlich sind wir erst zwei Tage verheiratet, und ich habe gedacht, du würdest dich freuen, nach Hause zu kommen und mich zu sehen.«

»Du bist meine Frau«, sagte er kalt. »Ich möchte, dass du dich auch so verhältst. Wir werden noch genügend Zeit haben, um zu reden. Aber jetzt muss ich gehen, meine Männer warten draußen auf mich.« Damit drehte er sich um und ging.

Jana sah ihm nach. Wieder rollten Tränen über ihre Wangen, aber es waren Tränen der Wut. Wie konnte er sie nur so behandeln?

Sie machte sich an ihre Arbeit, doch ihre Gedanken drehten sich um Balder.

An diesem Abend betrat er zur gewohnten Zeit die Hütte. Schweigend wie immer aß er seinen Eintopf. Nach dem Essen wandte er sich Jana zu.

»Du musst lernen, deinen Platz einzunehmen«, sagte er geduldig.

Jana sah ihn an. In seinen Augen sah sie seine Liebe zu ihr, und sie wurde unter seinem Blick verlegen. Balder war geradlinig und offen. Jegliche Verstellung war seinem Wesen fremd. Und von ihr erwartete er nur, dass sie sich so verhielt, wie es sich einem Mann gegenüber geziemte.

»Es tut mir Leid, dass ich dich heute Morgen in dem Gespräch mit deinen Männern unterbrochen habe«, sagte sie leise. »Ich werde mich bemühen, dir eine gute Frau zu sein.«

»Das ist gut.« Sie spürte, dass damit alles gesagt war.

»Bitte erzähle uns eine Geschichte.« Isa setzte sich neben Jana auf die Bank.

Und Jana erzählte die Geschichte von Romeo und Julia. Sie war ihr plötzlich eingefallen. Isa schlief nach wenigen Minuten ein, doch Balder hörte fasziniert zu. Der Schluss der Geschichte gefiel ihm nicht, und er konnte nicht verstehen, warum Romeo sich selbst umgebracht hatte.

»Auch wenn es noch so schmerzt, eine Frau zu verlieren, bleiben die Verpflichtungen, die man dem Stamm gegenüber hat.« Er konnte es einfach nicht begreifen. Ein Gedanke schoss ihm durch den Kopf.

»Kam dieser Mann aus deinem Dorf? Sind bei euch alle Männer so verrückt?«

Jana konnte ihm keine Antwort geben. Sie wusste nicht, wer Romeo war und wie sie auf diese Geschichte gekommen war. Wieder ergriff sie die Verzweiflung darüber, dass sie ihre Erinnerung verloren hatte. Balder sah, wie ihre Augen sich vor Trauer verdunkelten. Er beschloss, ihr dabei zu helfen, sich an ihr neues Leben zu gewöhnen.

Sanft legte er seinen Arm um sie und spürte, wie sie vor Sehnsucht nach ihm zitterte. Er zog sie auf ihre gemeinsame Schlafstätte. Wieder und wieder liebte er sie, und Jana ließ sich glücklich von seiner Leidenschaft fortreißen.

Richard und Achim erwachten von einem leisen Stöhnen. Ihre Rücken schmerzten, was an der ungewohnten Bettstelle lag. Caer hatte wieder zu fiebern begonnen. Richard wollte gerade aufspringen, um Wasser zu holen, als die Tür leise geöffnet wurde. Mira betrat den Raum. Außer den Söhnen des Wanderhändlers und ihnen beiden war niemand mehr in dem Langhaus. Mira beugte sich über Caer und kühlte seine heiße Stirn mit Kräuterwasser. Dann flößte sie ihm einen dunkelgrünen Trank ein. Credne ging es schon besser. Er bat Richard, ihm beim Aufstehen zu helfen und mit ihm hinter das Haus zu gehen. Er musste dringend sein Wasser abschlagen.

Die hübsche Magd, die am Vorabend das Bier nachgefüllt hatte, betrat mit duftendem Brot und einem großen Stück Käse in der Hand den Raum. Dazu brachte sie einen Krug mit Honigbier. Wortlos stellte sie alles ab. Nach einem neugierigen Blick auf die Fremden verließ sie den Raum.

Richard beschloss, sich nach Holz umzusehen, um eine provisorische Krücke für Credne anzufertigen. Er trat aus dem halbdunklen Haus. Von der Sonne geblendet, schloss er für einen Moment die Augen, um sich an das helle Licht zu gewöhnen. Fasziniert betrachtete er das Treiben auf dem Dorfplatz. Männer trieben das Vieh auf die umliegenden Weiden. Holz wurde abgeladen. Die Frauen saßen vor ihren Häusern, die alle zur Dorfmitte ausgerichtet waren, und webten und nähten. Jeder Einzelne dieser Menschen verrichtete seine Arbeit. Dazwischen tobten spielende Kinder und jagten die Hühner, die überall im Dorf herumliefen. Ein alter Mann, dessen Gesicht von zahllosen Runzeln durchzogen war und der diese Welt kaum noch wahrnahm, saß auf einer aus grobem Holz gezimmerten Bank und hielt sein Gesicht der Sonne entgegen, die ihm Wärme schenkte.

In diesem Moment kam Achim zurück, und sie beschlossen, Dagda aufzusuchen. Sie fanden ihn am Ende des Dorfes, wo er einen großen ausgehöhlten Eichenstamm begutachtete, der als Sarg für den Wanderhändler vorgesehen war. Ein Trupp Männer wurde zusammengestellt und verließ mit verschiedenen Werkzeugen bewaffnet das Dorf.

Fünf Männer, denen die Ungeduld im Gesicht geschrieben stand, saßen schwer bewaffnet auf ihren Pferden und warteten auf Dagdas Zeichen zum Aufbruch. Sie konnten es gar nicht erwarten, den überlebenden Räuber zu jagen. Endlich gab Dagda das Zeichen, und sie sprengten los, sodass die Hühner entsetzt zur Seite stoben.

Der Eichenstamm wurde für gut befunden. Zwei Männer begannen damit, ihn herzurichten. Jetzt erst drehte Dagda sich zu Richard und Achim um. Kalt musterte er sie. Er hatte schon mehr als vierzig Sommer erlebt, doch seine Augen waren klar und wachsam. Er trug ein blaues Gewand und natürlich seine neuen Stiefel, wie Achim belustigt zur Kenntnis nahm.

»Wir sind auf der Suche nach einer Frau mit hellen Haaren, so wie ich sie habe«, begann Richard das Gespräch. »War sie vielleicht hier, oder hast du von ihr gehört?«

Dagda überlegte, bevor er antwortete. Das waren schon drei Fremde, was hatten sie vor? Er beschloss, der Sache auf den Grund zu gehen.

»Eine fremde Frau war nicht hier, aber sagt mir doch, wo euer Dorf liegt und von welchem Stamm ihr seid.«

Richard und Achim sahen sich an, bevor Achim antwortete: »Richards Frau ist entführt worden. Wir sind auf der Suche nach ihr. Unser Stamm lebt viele Tagesreisen von hier in einem fernen Land. Dann haben wir den Wanderhändler getroffen, und er hat uns eingeladen, mit ihm zu reisen«, antwortete er.

Beruhigt, aber immer noch misstrauisch, bot Dagda seine Hilfe bei der Suche nach Jana an. Auch er spürte, dass mit den Fremden etwas nicht stimmte.

»Wir werden den Wanderhändler auf seinem Weg zu den Göttern begleiten, dann werden wir dir bei der Suche nach deiner Frau helfen. Bis dahin genießt unsere Gastfreundschaft.«

Damit drehte er sich um und ließ die beiden stehen. Richard und Achim sahen sich an.

»Es wird höchste Zeit, dass wir Jana finden.« Seine Stimme klang beunruhigt. »Ich habe ein komisches Gefühl im Bauch. Die Leute starren uns an, als wären wir von einem anderen Stern, und genauso fühle ich mich auch. Ich kann einfach nicht begreifen, was mit uns geschehen ist. Zeitreisen haben für mich bisher ins Reich der Fantasie gehört. Es ist, als wäre ich in einem Traum gefangen, der mich festhält und verhindert, dass ich wieder aufwache.«

»Mir geht es ähnlich, ich fühle mich wie in einer Glaskugel, es ist alles so unwirklich hier. Vielleicht war irgendetwas in dem Kaffee, den wir in der Raststätte getrunken haben, und wir befinden uns in einem Drogenrausch.«

Er sah Richard bittend an. Solange er bei ihm war, fühlte er sich sicher. Richard hatte bisher für jedes Problem, das aufgetaucht war, eine Lösung gefunden. Er musste nur in seiner Nähe bleiben, dann konnte ihm nichts geschehen.

»Wir könnten uns vorstellen, dass wir einen Abenteuerurlaub gebucht haben, in einem Land wie Afghanistan. Dort leben die Menschen heute noch so wie vor einigen tausend Jahren. Und wenn wir wieder zu Hause sind, lachen wir über die Sorgen, die wir uns gemacht haben.«

Achim benimmt sich wie ein Kind, dachte Richard. Sobald Probleme auftauchen, verdrängt er sie oder schiebt sie mir zu. Es wird Zeit, dass er erwachsen wird und die Verantwortung für sein Leben selbst in die Hand nimmt. Doch er brachte es nicht fertig, ihn zu enttäuschen.

»Du hast Recht, wir machen Abenteuerurlaub in einem fremden Land und sind bald wieder zu Hause«, beruhigte er seinen Freund. »Trotz allem müssen wir überlegen, wie es jetzt weitergehen soll. Abgesehen von den Söhnen des Wanderhändlers kennen wir niemanden hier, und wenn es ihnen besser geht, könnten wir gemeinsam mit ihnen das Dorf verlassen, um nach zu Jana suchen. Ich habe Vertrauen zu den beiden, sie werden uns bestimmt helfen.«

»Ich würde mir gerne die Handwerkshütten ansehen.« Achim drehte sich zu einer großen runden Hütte um, vor der noch nicht gebrannte Tontöpfe und Krüge neben einem Lehmofen standen. Er hatte sich wieder beruhigt und beschloss, dieses Abenteuer in vollen Zügen zu genießen. Einen Urlaub mit Richard hatte er sich seit langem gewünscht.

In diesem Moment winkte ihnen das junge Mädchen zu, das sie bedient hatte.

»Caer möchte mit euch sprechen«, sagte sie und bedeutete Richard und Achim, ihr zu folgen. Gemeinsam gingen sie zu Dagdas Haus zurück und betraten den halbdunklen Raum. Caer erwartete sie bereits ungeduldig.

»Wir müssen uns um das Begräbnis unseres Vaters kümmern und wollten euch bitten, uns auf den Wagen zu helfen, da wir uns den Platz seiner Ruhestätte ansehen möchten.«

Richard und Achim halfen Caer und Credne auf ihren Wagen, um den die Frauen neugierig herumstanden und überlegten, welche Kostbarkeiten sich wohl in den mit Fellen und Decken umwickelten Paketen befanden.

Richard sprang auf den Wagen, als hätte er nie etwas anderes getan. Er schnalzte mit der Zunge, und die Pferde setzten sich gehorsam in Bewegung. Langsam fuhren sie aus dem Dorf hinaus. Nach kurzer Zeit erreichten sie die Stelle, wo der Wanderhändler seine letzte Ruhe finden sollte. Ein Mann in langem weißem Gewand, offensichtlich der Priester des Dorfes, umkreiste langsam einen großen Platz. Leise murmelte er beschwörende Worte vor sich hin, die an die Götter gerichtet waren. An bestimmten Stellen blieb er stehen und hob, die Götter anrufend, die Hände zum Himmel. Zwei junge Frauen, ebenfalls in weiße Gewänder gehüllt, brachten silberne Schalen mit stark riechendem Räucherwerk, das zu den Göttern hochstieg, um ihre Aufmerksamkeit zu wecken.

Der Priester setzte sie an den vorher festgelegten Stellen ab. Es waren insgesamt zwölf Schalen. Ein kleinerer Steinkreis war um die Feuerstelle errichtet worden, in dessen Mitte zwölf Lanzen um einen mehr als mannshohen, dicken Pfahl aus Eibenholz steckten. Auf dem Pfahl ragte ein schmaler, nach oben hin spitz zulaufender Goldkegel mit einer breiten Krempe in den Himmel. Er war rundherum mit kreisförmigen Sonnensymbolen verziert, dazwischen mit Fruchtbarkeitssymbolen, die an Kaffeebohnen erinnerten. Die Zeichen der Elemente am unteren Rand vollendeten das Kunstwerk. Staunend bewunderten Achim und Richard den goldenen Kegel.

Caer und Credne sahen mit Tränen in den Augen zu, wie der Priester das Begräbnis vorbereitete. Eine Gruppe Frauen brachte Blumen und verteilte sie um den großen Kreis. Der Priester kam auf sie zu. Ein ehrfürchtiger Schauer durchfuhr Richard und Achim, als er sie aus starren, bernsteinfarbenen Augen ansah. Augen, in denen das Wissen der Menschheit lag. Es war, als würden die Götter sie durch diese Augen anschauen, durch sie hindurchsehen. Er wandte sich an Credne.

»Es ist so weit, kehrt zurück ins Dorf und geleitet euren Vater zu seinen Göttern, die ihn in sein anderes Leben begleiten werden.«

Die düstere Stimmung hielt sie gefangen, als sie zu der runden Hütte ins Dorf zurückfuhren, in dessen Mitte Midir in seinen besten Gewändern in dem ausgehöhlten Eichensarg lag. Er trug einen Kappe, ein Wams und seinen besten Umhang. Und natürlich seine neuen Stiefel. Um seinen Hals schimmerte ein fingerdicker goldener Halsreif. Drei silberne Fibeln schmückten sein Gewand. Goldene Ringe und Armreifen sollten ihm in der anderen Welt als Zahlungsmittel dienen.

Schon am frühen Morgen war die Leiche des Wanderhändlers zum nahe gelegenen Fluss gebracht und unter der Aufsicht des heiligen Mannes der rituellen Waschung unterzogen worden, die nur von Jungfrauen ausgeführt werden durfte. Abgesehen von dem Sarg war die Hütte leer. An den Wänden aus Weidengeflecht waren kleine hölzerne und tönerne Idole und Räuchergefäße befestigt, welche die bösen Geister vertreiben sollten. Der stark riechende Qualm nahm ihnen die Luft zum Atmen und hüllte alles in einen leichten Nebel.

Hustend hoben sechs kräftige Männer den Baumsarg auf ihre Schultern. Sie waren in lange weiße Gewänder gehüllt und liefen barfuß. Richard und Achim bestiegen den Wagen und fuhren mit Credne und Caer langsam hinter dem Sarg her. Die Frauen und Kinder folgten ihnen trauernd und schluchzend. Blökende Lämmer und zwei weiße Stiere wurden hinter dem Trauerzug hergetrieben. Es war schon später Nachmittag, als sie den Kreis erreichten. Mit starren Gesichtern richteten die Männer den Sarg nordöstlich aus. Dann wurden feierlich Schwert, Lanze, bronzene Beile und zwei Messer neben den Toten gelegt. Eine große Anzahl Bronzebarren und ein mit Leder bezogener Klappstuhl würden seine herausragende Stellung in der anderen Welt bezeugen. Die weiß gekleideten Jungfrauen stellten mehrere Behälter aus Rinde, gefüllt mit Honigbier, an das Fußende des Sarges. Tönerne Amphoren, gefüllt mit Getreide, Obst und Gemüse, sollten dafür sorgen, dass Midir keinen Hunger leiden musste, ebenso eine große Schale aus Bronze, die mit geräuchertem Fleisch gefüllt war.

Der große Augenblick war gekommen, und alle Dorfbewohner bis auf Mabon verließen den Kreis. Mit erhobenen Händen, in der einen Hand einen goldenen Stabdolch und in der anderen die heilige Sichel haltend, rief er mit lauter Stimme Cernunnos an, den Gehörnten, der über die Götterwelt herrschte.

Die Lämmer und die Stiere wurden einzeln zu dem Priester geführt. Mit geübter Bewegung durchschnitt er ihnen mit der goldenen Sichel die Kehle. Das herausspritzende Blut wurde in einem großen dreibeinigen Weihekessel aufgefangen, der mit Misteln und heiligen Kräutern gefüllt war. Nach einigen wilden Zuckungen erschlafften die Körper der Tiere, und warmes Blut schoss stoßweise in den heiligen Kessel der Wiedergeburt. Der Geruch des Blutes vermischte sich mit den Räucherwerken und legte sich wie eine Glocke über den heiligen Kreis.

Wieder erhob der Priester seine Arme zum Himmel, während er die heiligen Verse sang. Es war eine Art Sprechgesang, bei dem der Priester die Taten des toten Wanderhändlers aufzählte und der sich steigerte, bis er sich zu einem machtvollen Klang erhob. Ein heftiger Wind folgte dem Ruf. Jeder konnte die Anwesenheit von Cernunnos spüren; die Welt um sie herum hatte aufgehört zu atmen. Ehrfürchtig standen die Menschen um ihren Priester. Kinder begannen zu weinen und wurden von ihren Müttern getröstet.

Der Priester drehte sich dreimal im Kreis, dann hielt er seine Hände vor sich hin und berührte langsam verschiedene Teile seiner Handflächen nach einem sich wiederholenden Muster. Die Männer taten es ihm nach, gaben die Zeichen weiter, bis sich der Kreis wieder geschlossen hatte. Dann hoben alle Männer ihre Hände über den Kopf. Der Wind steigerte sich zu einem Sturm, fegte heulend über die Menschen, dann wurde es still. Kein Lüftchen regte sich mehr.

Der Sarg wurde mit Blumen bedeckt, und einige kräftige Männer begannen, das Totenhaus zu errichten. Vorbereitete Baumstämme wurden wie ein spitz zulaufendes Dach über dem Sarg aufgebaut, darüber wurden ausgestochene Grassoden gelegt. Dann begannen die Männer, mit großen Schaufeln Erde über das Gras zu häufen. Niemand sprach ein Wort. Abgesehen von dem Gesang des

Priesters war es still. Die Dämmerung legte sich über die schweigende Gruppe Menschen und hüllte sie langsam ein.

Ein großes, mit Kräuterbier gefülltes Horn wurde herumgereicht, aus dem jeder der Anwesenden trank. Einer nach dem anderen fiel in den Gesang des Priesters ein.

Der Goldkegel strahlte überirdisch inmitten des flackernden Feuers. Seine Schönheit war überwältigend. Richard und Achim konnten ihren Blick nicht von ihm wenden.

»Es ist ein Zauberhut«, sagte Richard wie zu sich selbst

»Du hast Recht, es ist Merlins Hut.« Achim flüsterte es fast.

»Wie er in dem Feuer steht und glänzend in den Himmel ragt, erinnert er mich an einen angestrahlten Kirchturm«, murmelte Richard. »Sein Glanz reicht in den Himmel, er ist die Verbindung zu den Göttern.«

Achim konnte nur zustimmend nicken. Sie standen vor dem ersten Kirchturm der Menschheit.

»Wir sollten beobachten, wo der alte Priester den Hut nach der Zeremonie versteckt«, schlug er nach einer Weile vor. »Wenn wir den mit nach Hause nehmen könnten, haben wir ausgesorgt.«

Richard packte ihn an den Schultern.

»Du spinnst doch, weißt du eigentlich, was diese Menschen hier mit ihren Feinden anstellen, wenn sie sie in die Hände bekommen? Ich habe einmal gelesen, dass sie ihren Göttern Menschenopfer bringen, indem sie ihre Gefangenen in Weidenkäfigen bei lebendigem Leibe rösten. Schlag dir solche Gedanken sofort aus dem Kopf, du bringst uns nur in Gefahr damit.« Richard, der Achim genau kannte, beschloss, ihn nicht aus den Augen zu lassen. Er hatte den kleinen rothaarigen Kerl in sein Herz geschlossen, und abgesehen von seiner Geldgier war er ein guter Kumpel.

Zwei junge Männer betraten den Platz und stellten sich hinter den Priester. Über der Schulter trug jeder eine Lure. Achim bekam wieder glänzende Augen, als er die gegenläufig geschwungenen Blasinstrumente aus Bronze sah. Sie sahen aus wie große geschwungene Jagdhörner und bestanden aus mehreren Rohrstücken, dem Mundstück und einer reich verzierten Endscheibe. Auf einen Wink des Priesters nahmen sie die Luren von ihren Schultern und bliesen hinein. Richard und Achim schraken zusammen, als tiefe, schaurige Töne erklangen. Die Männer bekamen Bier gereicht und fielen in den rhythmisch gewordenen Gesang ein.

Allmählich senkte sich die Dunkelheit über den Platz, und nur die aufgestellten Fackeln und das Feuer in der Mitte erleuchteten flackernd das Geschehen. Dunkle Schattenwesen und helle Lichtgestalten nahmen an dem Begräbnisfest teil und beobachteten die Menschen. Die Kinder hatten sich auf dem Boden zusammengerollt und schliefen tief und fest.

Als Stunden später die Dämmerung, begleitet von Nebelfetzen, heraufzog, sangen die Menschen immer noch, und die Männer schaufelten mehr und mehr Erde auf den höher werdenden Hügel. Seltsamerweise verspürten Richard und Achim ebenso wie die anderen Menschen keinerlei Müdigkeit, was wohl an dem mit Kräutern versetzten Bier liegen musste.

Als es hell geworden war und die Schatten der Dunkelheit von den ersten Sonnenstrahlen vertrieben worden waren, machten sich die Dorfbewohner schweigend auf den Rückweg. Nur die Priester und die schaufelnden Männer blieben zurück. Erfüllt von dem Erlebten, fielen

Richard und Achim wenig später in einen tiefen, traumlosen Schlaf, aus dem sie erst erwachten, als die Sonne ihren höchsten Punkt bereits überschritten hatte.

Caer ging es besser. Das Fieber hatte seinen Körper verlassen, und Credne hüpfte mit Hilfe eines dicken Eichenstabs wieder herum. Caer hatte endlich die Waren ausgepackt. Es dauerte nicht lange, bis der Wagen des Wanderhändlers von Menschen umringt war, die von ihm Stoffe, Malachit, Schmuck und Bernstein erwarben im Tausch gegen Salz, Hirsch- und Bärenfelle, Honig oder Bronzebarren. Als es dunkel wurde, ging Caer erschöpft in die Hütte Dagdas zurück. Sie überlegten, was sie jetzt tun sollten, da ihr Vater tot war. Caer war das Herumreisen schon lange leid. Er träumte davon, sich eine Frau zu suchen und ein Haus zu bauen. Er konnte sich gut vorstellen, in diesem Dorf zu bleiben, und beschloss, schon am nächsten Tage Dagda anzusprechen.

Credne war jünger, ihm machte das Reisen Spaß, und er war begierig darauf, neue Länder kennen zu lernen. Da es zu gefährlich war, allein zu reisen, wollte er versuchen, sich einem der anderen Händler anzuschließen, die regelmäßig das Dorf Dagdas besuchten. Bis dahin entschied er, bei seinem Bruder zu bleiben. Richard und Achim waren nicht sehr erfreut darüber, hatten sie doch gehofft, dass die Brüder ihnen bei der Suche nach Jana behilflich sein würden. Richard sprach Credne an.

»Wir haben euch, als wir uns trafen, nach einer Frau mit hellen Haaren gefragt, meiner Frau, die entführt wurde. Wir sind auf der Suche nach ihr und möchten euch bitten, uns dabei zu helfen, da wir uns hier in dieser Gegend nicht auskennen.«

»Ihr habt unser Leben gerettet, wir stehen in eurer Schuld. Gerne helfen wir euch, wenn wir können.«

Auch Caer versprach, bei der Suche zu helfen. Sie überlegten, wo sie beginnen sollten. Achim hatte eine Idee.

»Wir waren an einer Quelle, bevor wir euch getroffen haben. Gibt es vielleicht ein Dorf, das von dort aus besser zu erreichen ist als dieses hier?« Erwartungsvoll sah er Caer an.

»Es gibt hier in der Umgebung einige kleine Dörfer, in denen wir nach deiner Frau suchen können. Wir werden mit der Suche beginnen, wenn Credne sein Bein wieder nutzen kann, und können den Dorfbewohnern gleichzeitig unsere Ware anbieten.«

Richard war mit dieser Antwort nicht zufrieden, er machte sich Sorgen um Jana, die ganz allein in dieser fremden Welt zurechtkommen musste. Er hatte immerhin Achim an seiner Seite. Seine Stimme wurde drängend.

»Das dauert mir zu lange, wir könnten Credne hier im Dorf lassen und die umliegenden Dörfer ohne ihn besuchen.« Er drehte sich zu Achim um. »Kannst du eigentlich reiten? Wir würden zu Pferd viel schneller vorankommen und könnten abends ins Dorf zurückkehren.«

Achim grinste.

»Das letzte Mal, als ich es versucht habe, konnte ich drei Tage nicht mehr auf meinem Hintern sitzen, aber ich bin dabei.« Sein Grinsen wurde breiter. »Schließlich will ich endlich wissen, was unsere Süße gefunden hat und ob wir es ihr zu verdanken haben, dass wir unsere Ahnen besuchen durften.«

Caer war einverstanden. Sie beschlossen, am nächsten Morgen mit der Suche zu beginnen.

Lautes Hufgeklapper ließ sie vor die Tür treten. Die jungen Krieger waren triumphierend mit dem gefangenen Räuber und einer großen Menge der gestohlenen Waren ins Dorf zurückgekehrt. Der Räuber sah schrecklich aus. Sein Gesicht war von Schorf überzogen und zeigte alle Farben von blau bis tief violett. Seine Kleidung hing dreckig und zerrissen an ihm herunter. Ohne jedes Gefühl von Mitleid stießen die Männer ihn zu Boden, wo er wimmernd liegen blieb.

Die Männer wurden zusammengerufen, um sich im heiligen Eichenhain zu versammeln. Als sie beim Hain eintrafen, saß Dagda, umringt von dem Rat, unter dem heiligen Baum.

Der Priester holte die heiligen Gefäße aus dem hohlen Stamm und legte sie auf ein weißes Tuch. Dann nahm er den Goldhut und setzte ihn auf seinen Kopf. Er zündete die Weihrauchlampen an und schüttete den Inhalt eines kleinen Beutelchens in die Lampe. Es zischte und explodierte in einem bunten Feuerwerk, und schwerer, betäubender Duft verbreitete sich.

Der Priester hob die Arme und bog den Kopf zurück. Ekstatische Laute kamen über seine Lippen, die nur die Götter verstanden.

Die Nacht hatte sich über den von Fackeln erleuchteten Platz gesenkt. Das Zucken des Priesters und seine obskuren Verrenkungen wirkten in dem flackernden Licht gespenstisch. Richard und Achim liefen eiskalte Schauer über den Rücken. Der Schrei einer Eule wurde von dem kühlen Nachtwind herübergetragen, und Achim rutschte näher an Richard heran.

Die Männer zerrten den Wegelagerer vor den Rat und warfen ihn auf den Boden. Seine Hände waren auf dem Rücken gefesselt. Das Gesicht des Mannes glänzte vor Schweiß, die Lippen hielt er trotzig zusammengepresst.

»Hast du etwas zu deiner Verteidigung zu sagen?«, fragte der Priester ihn.

Als Antwort spuckte der Mann verächtlich auf den

Boden. Dass er Angst hatte, konnte man deutlich sehen, denn er wusste, dass er sein Leben verwirkt hatte.

Missbilligendes Gemurmel ertönte, und die Männer erhoben ihre Speere, um sie in gleichmäßigem Rhythmus auf den Boden zu stoßen. Das Urteil war gesprochen, es lautete: Tod.

Zwei Männer brachten auf einen Wink des Priesters einen großen, aus Weidenruten geflochtenen Käfig in die Mitte des Versammlungsplatzes.

Der Räuber wand sich und trat nach allen Seiten, als die Männer ihn hochhoben und ihn Richtung Weidenkorb schleiften. Er grub seine Fersen in den weichen Boden und kämpfte verzweifelt. Noch immer kam kein Laut über sein Lippen. Einer der Männer schlug ihm die Faust ins Gesicht. Trotzdem wurden drei Männer benötigt, um ihn in den Weidenkäfig zu stoßen, der anschließend mit Hilfe eines starken Seiles verschlossen wurde. Das Gesicht des Räubers war zu einer grässlichen Grimasse verzerrt, voller Grauen vor dem furchtbaren Tod, der ihn erwartete. Einer der Männer warf ein dickes Seil über den Ast, sodass es auf der anderen Seite wieder herunterkam. Er befestigte das Seil an dem Weidenkäfig und zog den Korb mit Hilfe zweier kräftiger Männer hoch, bis er ungefähr anderthalb Meter über dem Boden hing.

Dann begannen die Männer damit, Holz und Reisig unter dem Weidenkorb aufzuschichten, begleitet von dem einsetzenden Klang der rhythmisch geschlagenen Trommeln.

Richard und Achim, die neben Caer und Credne saßen, sahen fassungslos zu, wie der Priester mit einer brennenden Fackel in der rechten Hand dreimal um den aufgeschichteten Holzstapel herumschritt. Er erhob seinen Kopf und sah in das angstverzerrte Gesicht des Räubers, dessen Blase sich über dem Holzstoß entleerte. Mit unbewegter Miene hielt er seine Fackel an das Holz und entzündete es. Er griff unter seinen Umhang und warf eine Hand voll Kräuter in das Feuer. Als die Kräuter zu glühen begannen, wurde der Rauch zu geisterhaft aufsteigenden Rauchschwaden, die den Geruch des Todes verbreiteten.

Die Flammen griffen rasch um sich, und es dauerte nicht lange, bis alles brannte.

Der Räuber begann zu schreien. Schrill schallten seine verzweifelten Laute durch die Nacht. Richard und Achim hielten sich die Ohren zu und sahen entsetzt zur Seite.

Das rhythmische Trommeln wurde schneller und schneller, steigerte sich zu einem ohrenbetäubenden Lärm, der es aber nicht schaffte, die furchtbaren Schreie des Räubers zu übertönen. Der Käfig brannte lichterloh, und süßlicher Geruch von verbranntem Menschenfleisch legte sich über den Versammlungsplatz.

Richard stand auf und trat hinter einige Sträucher, um sich zu übergeben. Ein würgendes Gefühl stieg in Achim hoch, er stand ebenfalls auf und folgte seinem Freund. Den erstaunten Blick, den Credne ihm zuwarf, bemerkte er nicht.

Zitternd stand Achim neben Richard und würgte, bis ihm der Magen wehtat.

Richard hatte sich wieder gefasst. Doch der verzweifelte Blick, mit dem Achim ihn ansah, machte ihm noch mehr Angst.

»Wir können auf keinen Fall länger hier bleiben. Wenn diese Männer auch nur den kleinsten Verdacht gegen uns hegen, wird es uns genauso ergehen wie diesem Banditen. Ab sofort müssen wir äußerst vorsichtig sein und zusehen, dass wir dieses Dorf so schnell wie möglich verlassen. Und jetzt werden wir uns zusammenreißen und wieder zurückgehen, damit wir nicht auffallen.«

Die Trommeln hatten aufgehört. Hörner und Krüge, gefüllt mit Bier, wurden herumgereicht. Richard und Achim schütteten Unmengen von dem Bier in sich hinein, um das Erlebte zu vergessen. Der Morgen zog bereits herauf, als sie völlig betrunken auf dem feuchten Waldboden in einen tiefen Schlaf sanken.

Als sie erwachten, stand die Sonne schon hoch am Himmel, und sie gingen gemeinsam mit Caer und Credne zum Dorf zurück.

Dort packten sie etwas Proviant ein und machten sich auf den Weg, um Jana zu suchen. Das Reiten ohne Steigbügel, die man noch nicht zu kennen schien, war anstrengend. Richard, der ein guter Reiter war, improvisierte, indem er aus zwei Lederschlaufen, die er am Sattel befestigte, für alle drei Pferde Ersatzsteigbügel herstellte. Caer war von dieser Erfindung begeistert, verbrachte er doch viele Stunden täglich im Sattel.

Bereits nach wenigen Stunden erreichten sie das erste Dorf. Sie wurden freundlich begrüßt, da man Caer kannte. Der Stammesführer lud sie in sein Haus ein. Bei Honigbier und Schweinebraten wurden die letzten Neuigkeiten ausgetauscht. Auch in diesem Dorf war man erleichtert darüber, dass die Räuber tot waren und man hoffen konnte, wieder unbesorgt zu reisen. Caer, der bei seiner Erzählung über den Kampf auch die Zahl der Räuber stark übertrieb, genoss offensichtlich die Bewunderung der Zuhörer, deren Augen gebannt an seinen Lippen hingen. Seine Stimme erhob sich dramatisch, als er auf Richard und Achim zeigte.

»Diese Männer haben mit uns gekämpft. Sie waren schnell wie Adler und todesmutig wie ein Bär, der sein

Gebiet verteidigt. Furchtlos haben sie Rücken an Rücken gekämpft und einen Räuber nach dem anderen zu ihren Göttern geschickt.«

Dann fragte er nach Jana, aber niemand wusste etwas über eine fremde Frau mit goldenen Haaren. In den folgenden Tagen besuchten sie ein Dorf nach dem anderen, ohne Erfolg zu haben. Sie zogen immer größere Kreise und suchten die gesamte Umgebung nach Jana ab.

Richard war verzweifelt, Achim versuchte, ihn zu beruhigen.

»Vielleicht ist sie nicht hier? Wir wissen doch nicht, ob sie überhaupt die Reise durch die Zeit gemacht hat. Es könnte ja sein, dass sie zurück zum Jeep gelaufen ist, um uns ihren Fund zu zeigen.«

Richard schüttelte den Kopf. »Nein, dann wären wir ihr begegnet. Die Stelle, wo wir ihren Detektor und das Loch gefunden haben, war genau entgegengesetzt von dort, wo wir gesucht haben. Sie hätte an uns vorbeigehen müssen, um den Jeep zu erreichen. Ich bin sicher, dass sie hier ist und unsere Hilfe braucht. Wir müssen weitersuchen, und wenn wir sie gefunden haben, sollten wir hier verschwinden. Es ist sehr nett von Caer, uns zu Helden zu machen, doch wenn ich sehe, wie abschätzend uns die jungen Männer mustern, dann muss ich an die alten Piratenfilme denken. Schwertkämpfe waren noch nie mein Hobby.«

Die Heldentaten sprachen sich in der Gegend schnell herum. Eines Morgens stand ein ungefähr zehn Jahre alter Junge vor Achim und bat ihn um eine Haarsträhne.

Achim jagte ihn fort, doch der Junge ließ ihn nicht aus den Augen. Blitzschnell nutzte er den Augenblick, in dem Achim seine Sandalen mit einem neuen Lederriemen befestigte. Vorsichtig schlich er von hinten an ihn heran und schnitt mit seiner kleinen Feuersteinklinge ein Büschel aus Achims Haaren. Triumphierend rannte er mit seiner Beute Richtung Dorfbrunnen und verschwand hinter einer Hütte. Als er nicht mehr befürchten musste, von dem Fremden verfolgt zu werden, ließ er sich von seinen Freunden bewundern und tauschte einzelne der roten Haare gegen Honig und Pfeilspitzen.

Richard hatte aufgehört, die Tage zu zählen. Credne konnte wieder ohne Hilfe laufen und begleitete sie bei ihrer Suche. Endlich erreichten sie das Dorf, in dem Jana lebte. Credne konnte sich noch gut an das kleine Dorf erinnern, dass Caer schlicht vergessen hatte.

Als sie das letzte Mal mit ihrem Vater dort gewesen waren, standen dort nur einige kleine Hütten. Die Menschen, die darin lebten, hatten nur wenige Waren zum Tauschen. Sie kamen an der Quelle vorbei, und Richard war erstaunt darüber, wie nahe sie dem Dorf gewesen waren, ohne es zu bemerken.

Wieder wurden sie freundlich begrüßt und neugierig angestarrt. Balder befand sich nicht im Dorf, da er bereits im Morgengrauen mit seinen Männern zur Jagd aufgebrochen war.

Jana lief gerade mit Isa zum Brunnen, um Wasser zu holen, als die Fremden auf den Dorfplatz ritten und von ihren Pferden abstiegen. Der kleine Hund sprang wie immer um sie herum. Sie beachtete die Fremden nicht. Starke Kopfschmerzen quälten sie, und der Traum, den sie in der letzten Nacht gehabt hatte, beunruhigte sie. Sie hatte eine fremde Welt gesehen, die laut und bunt war, aber auch merkwürdig vertraut.

Richard und Achim sahen sich um. Ihre Blicke streiften über die Gesichter der Frauen, in der Hoffnung, Jana zu entdecken. Fintan lud sie in sein Haus ein. Es war wie in den Dörfern, die sie an den Tagen davor besucht hatten. Caer erzählte seine Geschichten, es gab Honigbier und zu Ehren der Besucher gebratenes Fleisch. Die Männer starrten Richard und Achim bewundernd an, als sie von dem Kampf mit den Räubern hörten.

Es war schon später Nachmittag, als Richard enttäuscht das Haus verließ. Wieder hatte er Jana nicht gefunden. Er sah ihr fröhliches Gesicht vor sich und das Blitzen ihrer schönen Augen, wenn sie lachend den Kopf nach hinten bog. Er hatte gehofft, dass sie hier wäre.

Plötzlich stand ein kleines Mädchen vor ihm. Sie trug ein gelbes Gewand, das ihr bis zu den Knöcheln reichte. Mit großen Augen sah sie ihn ernst an, so als wolle sie in ihn hineinsehen.

Er hatte sie nicht kommen hören. Schweigend stand sie eine Weile vor ihm. Dann drehte sie sich um und verschwand genauso plötzlich, wie sie gekommen war. Richard sah ihr nachdenklich nach. Das Mädchen hatte ihn nicht aus Neugier angestarrt wie die anderen Kinder. Da war etwas anderes. Vielleicht wusste sie, wo Jana sich aufhielt. Er beschloss, das Dorf erst zu verlassen, wenn er ganz sicher sein konnte, dass Jana nicht hier war. Achim kam mit den Brüdern aus dem Haus des Stammesführers.

»Lass uns zurückreiten, hier werden wir Jana nicht finden. Ich habe mit dem Stammesführer gesprochen. In der letzten Zeit sind keine Fremden im Dorf gewesen.«

Fintan hatte nicht gelogen, als er nach fremden Besuchern gefragt worden war. Er war nur nicht auf die Idee gekommen, dass die Männer auf der Suche nach Jana sein könnten, die außerdem nicht fremd war, sondern sich fest in die Dorfgemeinschaft integriert hatte.

Die Männer standen noch vor dem Haus, als zwei Frauen an ihnen vorbeiliefen. Über dem Arm trugen sie frisch eingefärbte Stoffe, die noch feucht vom Auswaschen der überflüssigen Farbe waren. Ein kleiner struppiger Hund sprang um sie herum. Er war schwarz und hatte einen weißen Fleck über dem linken Auge.

Die Frauen warfen neugierige Blicke auf die Männer. Dann liefen sie zielstrebig in eines der größeren Häuser. Caer sah ihnen interessiert nach. Er hatte den Blick der größeren Frau aufgefangen und wandte sich an seine Begleiter.

»Habt ihr das gesehen? Eine der Frauen, die gerade an uns vorbeigelaufen sind, hatte blaue Augen. Das ist sehr ungewöhnlich für diese Gegend. Bestimmt hat einer der Wanderhändler sie mitgebracht.«

»Jana kann es nicht gewesen sein. Sie hätte uns sofort erkannt und wäre nicht einfach an uns vorbeigelaufen«, gab Richard enttäuscht und müde zur Antwort.

Sie bestiegen die Pferde und ritten ins Dorf Dagdas zurück. Am nächsten Morgen lief Achim zum Schmied und tauschte einige der Kupferstücke, die sich in den Beuteln der toten Räuber befunden hatten, gegen einen dicken gedrehten Halsreif aus Bronze. Richard bemerkte das Schmuckstück sofort, als Achim stolz damit zurückkam.

»Wo hast du denn den Torques her?«, fragte er ihn.

»Och, den habe ich gegen die Kupferstücke getauscht, die wir noch hatten. Möchtest du auch einen? Wir haben noch mehr von den Kupferstücken. Wenn wir wieder zu Hause sind, können wir mit dem Kupfer nichts mehr anfangen, während wir die Torques verkaufen könnten.«

»Wenn wir wieder zu Hause sind«, äffte Richard seinen Tonfall nach. »Und wie, bitte schön, gedenkst du nach Hause zu kommen? Vielleicht sollten wir Käpt'n Kirk von der Enterprise telepathisch verständigen, damit er uns von hier fortbeamt.« Wütend sah er Achim an. »Wir können ja auch den nächsten Flug nehmen. Wir brauchen nur einen Flughafen zu finden. Kannst du endlich damit aufhören, nur daran zu denken, was du alles verkaufen kannst. Wie du richtig erkannt hast, müssen wir erst einen Weg finden, um nach Hause kommen. Außerdem könntest du endlich einmal an Jana denken und nicht immer nur an dich selbst.«

Achim grinste ihn beruhigend an.

»Wir werden sie schon finden, und dann wirst du sicher eine Idee haben, wie wir hier wieder fortkommen. Dir fällt doch immer etwas ein.«

Schulterzuckend ließ er Richard stehen. Der wird sich schon wieder beruhigen, dachte er und überlegte, wie er an den goldenen Hut kommen könnte. Den Schock über die Hinrichtung des Räubers hatte er längst überwunden, obwohl ihn ein mulmiges Gefühl beschlich, als er daran dachte. Wenn er es schaffen würde, den Goldhut mitzunehmen, könnte er sich endlich ein vernünftiges Auto leisten und damit die Frauen beeindrucken. Richard hatte gut reden. Er hatte nie Probleme gehabt, an Frauen zu kommen, er war ja auch nicht klein und rothaarig. Außerdem würde er vorsichtig sein und auf die richtige Gelegenheit warten. Er würde den Goldhut erst holen, wenn sie eine Möglichkeit gefunden hatten, hier wegzukommen. Achim beschloss, den heiligen Mann ab sofort aufmerksam zu beobachten und seine Gewohnheiten zu studieren.

An diesem Abend schüttete Richard Unmengen von dem Honigbier in sich hinein. Am nächsten Morgen war ihm schwindelig, und auch seine Kopfschmerzen trugen nicht dazu bei, seine schlechte Laune zu bessern. Er lief zum Brunnen, zog einen Eimer voll Wasser hoch und ließ sich das kalte Wasser über den Kopf laufen. Danach fühlte er sich etwas besser. Plötzlich sah er wieder das Gesicht des kleinen Mädchens vor sich. Merkwürdig, wie sie ihn angesehen hatte. Vielleicht sollte er noch einmal in das kleine Dorf an der Quelle reiten?

Als er ins Haus zurückkam, unterhielt Caer sich mit der hübschen Magd, die sie bediente, seit sie hier im Dorf waren. Bewundernd und ein wenig scheu lauschte sie seinen Worten. Sehnsüchtig glitten Caers Blicke über ihren schmalen Körper. Er hatte sich in die kleine Magd verliebt. Er war nur ein Händler und ein Fremder hier im Dorf, und die Männer, die Töchter besaßen und etwas auf sich hielten, würden ihm dieses Mädchen nicht ohne weiteres zur Frau geben. Es würde nicht einfach für ihn sein, sich hier zu behaupten. Händler waren zwar gerne gesehen, hatten aber selten einen guten Ruf. Es gab viele Händler, die die Menschen betrogen, wo sie nur konnten. Sie alle hatten viele Länder und auch Städte kennen gelernt und rümpften über die einfachen Bauern hier die Nasen. Wenn die Händler sich im Frühjahr an den großen Sammelplätzen trafen, wo sie Waren aller Art erwerben konnten, lachten sie über die Dummheit der Menschen in den kleinen Dörfern und prahlten damit, sie übers Ohr gehauen zu haben. Caer war das egal. Er würde seinen Anteil der Waren gegen die Dinge tauschen, die er für seinen Hausstand benötigte, und sich ein Haus bauen. Dann würde er mit den anderen Männern auf Fischfang gehen. Er hatte gelernt, wie man gute Boote baut und Netze knüpft. Im Laufe der Zeit würden die Männer ihn in ihre Gemeinschaft aufnehmen, und er würde einer der ihren werden. Dafür würde er schon sorgen.

Abends verkündete er, dass er Sisa, so hieß das Mädchen, heiraten wolle. Mit Dagda hatte er bereits gesprochen, der für das Mädchen ein Schwert und einen Barren Zinn haben wollte. Dagda hatte ihm die Erlaubnis erteilt, ein Haus zu bauen. Caer konnte es kaum abwarten, damit anzufangen.

Am nächsten Morgen ritten sie in den Wald, der sich hinter dem Dorf erstreckte, und begannen damit, Bäume zu fällen. Richard und Achim hatten angeboten, Caer beim Hausbau zu helfen. Mit Bronzebeilen fällten sie einige der Bäume und luden sie auf einen grob gezimmerten Wagen, den sie sich ausgeliehen hatten. Dagda hatte noch einige der jungen Männer zum Helfen geschickt, und so hatten sie in drei Tagen genügend Bäume gefällt und ins Dorf transportiert.

Acht Bäume wurden aufgerichtet und in den Boden gerammt. In den oberen Teil der Baumstämme hatte Caer mit dem Beil einen breiten Schlitz geschlagen, sodass ein Stamm quer in die entstandene Vertiefung hineingelegt werden konnte. Rechts und links von den mittleren Stämmen errichtete man weniger hohe, in die wiederum andere Stämme gelegt wurden. Dann wurden dünnere Stämme über den Rohbau gelegt, das Dach wurde mit Stroh gedeckt und die Wände aus Weidengeflecht angefertigt. Zuletzt wurde das Weidengeflecht mit Lehm verschmiert, wobei alle Dorfbewohner und auch die Kinder halfen. Eine einfache Holzleiter führte in den unter dem Dach liegenden Vorratsraum.

Caer hatte Sisa ein großes Stück von dem weichen Stoff geschenkt, den er mit seinem Vater in dem Land der immerwährenden Sonne getauscht hatte und den alle Frauen liebten. Sisa nahm ihn mit strahlenden Augen entgegen und hatte sofort begonnen, sich ein Gewand daraus zu nähen. Als das Haus fertig war, legte der heilige Mann die Hände der beiden ineinander. Sie vollzogen die Hochzeitszeremonie und waren Mann und Frau. Glück und Liebe glänzte in ihren Augen, als sie ihr neues Haus bezogen.

Credne war nicht sehr glücklich über die neue Situation. Das erste Mal in seinem Leben fühlte er sich allein. Sein Vater war tot und sein Bruder verheiratet. Als Richard ihn fragte, ob er noch einmal mit ihm in das kleine Dorf reiten würde, war er sofort einverstanden. Er packte einige Waren auf das Pferd seines Bruders und führte es als Packpferd mit sich. Mittags erreichten sie das Dorf, stiegen von ihren Pferden, und Credne packte die mitgebrachten Waren aus. Es dauerte nicht lange und sie waren von Frauen umringt, die staunend den Schmuck und die kostbaren Stoffe betrachteten, die aus fernen Ländern stammten. Jana war mit Balder und Isa ebenfalls zu dem Händler gelaufen. Sie wollte etwas Stoff erwerben, um Isa ein neues Kleid zu nähen.

Der gelbe Stoff war ihr sofort aufgefallen. Isa liebte Gelb, weil es beinahe wie die Sonne leuchtete. Jana griff nach dem gelb gefärbten Stoff und wandte sich Balder und Isa zu. Der Stoff war angenehm weich, viel weicher als die Stoffe, die sie selbst webten. Isa befühlte ihn und war begeistert. Glücklich nahm sie den Stoff entgegen und rieb ihre Wange an ihm.

Richard stand etwas abseits bei den Pferden. Sein Blick glitt über die Frauen, zu denen sich auch einige Männer gesellt hatten. Er suchte das kleine Mädchen, das ihn bei seinem letzten Besuch so seltsam angesehen hatte. Plötzlich erstarrte er. Ihm war eine große, schlanke Frau aufgefallen, deren Bewegungen ihm seltsam vertraut vorkamen. Jetzt war einer der Männer neben sie getreten und sah auf den Stoff, den sie in der Hand hielt. Sie drehte den Kopf und unterhielt sich mit dem Mann an ihrer Seite. Richard beugte sich weiter vor, um besser sehen zu können. Das konnte doch nicht wahr sein! Er trat einen Schritt nach vorne. Jana! Es war Jana, die nur wenige Meter von ihm entfernt zwischen den anderen Dorfbewohnern stand, als würde sie dazugehören. Jetzt sah sie lachend zu dem Mann auf. Dann entdeckte er auch das kleine Mädchen, das sich ebenfalls in Janas Nähe befand. Das Mädchen schien seinen Blick zu spüren, denn es drehte sich um und sah ihn an. Etwas wie Erschrecken zuckte über das kleine Gesicht. Schnell wandte sie sich wieder ab und sagte etwas zu Jana.

Er unterdrückte den Wunsch, laut Janas Namen zu rufen. Stattdessen ging er langsam auf die Menschen zu, die dicht gedrängt um Credne standen. Er hatte Jana fast erreicht, als das Mädchen sich umdrehte. Er konnte die Angst in ihren Augen sehen und die tiefe Traurigkeit, die ihn bei ihrer letzten Begegnung so beeindruckt hatte. Er hatte Jana erreicht und rief leise ihren Namen. Jana drehte sich zu ihm und sah ihn aus ihren schönen Augen, die er so vermisst hatte, erstaunt an. Nicht das geringste Erkennen lag in ihrem Blick. Es war, als würde sie einen Fremden ansehen.

»Woher kennst du meinen Namen?«, fragte sie leise. Richard war verblüfft. Ihm fehlten die Worte.

»Du bist doch Jana«, stammelte er. »Wir sind zusammen suchen gegangen. Was ist mit dir los, wieso siehst du mich an, als würdest du mich nicht kennen?« Der Mann neben Jana wurde auf das Gespräch aufmerksam. Besitzergreifend legte er seinen Arm um Jana und sah Richard finster an. Wieso sprach der Fremde mit seiner Frau? Hilfe suchend sah Richard sich nach Credne um, der damit beschäftigt war, seine Ware gegen Kupferbarren und Felle zu tauschen. Jana sah ihn stirnrunzelnd an, so als würde sie nachdenken. Richard spürte die Spannung und die Gefahr, die von dem Mann an Janas Seite ausging, der ihn mit einem scharfen Blick fixierte.

Wortlos drehte Richard sich um und ging zu den Pferden zurück. Jana und der Mann sahen ihm nach. Er musste erst einmal nachdenken. Es hatte nicht den Anschein, als würde Jana sich in Gefahr befinden. Sie hätte ihm ein Zeichen geben können, wenn sie jetzt nicht mit ihm sprechen konnte. Nein, das war es nicht. Jana erkannte ihn nicht. Sie hatte ihn angesehen wie einen Fremden. Was hatten diese Menschen ihr angetan, dass sie ihn nicht erkannte? Sie schien sich frei bewegen zu dürfen, und es sah nicht so aus, als würde sie hier gefangen gehalten. Und wer war der gut aussehende Mann an ihrer Seite? Eifersucht stieg in ihm hoch. Er musste eine Möglichkeit finden, mit ihr allein zu sprechen. Nur so würde er erfahren, was geschehen war. Er wartete, bis Credne endlich mit der übrig gebliebenen Ware zu ihm kam. Credne war sehr zufrieden mit den Geschäften, die er hatte machen können. Er packte die restliche Ware auf das Pferd und sah Richard an.

»Komm mit in das Haus des Stammesführers. Die Männer haben uns eingeladen, mit ihnen zu essen und zu trinken.«

Richard war alles recht, wenn er nur in Janas Nähe bleiben konnte, doch zuerst wollte er mit Credne sprechen.

»Hast du die Frau mit den blauen Augen gesehen, die Stoff von dir erworben hat?«, fragte er.

»Ja, sie ist mir sofort aufgefallen. Eine schöne Frau. Sie muss von weither gekommen sein, weil die Menschen hier alle dunkle Augen haben. Sicher hat einer der anderen Händler sie mitgebracht. Gibt es einen Grund, dass du mich nach ihr fragst? Sie ist mit Balder, dem Jäger, verheiratet, und es ist nicht ratsam, seinen Blick auf eine verheiratete Frau zu werfen. Die Männer mögen das nicht. Du könntest dich und die Frau in Gefahr bringen.«

Richard packte Credne am Arm.

»Es ist Jana, nach der wir seit Wochen auf der Suche sind.«

»Das verstehe ich nicht. Wenn sie deine Frau ist, warum ist sie dann nicht bei dir, um mit dir zu reden?«

»Ich verstehe es auch nicht, sie scheint mich nicht zu erkennen. Sie hat mich angesehen, als wäre ich ein Fremder. Wir müssen herausbekommen, was passiert ist. Du musst mir dabei helfen. Die Menschen hier kennen dich und vertrauen dir.«

»Ich werde tun, was ich kann, doch der Jäger wird seine Frau nicht wieder hergeben. Kein Mann würde dies tun. Am besten, du vergisst sie. Oder du bist bereit zu kämpfen«, sagte Credne.

Gemeinsam betraten sie das Haus Fintans, in dem sie bereits erwartet wurden. Fintan sah sie freundlich an. Credne hatte ihm einen reich verzierten Dolch aus Bronze geschenkt, dessen Griff aus Elfenbein geschnitzt war, und für seine Frau ein Stück von dem hauchdünnen Stoff. Er lud sie ein, sich zu setzten. Nach einem kurzen Wink reichte eine der Mägde Richard und Credne Bier und köstlichen Rehbraten. Sie aßen und tranken und warteten höflich, bis auch Fintan mit dem Essen fertig war. Dann sprach Credne ihn an.

»Ich habe heute gesehen, dass sich in eurem Dorf eine Frau mit blauen Augen befindet, und würde gerne wissen, wo sie herkommt.« Fintan, der ausgezeichneter Laune war, antwortete freundlich.

»Balder, der Jäger, hat sie an unserer heiligen Quelle gefunden. Sie wurde von einem Bären angegriffen, und er hat sie gerettet. Jetzt ist sie seine Frau. Als ich sie gefragt habe, woher sie kommt, hat sie erzählt, sie wäre überfallen und entführt worden. Warum interessiert ihr euch für die Frau? Kennt ihr sie?«

Richard hatte aufmerksam den Worten des Stammesführers gelauscht.

»Sie ist meine Schwester, nach der wir seit langem auf der Suche sind. Als ich sie heute angesprochen habe, hat sie mich angesehen, als würde sie mich nicht kennen. Ich würde gerne wissen, was mit ihr geschehen ist.« Erwartungsvoll sah er Fintan an.

»Sie hat damals erzählt, dass ihre Begleiter alle getötet worden sind. Wieso sitzt du dann hier?«

Fintan war misstrauisch geworden, und sein Blick war nicht mehr so freundlich wie vorher.

Richard spürte, dass er vorsichtig sein musste, denn er wusste nicht, was Jana den Menschen hier erzählt hatte.

»Sehe ich etwa wie eine Leiche aus? Wir sind überfallen worden. Die Räuber und auch Jana haben mich für tot gehalten, was ich auch beinahe gewesen wäre. Als ich wieder zu mir kam, war niemand mehr da außer meinem Freund Achim, der sich retten konnte. Seitdem suchen wir nach meiner Schwester.«

Fintan ließ Balder und Jana holen. Kurze Zeit später betraten beide das Haus ihres Stammesführers.

Beide sahen erst Fintan, dann Richard an. Fintan ergriff das Wort.

»Dieser Mann« – dabei wies er auf Richard – »hat behauptet, er wäre dein Bruder. Ich möchte wissen, ob das wahr ist.«

Jana sah Richard aufmerksam an. Sie hatte wieder starke Kopfschmerzen.

»Ich kenne den Mann nicht«, sagte sie dann zu Fintan gewandt. Unsicherheit schwang in ihrer Stimme, hilfesuchend sah sie Balder an. Bilder zuckten vor ihrem inneren Auge auf, aber zu kurz, um Genaueres erkennen zu können.

Richard trat auf Jana zu. Sein Blick hielt den ihren fest, als er mit eindringlicher Stimme sagte.

»Ich bin es, dein Freund Richard. Achim ist auch hier. Wir haben uns große Sorgen um dich gemacht. Was ist nur los mit dir? Erzähle mir bitte, was mit dir geschehen ist, dass du mich nicht mehr kennst.«

Balder spürte, dass Richard die Wahrheit sagte. Eine leise Stimme warnte ihn. Der Fremde war ihm nicht unsympathisch, aber er bedeutete eine Gefahr für seine kleine Familie. Er würde sich Jana nicht wegnehmen lassen. Er liebte sie, sie war seine Frau. Wenn es nötig sein sollte, würde er mit dem Fremden kämpfen.

Hatte Fintan nicht gesagt, der Fremde hätte behauptet, Janas Bruder zu sein? Wieso sagte er jetzt, er wäre Janas Freund? Er drehte sich zu Richard um, der die Drohung spürte, die von diesem Mann ausging.

»Was willst du von meiner Frau? Sie hat gesagt, dass sie dich nicht kennt. Und warum sagst du jetzt, du wärest ihr Freund? Lass Jana in Ruhe und verschwinde dorthin, wo du hergekommen bist.«

Fintan war überrascht über die heftige Reaktion Balders. Selbst wenn der Fremde die Wahrheit sprach, spielte das jetzt keine Rolle mehr. Jana war die Frau Balders und würde es auch bleiben. Wenn Richard wirklich Janas Bruder war, würde er ihnen als Gast willkommen sein. Wenn er aber versuchen sollte, Balder die Frau zu nehmen, würde er ihm die Gastfreundschaft entziehen.

Jana sah abwechselnd zu Balder und zu Richard. Sie überlegte. Wenn es stimmte, was der Fremde sagte, dann könnte er ihr vielleicht helfen, sich wieder daran zu erinnern, was vor dem Sturz geschehen war. Sie sah Richard an.

»Es stimmt, ich kenne dich nicht. Aber ich bin vor einiger Zeit gestürzt und habe mich am Kopf verletzt. Seit diesem Tag kann ich mich an nichts mehr erinnern, was vor dem Sturz gewesen ist.«

Jetzt war Richard alles klar. Jana litt unter einer Amnesie. Am liebsten hätte er sie in den Arm genommen, doch ein Blick auf Balder hielt ihn davon ab. Was musste Jana alles durchgemacht haben. Sie glaubte tatsächlich, sie würde in dieses Dorf gehören. Sicher hatte sie Balder nur geheiratet, weil sie nicht mehr wusste, dass sie aus einer anderen Zeit kam. Was sollte er tun? Wie konnte er sie überzeugen? Er musste so schnell wie möglich eine Gelegenheit finden, mit Jana allein zu sprechen und, was augenblicklich noch wichtiger war, er musste Balder beruhigen. Er sah keine andere Möglichkeit, als sich mit einer Notlüge zu helfen.

»Jana ist meine Schwester und meine Freundin«, sagte er zu Balder. »Wir haben den gleichen Vater, aber verschiedene Mütter.« Balders Spannung ließ bei diesen Worten etwas nach. Richard ging auf Balder zu und reichte ihm die Hand. Dann fuhr er fort.

»Ich freue mich, den Mann kennen zu lernen, der meiner Schwester das Leben gerettet hat und jetzt ihr Mann ist.« Die beiden Männer gaben sich die Hand. Fintan war zufrieden, und Jana lud Caer und Richard in ihr Haus ein. Zu dritt gingen sie in das Haus Balders, des Jägers, wo sie von Isa bereits erwartet wurden.

Neugierig sah Richard sich um. Hier also lebte seine Jana, als wäre sie vor über dreitausendfünfhundert Jahren geboren. Sein Blick fiel auf die mit kostbaren Fellen bedeckte Schlafstätte. Es gab ihm einen Stich, wenn er daran dachte, dass Jana diese mit Balder teilte. Dass sie ihren Mann liebte, konnte man deutlich erkennen. Richard wurde traurig bei dem Gedanken, Jana endgültig verloren zu haben. Sie hatten in den letzten Jahren eine schöne, unbeschwerte Zeit miteinander verbracht – Jana, Achim und er. Sollte jetzt alles vorbei sein?

War es überhaupt möglich, dass Jana hier bleiben konnte? Würde sie es auch noch wollen, wenn sie ihr Gedächtnis wiedererlangen würde? Fragen über Fragen tauchten in seinen Gedanken auf, auf die er keine Antwort wusste. Er riss sich zusammen und beschloss, später darüber nachzudenken, was zu tun war. Bewundernd sah er zu, wie Jana kleine rote, glimmende Funken erzeugte. Die Funken fing sie in einem Stück Zunder auf, und dann nahm sie einige Rohrkolbensamen und legte diese auf den glimmenden Zunder. Vorsichtig blies sie in das Glutnest und legte trockene Äste darüber. Sie verschloss die Tür des kleinen Kuppelbackofens, indem sie ein dickes, feuchtes Holzbrett davorlegte. Anschließend kniete sie sich vor einen niedrigen Tisch und mahlte mit geübtem Griff Korn auf ihrer Schiebemühle, als hätte sie nie etwas anderes getan. Sie gab Wasser, Honig und Salz in das Mehl und knetete den Teich durch. Über der Feuerstelle hing bereits ein großer Kessel mit Suppe.

Richards Blick fiel auf den Webstuhl, der neben der Holztür stand und ein halb fertiges mit Karomuster versehenes Stück Stoff enthielt. Weben konnte Jana also mittlerweile auch.

Jana war jetzt fertig und setzte sich neben Balder auf die Bank. Das Holz in dem Backofen musste erst verbrannt sein, bevor sie in der übrig gebliebenen Glut ihr Brot backen konnte.

»Erzähl mir, was du von mir weißt«, bat sie Richard.

Richard überlegte einen Moment. Konnte er es wagen, Jana die Wahrheit zu sagen? Er sah Balder an, der gespannt darauf wartete, was er seiner Frau sagen würde.

Nein, es war unmöglich. Er musste warten, bis Jana ihr Gedächtnis zurückhatte. So erzählte er nur, dass sie aus einem fernen Land stammen würde, in dem große Häuser aus Stein gebaut wurden und in dem mehr Menschen wohnten, als man sich Namen merken könne. Jana hörte ihm schweigend zu. Ihr Gefühl sagte ihr, dass Richard ihr etwas verschwieg.

Es war spät geworden. Richard und Credne brachen auf, um in das Dorf Dagdas zurückzureiten. Richard versprach, am nächsten Tag mit Achim wiederzukommen. Als sie das Dorf erreichten, war es bereits dunkel. Richard sprang vom Pferd, drückte Credne die Zügel in die Hand und stürmte in die kleine Hütte, die Dagda ihnen während ihres Aufenthaltes zugewiesen hatte. Er konnte es kaum erwarten, Achim zu berichten, was er erlebt hatte. Als er die Hütte betrat, lag Achim gemütlich am Feuer und trank aus einem großen Krug Bier. Träge sah er auf, als er Richard hereinkommen hörte.

»Ich habe sie gefunden, Achim«, begann Richard aufgeregt, »ich habe Jana gefunden. Sie hat ihr Gedächtnis verloren und ist mit einem Jäger verheiratet. Sie lebt in dem kleinen Dorf von Fintan, als würde sie dorthin gehören. Sie hat vergessen, dass sie aus einer anderen Zeit kommt. Mich hat sie auch nicht mehr erkannt. Was denkst du, was wir jetzt tun sollen? Wir brauchen einen guten Plan. Freiwillig wird Jana nicht mit uns kommen. Sie scheint total verliebt in diesen Balder zu sein und sich in dem Dorf auch noch wohl zu fühlen. Der Jäger ist kein Typ, der mit sich spaßen lässt. Er wird Jana nicht ohne weiteres gehen lassen. Was sollen wir tun, wenn Jana ihr Gedächtnis nicht wieder erlangt?« Seufzend ließ er sich auf der Bank niedersinken. »Gib mir mal einen Schluck Bier, den kann ich jetzt brauchen.«

Achim war während Richards Bericht munter geworden. Er setzte sich auf und reichte Richard seinen Krug. Richard nahm einen kräftigen Schluck.

Ein breites Grinsen zog über Achims Gesicht.

»Es ist wirklich kaum zu glauben. Unsere Süße hat sich einen Jäger geangelt. Das wird uns niemand abnehmen, wenn wir es zu Hause erzählen.«

Richard versuchte, gegen das Selbstmitleid anzukämpfen, das in ihm hochstieg, und trank noch einen großen Schluck aus dem Tonkrug.

»Hör auf zu grinsen, denke lieber darüber nach, wie wir Jana von ihrem Mann fortbekommen. So lange sie sich nicht erinnert, werden wir auch nicht erfahren, was sie gefunden hat und warum wir überhaupt hier sind. Ich habe während der ganzen Zeit gehofft, dass Jana eine Antwort darauf weiß und uns sagen kann, wie wir wieder von hier wegkommen. Unsere Kupferstücke werden auch immer weniger, wovon sollen wir leben? Wir können Caer und Credne nicht ewig auf der Tasche liegen, und die Stammesführer werden uns nicht unbegrenzt einladen. Was, wenn wir für immer hier bleiben müssen? Kannst du dir vorstellen, was das bedeutet? Nie mehr einen Hamburger essen oder ein kühles Pils trinken? Kein Fernseher, keine warme Dusche, keine Heizung im Winter? Mein Motorrad ist mir auch lieber als ein Pferd! Für einen Urlaub ist das hier alles ganz nett, aber für immer? Wovon sollen wir leben? Ich kann weder schmieden noch töpfern, war noch nie auf der Jagd, und im Schwertkampf sind wir auch nicht gerade olympiareif.« Richards Stimmung war auf den Nullpunkt gesunken«.

Achim versuchte, ihn aufzumuntern.

»Komm schon, Richard, wir schaffen das schon. Morgen reiten wir gemeinsam zu Jana. Dann sehen wir weiter. Trübsal blasen ändert jedenfalls nichts an unserer Situation.«

Credne kam herein. Er hatte die Pferde versorgt und war müde. Sie tranken noch einige Krüge Bier zusammen und sprachen über Crednes Zukunft, was sie ein wenig von ihren Sorgen ablenkte. Dann schliefen sie ein.

Als Richard am nächsten Morgen erwachte, war er nicht mehr ganz so deprimiert. Der Himmel war strahlend blau, und frischer Wind wehte ihm ins Gesicht, als er aus der Tür trat. Er lief zum Brunnen, um sich zu waschen. Es würde ein schöner Tag werden.

Er freute sich auf den Ritt, der vor ihnen lag. Als er zurück in die Hütte kam, waren Credne und Achim bereits beim Frühstücken. Credne reichte ihm einige Früchte und frisch gebackenes Brot. Dann brachen sie auf um, Jana zu besuchen. Richard spornte sein Pferd an und galoppierte los, sobald sie aus dem Dorf heraus waren. Er genoss den scharfen Ritt, und der Wind blies auch die letzten trüben Gedanken aus seinem Kopf. Achim, der kein so guter Reiter war, rutschte auf seinem Pferd hin und her, hielt sich aber tapfer oben.

Die Sonne stand schon hoch am Himmel, als sie ihr Ziel erreichten. Sie sprangen von den Pferden und banden sie an dem Gatter des Schweinepferchs fest. Credne holte Wasser, um die Pferde zu tränken. Richard und Achim liefen auf das Haus Balders zu. Ein kleiner Hund sprang ihnen bellend entgegen. Er hatte vor der Tür gelegen, als wolle er sie bewachen. Richard bückte sich um, ihn zu streicheln.

»Bist ein guter Wachhund«, sagte er, »aber jetzt mach wieder Platz und lass uns vorbei.« Er öffnete die Tür und betrat mit Achim das Haus. Jana sah von ihrem Webstuhl auf. Isa saß neben ihr. Balder war mit seinen Männern auf der Jagd und würde erst spät zurückkommen.

»Hey Jana«, begrüßte Achim sie, wie immer grinsend. »Wir sind gekommen, um dein neues Eigenheim zu bewundern, und natürlich, um dich zu sehen. Was ist«, fuhr er fort, als Jana ihn nur ansah, ohne etwas zu erwidern. »Willst du uns nichts zu trinken anbieten? Ist das eine Begrüßung von alten Freunden, die sich den Hintern wund geritten haben, nur um dich zu sehen?« Immer noch grinsend ließ er sich auf eine der Bänke fallen. Jana sah Richard und Achim unverwandt an. Wieder zuckten Bilder durch ihren Kopf, irgendetwas an den Fremden kam ihr vertraut vor. Wenn sie nur wüsste, was es war. Sie bedeutete Richard, der an der Tür stehen geblieben war, ebenfalls Platz zu nehmen. Dann stand sie auf, füllte zwei Krüge mit Bier und reichte sie ihren Besuchern.

Isa sah die beiden Männer böse an.

»Ihr sollt wieder weggehen. Jana ist jetzt meine Mutter, und mein Vater, der Jäger, wird nicht zulassen, dass ihr sie von hier wegbringt. Er ist viel stärker als ihr. Ihr dürft Jana nicht mitnehmen.« Wütend stampfte sie mit ihren kleinen Füßen auf den Lehmboden, und Tränen strömten ihr über das Gesicht.

Jana nahm Isa in den Arm und versuchte, sie zu beruhigen. Zärtlich wischte sie ihr mit ihrem Ärmel die Tränen von den Wangen.

»Du brauchst keine Angst zu haben. Ich werde nicht fortgehen, sondern bei dir bleiben. So, wie ich es dir versprochen habe.« Isa befreite sich aus Janas Armen und sah sie an. Ihr Blick wurde glasig. Sie sah durch Jana hindurch. Ihre Stimme klang wie aus weiter Ferne.

»Du wirst bald von hier fortgehen. Ich sehe ein Land, das furchtbar laut und bunt ist. Unbekannte Wagen fahren dort und werden von keinem Pferd gezogen, und sie sind schneller als ein Reh auf der Flucht. Es ist ein kleines Land, wo du hingehen wirst. Es ist so wenig Platz dort, dass die Menschen übereinander wohnen müssen. Dicker Nebel liegt über den Häusern und nimmt den Menschen die Luft zum Atmen. Selbst den Göttern gefällt es dort nicht, sie haben dieses Land vor langer Zeit verlassen. Du musst wieder in dieses Land gehen, denn von dort bist du gekommen, weil Cernunnos dich gerufen hat.« Ihre Stimme war leiser geworden. Richard und Achim konnten die letzten Worte kaum noch verstehen. Eine fahle Blässe hatte sich über Isas Gesicht gelegt. Die dunklen Augen glühten. Sie wankte.

Jana, die fassungslos ihren Worten gelauscht hatte, breitete die Arme aus und fing sie auf, als sie bewusstlos in sich zusammensank. Hilflos sah sie Richard und Achim an, während sie den schmalen Kinderkörper zärtlich hin und her wiegte.

»Was hat Isa mit ihren Worten gemeint, als sie sagte, ich käme aus einem anderen Land? Ich weiß, dass ich nicht hier im Dorf geboren wurde, aber jetzt gehöre ich hierher. Ich habe einen Mann und ein Kind und denke nicht daran, dieses Dorf zu verlassen.« Unsicherheit und Angst lagen in ihrer Stimme, als könne sie die dunklen Wolken sehen, die sich drohend über ihrer kleinen, heilen Welt zusammenbrauten. Janas Worte trafen Richard bis ins Innerste. Er wollte ihr nicht wehtun, doch er konnte ihr die Wahrheit nicht länger vorenthalten.

»Jana, hör mir bitte genau zu. Wir wollen dich nicht verletzen, aber du musst wissen, dass wir drei – du, Achim und ich – aus einer anderen Welt kommen. Wir haben unfreiwillig eine Reise durch die Zeit gemacht. Mit anderen Worten, wir kommen aus der Zukunft, um genau zu sein, aus dem Jahre zweitausend. Verstehst du, was das heißt? Wir werden erst in dreitausendfünfhundert Jahren geboren. Deswegen glaube ich nicht, dass es für dich möglich sein wird, hier zu bleiben. Versuche, dich zu erinnern. Du hast irgendetwas mit deinem Suchgerät gefunden und warst dann plötzlich verschwunden. Wir müssen wissen, was du gefunden hast, denn nur so können wir wieder in unsere Zeit zurückkehren.«

Jana sah ihn verzweifelt an.

»Ich verstehe nicht, was deine Worte bedeuten, und ich kann mich an nichts erinnern. Wie ich schon gesagt habe, gehöre ich zu meinem Mann und meinem Kind. Daran wird sich nichts ändern. Ich werde, egal, was gewesen ist und was auch passieren wird, niemals von hier fortgehen. Wie ihr seht, muss ich mich jetzt um Isa kümmern, sie hat das Gesicht und wird sehr erschöpft sein, wenn sie wieder zu sich kommt. Es wird besser sein, wenn ihr jetzt geht, und wenn ihr in euer Land zurück wollt, dann tut das, aber ohne mich. Die Leute werden reden, wenn ich Besuch von Männern habe, auch wenn du mein Bruder bist, wie du sagst.« Jana beugte sich über das Kind in ihren Armen und strich ihm die Schweißperlen von der Stirn.

Achim mischte sich in das Gespräch.

»Jana, es nützt dir nichts, wenn du die Tatsachen verdrängst. Du musst mit uns kommen. Kannst du dich nicht einmal an mich erinnern?« Achim wollte es einfach nicht glauben.

Jana hob ihren Kopf und sah ihn fest an.

»Nein, und nach dem, was ihr mir erzählt habt, möchte ich es auch nicht. Bitte geht jetzt.«

Richard und Achim folgten widerwillig ihrer Aufforderung. In der Tür drehte Richard sich noch einmal um.

»Falls du es dir anders überlegen solltest, wir wohnen in dem großen Dorf Dagdas. Es ist ungefähr eine halbe Tagesreise von hier entfernt. Wir werden dort auf dich warten, eine andere Möglichkeit bleibt uns nicht. Ohne dich haben wir keine Chance, in unsere Zeit zurückzugelangen.« Nach diesen Worten verließ er die Hütte. Jana sah ihm nachdenklich nach.

Isa stöhnte leise. Sie würde gleich wieder zu sich kommen und sich an nichts von dem erinnern, was sie gesehen hatte. Es war nicht das erste Mal, dass sie in diesem Zustand war und Dinge sehen konnte, die allen anderen verborgen waren. Isa schlug die Augen auf und klammerte sich an Janas Arme.

»Ich habe geträumt, dass du ohne mich fortgegangen bist. Ich war wieder allein, genau wie damals, als meine Mama zu den Göttern gegangen ist.«

Jana drückte Isa eng an sich.

»Ich habe dir doch versprochen, dass ich dich niemals verlassen werde, und das tue ich auch nicht. Komm jetzt, wir müssen das Essen für deinen Vater vorbereiten. Er wird großen Hunger haben und müde sein, wenn er von der Jagd kommt.«

Jana war nicht so zuversichtlich, wie sie sich gab. Sie spürte, dass nicht alles so war, wie es sein sollte. Als Balder einige Stunden später nach Hause kam, warf sie sich in seine Arme, als wolle sie ihn nie wieder loslassen. In diesem Moment fühlte sie sich glücklich und geborgen.

Sie sah ihm tief in die Augen.

»Ich liebe dich, du bist mein Mann, und ich werde nie wieder jemanden so lieben wie dich. Was auch passieren wird, ich möchte, dass du weißt, dass ich Isa und dich nie freiwillig verlassen werde.« Balder, den ihre Worte beunruhigten, zog sie eng an sich.

»Erzähle mir, was geschehen ist, haben deine Worte etwas mit deinem Bruder zu tun? Mach dir keine Sorgen, ich werde auf dich aufpassen. Niemand wird dich von hier fortbringen, er müsste mich erst töten.«

Eng umschlungen schliefen sie an diesem Abend ein. Jana hatte das erste Mal seit langem keinen Albtraum.

Richard und Achim waren kaum in ihr Dorf zurückgekehrt, als Credne auf sie zustürmte. Er hatte ihre Rückkehr bereits ungeduldig erwartet. Sein Pferd stand fertig gepackt vor ihrer Hütte.

»Lasst uns los reiten, ich möchte euch etwas zeigen, das euch gefallen wird.« Achim verzog das Gesicht.

»Ich habe Muskelkater, können wir das nicht auf morgen verschieben?«

Ungeduld lag in Crednes Stimme, als er antwortete.

»Es ist nicht weit, du wirst es schon schaffen. Steigt wieder auf die Pferde und folgt mir.«

Er machte ein geheimnisvolles Gesicht.

Die Neugier siegte, und so ritten die drei Männer wenige Minuten später aus dem Dorf hinaus. Credne ritt auf den nahe gelegenen Fluss zu, und sie folgten einige Zeit seinem Lauf. Als der Fluss eine scharfe Biegung machte, hielt Credne an und sprang vom Pferd. Richard und Achim taten es ihm nach. Credne holte die in Decken eingewickelten Gegenstände von seinem Pferd und wickelte sie aus. Erwartungsvoll sah er seine beiden Begleiter an.

»Nun, was sagt ihr? Habe ich zu viel versprochen?«

Richard und Achim sahen verständnislos auf die drei Holzschaufeln mit dem kurzen Stil, die vor ihnen lagen. Die Schaufeln hatten an drei Seiten einen Rand und waren nur nach vorne hin offen.

»Was sollen wir denn damit?«, fragte Richard.

»Dagda hat uns die Erlaubnis gegeben, hier nach Zinn und Gold zu suchen. Einen Teil von dem, was wir hier finden, dürfen wir behalten«, gab Credne gut gelaunt zur Antwort.

Er nahm eine von den Schaufeln, dann lief er zum Flussufer und hob mit der Schaufel etwas von dem Flusssand hoch. Geschickt schüttelte er sie hin und her, ließ immer wieder Wasser über den Sand in der Schaufel laufen und schüttelte sie erneut. Achim, der nur das Wort Gold gehört hatte, tat es ihm nach. Es dauerte nicht lange, und die ersten Goldkörner waren auf dem Boden der Schaufel zu sehen. Achim war nicht mehr zu halten. Seine Müdigkeit war verflogen. Wie besessen wusch er den Flusssand in seiner Schaufel und stieß jedes Mal einen begeisterten Schrei aus, wenn er eines der kleinen Goldkörner gesichtet hatte. Credne machte sie auf die wertvolle Zinnseife aufmerksam, die sich ebenfalls in dem Sand befand. »Ihr solltet genauso darauf achten wie auf die Goldkörner«, erklärte er. »Die Zinnseife wird von dem Schmied benötigt, damit er daraus zusammen mit dem Kupfer Bronze schmelzen kann.«

Die drei Männer arbeiteten bis tief in die Dämmerung hinein. Als sie endlich erschöpft zurückritten, hatten sie eine schöne Menge Gold und Zinn zusammengetragen.

»Das war toll.« Achim war begeistert. »Morgen früh machen wir sofort weiter.«

Auch Richard war zufrieden. Endlich konnte er etwas tun, was ihn von seiner Sorge um Jana ablenkte. So vergingen die nächsten Tage. Von morgens bis abends waren sie am Fluss und wuschen Gold und Zinn aus dem Kiessand. Die Stelle war sehr ergiebig. Credne hatte sie klug ausgewählt. Er wusste, dass sich das meiste Gold ebenso wie die begehrte Zinnseife in den Flussbiegungen absetzte. Zwischendurch fingen sie Fische und brieten sie über dem offenen Feuer. Credne hatte ihnen beigebracht, wie man aus Knochen und Geweih Angelhaken herstellte.

Dagda war zufrieden über den Anteil, den er erhielt, und Achim und Richard waren jetzt vollwertige Mitglieder der Dorfgemeinschaft, da sie etwas zu deren Wohl beitrugen. Er wusste nicht, dass Achim den größeren Teil seines Goldes für sich behielt und ihn in einem Lederbeutel unter seinem Hemd versteckte.

Wenn es regnete, blieben sie im Dorf, und Achim hatte endlich Gelegenheit, sich die Hütten der Handwerker anzusehen. Die Kunstfertigkeit der Schmiede, Töpfer und Schreiner beeindruckte ihn.

Dann kam die Zeit, wo das Korn reif zum Ernten war. Noch bevor die Sonne aufgegangen war, machten sich Männer, Frauen und Kinder auf den Weg zu den Feldern. Nur die Handwerker blieben zurück. Mit bronzenen Sicheln wurde das Korn gemäht. Rings um die Felder ließ man etwas Korn stehen, um die Erdgöttin günstig zu stimmen und sie zu bitten, auch im nächsten Jahr die Felder fruchtbar zu machen. Als die Felder abgeerntet waren, wurde das Korn in Hütten gelagert, die auf hohen Stelzen standen. Ein großer, runder Stein mit einem Loch in der Mitte lag ungefähr einen Meter vom Boden entfernt wie ein Kragen um jede der Stelzen.

»Damit die Mäuse im Winter nicht an das Korn gehen können«, erklärte Credne Richard und Achim.

Abends wurde die reiche Ernte gefeiert, und am nächsten Morgen konnten sie endlich wieder zum Fluss reiten, um Gold und Zinn zu waschen. Die Arbeit füllte Richard und Achim aus, und sie war anstrengend. Abends sanken sie müde auf ihre Schlafstätten und schliefen sofort ein.

Die Sorge um Jana blieb, aber was sollten sie tun? Sie hatten keine andere Wahl als abzuwarten.

Ab und an ritten sie in den nahe gelegenen Wald, und Credne brachte ihnen bei, wie man mit Pfeil und Bogen und der Speerschleuder umging. Achim hatte ihn darum gebeten. Wenn sie abends nicht zu müde waren, zeigte Credne ihnen, wie man Speerspitzen aus Feuerstein herstellte und Bogen und Speerschleuder aus Eibenholz baute. Sie lernten mit Schachtelhalm, den man zum Holzschleifen nutzen konnte, und Birkenpech, einem harzigen Kleber umzugehen, aber auch, wie man ihn aus der Rinde der Birke herauskochen konnte. Genau wie die anderen Dorfbewohner trugen sie einen kleinen Beutel am Gürtel, gefüllt mit Markasit, Feuerstein und Zunder. Als sie Speerschleuder und Bogen beherrschten, übten sie den Kampf mit dem Schwert. Die drei Männer, aus deren schicksalhaften Begegnung eine tiefe Freundschaft entstanden war, waren unzertrennlich geworden.

Credne hatte sich seit langem gewundert, wieso seine Freunde unbewaffnet waren, und noch mehr, dass sie nicht einmal den Umgang mit Pfeil und Bogen beherrschten. Als er Richard eines Tages danach gefragt hatte, war dieser seinen Fragen ausgewichen. Seitdem hatte er keine Fragen mehr gestellt. Auch ihm war klar, dass die beiden ein Geheimnis hatten, doch es war ihm egal.

Richard und Achim hatten begonnen, sich an das Leben der Menschen zu gewöhnen, die ihre Vorfahren waren. Ihr altes Leben verblasste immer mehr.

Janas Kopfschmerzen wurden schlimmer, ihre Träume auch. Unruhig wälzte sie sich nachts hin und her. Manchmal sprach sie im Traum oder schrie so laut, dass Isa aus ihrem Schlaf erwachte. Morgens fühlte sie sich müde und zerschlagen, und unter ihren Augen lagen tiefe Schatten.

Eines Nachts, als Balder sich mit seinen Männern für mehrere Tage auf der Jagd in den Bergen befand, wurde Jana durch ein Geräusch geweckt. Sie tastete neben sich, doch die Stelle war leer. Isa war nicht mehr da. Immer wenn Balder fort war, schlief sie eng an Jana geschmiegt ein.

Sie hörte, wie die Türe leise geöffnet wurde und Isa hinausschlüpfte. Rasch zog sie ihr Gewand über und lief ihr nach. Sie fragte sich, was sie wohl mitten in der Nacht draußen wollte. Als sie vor das Haus trat, sah sie Isa gerade noch um die Ecke biegen. Sie lief auf den kleinen Pfad zu, der zur Quelle führte, und Jana folgte ihr. Als sie den Eichenhain erreicht hatte, ließ Isa sich unter einer großen Eiche, nicht weit von der Quelle entfernt, auf dem weichen, mit Moos bewachsenen Waldboden nieder. Jana konnte selbst in dem schwachen Mondlicht erkennen, dass Isa wieder in die andere Welt gegangen war. Eine Welt, zu der sie keinen Zutritt hatte. Bewegungslos saß das Mädchen unter der mächtigen Eiche, nur ihre dunklen, weit geöffneten Augen verrieten, dass noch Leben in ihr war.

Jana setzte sich neben sie. Sie wusste nicht, ob Isa sie

überhaupt wahrnahm, aber sie wollte sie nicht allein lassen. Schweigend saßen sie nebeneinander. Jana verlor jedes Gefühl für Zeit. Sie kämpfte gegen die aufsteigende Müdigkeit an, die sie zu überwältigen drohte. Immer wieder riss sie ihre Augen auf, um nicht einzuschlafen. Sie wusste nicht, wie viele Stunden vergangen waren. Unbemerkt war es heller geworden. Es war die Zeit der grauen Zone, nicht mehr Nacht und noch nicht Tag, als Jana winzig kleine Lichter um Isa herum bemerkte. Sie rieb sich die Augen. Was war das? Sie sah genauer hin. Glühwürmchen, war ihr erster Gedanke. Aber nein, das waren keine Glühwürmchen. Sie traute ihren Augen nicht, als immer mehr dieser seltsamen Lichter auftauchten und um Isa herumschwebten. Sie waren leuchtend grün, gelb und blau. Mehr und mehr von den kleinen Wesen tauchten wie aus dem Nichts jetzt auch vor ihr auf. Einige waren stecknadelkopfgroß, andere hatten die Größe ihrer Hand. Sie bewegten sich ähnlich wie Schmetterlinge, nur schneller. Jana streckte ihre Hand aus. Die Wesen flogen einfach durch ihre Handfläche hindurch, ohne dass sie auch nur einen Hauch von ihnen spürte. Sie waren jetzt überall. Unzählige der Lichtgestalten beherrschten den heiligen Eichenhain und nahmen Jana mit in ihre Welt. Sie fühlte sich leicht; alles Schwere war von ihr abgefallen. Glücklich schwebte sie mit Isa und den Wesen, ohne jedes Gefühl für Zeit und Raum, durch eine unbekannte, nicht sichtbare Welt.

Jana begann zu verstehen, was kein menschliches Gehirn je begreifen würde. Die Geheimnisse des Universums offenbarten sich ihr. Sie konnte sie nicht festhalten, aber sie durfte einen Blick in die unsichtbare Welt werfen, die den meisten Menschen für immer verschlossen blieb. Dann war es vorbei. Die Sonne durchbrach die Dunkelheit, und der magische Moment zwischen Tag und Nacht war vorüber. Jana kam es vor, als würde sie aus einem tiefen Traum erwachen. Sie sah Isa an. Isas Augen waren klar.

»Du hast sie gesehen?«, fragte Isa, aber es klang mehr wie eine Feststellung. In ihren Augen lag eine tiefe Traurigkeit. Als sie weiterfragte, klang ihre Stimme klein und dünn. »Du kannst dich wieder erinnern, nicht wahr?«

Jana sah sie an. Dann kamen die Bilder und strömten in ihren Kopf. Sie sah sich mit ihrem Detektor in der Hand, dann, wie sie die Sternenscheibe aus dem Boden zog, sie saß in dem Jeep und hörte Richards Stimme.

»Nur wo der Strahl des Regenbogens die Erde berührt, liegt das Gold der alten Götter.«

Das geliebte Gesicht Balders tauchte vor ihr auf. Immer mehr Bilder stürmten auf sie zu. Ihr Kopf schien zu platzen. Sie drückte beide Hände gegen die Schläfen und schloss die Augen, um die Bilderflut zu stoppen. Aber die Bilder ließen sich nicht vertreiben. Langsam wurde sie ruhiger und wandte sich Isa zu, die sie genau beobachtet hatte. Weinend fielen sie sich in die Arme und umschlangen sich, als wollten sie ineinander hineinkriechen.

Doch auch dieser Moment der Nähe und Wärme ließ sich nicht festhalten. Erbarmungslos lief die Zeit weiter. Die Sonne stand schon hoch am Himmel, als Jana sich erhob und Isas Hand nahm. Ihre Glieder waren steif und kalt von dem feuchten Waldboden, auf dem sie die Nacht über gesessen hatte.

»Nimm mich mit, wenn du in deine Welt zurückgehst.« Isas Stimme wurde flehend. »Ich möchte bei dir bleiben, und es ist mir egal, wo das sein wird.«

Jana drückte die kleine Hand, die wie ein Wärme suchendes, schutzloses Tier in der ihren lag.

»Ich weiß nicht, was geschehen wird. Ich möchte hier

bei dir und deinem Vater bleiben. Ob das möglich sein wird, kann ich nicht sagen. Aber eines darfst du nie vergessen, was auch immer die Zukunft bringen wird: Ich liebe dich, als wärest du meine eigene Tochter, mehr noch als mein Leben, ich werde dich niemals vergessen. In meinen Gedanken wirst du immer bei mir sein, sollten wir beide jemals getrennt werden.«

Gemeinsam gingen sie in ihr Haus zurück. Als Balder an diesem Abend erschöpft und müde sein Haus betrat, bemerkte er sofort, dass während seiner Abwesenheit etwas geschehen war. Jana und Isa empfingen ihn nicht freudig, wie sie es sonst immer taten. Mit ernsten Gesichtern saßen sie am Feuer.

Besorgt beugte er sich über Jana und gab ihr einen Kuss.

»Was bedrückt euch beide denn so, dass ihr euch nicht einmal über meine Rückkehr freut? Wir haben gute Beute gemacht, und wenn ihr wollt, können wir einige der Felle gegen neue Stoffe tauschen. Oder ist euch eine Kette aus Sonnensteinen lieber?« Er machte einen erfolglosen Versuch, seine kleine Familie aufzumuntern.

»Ich muss mit dir reden, Balder.« Jana wusste nicht so recht, wie sie beginnen sollte. Nervös strich sie sich eine Haarsträhne aus dem Gesicht. »Es ist wirklich etwas während deiner Abwesenheit geschehen. Ich war in der letzten Nacht mit Isa im Wald und habe mein Gedächtnis wiedererlangt. Ich kann mich jetzt an alles erinnern, was vor meinem Sturz war.«

Sie erzählte Balder, dass Cai sie an der Quelle überfallen hatte, um ihr Gewalt anzutun. Als sie sich gewehrt hatte, war sie über eine Wurzel gestolpert und mit dem Kopf auf etwas Hartem aufgeschlagen. Dann setzte ihre Erinnerung aus.

Balders Gesicht war blass vor Zorn geworden. Er konnte die Wut, die in ihm hochstieg, kaum noch unter Kontrolle halten und sprang auf. Unruhig rannte er in seinem Haus hin und her. Am liebsten wäre er sofort zu Cai gestürmt, um ihn zu töten. Doch Jana bat ihn, sich wieder zu setzen.

»Ich möchte, dass du mir jetzt genau zuhörst. Es wird nicht einfach für dich sein zu verstehen, was ich dir jetzt erzählen werde.« Sie überlegte, wo sie beginnen sollte. Wie sollte sie jemandem, der in der Bronzezeit lebte, begreiflich machen, dass sie aus der Zukunft kam?

Doch dann strömte die Geschichte nur so aus ihr heraus.

»Als du mich damals an der Quelle gefunden hast, hatte ich gerade eine Reise durch die Zeit gemacht. Ich weiß nicht, wie und warum. Erinnerst du dich, wie ich dich gebeten habe, mir bei der Suche nach der Sternenscheibe zu helfen? Sie ist der Schlüssel. Ohne die Sternenscheibe können wir nicht in unsere Welt zurückkehren.« Ihre Stimme wurde eindringlich. »Verstehst du das, Balder? Ich komme aus dem Jahre zweitausend nach Christi Geburt. Das heißt, ich werde erst in dreitausendfünfhundert Jahren geboren. Wie soll ich es dir erklären, du weißt ja nicht einmal, wer Christus ist.«

Ihr war etwas eingefallen. Sie sprang auf und rannte zu Argors Haus, öffnete die Stalltür und holte ihren Rucksack hervor, den sie hinter dem Stroh versteckt hatte. Rasch lief sie zurück zu ihrem Haus. Sie öffnete den Rucksack und zog einen kleinen Gegenstand daraus hervor.

»Sieh her, das ist ein Feuerzeug.« Sie hielt ein kleines Einwegfeuerzeug in der Hand und ließ eine Flamme erscheinen. Balder sah sie mit offenem Mund an.

»Was für ein Zauber ist das?«, fragte er erschrocken.

Sein Gesicht war vor Schreck kreidebleich geworden, als er sah, wie aus Janas Fingern eine Flamme hochschoss.

Jana reichte ihm das Feuerzeug.

»Das ist kein Zauber, es ist ein Feuerzeug, wie es in unserer Zeit benutzt wird.« Sie zeigte ihm, wie es funktionierte. Zögernd nahm Balder das Feuerzeug. Nach einigen Versuchen gelang es ihm, eine Flamme hervorschießen zu lassen. Er probierte es erneut. Wieder erschien wie aus dem Nichts eine Flamme. Stolz sah er Jana an. Er sah aus wie ein kleiner Junge, der das erste Mal einen Lichtschalter betätigte und die Macht genoss, die er damit über die Dunkelheit erlangt hatte.

»Das ist gut«, sagte er. Seine Wut auf Cai war für den Moment vergessen. Neugierig sah er Jana an. »Erzähle mir von deiner Welt«, forderte er sie auf.

Jana holte ihre Taschenlampe aus dem Rucksack.

»Wenn ich auf diesen Knopf drücke, wird es so hell, als würde die Sonne scheinen. Es ist kein Zauber, jeder, der auf den Knopf drückt, kann es hell werden lassen.« Ungläubig sah Balder seine Frau an. Sie drückte auf den On-Schalter, und sofort erschien ein helles Licht.

»Schau her, wenn man hier auf diesen Knopf drückt, ist das Licht wieder fort.« Fassungslos starrte Balder auf die Taschenlampe. Seine Neugier war stärker als seine Furcht, und er vertraute seiner Frau, obwohl er nicht begreifen konnte, wo das Licht herkam.

»Haben eure Götter euch diese Geschenke gemacht?«, fragte er.

Jana nahm die Taschenlampe und legte sie zurück in ihren Rucksack.

Nachdenklich sah sie ihren Mann an. Trotz ihrer Aufregung wurde ihr schmerzlich bewusst, wie groß die Kluft zwischen ihrem Leben und dem ihres Mannes war.

»Nein, nicht unsere Götter haben uns diese Dinge gegeben, sondern Menschen haben sie erfunden, genau wie irgendwann einmal jemand auf die Idee gekommen ist, einen Webstuhl zu bauen und ein Schwert zu schmieden. Du würdest die Welt, aus der ich stamme, nicht verstehen. Im Gegensatz zu hier ist es grell, laut und kalt dort. Für Dinge wie dieses Feuerzeug und die Taschenlampe, die für mich alltäglich sind, gibt es in eurer Sprache nicht einmal einen Namen; wie auch, sie werden erst in einigen tausend Jahren erfunden.«

Sie kniete vor Balder nieder und legte ihren Kopf in seinen Schoß. Tränen liefen ihr über die Wangen.

»Ich möchte bei dir bleiben. Bei dir und Isa, aber was ist mit Richard und Achim? Sie können auch nur mit Hilfe der Sternenscheibe wieder zurück.« Sie schluchzte verzweifelt auf. »Was sollen wir nur tun?«

Balder streichelte ihr übers Haar. Dass, was er gerade gehört und gesehen hatte, überstieg seine Vorstellungskraft. Er begriff nur, dass er Jana verlieren würde, und das würde er in jedem Fall zu verhindern suchen. Richard und Achim interessierten ihn nicht. Jana war seine Frau, und er würde sie niemals hergeben. Sie redeten bis tief in die Nacht, doch sie kamen nicht weiter. Isa war längst eingeschlafen, als Balder Jana mit einer Verzweiflung liebte, als wäre es das letzte Mal.

Am nächsten Morgen bat Jana Balder, sie in das Dorf Dagdas zu begleiten. Sie musste mit Richard und Achim reden. Balder war einverstanden, doch sein Herz war ihm schwer geworden.

Er holte die Pferde aus dem Stall und setzte Isa hinter sich. Jana, die eine gute Reiterin war, hatte kein Problem mit dem ungewohnten Zaumzeug; sie machten sich auf den Weg in Dagdas Dorf. Sie erreichten es um die Mittagszeit. Langsam ritten sie auf den Dorfplatz zu. Jana sah sich neugierig um. Das Dorf war mindestens doppelt so groß wie das ihre. Es war nicht nur durch Lehm und Holz geschützt, sondern auch von einem großen Steinwall umgeben. Sie stiegen ab und banden die Pferde an einem Gatter fest. Dann liefen sie gemeinsam zu dem großen Haus des Stammesfürsten. Dagda kam ihnen entgegen, noch bevor sie das Haus erreichten. Er war bereits von dem Eintreffen der drei unterrichtet worden.

»Was ist der Grund eures Besuches?«, fragte er Balder, den er seit langem kannte und schätzte.

»Wir möchten mit den Söhnen des Wanderhändlers sprechen«, gab Balder zur Antwort. »Befinden sie sich in deinem Dorf?«

»Caer ist mit meinen Männern auf dem Fluss, um Fische zu fangen. Credne ist ebenfalls am Fluss, um mit den beiden Fremden Gold und Zinn zu waschen. Aber wollt ihr nicht hereinkommen?«

Dagda machte eine einladende Bewegung mit der Hand.

Die Höflichkeit gebot es, die Einladung des Stammesfürsten anzunehmen. Jana schaute ungeduldig zur Tür. Sie konnte es kaum erwarten mit Richard und Achim zu sprechen. Sie hoffte, dass Richard eine Lösung für ihre Probleme finden würde, wie er es immer getan hatte.

Der Unterhaltung Balders und Dagdas schenkte sie keine Beachtung. Hand in Hand saß sie mit Isa auf einem weichen Fell und dachte darüber nach, ob es möglich sein würde, bei Isa und Balder zu bleiben. Konnte sie sich überhaupt vorstellen, für immer hier zu bleiben? Das würde bedeuten, dass sie ihre Eltern und auch ihre Freunde nie mehr wiedersehen würde. Sie dachte an ihre gemütliche Wohnung. Nie mehr fernsehen oder telefonieren? Auch das Autofahren würde ihr fehlen. Auf der anderen Seite waren Balder und Isa, die sie über alles liebte. Der Gedanke an eine Trennung ließ ihr die Tränen in die Augen steigen. Die Sonne war bereits untergegangen, als die Tür sich öffnete und Richard und Achim hereinkamen. Jana sprang auf und fiel Richard um den Hals. Balders Gesichtsausdruck verdüsterte sich, als er sah, wie Richards Arme sich um seine Frau schlossen.

»Ich bin so froh, dass ich euch gefunden habe«, sagte Jana. »Ich habe mein Gedächtnis wiedererlangt und weiß nicht, was ich jetzt tun soll.«

Richard drückte warnend ihren Arm. Jana war so aufgelöst, dass sie vergessen hatte, dass Dagda ihre Worte hörte. Auch das finstere Gesicht Balders war ihm nicht entgangen. Er schob Jana energisch von sich fort.

»Schön, dass du uns besuchst, liebe Schwester«, sagte er, »doch lass mich zuerst deinen Mann begrüßen, wir können uns später unterhalten.«

Jana hatte verstanden. Sie schielte zu Dagda, der würdevoll auf seinem erhöhten Platz saß und gespannt die Szene verfolgte. Seinen scharfen Augen entging nicht die geringste Kleinigkeit.

Jana versuchte, ihre Ungeduld zu unterdrücken. Nachdem man einige Höflichkeiten ausgetauscht hatte, verließen Richard, Achim, Balder, Isa und Jana Dagdas Haus und gingen zu der Hütte, in der Richard und Achim wohnten. Credne hatte bereits das Feuer entzündet und den Kessel mit dem Essen, den Sisa gebracht hatte, über das Feuer gehängt. Erstaunt sah er auf, als seine Freunde mit ihren Besuchern hereinkamen. Nach einer kurzen freundlichen Begrüßung setzten sich alle um das Feuer, und Credne füllte die Becher.

»Jetzt kennst du uns also wieder«, grinste Achim. »Du hast uns einen schönen Schrecken eingejagt.«

»Lass das«, unterbrach Richard ihn. »Ich glaube, Jana ist jetzt nicht nach Scherzen zumute.«

»Ich habe Balder erzählt, woher wir gekommen sind. Es ist nicht einfach für ihn, es zu verstehen. Aber das ist es für uns auch nicht.« Sie dachte eine Weile nach, bevor sie weitersprach. »Ich weiß nicht, was ich tun soll. Mein Herz sagt mir, dass mein Platz hier ist, bei meinem Mann und meinem Kind. Auf der anderen Seite kann ich den Gedanken nicht ertragen, für immer hier zu bleiben und meine Eltern und Freunde nie mehr wiederzusehen. Ich bin völlig durcheinander und weiß nicht mehr weiter.«

Richard versuchte sie zu beruhigen.

»Du brauchst dich ja nicht sofort zu entscheiden. Wichtiger ist die Frage, wie wir wieder nach Hause kommen. Was hast du eigentlich gefunden, bevor du die Reise durch die Zeit gemacht hast?«

»Es war eine große Scheibe aus Bronze, in der Mond und Sterne in Gold eingearbeitet worden sind.« Achim bekam sofort glänzende Augen, als er das Wort Gold hörte. »Wo hast du die Scheibe jetzt?«, fragte er und sah Jana erwartungsvoll an.

»Ich habe sie nicht mehr. Als ich an der Quelle aufgewacht bin, war sie nicht mehr da. Balder hat mir erzählt, dass Mabon sie hat und dass sie das Heiligtum seines Stammes ist. Mabon ist der heilige Mann im Dorf, durch ihn sprechen die Götter«, fügte sie erklärend hinzu.

Achim überlegte.

»Bei der Reise durch die Zeit hatten wir jeder ein Bronzeschwert in der Hand. Als wir wieder zu uns gekommen sind, waren die Schwerter nicht mehr da. Wir müssen die Scheibe und die Schwerter suchen.«

Balder warf ihm einen zornigen Blick zu.

»Das ist nicht möglich. Mabon wird euch weder die Sternenscheibe noch die Schwerter geben. Nur die heiligen Männer dürfen sie berühren. Wenn ihr versuchen solltet, unsere Heiligtümer zu stehlen, wird er euch Cernunnos opfern. Ich werde nicht zulassen, dass ihr meine Frau in Gefahr bringt.«

»So kommen wir nicht weiter«, sagte Richard. »Doch wenn wir nicht an diese Heiligtümer herankommen, müssen wir für immer hier bleiben, und das will ich nicht. Ich möchte wieder in meine Zeit zurück, genau wie du«, sagte er zu Achim, der zustimmend nickte. Richard überlegte weiter, dann fiel ihm ein, was ihn die ganze Zeit gestört hatte. Sie hatten etwas übersehen. Als sie die Reise durch die Zeit gemacht hatten, waren die Heiligtümer anschließend verschwunden. Das würde bedeuten, dass sie diese nicht zu stehlen bräuchten, denn sie würden ja hier bleiben. Sie müssten sie nur in die Hände bekommen und würden dann hoffentlich auf dem gleichen Weg zurückkommen, auf dem sie hierher gekommen waren.

Er beschloss, seine Gedanken vorläufig für sich zu behalten.

»Ob es Zufall war, dass wir hier gelandet sind?«, fragte er.

Jana sah ihn nachdenklich an.

»Da war noch etwas. Als ich die Sternenscheibe gefunden habe, sah ich einen schwarz glänzenden Hirsch in einem Baum. Es war unheimlich, aber dann war das Licht da, und ich hatte keine Angst mehr. Der Hirsch ist oft in meinen Träumen. Ich habe keine Erklärung dafür.«

Balder, der das alles nicht begreifen konnte und auch nicht wollte, stand auf.

»Komm, Frau, wir reiten nach Hause. Ich habe genug gehört. Es ist besser, wenn du dich von nun an von deinem Bruder fern hältst.«

Zögernd stand Jana auf. Es war das Beste, Balder jetzt nicht zu widersprechen. Sie verabschiedeten sich von Achim, Richard und Credne.

»Ich melde mich, sobald ich kann«, flüsterte sie Richard zu, bevor sie sich umdrehte, um ihrem Mann zu folgen. Schweigend ritten sie in ihr Dorf zurück. Balder brachte Jana und Isa in sein Haus, legte seinen Umhang ab und stürmte wortlos wieder hinaus. Er lief direkt zu Fintan, der sich mit Mabon besprach. Respektvoll wartete Balder, bis Fintan ihn aufforderte zu sprechen.

»Cai war es, der meine Frau überfallen hat, als sie den Unfall hatte«, sagte er ohne Einleitung. »Nach unseren Gesetzen hat er sein Leben verwirkt. Ich bitte dich um die Erlaubnis, die Schwerter sprechen zu lassen. Mögen die Götter darüber entscheiden, wer von uns beiden leben soll.«

Fintan ließ Cai holen. Wenig später betrat Cai das Haus seines Stammesführers. Er sah die kalte Wut in Balders Augen und wusste sofort den Grund.

»Hast du Balders Frau überfallen?«, fragte Fintan.

»Nein, so war es nicht«, log Cai. »Sie ist freiwillig mit mir gekommen. Wahrscheinlich habe ich ihr besser gefallen als du.« Frech grinste er Balder ins Gesicht, die schmalen Lippen höhnisch verzogen. Balder würde es nicht wagen, ihn in Gegenwart Mabons und Fintans anzugreifen. Er war damals mit Jana allein gewesen. Wer würde schon einer Frau mehr glauben als ihm. Zumal Jana nicht einmal zu ihrem Stamm gehörte. Cai fühlte sich sicher und genoss den Hass, der ihm aus Balders Augen entgegenblitzte. Jetzt konnte er sich endlich an Balder rächen. Treulose

Frauen wurden der Erdgöttin geopfert. Balder konnte nichts dagegen tun.

»Er lügt«, sagte Balder. »Lass die Götter darüber entscheiden. Ich fordere den Kampf mit dem Schwert.«

Damit hatte Cai nicht gerechnet. Angst stieg in ihm hoch. Er kannte zwar das Gesetz, das jedem Mann im Dorf die Möglichkeit gab, die Götter darüber entscheiden zu lassen, wer wahr gesprochen hatte, aber dieses Gesetz war, seit er denken konnte, nicht mehr in Anspruch genommen worden. Schon gar nicht wegen einer Frau. Er versuchte einzulenken.

»Sie ist nur eine Fremde, und sie war damals noch nicht Balders Frau.«

Mabon mischte sich in das Gespräch ein.

»Warum sollen wir das Leben eines unserer Männer opfern? Wir können die Götter darüber entscheiden lassen, ob deine Frau die Wahrheit gesprochen hat.«

Balder wurde blass vor Schreck. Niemand hatte die Entscheidung der Götter bisher überlebt. Soeben hatte er einen Fehler begangen, der Jana das Leben kosten würde. In seiner Wut hatte er die Anwesenheit Mabons gar nicht wahrgenommen.

Seine Augen waren nur noch schmale Schlitze, als er sich an Fintan wandte.

»Ich bestehe auf meinem Recht und dem Kampf mit dem Schwert.«

Fintan überlegte. Gerne hätte er Balder geholfen. Er mochte Cai nicht, der ihn aus seinen verschlagenen Augen beobachtete, und längst hatte er bemerkt, dass dieser Balder abgrundtief hasste. Dazu kam, dass Cai ein ewiger Unruhestifter war und sich ständig ungerecht behandelt fühlte. Aber er konnte Mabon nicht so offensichtlich übergehen.

»Wir werden den Rat zusammenrufen und darüber abstimmen«, beschloss er. Es war die einzige Möglichkeit, Balder zu helfen. Die meisten der Ratsmitglieder würden sicher für die Forderung Balders stimmen. Balders Wort hatte im Rat Gewicht.

Balder verließ die Hütte. Er wusste nicht mehr weiter. Cai war so sicher gewesen, als er behauptete, Jana wäre freiwillig mit ihm gegangen. Hatte Jana vielleicht gelogen? Aber warum hätte sie ihm dann überhaupt etwas von dem Vorfall erzählt, versuchte er das aufsteigende Misstrauen zu unterdrücken. Cai war ein gut aussehender Mann. Was, wenn er nicht gelogen hatte? Das Misstrauen ließ sich nicht völlig aus seinen Gedanken verscheuchen, dazu kam die Eifersucht. Er musste es genau wissen. Als er nach Hause kam, schliefen Jana und Isa bereits. Ungeduldig rüttelte er an Janas Schulter, die erschrocken aus dem Schlaf hochfuhr.

»Was ist passiert?«, fragte sie und rieb sich die Augen.

»Cai hat behauptet, du wärest freiwillig mit ihm gegangen. Ist das wahr?«, fragte er. »Hast du zugelassen, dass er dich genommen hat?«

Er fragte wütender, als er vorgehabt hatte. Der Gedanke, Jana könne in Cais Armen gelegen haben, machte ihn rasend.

Jana war jetzt hellwach. Noch nie hatte Balder in diesem Ton mit ihr gesprochen.

»Was soll diese Frage, ich habe dir doch erzählt, dass Cai mir aufgelauert und mich dann überfallen hat.«

»Was hast du überhaupt morgens an der Quelle zu suchen gehabt?« Sein Misstrauen ließ ihm keine Ruhe.

Langsam wurde Jana ärgerlich. Sie hatten auch so schon genügend Probleme. Hatte Balder etwa kein Vertrauen zu ihr? Sie sah ihn an und bemerkte die verhaltene Wut in seinen Augen.

»Auch wenn ich deine Frau bin, muss ich dir nicht über jeden Schritt Rechenschaft ablegen. Aber ich werde deine Frage beantworten. Ich bin jeden Morgen zur Quelle gegangen, um mich zu waschen. Dort, wo ich herkomme, wäscht man sich nämlich täglich. Bist du jetzt zufrieden? Ich bin extra immer früh aufgestanden und konnte nicht wissen, dass Cai mich beobachtet. Kann ich jetzt weiterschlafen?«

Jana drehte sich um und zog die Decke, die verrutscht war, wieder über sich.

Balder, der mit allen Problemen, die bisher in seinem Leben aufgetaucht waren, spielend fertig geworden war, verlor die Beherrschung. Die Situation war ihm über den Kopf gewachsen. Richard, Achim und jetzt auch noch Cai. Dann das Gerede von einer anderen Zeit, das er nicht begreifen konnte. Sein Bruder Fintan hatte Recht gehabt. Fremde Frauen brachten nur Ärger und Unruhe mit sich. Im letzten Moment beherrschte er sich, um Jana nicht zu schlagen. Wortlos stand er auf und stürmte zur Tür hinaus, die krachend hinter ihm zuschlug.

Isa war durch den Lärm wach geworden. Rasch schlüpfte sie unter Janas Decke. »Warum ist mein Vater so wütend?«, fragte sie.

»Er wird sich schon wieder beruhigen«, sagte Jana und nahm Isa in den Arm.

Die Morgendämmerung war bereits heraufgezogen, als Balder schwankend die Hütte betrat. Er ließ sich auf eine der Bettstellen fallen und schlief laut schnarchend seinen Rausch aus.

Es regnete in Strömen, als Jana mit Isa am nächsten Morgen zum Brunnen lief, um Wasser zu holen. Der Himmel war grau und verhangen, und starke Windböen peitschten ihnen den Regen ins Gesicht. Das Wetter passte zu Janas Stimmung. Sie liebte Balder, zumindest hatte sie das in der letzten Zeit geglaubt. Aber schon die erste Bewährungsprobe hatte gezeigt, dass er auch nicht anders war als andere Männer. Verletzte Eitelkeit und Eifersucht konnten problemlos in ihre innige Beziehung eindringen und das zwischen ihnen herrschende Vertrauen zerstören. Sie konnte nicht ahnen, in welcher Gefahr sie schwebte und wie verzweifelt Balder war.

Es war schon später Nachmittag, als Fintan den Rat zusammenrief. Jana saß am Webstuhl und erzählte Isa Geschichten, als Ladra hereinkam, um Balder zu holen. Gemeinsam mit Ladra betrat er das Haus des Stammesführers. Der muffige Geruch feuchter, verschwitzter Gewänder schlug ihnen entgegen, vermischte sich mit dem aufsteigenden Qualm des Feuers und trieb ihnen die Tränen in die Augen. Immer wieder drückte der Wind den Rauch durch die Öffnung im Dach zurück in die Gesichter der versammelten Männer. Balder ließ sich auf seinem angestammten Platz neben Fintan nieder. Mabon saß auf der anderen Seite. Er hatte bereits den Trank zu sich genommen, der ihn mit den Göttern verbinden würde. Mit flackernden Augen starrte er vor sich hin. Ab und zu zuckten einige Muskeln in der rechten Seite seines Gesichtes.

Ethne hatte duftende Weihekräuter in das Feuer geworfen, um die Aufmerksamkeit der Götter auf das Haus zu lenken. Dann verließ sie still das Haus. Ein sorgenvoller Zug lag auf ihrem Gesicht. Sie hatte Angst um Jana, die nicht wissen konnte, was sie erwartete. Der Gedanke,

Jana zu verlieren, gefiel ihr nicht. Sie war die einzige Freundin, die sie hatte, der einzige Mensch, mit dem sie reden konnte. Cai war verschlagen und gerissen. Er würde mit Mabons Hilfe die Männer auf seine Seite ziehen. Mabon, dem Jana schon lange ein Dorn im Auge war, würde die Gelegenheit nutzen, um sie loszuwerden. In den letzten Jahren des Friedens hatte er nicht oft Gelegenheit gehabt, den Göttern Menschenopfer zu bringen und seine Macht unter Beweis zu stellen. Ethne kämpfte einen Augenblick mit sich, dann hatte sie ihre Entscheidung getroffen. Nie hatte sie sich gegen Mabon aufgelehnt, sondern ihn immer unterstützt, so gut sie konnte. Rasch lief sie zu Jana, die erstaunt aufsah, als Ethne ihr Haus betrat.

»Jana, du bist in großer Gefahr«, begann sie ohne Umschweife. »Du musst sofort das Dorf verlassen. Beeile dich, uns bleibt nicht mehr viel Zeit.«

Jana sah Ethne entsetzt an.

»Was ist passiert, warum soll ich das Dorf verlassen?«

»Mabon will die Götter darüber entscheiden lassen, ob du wahr gesprochen hast, als du behauptet hast, dass Cai dich überfallen hat. Die Entscheidung der Götter hat noch nie ein Mensch überlebt. Reite zu deinem Bruder und dann so weit wie möglich fort von hier.« Ihre Stimme wurde drängend.

Jana sprang auf und holte ihren Rucksack. Isa sah sie flehend an.

»Lass mich nicht allein, ich will mit dir gehen.«

Ethne nahm sie in die Arme. »Nein, Balder würde es nicht verstehen, wenn Jana dich mitnehmen würde. Erst muss Jana in Sicherheit sein, dann sehen wir weiter.«

Ethne zog einen kleinen Dolch aus Bronze unter ihrem Gewand hervor und reichte ihn Jana.

»Nimm ihn und gehe jetzt. Die Frauen sind in ihren Häusern. Niemand wird dich bemerken.«

Jana umarmte Ethne. »Danke«, flüsterte sie, während Tränen in ihren Augen standen. Es war Ethne gewiss nicht leicht gefallen, Mabon zu verraten. Sie drehte sich zu Isa um. »Komm her, meine Kleine.« Sie zog das Kind an sich und küsste es wieder und wieder. »Ich werde zurückkommen und dich holen«, versprach sie.

Dann nahm sie ihren Umhang und ihren Rucksack und verließ das Haus, ohne sich noch einmal umzusehen. Sie holte ein Pferd aus dem Stall und schlich sich unbemerkt aus dem Dorf. Sie war bereits bis auf die Haut durchnässt, als sie am Dorfrand ihr Pferd bestieg und in die hereinbrechende Dunkelheit galoppierte.

Der kleine Hund war ihr gefolgt. Sie hatte ihn hochgehoben und vor sich in den Sattel gesetzt.

Das große, schwere Holztor war geschlossen, als sie Stunden später endlich das Dorf Dagdas erreichte. Düster und abweisend ragte es vor ihr auf. Sie wagte es nicht zu klopfen und ritt in den Wald zurück. Sie würde wohl die Nacht im Wald verbringen müssen, wollte sie nicht die Aufmerksamkeit Dagdas auf sich ziehen. Am Fuß einer großen Eiche fand sie Schutz vor dem Regen. Sie band das Pferd fest und rollte sich zusammen. Mit dem kleinen Hund im Arm fühlte sie sich nicht mehr ganz so einsam. Obwohl sie bei jedem Geräusch zusammenzuckte, fiel sie gegen Morgen in einen unruhigen Schlaf. Als sie erwachte, waren ihre Kleider noch feucht. Sie reckte ihre schmerzenden Glieder, dann ritt sie näher an das Dorf. Der Himmel war noch bewölkt, doch es hatte aufgehört zu regnen. Jana versteckte sich hinter einigen Büschen. Sie hoffte, dass Richard und Achim zum Fluss reiten würden. Ihr Pferd hatte sie in der Nähe an einen Baum gebunden.

Hufgeklapper durchbrach das morgendliche Vogelgezwitscher. Es kam nicht vom Dorf, sondern aus der Richtung, aus der sie gekommen war. Sie duckte sich tiefer in die Büsche. Balder ritt, begleitet von einem Trupp Männer, ins Dorf.

Janas Herz machte einen Sprung. Balder war gekommen, sie zu holen. Sie wollte schon aufspringen, um ihm zuzurufen, dass sie hier war, als ihr die Worte Ethnes wieder einfielen. Nein, sie würde kein Risiko eingehen, bevor sie nicht wusste, wie der Rat entschieden hatte.

Die Versammlung war so ausgegangen, wie Balder befürchtet hatte, und das Schlimmste war, dass er nichts dagegen tun konnte. Schweren Herzens musste er sich der Entscheidung des Rates beugen.

Denn was der Rat beschloss, war Gesetz. Er liebte Jana, sie würde ihm fehlen. Doch das Wohl des Stammes war wichtiger als das Leben einer Frau. Auch wenn sie die seine war.

Die Männer des Rates hatten, wie es das Gesetz verlangte, unbewaffnet an der Feuerstelle gesessen und gewartet, bis Fintan die Sitzung eröffnet hatte.

»Wir haben uns heute versammelt, um darüber zu beraten, wie wir die Wahrheit in einem Streit herausfinden können. Balder sagt, dass Cai seine Frau überfallen und ihr Gewalt angetan hat. Sie hat es ihm erzählt, warum sollte sie lügen? Sie ist ihrem Mann treu ergeben und arbeitet gut. Cai hingegen bezichtigt Jana, die Frau Balders, der Lüge, indem er sagt, sie wäre freiwillig mit ihm gegangen. Wenn sie wirklich freiwillig mit ihm gegangen wäre, warum hätte sie dann ihrem Mann überhaupt davon erzählt?«

Auffordernd blickte er in die Runde. Einige der Männer nickten zustimmend.

Fintan erhob seine Stimme. Donnernd fuhr er fort: »Balder fordert nun, dass Cernunnos entscheidet. Er besteht auf einen Kampf mit dem Schwert. Dieses Recht steht nach unserem Gesetz jedem Mann in unserem Stamme zu, dem Unrecht widerfahren ist.«

Fintans Worte klangen einleuchtend. Bewunderung für die Klugheit ihres Stammesführers stand in den Mienen der Männer, und der Gedanke an den Kampf, der eine willkommene Abwechslung bieten würde, ließ sie begeistert nicken.

Fintan genoss die Bewunderung. Zufrieden mit seiner Ausführung setzte er sich und wartete darauf, was Mabon sagen würde.

Kalte Angst kroch in Cai hoch. Im Kampf mit dem Schwert würde er keine Chance gegen Balder haben. Er spürte, dass Fintan die Männer auf seiner Seite hatte.

Mabon erhob sich langsam und würdevoll. Mit flackerndem Blick fixierte er jeden Einzelnen. Dann begann er, ohne den Blick von den Männern zu nehmen, mit ruhiger Stimme zu sprechen.

»Es ist noch nicht lange her, dass viele Männer, Frauen und Kinder unseres Stammes dem Fieber zum Opfer gefallen sind. Wer soll unsere Felder bestellen? Wer wird uns beschützen, wenn wir eines Tages angegriffen werden? Ich sage euch, wir benötigen jeden Mann im Dorf. Cernunnos hat heute Nacht zu mir gesprochen. Er will keinen Kampf mit dem Schwert. Sollen wir das Wort einer Frau, die zudem nicht aus unserem Stamme hervorgegangen ist, über das Wort eines unserer besten Männer stellen? Mögen die Götter urteilen, wer von den beiden wahr gesprochen hat.« Er legte eine bedeutsame Pause ein, bevor er fortfuhr: »In meinem Traum habe ich Steine gesehen. Die Frau des Jägers wird sich dem Urteil der drei dunklen Steine unterziehen. So lautet der Wille unserer Götter.«

Nach diesen Worten nahm Mabon wieder seinen Platz neben Fintan ein.

Keiner der Männer sagte etwas. Was sollten sie auch tun? Gegen den Willen der Götter war man machtlos.

Damit hatte Fintan nicht gerechnet. Mabon hatte es gar nicht erst zu einer Abstimmung kommen lassen. Er warf Balder einen Blick zu, der besagte, dass er dies nicht gewollt hatte. Er ärgerte sich über Mabons Verhalten, hatte es dieser doch wieder einmal geschafft, seine Macht zu beweisen. Die Macht, die ihm die Götter verliehen hatten. Fintan glaubte an die Götter, auch wenn diese launisch waren. Man konnte sich einfach nicht auf sie verlassen. Aber er fürchtete sie nicht so, wie seine Stammesbrüder es taten. Wenn Mabon es schaffte, dass die Götter so entschieden, wie es ihm gefiel, konnte er das auch. Ein Gedanke schoss ihm durch den Kopf. Er würde es Mabon zeigen. Dieses Mal würden die Götter nicht so entscheiden, wie Mabon es erwartete. Der Plan, der in seinem Kopf heranreifte, gefiel ihm. Er konnte später die Götter immer noch durch Opfer versöhnen, falls es nötig werden sollte.

Wortlos stand Balder auf und verließ die Hütte. Cai sah ihm erleichtert nach. Die Angst, Jana zu verlieren, beherrschte Balder, als er mit großen Schritten auf sein Haus zulief. Er riss die Tür auf und sah Ethne mit Isa im Arm neben dem Feuer sitzen.

»Wo ist Jana?«, fragte er, während sein Blick suchend durch die Hütte streifte, doch von Jana war nichts zu sehen.

»Ich habe ihr gesagt, dass sie fortreiten soll. Ein Gottesurteil hat noch nie jemand überlebt. Welches hat Mabon denn gefordert?«, wollte Ethne wissen.

»Die drei dunklen Steine«, gab Balder verblüfft zurück. Jetzt erst begriff er, was Ethne getan hatte. Er sah sie an, als würde er sie das erste Mal sehen. Das war doch nicht möglich. Wie konnte sie es wagen, sich nicht nur gegen Mabon und damit gegen die Götter, sondern auch gegen die alten Gesetze aufzulehnen. Er hatte nicht gewusst, dass sie so stark und mutig war. Der Gedanke, dass so etwas überhaupt möglich ist, war ihm noch nie gekommen.

»Ich danke dir, dass du Jana gerettet hast, und hoffe, dass die Götter dir deswegen nicht zürnen«, sagte er.

»Ich werde ihnen opfern, um sie zu versöhnen.«

Erleichtert, aber auch traurig, ließ Balder sich auf seiner Bank niedersinken. Er war froh, dass er nicht mit ansehen musste, wie Jana ins Moor gestoßen wurde. Doch auch wenn sie nicht sterben würde, war sie für ihn verloren. Jetzt, wo Jana fort war, wurde ihm klar, wie sehr sie ihm fehlen würde. Sie war nicht nur seine Frau gewesen, sondern seine Gefährtin, mit der er Gedanken tauschen konnte, zu denen außer vielleicht Lug, der Schmied, kein anderer Dorfbewohner fähig war.

Das Gottesurteil sollte bereits am nächsten Morgen stattfinden.

Balder teilte Fintan mit, dass Jana verschwunden war.

Der Stammesführer schickte nach Mabon, der sofort zu ihm kam.

»Die Frau des Jägers ist verschwunden«, sagte er. Es gelang ihm nicht, den Triumph, der in seiner Stimme lag, zu verbergen.

Er genoss den Zorn, der für einen kurzen Moment in Mabons Augen aufblitzte. Doch sofort hatte Mabon sich wieder in der Gewalt. Eines seiner Geheimnisse, durch die er die Dorfbewohner beeindruckte, war die völlige Regungslosigkeit seiner Gesichtszüge.

»Du musst sofort nach ihr suchen lassen«, verlangte Mabon.

»Sie ist nur eine Frau und nicht wichtig für unseren Stamm«, gab Fintan freundlich zurück

»Bisher hat noch niemand es gewagt, vor dem Urteil der Götter davonzulaufen«, schnaubte Mabon. »Wenn wir sie nicht wiederfinden, werden die Menschen den Respekt vor den Göttern verlieren.«

Und vor dir, dachte Fintan, der Mabon durchschaute.

»Du musst sofort einige deiner Männer losschicken, um sie zu suchen. Weit kann sie ja nicht gekommen sein. Sollten wir sie nicht finden, werde ich sie für friedlos erklären.« Fintan schluckte. Mabon schreckte tatsächlich vor nichts zurück. Er konnte sich nicht erinnern, dass zu irgendeiner Zeit eine Frau für friedlos erklärt worden war. Friedlos bedeutete, dass jeder Mann die Pflicht hatte, Jana zu töten, wenn sie ihm begegnete. Das galt auch für Balder. Gleichzeitig löste Mabon jegliche Bindung auf, die Jana dem Stamm und ihrem Mann gegenüber hatte.

Widerwillig kam Fintan der Aufforderung nach und stellte einen Trupp Männer zusammen. Er sorgte dafür, dass Balder die Führung übernahm.

Mabon zog sich in den heiligen Eichenhain an der Quelle zurück. Er kochte vor Wut. Von Anfang an hatte er gewusst, dass diese Frau nur Ärger bringen würde. Sie hatte es geschafft, seine Pläne zu durchkreuzen. In den letzten Jahren war er mehr und mehr in den Hintergrund gerückt. Früher, als die Ernten nicht so reich ausfielen und Krankheiten und Seuchen Menschen und Tiere dahingerafft hatten, waren sie jeden Tag zu ihm gekommen. Sie brachten ihm Fleisch und Felle und Gold und Silber für die Götter. Doch heute war er nicht mehr so wichtig. Erst das Fieber im letzten Winter hatte die Menschen wieder dazu gebracht, an ihn zu denken. Momentan ging es ihnen einfach zu gut. Das Gottesurteil und die anschließende Opferung der Frau, die man ins Moor stoßen würde, wären für ihn eine gute Gelegenheit seine Macht zu zeigen und die Dorfbewohner dazu zu bringen, mehr an ihn und die Götter zu denken.

Balder war nicht sehr schnell geritten. Er wollte Jana einen Vorsprung verschaffen. So gerne er sie noch einmal sehen würde, hoffte er doch, dass sie das Dorf bereits verlassen hatte. Er hatte sie vor einem Bären gerettet, doch gegen die Entscheidung der Götter war er machtlos. Warum waren sie nie da, wenn man sie brauchte? Er hatte ihnen regelmäßig geopfert, trotzdem halfen sie ihm nicht. Waren sie vielleicht auf Mabons Seite? Oder behauptete Mabon dies nur? Die Gedanken, die ihm auf einmal durch den Kopf gingen und sich nicht vertreiben ließen, beunruhigten ihn. Es war das erste Mal, dass er – ausgelöst durch Ethnes Verhalten – begonnen hatte, an den Göttern und den alten Gesetzen zu zweifeln. Nie vorher hatte er über solche Dinge nachgedacht. Er begriff, was Mabon vor ihm verstanden hatte: die Gefahr, die von Jana ausging, ihr Verhalten, das genauso natürlich wie selbstbewusst war. Die Selbstverständlichkeit und die Leichtigkeit ihrer Gedanken hatten auch die anderen Frauen fasziniert. Sie war eine Bedrohung für Mabon geworden.

Das Schlimmste aber war, dass er nun nicht mehr bereit war, auf Jana zu verzichten. Er würde um sie kämpfen. Es war ihm unmöglich geworden, die Dinge so hinzunehmen, wie er es früher getan hatte. Ethne hatte ihm gezeigt, dass es möglich war, etwas zu verändern.

Als sie im Dorf eintrafen, lief er mit schnellen Schritten auf das Haus zu, in dem Janas Bruder lebte. Die Männer ließ er bei den Pferden.

Credne, Achim und Richard waren gerade dabei, ihre Sachen zu packen. Sie wollten zum Fluss aufbrechen. Erstaunt sahen sie auf, als Balder hereinstürmte. Sein finsteres Gesicht ließ sie nichts Gutes ahnen.

»Wir grüßen dich, Balder«, sagte Richard. »Was ist der Grund für deinen frühen Besuch?«

»Jana ist verschwunden; ich dachte, sie wäre bei euch.« Enttäuscht sah Balder sich in der Hütte um. Er hatte gehofft, Jana hier zu finden. Aber das Erstaunen Richards und Achims über seinen Besuch war nicht gespielt.

»Jetzt setz dich erst einmal und erzähle uns, warum Jana verschwunden ist«, forderte Richard Balder auf. Die Angst um Jana ließ ihn nervös durch die Hütte laufen.

»Jana sollte sich dem Gottesurteil unterziehen, und das hat bisher niemand überlebt. Ethne, die Gehilfin Mabons, hat Jana gewarnt und ihr geraten, zu euch zu reiten, um mit euch fortzugehen. Wenn Jana nicht hier ist, wo ist sie dann?«

Richard und Achim sahen sich ratlos an.

»Vielleicht hat sie sich irgendwo versteckt? Ich bin sicher, dass sie zu uns kommen wird, wohin sollte sie sonst gehen?«, überlegte Achim laut. Er sah Balder nachdenklich an.

Ob man ihm trauen konnte? Würde er seinen Stamm verraten, um seine Frau zu retten? Er beschloss, vorsichtig zu sein.

»Wenn wir Jana finden oder sie hierher kommt, werden wir Credne zu dir schicken«, versprach er, um Balder zu beruhigen. »Es ist besser, wenn du wieder gehst. Solange du hier bist, wird Jana sicher nicht hier auftauchen. Sie wird wissen, dass ihr sie sucht.«

Balder sah Richard an. Der verzweifelte Wunsch, Jana noch einmal zu sehen, lag in seinem Blick.

»Schwöre bei deinen Göttern, dass du mir Bescheid geben wirst, wenn ihr Jana gefunden habt.«

Richard versprach es ihm, und Balder verließ mit seinen Männern das Dorf. Die Ohnmacht, zusehen zu müssen, wie ihm das Liebste weggenommen werden sollte, machte ihm das Herz schwer. Und das nur wegen Cai, diesem Verräter. Wütend stieß er seinem Pferd die Fersen in die Seiten. Der Wille zum Kämpfen ergriff mehr und mehr Besitz von ihm. Er würde auf den Kampf mit dem Schwert bestehen, ihn notfalls erzwingen. Mabon sollte sich gefälligst um die Götter kümmern. Fintan war der Stammesführer und hatte für Gerechtigkeit und die Einhaltung der Gesetze zu sorgen. Er musste ihm helfen.

Sofort nachdem Balder die Hütte verlassen hatte, sprang Richard auf.

»Wir müssen Jana suchen. Bestimmt hält sie sich in der Nähe des Dorfes auf und wartet auf uns.«

Richard, Achim und Credne verließen das Dorf wie jeden Morgen, wenn sie sich auf den Weg zum Fluss aufmachten. Als sie das Dorf hinter sich gelassen hatten, ritten sie langsam und beobachteten aufmerksam die Gegend. Schon nach wenigen Metern kam Jana hinter den Büschen hervor. Der kleine Hund bellte aufgeregt, als Jana auf die drei Männer zulief.

Richard sprang vom Pferd. Aufschluchzend stürzte Jana in seine Arme.

»Es ist etwas Schreckliches passiert. Ein Gottesurteil soll darüber entscheiden, ob ich die Wahrheit gesprochen habe, und Ethne, meine Freundin, hat gesagt, dass es bisher niemand überlebt hat. Ich bin weggelaufen und habe Isa allein gelassen.«

»Beruhige dich«, sagte Richard. »Balder war bei uns und hat uns alles erzählt. Er will dich unbedingt sehen. Wir reiten jetzt zum Fluss, wo uns niemand finden kann, und überlegen dort in Ruhe, wie es weitergehen soll.«

Als sie das Ufer des Flusses erreicht hatten, ritten sie zur Sicherheit noch eine Weile weiter. Dann stiegen sie von ihren Pferden und setzten sich auf die großen Steine, die überall herumlagen.

»Wir müssen so schnell wie möglich zurück in unsere Zeit, wir können hier nicht länger bleiben. Du hast gesehen, was passiert ist«, sagte Richard. Seine Stimme wurde eindringlich, als er fortfuhr: »Jana, du kannst nicht hier bleiben. Wir wissen viel zu wenig über diese Zeit und die Menschen, die hier leben. Es würde nicht gut gehen. Denke daran, was Isa gesagt hat, als sie das Gesicht hatte. Sie hat gesagt, dass du zurückgehen wirst. Balder und Isa sind sicher glücklicher darüber, wenn du am Leben bleibst, als wenn du geopfert werden würdest. Das größte Problem ist die Sternenscheibe, von der du gesprochen hast. Wir müssen herausbekommen, wo der Priester sie versteckt hat, und dann müssen wir es schaffen, unbemerkt dorthin zu kommen.«

Jana wusste, dass er Recht hatte, obwohl es ihr das Herz brach.

Credne hatte mit großen Augen dem Gespräch gelauscht. »Ich weiß, wo die heiligen Männer die Heiligtümer verstecken«, begann er zögernd. »Sie legen sie in ausgehöhlte Eichenstämme, die sich in der Nähe der heiligen Stätten befinden. Aber ihr könnt sie nicht stehlen, die Götter werden es nicht zulassen.«

Richard beruhigte ihn.

»Wir wollen sie nicht stehlen, sondern sie nur berühren. Wir glauben, dass wir wieder in unser Land zurückkommen, wenn wir die Scheibe und die Schwerter in die Hände nehmen können.«

Credne sah ihn ungläubig an.

»Wie kann das möglich sein? Unsere heiligen Männer haben die Heiligtümer schon sehr oft berührt, ohne dass sie dadurch in ein anderes Land gelangt sind. Ihr seid meine Freunde, doch ich verstehe nicht, was ihr damit meint, wenn ihr sagt, dass ihr aus einer anderen Zeit kommt.«

»Wir verstehen es auch nicht«, gab Richard ruhig zur Antwort. »Vielleicht ist es eine Laune von euren Göttern?«

Achim und Richard beschlossen, ins Dorf zurückzukehren, um ihre Sachen zu holen. Credne blieb bei Jana und bereitete ein Lager für die Nacht vor. Während er sich um die Pferde kümmerte und Holz sammelte, lief Jana zum Fluss. Sie wusch ihr Gesicht und ihre Hände und setzte sich, mit dem Rücken an einen der Steine gelehnt, auf den warmen Ufersand. Traurig sah sie auf das glitzernde Wasser, das träge an ihr vorbeiströmte. Was sollte sie nur tun? Wie sollte sie es übers Herz bringen, Isa und Balder zu verlassen? Sie würde nie aufhören, die beiden zu lieben. Sie konnte doch nicht zurück nach Hause gehen und weiterleben, als wäre nichts geschehen.

Das gleichmäßige Rauschen des Flusses und die warmen Sonnenstrahlen ließen Jana müde werden. Ihr Kopf wurde schwer. Ohne es zu bemerken, sank sie in einen tiefen Schlaf.

Als sie erwachte, waren Richard und Achim zurück. Gemeinsam setzten sie sich um das Feuer, das Credne entfacht hatte.

»Was wir brauchen, ist ein Plan«, sagte Achim. Er wandte sich an Jana.

»Was meinst du, können wir Balder trauen?«

»Ich es weiß nicht.« Jana strich sich nachdenklich die Haare aus dem Gesicht. »Bis vor zwei Tagen war ich der Meinung, ich würde ihn genau kennen. Doch als ich ihm von dem Überfall erzählt habe, stand er wie ein Fremder vor mir. Wütend und eifersüchtig. Das Schlimmste war, dass er mir nicht vertraut hat. Trotz allem würde er nie etwas tun, das mir schadet. Wir haben eine tiefe, innige Beziehung gehabt. Ich war glücklich mit ihm und Isa. Glücklicher, als ich es jemals in meinem Leben gewesen bin. Mir gefällt das Leben hier. Es hat mir Zufriedenheit und eine innere Ruhe gegeben, die ich vorher nicht kannte. Jede Arbeit, die ich verrichtet habe, hatte einen Sinn. Ich war stolz, als Laya mir beigebracht hat, wie man webt oder wie man ein Tier häutet. Früher hätte ich mich davor geekelt, aber hier gehört es dazu. Ihr wisst nicht, was es für ein Gefühl ist, Stoffe mit Staudensaft einzufärben. Wenn der Stoff endlich die Farbe angenommen hat und tiefblau vor dir liegt. Wenn du dann ein Kleid daraus nähst, hast du – vom Spinnen der Wolle angefangen – alles mit deinen eigenen Händen hergestellt. Auch die Gemeinschaft mit den Dorfbewohnern hat mir gut getan. Obwohl ich nicht alle Menschen mochte, war ich ein Teil von ihnen. Balder und Isa fehlen mir. Es gibt so vieles, was ich ihnen noch sagen möchte. Tief in meinem Inneren spüre ich, dass ich nicht hier bleiben kann. Doch bevor ich gehe, muss ich sie noch einmal sehen.«

Richard hatte Jana aufmerksam zugehört. Sie tat ihm Leid. Was hatte sie alles durchgemacht. Wie ein Spielball wurde sie von einer Situation in die nächste geworfen. Selbst wenn sie wieder zu Hause wäre, würde sie ihr ganzes Leben lang zwischen zwei Welten hin und her gerissen sein.

»Es ist ein Risiko, aber ich habe Balder geschworen, Credne zu ihm zu schicken, sobald wir dich gefunden haben. Jetzt, da sich die Situation zugespitzt hat, wird er uns vielleicht helfen, an die Heiligtümer zu kommen. Aber was ist, wenn wir es schaffen, sie in die Hände zu bekommen – und nichts passiert? Habt ihr darüber schon nachgedacht? Wir wissen nichts über diese Heiligtümer, oder warum wir überhaupt hier sind. Vielleicht kann Balder uns mehr darüber sagen.« Er sah Credne an, der bisher kein Wort gesagt hatte.

»Würdest du ins Dorf reiten und Balder sagen, wo wir sind?«

»Wenn ich euch damit helfen kann, mache ich es gerne.« Credne erhob sich.

»Pass auf, dass dir niemand folgt«, sagte Achim. »Immerhin wird nach Jana gesucht.«

Als Credne fortgeritten war, hatten die drei Freunde endlich Gelegenheit, sich gegenseitig von ihren Erlebnissen in dieser fremden und geheimnisvollen Zeit zu berichten. Der Mond stand schon hoch am Himmel, als sie Hufgeklapper hörten. Gespannt lauschte Jana in die Dunkelheit. Ob Balder wohl mitgekommen war? Hoffentlich hatte er Isa mitgebracht. Sie konnte den Gedanken nicht ertragen, Isa allein zu wissen. Endlich tauchten in der Ferne die Silhouetten von zwei Reitern auf. Jana konnte nicht erkennen, ob Isa hinter Balder auf dem Pferd saß. Ungeduldig sprang sie auf und lief den Reitern entgegen. Balder zügelte sein Pferd. Isa sprang ab, bevor er sie vom Pferd heben konnte. Glücklich stürzte sie sich in Janas Arme. Über Isas Kopf hinweg sah sie Balder an. Sie sah die Liebe und die Sehnsucht, die in seinem Blick lagen. Es tat ihr weh, wusste sie doch, dass es nicht sein durfte. Er kam auf sie zu.

»Es tut mir Leid, dass ich dir nicht geglaubt habe«, sagte er leise. »Ich werde noch einmal mit Fintan sprechen. Ich will den Schwertkampf, und ich werde Cai, diesen Verräter, töten.«

»Wir müssen mit dir reden«, sagte Richard. »Ich weiß nicht, wie Jana sich entscheiden wird, aber Achim und ich wollen so schnell wie möglich nach Hause zurück. Wir müssen alles über die Sternenscheibe wissen und wollten dich bitten, uns zu helfen.« Balder sah ihn nachdenklich an.

»Der Einzige, der etwas darüber weiß, ist Lug, der Schmied. Er hat sie vor langer Zeit Cernunnos zu Ehren geschmiedet und sie dann Mabon übergeben.«

Jana hörte den Gesprächen der Männer nicht zu. Gedankenverloren streichelte sie über Isas Haare. Sie genoss die Nähe der beiden Menschen, die sie so sehr liebte. In diesem Moment fasste sie ihren Entschluss. Sie würde nicht mit Richard und Achim zurückgehen, sondern hier bleiben, denn es würde ihr das Herz brechen, Isa und Balder zu verlassen. Ihre Entscheidung würde sie vorläufig für sich behalten.

Die Dämmerung zog bereits herauf, als die Menschen, die vom Schicksal zusammengeführt worden waren, nacheinander in einen kurzen Schlaf fielen. Der Schrei einer Möwe weckte Jana auf. Die Feuchtigkeit in ihren Kleidern ließ sie frösteln. Ihre Gefährten waren bereits wach. Achim reichte ihr ein Stück Brot und etwas Obst.

Richard und Balder waren bereits im Morgengrauen aufgebrochen, um den Schmied aufzusuchen. Dicke, schwarze Wolken hingen schwer über ihnen. Der zu erwartende Regen würde in kurzer Zeit die Wege aufweichen und sie schwer passierbar machen. Sie lockerten die Zügel der Pferde, die willig in einen schnellen Galopp wechselten. Es war bereits später Vormittag, als die beiden Männer das Dorf erreichten. Sie banden die Pferde fest und liefen direkt zur Schmiede. Lug bearbeitete gerade den Griff eines Schwerts. Funken sprühten bei jedem Schlag, den er mit seinem Hammer ausführte. Es war heiß und stickig in dem kleinen Raum, und der beißende Qualm, der die Hütte ausfüllte, ließ Richard und Balder die Augen tränen. Lug sah überrascht von seiner Arbeit auf. Ihn störte der Qualm schon lange nicht mehr. Nur der quälende Husten, der ständig schlimmer wurde, machte ihm zu schaffen. Er legte den Hammer zur Seite und wischte sich seine schwieligen Hände an der Schürze ab, die er während der Arbeit trug.

»Sei gegrüßt, Balder, und auch du, Fremder. Was ist der Grund eures Besuches?«, empfing er seinen Freund und dessen Begleiter freundlich.

»Wir würden gerne mit dir über die Sternenscheibe reden. Wir möchten alles darüber erfahren.«

Balder sah den Schmied erwartungsvoll an. Auch er wollte endlich erfahren, was es mit dem Heiligtum auf sich hatte. Damit hatte Lug nicht gerechnet. Er band sich die schwere Schürze ab und legte sie über den Amboss.

»So, ihr möchtet also wissen, warum ich die Sternenscheibe geschmiedet habe«, begann er. »Das überrascht mich. Darf ich fragen, aus welchem Grund ihr das wissen möchtet?«

Seine weisen, rot geränderten Augen bohrten sich in die Richards. Dieser rieb sich verunsichert das Kinn. Lug ließ ihm keine Wahl. Es blieb ihm nichts anderes übrig als ihm die Wahrheit zu sagen.

»Jana, Achim und ich haben mit der Sternenscheibe und zwei Schwertern eine Reise durch die Zeit gemacht. Wir kommen aus der Zukunft und müssen wieder dorthin zurück. Ich weiß, dass sich das, was ich dir erzähle, nicht sehr glaubwürdig anhört, doch es ist die Wahrheit. Wir waren auf der Suche nach Spuren der Vergangenheit und haben die Scheibe und die Schwerter auf einem Feld gefunden. In unserer Zeit.« Der Ausdruck in Lugs Augen hatte sich verändert. Er wirkte plötzlich wieder jung. Aufgeregt und fasziniert zupfte er an Richards Ärmel. Er zweifelte nicht einen Moment daran, dass Richard die Wahrheit gesprochen hatte.

Ein glückliches Lächeln schimmerte auf seinem von Falten durchzogenen Gesicht. »Ich hatte Recht«, flüsterte er. Aufgeregt zog er Richard zu einer grob gezimmerten Bank. »Erzähle mir alles von deiner Welt und von deinen Göttern.« Richard setzte sich neben Lug auf die Bank. Balder stand immer noch an der Tür und lauschte mit offenem Mund dem Gespräch.

»Womit soll ich anfangen?« Richard überlegte einen Moment, bevor er fortfuhr. Er zog sein Schweizer Taschenmesser aus einem Lederbeutel, den er am Gürtel trug, und reichte es dem Schmied.

»Das ist für dich, du kannst es behalten. Das Messer ist aus dem Material, das in unserer Zeit benutzt wird.« Fasziniert betrachtete der Schmied den glänzenden Stahl. Immer wieder strichen seine Hände über das Messer, während Richard erzählte, wie es in seiner Welt aussah. Mit strahlenden Augen saugte der alte Mann jedes Wort in sich auf. Als Richard seine Erzählung beendet hatte, war es Lug, als würde er aus einem Traum aufwachen. Es war dämmrig geworden in der kleinen Schmiede. Das Feuer in der Esse hatte aufgehört zu flackern. Richard konnte die Augen des alten Mannes kaum noch erkennen, als dieser mit ruhiger Stimme zu erzählen begann.

»Es begann vor langer Zeit, und es begann damit, dass die Frau des Töpfers ein Kind erwartete. Bith, der Töpfer, und seine Frau Rina waren überglücklich, hatten sie die Hoffnung auf ein Kind doch schon lange aufgegeben. Als die Stunde der Geburt näher kam, zog Rina sich mit den Frauen in ihr Haus zurück. Die Geburt war schwer und dauerte bis in die Nacht und darüber hinaus. Das Kind wurde in dem Moment geboren, den alle Frauen fürchten, in der Zeit der grauen Zone, in der es nicht mehr Nacht, aber auch noch nicht Tag ist und in der die Schatten der Unterwelt und viele andere Wesen in die Welt der Menschen treten können. Doch es kam noch schlimmer. Das kleine Mädchen, das Rina geboren hatte, war zwar gesund und von außergewöhnlicher Schönheit, aber es hatte zum Entsetzen aller helle Haare und große blaue Augen. Bith starrte ungläubig auf das Kind, das seine Tochter sein sollte, und weigerte sich, es aufzunehmen, wie es der Brauch war. Er sah seine Frau an und fragte drohend, wer der Vater des Kindes sei. Rina begann zu schluchzen und schwor, dass er, Bith, der Vater des Kindes war. Das Baby hielt sie fest an sich gedrückt. Bith raste vor Wut und prügelte auf seine Frau ein. Seine Enttäuschung war groß. Nicht nur dass seine Frau ihm keinen Sohn geboren hatte: Sie hielt ihm ein Mädchen hin, das unmöglich seine Tochter sein konnte, und in Gedanken hörte er schon den Spott der Männer.

Mabon und Fintan wurden geholt, um das Kind zu sehen. Danach wurde der Rat einberufen, und es wurde eine Entscheidung getroffen, die den alten Gesetzen entsprach. Rina sollte wie jede Frau, die ihrem Mann untreu war, ins Moor gestoßen und das Baby Cernunnos geopfert werden. Mabon überzeugte alle davon, dass dieses Kind großes Unglück über das Dorf bringen würde. Er sprach von bösen Vorzeichen, durch die Cernunnos ihn im Traum gewarnt hatte.

Am nächsten Tag machten sich alle Dorfbewohner auf den Weg zu dem großen dunklen Moor. Sie rissen der weinenden Rina das Kind aus dem Arm und schnitten ihr das Haar ab. Nackt, mit auf dem Rücken gefesselten Händen, wie es das Gesetz befahl, wurde sie über einen Steg aus Brettern gezerrt, der auf beiden Seiten von großen, holzgeschnitzten Götterfiguren mit grausam bemalten Gesichtern gesäumt war. Sie waren das Letzte, was Rina sah, dann wurde sie dem Schlund der gierig schmatzenden, schwarzen Erde übergeben, die sie augenblicklich verschlang.

Anschließend begaben sich alle zurück zur heiligen Quelle, um das goldene Mädchen, wie die Frauen es heimlich nannten, ihrem Gott zu opfern. Mabon erhob die Hände und rief Cernunnos an, der wie jeden Tag in seinem Sonnenwagen den Himmel entlangfuhr.

Jungfrauen in weißen Gewändern warfen Baumharz und Kräuter in das vorbereitete Feuer. Duftender weißer Rauch entstieg den Flammen und hüllte den dreibeinigen Weihekessel und Mabon ein. Die Jungfrauen reichten Mabon die goldene Sichel und hoben das kleine Mädchen aus seinem Körbchen.

Dann geschah etwas Seltsames. Die Vögel hörten plötzlich auf zu singen. Hunde winselten ängstlich und verkrochen sich. Etwas Drohendes lag in der Luft. Nicht ein einziger Zweig bewegte sich mehr. Fassungslos starrten wir in den Himmel. Der Mond erschien, obwohl es heller Tag war, und kam immer näher auf die Sonne zu. Dann passierte das Schreckliche. Es war so unvorstellbar, dass wir es nicht begreifen konnten. Der Mond legte sich über die Sonne und verbarg sie vor unseren Blicken. Es wurde eiskalt. Wir konnten kaum noch etwas sehen, und es war so dunkel, als ob es Nacht geworden wäre. Brennende Feuerbälle wurden auf die Erde geschleudert. Frauen weinten voller Angst. Unsere Kinder schrien vor Entsetzen. Wir dachten alle, dass wir jetzt zu den Göttern gehen würden. Doch es kam noch schlimmer. Die Erde begann sich zu bewegen. Giftige, gelbe Wolken aus Asche und Staub regneten auf unsere Felder, verdarben die Ernte und machten viele Menschen krank.

Das hatte es noch nie gegeben. Die Mondgöttin und Cernunnos, der Sonnengott, erschienen zur selben Zeit. Nach einiger Zeit hatte Cernunnos gesiegt. Die Mondgöttin nahm wieder ihren angestammten Platz ein. Es wurde wärmer, und die Vögel begannen zu singen. Erleichtert fielen wir uns in die Arme und weinten voll Freude. Dann sahen alle auf Mabon, der entgeistert auf seinen leeren Arm starrte, in dem er gerade noch das Baby gehalten hatte. Das Baby war verschwunden, als wäre es nie da gewesen. Cernunnos hatte es zu sich genommen. Wollte er nicht, dass sein Blut geopfert wurde?

Wir fragten Mabon, was dies zu bedeuten hatte, war Rina vielleicht unschuldig gewesen?

Doch Mabon gab uns keine Antwort; wütend und mit bleichem Gesicht zog er sich in die heiligen Höhlen zurück, um den Willen der Götter zu ergründen.

Wir erhoben unsere Arme, um Cernunnos, dem mächtigsten aller Götter, zu danken und ihn zu ehren.

Mein Vater hatte während dieser ganzen schrecklichen Zeit nicht ein Wort gesagt. Als alles vorbei war, drehte er sich zu mir um und sah mir ernst in die Augen.

›Was ich dir jetzt sage, mein Junge, darfst du nie mehr vergessen. Höre mir also gut zu. Der Himmel verbindet alle Menschen auf unserer Erdscheibe. Er verbindet sie für immer mit dem, was war, und mit dem, was kommen wird. Egal, ob du dich hier befindest oder in einem fernen

Land. Die Sterne zeigen dir, was geschehen wird. Wenn du sie genau beobachtest, wirst du es erkennen. Wenn ich zu den Göttern gegangen bin, schaue in die Sterne, und du wirst spüren, dass ich bei dir bin und sehen, was ich sehe.‹« Tränen standen in Lugs Augen, als er fortfuhr. »Ich habe getan, was mein Vater mir gesagt hat, und die Sterne beobachtet. Jeden Abend, wenn ich mit meiner Arbeit fertig war. Die Sternenscheibe habe ich Cernunnos zu Ehren angefertigt und den Sternenhimmel hineingelegt. So werden unsere Kinder und deren Kinder zu jeder Zeit, die noch kommen wird, wissen, wie der Himmel in jenen seltsamen Tagen ausgesehen hat. Sie werden die Sterne sehen, die wir gesehen haben, und sie werden diesen Tag in ihrer Erinnerung bewahren, an dem wir ein Urteil gesprochen haben, das gegen den Willen unseres Gottes war und an dem Cernunnos uns seine Macht gezeigt hatte. Manche von uns glauben, dass Cernunnos der Vater des Kindes war und uns strafen wollte, weil wir das Sonnenkind zurückgewiesen haben. Mabon will davon nichts hören. Er wird wütend, wenn jemand darüber spricht. Er ist der Meinung, das Cernunnos niemals ein Mädchen geschickt hätte, sondern einen Jungen. Doch der Vater wird seinem Sohn davon erzählen und dieser dem seinen.« Wortlos starrten die drei Männer in die fast erloschene Glut.

»Ich werde euch helfen«, sagte der Schmied nach einer Weile. »Ich habe einen neuen Stern gesehen, der sehr hell ist und der auf ein besonderes Ereignis hinweist. Wir müssen sehr vorsichtig sein und den Zeitpunkt gut auswählen, an dem wir die Sternenscheibe und die Schwerter hervorholen. Mabon ist wütend wie ein hungriger Wolf, weil deine Frau verschwunden ist. Ich schlage vor, wir treffen uns in der nächsten Nacht an der heiligen Quelle, wenn alle Dorfbewohner schlafen. Ich werde beobachten, wo Mabon sich aufhält.«

Tief ergriffen verließen Richard und Balder die Schmiede. Als sie das Dorf hinter sich gelassen hatten, zügelte Balder sein Pferd. Richard hielt neben ihm.

»Ich werde Jana verlieren?«, fragte Balder traurig. Es war eher eine Feststellung als eine Frage. Richard legte seinen Arm auf Balders Schulter. Er begann, den Jäger zu mögen. Konnte er ihn doch zu gut verstehen.

»Es wird Jana nicht möglich sein, hier zu bleiben, selbst wenn sie wollte. Wir wissen immer noch nicht, warum wir hier sind, aber es wäre gegen alle Naturgesetze, würden wir hier bleiben. Wir sind ja noch nicht einmal geboren. Unsere Anwesenheit könnte zur Folge haben, dass sich der Lauf der Geschichte verändert. So etwas kann nicht gut ausgehen.«

Sie ereichten das Lager in den frühen Morgenstunden. Feuchter Nebel lag über dem Fluss und fraß sich durch ihre Kleider. Richard legte Holz nach und wickelte sich frierend in seine Decke. Balder setzte sich neben Jana, die bereits schlief, und streichelte ihr zärtlich über die Haare. Er war zu aufgewühlt, um zu schlafen. Verzweifelt bemühte er sich zu verstehen, was er eben gehört hatte. Es gelang ihm nicht.

Weder Richard noch Balder hatten den Mann bemerkt, der sie verfolgte, seit sie das Dorf verlassen hatten. Vorsichtig schlich Cai sich näher an das Lager. Aus sicherer Deckung beobachtete er die schlafenden Menschen. Über sein verschlagenes Gesicht glitt ein gehässiges Grinsen. Als der kleine Hund drohend zu knurren begann, zog er sich schnell zurück. Triumphierend ritt er ins Dorf zurück. Mabon war nicht in seiner Hütte. Er würde in der heiligen

Höhle sein. Rasch sprang Cai auf sein Pferd und ritt abermals zum Dorf hinaus. Er sah den Schmied nicht, der regungslos auf der Bank am Brunnen saß und glücklich in den Himmel schaute. Lug konnte nicht genau erkennen, wer der Reiter war, der so spät das Dorf verließ. Aber er wusste sofort, dass es nichts Gutes bedeuten konnte. Er hatte sich bisher aus allem Geschehen herausgehalten, doch diesmal konnte und wollte er es nicht. Er lief zu Ethne. Der Geruch der vielen verschiedenen Kräuter, der ihm entgegenschlug, brachte ihn zum Niesen. Sofort fuhr Ethne aus dem Schlaf.

»Was ist geschehen?«, fragte sie verschlafen.

»Ich glaube, die Frau des Jägers ist in Gefahr. Balder war heute Abend bei mir, und als er das Dorf verließ, wurde er verfolgt. Ich konnte nicht erkennen, von wem. Wir müssen Balder warnen. Er befindet sich irgendwo am Fluss, und Jana ist bei ihm.« Ethne sprang auf und griff nach ihrem warmen Umhang.

»Ich kann mir denken, wer Balder verfolgt hat. Es kann nur Cai gewesen sein. Sein Neid auf Balder lässt ihn nicht zur Ruhe kommen. Ich werde sie warnen.« Sie war schon an der Tür, als ihr etwas einfiel. Sie lief noch einmal zurück und zog einen Beutel unter dem Hirschfell hervor, das über ihrer Schlafstätte ausgebreitet war. »Das werden wir brauchen«, murmelte sie, während sie den Beutel unter ihrem Rock verbarg. Sie holte sich eines der Pferde aus dem Stall und ritt zum Fluss. Sie hielt sich so nahe wie möglich am Ufer und beobachtete aufmerksam die Umgebung. Es war heller geworden. Der Geruch von Feuer stieg ihr in die Nase. Der Frühnebel hatte sich verdichtet, und Ethne konnte nur wenige Schritte weit sehen. Ihr Pferd dampfte vor Schweiß und Feuchtigkeit, genau wie ihre Kleider. Langsam ritt sie dem Geruch des Feuers entgegen. Der kleine Hund sprang ihr freudig entgegen. Balder war beim ersten Geräusch aufgesprungen und hatte sein Schwert gezogen. Er steckte es erleichtert zurück in die hölzerne Scheide, als er Ethne erkannte.

»Ihr müsst sofort von hier fort«, begann Ethne ohne Umschweife. »Cai ist euch gefolgt. Wahrscheinlich ist er gerade bei Mabon, um ihm Bericht zu erstatten.«

»Ich bringe ihn um.« Kalte Wut blitzte aus Balders Augen, er hatte Mühe, sich zu beherrschen. »Was sollen wir jetzt tun? Mabon wird auch ohne Fintans Erlaubnis die Männer dazu bringen, uns zu verfolgen. Sie hören auf ihn. Sie fürchten den Zorn unserer Götter, wenn sie es nicht tun. Wir können nicht gegen unsere Brüder kämpfen. Trotzdem werde ich nicht zusehen, wie Jana ins Moor gestoßen wird.«

»Ich habe eine Idee!« Überrascht drehten die Männer sich nach Credne um, der bisher kein Wort gesagt hatte.

»Wir könnten uns trennen. Ihr reitet den Fluss entlang und hinterlasst so viele Spuren wie möglich. Ich werde mit Jana ein Stück im Wasser reiten, um unsere Spuren zu verwischen. Dann reiten wir in großem Bogen um die heilige Quelle und verbergen uns im Wald. In der Nacht treffen wir uns an der Quelle und holen die Heiligtümer. Mabon wird euch verfolgen. Bis er merkt, dass Jana nicht bei euch ist, haben wir bereits genügend Vorsprung.« Der Plan war gut. Richard und Achim nickten zustimmend.

»Ich könnte mit Jana reiten und sie beschützen.« Balder hatte nicht vor, sich von Jana zu trennen.

»Das ist keine gute Idee«, gab Ethne zu bedenken. »Vielleicht können wir Mabon davon überzeugen, dass wir nicht wissen, wo Jana sich aufhält, dass wir ebenfalls auf der Suche nach ihr sind. Dadurch könnten wir einen Kampf vermeiden.«

Balder erklärte sich schweren Herzens einverstanden. Er begann Bewunderung für Ethne zu empfinden, deren Klugheit ihn überraschte. Jana setzte Isa, die den kleinen Hund im Arm hielt, vor sich aufs Pferd.

Das Kind würden die Männer nicht vermissen. Niemand wusste, dass Isa bei ihnen war. Bevor sie losritten, reichte Ethne Jana einen kleinen Beutel.

»Falls etwas schief geht«, flüsterte sie ihr verschwörerisch zu. »Du musst lernen, die Steine mit deinen Händen zu unterscheiden. Jeder von ihnen hat eine andere Oberfläche. Das Urteil der drei dunklen Steine bedeutet, du musst mit verbundenen Augen aus einem großen Haufen Erde und Holzasche den hellen Stein hervorholen. Dann hast du wahr gesprochen. Ziehst du den bunten Stein hervor, hast du zur Hälfte wahr gesprochen. Der schwarze Stein bedeutet Lüge, und du wirst im Moor versenkt. Ich werde dafür sorgen, dass nicht nur drei schwarze Steine in den Haufen gelegt werden, wie es oft geschehen ist. Mehr kann ich nicht für dich tun. Du wirst mir fehlen, wenn du fort bist. Cernunnos möge dich beschützen. Ich werde ins Dorf zurückreiten, damit niemand Verdacht schöpft, und Fintan berichten, was geschehen ist.«

Eine ganze Weile ritten Credne und Jana durch das seichte Uferwasser. Der Nebel hatte sich endlich aufgelöst und den Blick auf einen wolkenverhangenen, grauen Himmel freigegeben. Der Fluss zog silbergrau und träge an ihnen vorbei, nur die aufspritzenden weißen Schaumkronen ließen ihn lebendig erscheinen. Das Grau ging in die aufsteigende Dämmerung über, als Credne auf den Wald zuritt, der direkt hinter der Uferböschung begann. Durch den feinen Nieselregen, der den ganzen Tag über angedauert hatte, waren sie bis auf die Haut durchnässt.

Endlich zügelte Credne sein Pferd unter einer Gruppe von Bäumen, die Schutz vor dem Regen versprachen. Steif gefroren stiegen sie ab und suchten nach trockenem Holz, um ein Feuer zu entzünden. Credne reichte ihnen Brot und Käse, und sofort nach dem Essen sanken Isa und Jana erschöpft in einen unruhigen Schlaf.

Weit nach Mitternacht weckte Credne die beiden. Es hatte aufgehört zu regnen. Die Ereignisse der letzten Tage, der Schlafmangel und die Feuchtigkeit, die immer noch in der Luft und in ihren Kleidern hing, machten Jana schwer zu schaffen. Gereizt erhob sie sich und sah zu Isa hinunter, die verschlafen gähnte. Als sie in das Gesicht des Kindes sah, wurde ihr warm. Das Vertrauen und die Liebe des kleinen Mädchens ließen alles andere unwichtig erscheinen. Zärtlich strich sie Isa über die feuchten, ungekämmten Haare.

»Wir müssen aufstehen, mein Schatz«, sagte sie sanft. »Dein Vater erwartet uns bereits.« Credne beugte sich zu Isa hinunter und hob sie auf Janas Pferd. Dann reichte er ihr den kleinen Hund, der aufgeregt herumsprang. Wie Schatten glitten sie durch die Dunkelheit des Waldes. Der weiche, feuchte Boden verschluckte die Schritte der Pferde, und bis auf das leise Rascheln der Blätter war es still. Janas Herz wurde schwerer, je näher sie an den vereinbarten Treffpunkt kamen. Die Spannung, die in der Luft lag, spürten nicht nur die drei Menschen. Die Pferde schnaubten nervös, und Jana ahnte, dass heute die Entscheidung fallen würde. Die Entscheidung darüber, ob sie hier bleiben konnte oder nicht. Sie genoss die Wärme, die von dem kleinen Kinderkörper vor ihr ausströmte, und wünschte, die Zeit würde stehen bleiben.

Sie hatten die heilige Quelle fast erreicht, als Credne sein Pferd anhielt.

»Wartet hier«, flüsterte er. »Ich werde nachsehen, ob Richard, Achim und Balder schon da sind.« Jana nutzte die Zeit, die ihr blieb, um mit Isa zu reden. Behutsam strich sie eine Haarsträhne aus dem Gesicht des Kindes.

»Ich weiß nicht, was heute geschehen wird, und ob wir überhaupt einen Einfluss darauf haben werden. Doch egal, was passiert, mein Entschluss steht fest. Ich werde alles, was in meiner Macht steht, daran setzen, um hier zu bleiben. Hier bei dir und deinem Vater, wie ich es dir versprochen habe.« Isa schmiegte sich für einen Moment eng an Jana. Dann löste sie sich von ihr und rutschte entschlossen vom Pferd. Sie zog eine kleine graue Tonfigur unter ihrem Gewand hervor und legte sie hinter einer großen Baumwurzel ins feuchte Moos. »Bitte hilf uns«, flüsterte sie leise und lief schnell zu Jana zurück.

Das Knacken brechender Äste durchbrach die Stille. Pferde schnaubten. Die Geräusche kamen näher. Richard und Balder kamen auf sie zugeritten.

»Wir haben nicht mehr viel Zeit«, sagte Richard aufgeregt. »In wenigen Stunden wird es hell. Bis dahin müssen wir von hier fort sein.« Gemeinsam ritten sie zur Quelle und stiegen von ihren Pferden. Balder gab sich einen Ruck. Entschlossen lief er auf eine der großen Eichen zu, bückte sich. Sein Gesicht war starr vor Angst. Was würden die Götter tun, wenn er die Heiligtümer berührte? Doch der Gedanke an Jana gab ihm Mut. Er musste sie retten. Mit der Hand schob er einen großen Farnbusch zur Seite, dann griff er in den vor ihm liegenden Hohlraum. Die Luft knisterte vor Spannung. Die plötzliche Stille war erdrückend, die Tiere im Wald verstummt.

Richard, Achim, Jana und Credne sahen gebannt zu, wie Balder erst die beiden Schwerter und dann die Sternenscheibe aus dem Baum hervorholte. Das tiefe Grollen, das durch den Wald lief, ließ die Blätter an den Bäumen zittern. Der aufkommende Wind wurde heftiger, steigerte sich zu einem Sturm. Fahles Mondlicht fiel auf die Lichtung.

Isa, die zusammengekauert auf dem feuchten Waldboden gesessen hatte, erhob sich. Wie in Trance ging sie auf Balder zu, blieb vor der Eiche stehen und breitete die Arme aus. Ihre Augen waren glasig, sahen in eine andere Welt. Wie das Flüstern des Windes und das Rauschen des Flusses erklangen die Worte, die leise aus ihrem Mund strömten: »Wieder habt ihr die Zeichen nicht erkannt und den Willen eures Gottes missachtet. Ihr habt die Tochter, die ich euch gesandt habe, erneut zurückgewiesen. Eine neue Zeit ist angebrochen, in der die Götter sich von euch abwenden. Es wird Kriege geben, in denen der Sohn das Schwert gegen den Vater erhebt, und die Flüsse werden sich rot färben von eurem Blut. Fremde Völker werden kommen und euch unterwerfen, bevor sie sich mit euch vermischen. Lasst die alten Götter ruhen, denn sonst beginnt der Kampf von neuem, und er wird schrecklicher sein als alles, was sich ein Mensch vorzustellen vermag. Die Strömungen der Zeit verändern sich wieder, es kann kein Wachstum ohne Veränderung geben. Die Sterne werden euch den Weg weisen. Beobachtet den Himmel, dann werdet ihr lernen und verstehen. Achtet auf die heiligen Bäume. Ohne sie ist kein Leben möglich. Wenn ihr sie zerstört, werdet auch ihr untergehen. Habt Achtung vor den Lebewesen, die mit euch erschaffen wurden, die euch brauchen, wie ihr sie braucht, die euch dienen, wie ihr ihnen dienen müsst. Das Rad dreht sich weiter, ihr müsst euch mit ihm drehen. Macht euch bereit.«

»Sag mir, wer du bist«, verlangte Jana furchtlos.

»Man nennt mich Cernunnos, den Gehörnten, der Jäger und Gejagter ist. Der vergessen wurde und doch da ist. Ich werde wiederkommen, wenn die Zeit reif ist.«

Nach diesen Worten brach Isa ohnmächtig zusammen und blieb still auf dem weichen Moos liegen. Balder legte die Sternenscheibe in Richards Hände. Sein Gesicht war noch blasser geworden. Er lief zu dem Kind und hob es hoch. Jana wollte zu ihm gehen, doch sie konnte sich nicht rühren. Blitze zuckten violett auf, die Lichtung an dem heiligen Eichenhain wurde strahlend hell erleuchtet. Geblendet schlossen die Menschen die Augen. Der Gesang der Elemente ertönte, wurde lauter. Bevor Jana, Richard und Achim begriffen, was mit ihnen geschah, wurden sie zurück in den Sog aus Zeit und Raum gerissen.

Mabon und Cai hatten die heilige Quelle fast erreicht, als die Blitze aufzuckten. Erschrocken stiegen die Pferde hoch und warfen ihre Reiter ab. Balder und Credne sahen sich fassungslos an. Nach einer Weile kamen die Dorfbewohner zur Quelle. Lug hatte wie jeden Abend nach Beendigung seiner Arbeit auf der Bank vor seiner Schmiede gesessen und die Sterne beobachtet. Dann sah er die Blitze, und er erinnerte sich. Die Erinnerung kam mit einer Wucht, die ihm den Atem nahm, und mit ihr kam die Erkenntnis. Er weckte die Dorfbewohner und forderte sie alle auf, mit ihm zu kommen. Als sie die Quelle erreichten, waren Cai und Mabon, die sich von ihrem Sturz und dem damit verbundenen Schrecken erholt hatten, bereits dort. Aufgeregt lief Lug auf Balder zu, der immer noch entsetzt an der gleichen Stelle wie vorher stand und auf den Boden starrte, der seine Jana und mit ihr Richard und Achim vor seinen Augen aufgesogen hatte.

»Sag uns, was geschehen ist, mein Freund«, forderte er

Balder auf, während er ungeduldig an dessen Hemdärmel zupfte.

Balder zuckte hilflos die Schultern. Mit hängenden Armen stand er vor dem Schmied und sah ihn traurig an.

»Es war meine Schuld, ich habe unsere Heiligtümer hervorgeholt, obwohl ich kein Recht dazu hatte, und Cernunnos hat mich dafür bestraft.« Verzweifelt fuhr er mit seinem Bericht fort. »Er hat Blitze vom Himmel geschleudert und meine Frau und ihre Begleiter mitgenommen. Sie sind vor meinen Augen verschwunden, als wären sie nie da gewesen. Ich hätte unsere Heiligtümer nicht berühren dürfen.«

Lug nickte, als hätte er nichts anderes erwartet. Sein Blick flog zu Mabon, der überlegte, wie er die Situation am besten für sich nutzen konnte. Nicht die geringste Erkenntnis lag in seinem Blick. Er sah zu Fintan hinüber, der abwartend dastand und Balder vorwurfsvoll musterte. Er hatte es ja gewusst, fremde Frauen brachten nur Ärger. Auch in seinen Augen konnte er kein Begreifen erkennen.

Lug stellte sich vor die Menschen und breitete die Arme aus.

»Hat denn wirklich niemand von euch begriffen, was geschehen ist? Die Frau des Jägers ist das Baby von Rina, das Cernunnos aus unserer Mitte genommen hat.« Die Menschen sahen den Schmied sprachlos an.

»Sie ist das Zeichen, das wir nicht erkannt haben.« Er wandte sich zu dem Jäger. »Du trägst keine Schuld, das, was geschehen ist, hat nichts damit zu tun, dass du unsere Heiligtümer berührt hast. Die Sternenscheibe ist das Unterpfand und dient dazu, unsere Erinnerung an jenen Tag zu erhalten, da wir gegen den Willen unseres Gottes gehandelt haben. Cernunnos braucht keine Metallscheibe, um Menschen fortzunehmen oder zurückzubringen. Unsere Füße berühren heilige Erde, hier fließen alle Ströme zusammen.« Er machte eine auffordernde Bewegung mit der Hand. »Erzähle den Dorfbewohnern, was geschehen ist.«

Und Balder erzählte ihnen, was er gesehen und gehört hatte.

Sein Blick fiel auf Cai, dem das schadenfrohe Grinsen gefror, als er den Hass in Balders Augen sah.

»Ich fordere dich zum Kampf; morgen früh, wenn die Sonne aufgegangen ist, wirst du für deine Lügen bezahlen.«

Dann drehte er sich um und ging schweigend zurück zum Dorf. Am nächsten Morgen war Cai verschwunden. Mabon erklärte ihn für friedlos.

Eine neue Zeit hatte begonnen. Eine Zeit, in der sich alles änderte und nach der die Menschen sich eines fernen Tages zurücksehnen würden.

Rot glühend tauchte die Sonne am Rande des Horizonts auf. Der Boden war feucht und kalt. Dünne Nebelschwaden lagen über den nass glänzenden Feldern. Richard öffnete benommen die Augen. Was war das für ein Geräusch? Frierend stand er auf. Das Brummen kam von links. Irritiert drehte er sich um. Auf dem Feld neben ihm zog ein Traktor langsam seine Bahnen. Ein tiefes Glücksgefühl erfasste ihn. Er konnte es kaum glauben. Sie waren wieder in ihrer Zeit. Er sah hinunter auf Jana und Achim, die ebenfalls zu sich gekommen waren. Er zog Jana hoch und legte einen Arm um sie.

»Wir haben es geschafft«, jubelte er. »Wir sind wieder hier.« Jana sah ihn verständnislos an.

»Was ist passiert? Was meinst du damit: Wir sind wieder hier?« Dann entdeckte sie den Traktor. Es dauerte nur einen Moment, bis sie anfing zu begreifen.

»Nein«, schrie sie verzweifelt auf. »Das ist nicht wahr. Ich will zurück zu meinem Mann und zu Isa.« Tränen strömten ihr über die Wangen. Richard zog sie enger an sich.

»Es ist besser so«, sagte er beruhigend. »Wir können nicht in der Vergangenheit leben. Niemand kann das, auch du nicht.«

Achim war aufgesprungen. Sein Blick fiel auf den Traktor. Er stieß einen Freudenschrei aus. Dann drehte er sich suchend um. Da, da vorne lag sie, vor ihm auf dem Acker. Auf der Lichtung am heiligen Eichenhain hatte sie noch rotgolden geglänzt. Jetzt war sie von einer dunkelgrünen Patina überzogen. Nur die Sterne und der Mond schimmerten in alter Pracht. Er wischte mit seinem Ärmel über die Sternenscheibe. Dann erst nahm er sie fast ehrfürchtig auf. Seine Augen begannen gierig zu glänzen, als er die feine Goldeinlegearbeit sah. Er nahm die Scheibe und stopfte sie in seinen Rucksack. Die beiden Schwerter lagen nebeneinander auf dem Acker. Er nahm sie an sich.

»Jetzt müssen wir nur noch meinen Detektor holen, dann können wir hier verschwinden«, sagte er. Auffordernd blickte er zu Richard und Jana. Doch die beachteten ihn nicht. Er lief auf sie zu.

»Lass uns hier abhauen«, wiederholte er. »Es ist schon hell. In den Klamotten können wir unmöglich herumlaufen. Sie sind viel zu auffällig.«

Richard zog Jana mit sich.

»Achim hat Recht. Wir sollten nach Hause fahren.«

Bauer Kowatzki staunte nicht schlecht, als die drei Sucher an ihm vorbeiliefen. Arbeitsscheues Gesindel, dachte er abfällig. Nicht nur, dass sie mit teuren, elektronischen Sonden nach irgendwelchem alten Kram suchten, jetzt liefen sie auch noch übers Feld, als kämen sie von einem Kostümfest.

Was kümmert es mich, dachte er bei sich, solange sie nicht mein Saatgut zertreten. Vor sich hinschimpfend, fuhr er fort, sein Feld zu pflügen.

Achims Suchgerät lag noch dort, wo er es liegen lassen hatte. Sie nahmen es mit und machten sich auf den Weg zum Jeep. Er war noch da. Erleichtert verstauten sie ihre Rucksäcke und Detektoren im Kofferraum und stiegen ein. Jana hatte die ganze Zeit über kein Wort gesagt. Gut gelaunt ließ Achim sich auf den Rücksitz fallen. In Gedanken überschlug er, wie viel sie für ihre Funde bekommen würden, wenn sie diese verkauften. Die Sternenscheibe war in jedem Fall außergewöhnlich. Er hatte bisher nichts Vergleichbares gesehen.

Die Straßen waren frei, sie kamen gut voran. Zwei Stunden später hielten sie an einer Raststätte, um zu tanken. Der Kassierer staunte nicht schlecht, als Richard vor ihm stand. Auffälliger noch als die seltsame Kleidung aber war der Geruch, den der Mann verströmte.

Wenn man schon so einen Jeep fährt, kann man sich wenigstens waschen, dachte er bei sich und zählte das Wechselgeld ab. Richard hatte noch drei Becher Kaffee und belegte Brötchen gekauft. Der Automatenkaffee roch köstlich. Er glaubte, noch nie einen köstlicheren Kaffee gerochen zu haben. Jana weigerte sich, etwas zu essen, doch dem Kaffee konnte sie nicht wiederstehen. Kurz nach Mittag erreichten sie Düsseldorf. Richard bog in die Nebenstraße ein, in der Janas Wohnung lag.

Er holte Janas Gepäck aus dem Auto und begleitete sie in ihre Wohnung.

»Möchtest du, dass ich bei dir bleibe?«, fragte er.

»Nein.« Jana sah ihn so traurig an, dass es ihm fast das Herz brach. »Ich möchte erst einmal allein sein.« Sie zögerte einen Moment, bevor sie fortfuhr. »Haben wir das wirklich alles erlebt? Oder war es nur ein Traum? Ein Traum, der mich so gefangen hält, dass ich wieder in ihn hinein will?« Ohne seine Antwort abzuwarten, küsste sie Richard auf die Wange und versprach, ihn später anzurufen.

Richard fuhr Achim nach Hause, der ein Appartement in einem kleinen Vorort am Rande Düsseldorfs bewohnte. Dann startete er den Jeep und fuhr heimwärts. Er hatte noch ungefähr eine halbe Stunde zu fahren. Gedankenverloren schaltete er das Radio ein. Mit trauriger Stimme verkündete der Moderator, dass der Chef der Popgruppe *Lords*, Lord Uli, verstorben sei. Zum Andenken an ihn ließ er dessen größten Hit »Poor Boy« laufen.

Achim schloss die Tür seines kleinen Appartements auf und ließ sich seufzend in seinen braunen Ledersessel fallen. Er war total aufgeregt. Die Sternenscheibe legte er vorsichtig auf den Marmortisch an seiner Seite. Fasziniert betrachtete er sie und überlegte, wie er ihren materiellen Wert einschätzen sollte. Die Schwerter konnte er anhand seiner Bücher in die mittlere Bronzezeit datieren. Es handelte sich um keinen seltenen Typ, doch die Goldbänder bezeugten, dass es sich um Kultgegenstände handelte. In keinem seiner Bücher konnte er etwas entdecken, was der Sternenscheibe auch nur im Entferntesten ähnlich war.

Er sah die Lichtung vor sich und den Jäger, wie er die Schwerter aus der ausgehöhlten Eiche nahm. Er fühlte sich wie nach einem schweren Albtraum und zwang sich, an etwas anderes zu denken, sonst würde er noch den Verstand verlieren. Es dauerte sicher noch eine ganze Weile, bis er die Erlebnisse verarbeitet haben würde. Verstehen konnte er sie nicht.

Er goss sich einen Whisky ein und rief seinen Freund Wolfgang an.

»Zähl schon mal dein Geld«, sagte er ohne Begrüßung. »Wir haben etwas gefunden, was dich umhauen wird, so etwas hast du noch nicht gesehen.« Er legte eine bedeutungsvolle Pause ein. »Am besten, du kommst gleich vorbei und bringst alle Bücher mit, die du über die Bronzezeit hast.«

Eine halbe Stunde später klingelte es. Achim drückte den Türöffner. Es war Wolfgang, beladen mit einem Stapel Bücher. Achim nahm ihm dic Bücher ab und führte ihn ins Wohnzimmer.

»Möchtest du einen Kaffee oder lieber ein Bier?«, fragte er, nachdem Wolfgang in einem der braunen Ledersessel Platz genommen hatte.

»Kaffee ist gut, danke.« Wolfgang sah die Schwerter und die Sternenscheibe auf dem Marmortisch liegen.

»Was ist denn das?« Er nahm die Scheibe und starrte fasziniert auf die goldenen Gestirne, die in die dreißig Zentimeter große Bronzescheibe eingelegt waren.

Achim stellte den Kaffee neben ihn auf den Tisch. Ein muffiger Geruch umgab ihn.

»Woher kommt dieser Geruch?« Wolfgang verzog angewidert das Gesicht und versuchte, die Quelle der Ausdünstungen zu orten. Jetzt erst sah er Achim richtig an. »Wie siehst du überhaupt aus, um Himmels willen? Wo hast du die Klamotten ausgegraben? Bist du etwa in einen dieser Keltenvereine eingetreten?«

Achim grinste, doch sein Grinsen war nicht so überzeugend wie sonst.

»Wenn ich dir das erzähle, wirst du es mir sowieso nicht glauben. Aber ich kann es ja versuchen. Wir haben eine Reise durch die Zeit gemacht, mitten in die Bronzezeit. Das hier haben wir mitgebracht.«

Wolfgang beugte sich wieder über die Scheibe. Er hatte Achim gar nicht richtig zugehört.

»Spitzenmalachitpatina – kannst du mehr Licht machen?«

Achim drehte den Dimmer hoch.

»So etwas habe ich noch nie gesehen. Aus welcher Zeit stammt sie?«

»Aus der Bronzezeit.« Achim goss sich noch etwas Whisky nach. »Willst du auch ein Glas?«, fragte er.

Wolfgang gab ihm keine Antwort. Die Sternenscheibe hatte ihn voll und ganz in seinen Bann gezogen. Er zog eine Lupe aus der Tasche und betrachtete sorgfältig die Sterne, die in Scheibe eingelegt waren. »Unglaublich«, murmelte er. »Ich wusste gar nicht, dass die Menschen in der Bronzezeit sich schon so detailliert mit den Sternen befasst haben. Sieh her«, forderte er Achim auf, »das sind die Plejaden, das Siebengestirn. Wir können heute nur noch sechs von ihnen sehen. Ohne Teleskop, meine ich. Das hier könnte der Große Wagen sein. Aber was bedeuten die drei Monde? Also, wir haben einmal den Vollmond. Oder ist das die Sonne? Dann zwei Halbmonde. Der eine mit der geriffelten Linie, der aussieht wie eine Sichel, könnte die Sonnenbarke sein, welche die Sonne über den Himmel gezogen hat. Aber was ist mit dem anderen? Die beiden goldenen Begrenzungen am Rand könnten das Ende der Himmelsscheibe darstellen. Im Gegensatz zu den Ägyptern glaubten unsere Vorfahren damals, die Erde und auch der Himmel wären eine Scheibe. Doch dann hätte man sie nicht in Gold eingelegt. Es muss etwas anderes sein. Vielleicht zeigen sie die Umlaufbahnen von Sonne und Mond auf, oder den Horizont?« Er setzte sich auf. »Wem hast du noch von dem Fund erzählt?«

»Niemandem, ich habe zuerst dich angerufen.«

»Wo genau hast du sie gefunden?«

»In Ostdeutschland. Ich war mit Richard und Jana dort.«

»Willst du nicht duschen und dich umziehen? Du riechst, als hättest du wochenlang kein Bad betreten.«

»Habe ich auch nicht. Ich habe dir doch gerade erzählt,

dass wir eine Reise durch die Zeit gemacht haben.« Es kam ihm selbst unglaubwürdig vor, was er da sagte.

Wolfgang betrachtete ihn kopfschüttelnd. »Du solltest weniger Whisky trinken, ist besser für die Gehirnzellen.«

Achim gab nach, duschte rasch und kam fünfzehn Minuten später in Jeans und frischem Hemd wieder ins Wohnzimmer. Wolfgang saß immer noch über die Sternenscheibe gebeugt und zählte die goldenen Punkte.

»Was glaubst du, wie viel ist sie wert?« Achims Stimme klang ungeduldig.

Die Bedeutung der einzelnen Gestirne interessierte ihn nicht sonderlich.

Wolfgang sah ihn an. Er war so fasziniert von der Sternenscheibe, dass er das erste Mal nicht an Geld gedacht hatte. Er überlegte eine Weile, bevor er sich zu einer Antwort entschloss.

»Ich kann mich nicht erinnern, etwas Vergleichbares gesehen zu haben. In meinen Büchern brauche ich gar nicht erst nachzuschlagen. Wenn es so etwas wie diese Scheibe geben würde, wüsste ich es. Ich werde darüber nachdenken. Wenn sie, was ich glaube, einzigartig ist, ist sie ein Vermögen wert.«

»Und was heißt das im Klartext? Wie viel gibst du uns für die Schwerter und die Scheibe?«

»Dreißigtausend Euro für alle drei Teile«, gab Wolfgang zur Antwort.

»Du hast doch einen Pfeil im Gehirn. Allein die Schwerter sind dreißigtausend Euro wert.« Achim sah Wolfgang böse an. »Ich glaube, ich hole erst einmal Informationen über die Sternenscheibe ein, danach rufe ich Kai an.«

»Reg dich wieder ab. Was hältst du von fünfzigtausend?«

»Ich muss mit Richard und Jana teilen, sagen wir fünfundsiebzigtausend.«

»Ich werde es mir überlegen, dann melde ich mich.«

In der Tür drehte er sich noch einmal um.

»Das Beste ist, wenn du vorläufig mit niemandem über den Fund redest«, warnte er ihn. Er kannte Achim und wusste, dass dieser nichts für sich behalten konnte, vor allem dann nicht, wenn er etwas getrunken hatte. Der Verkauf musste so schnell wie möglich über die Bühne gehen, bevor die anderen Händler Wind davon bekamen. Bei so einem Fund würden sie alle durchdrehen, und es würde eine Menge Ärger geben.

Als Wolfgang gefahren war, goss Achim sich erst einmal noch einen großen Schluck Whisky ein. Zwei Stunden und einige Whisky später rief er einen seiner Freunde an und prahlte mit dem Fund. Am gleichen Abend verbreiteten sich die Gerüchte von der Sternenscheibe aus der Bronzezeit in der gesamten Bundesrepublik bis in die Schweiz. Ein Aufschrei ging durch die Antikenszene. Hinter vorgehaltener Hand gab es dort nur noch ein Thema: die Sternenscheibe aus der Bronzezeit.

Schlecht gelaunt saß Ulli vor dem Fernseher und machte sich eine Flasche Bier auf. »Scheiß Ossis«, fluchte er und knallte die Bierflasche so heftig auf den Glastisch, dass sie überschäumte.

Gerade war er aus dem Osten zurückgekommen, ohne irgendetwas gekauft zu haben. Er war Hunderte von Kilometern gefahren, nur um Bodenfunde zu sehen, die völlig überteuert waren. Wie sollte er daran noch etwas verdienen? Das waren noch Zeiten, wo man in Ostdeutschland alles, was aus dem Boden kam, für wenig Geld kaufen konnte. Mittlerweile fuhren immer mehr Händler in die ehemalige DDR, um Bodenfunde aufzukaufen. Nur leider waren die Sucher inzwischen bestens informiert über den Wert der Dinge, die sie mit ihren Sonden aus dem Boden holten. Sie hatten schnell gelernt und ließen sich nicht mehr ohne weiteres über den Tisch ziehen.

Das Klingeln des Telefons riss ihn aus seinen trüben Gedanken. Sein alter Kumpel Lutz war dran.

»Hast du schon gehört, was die im Osten gefunden haben?« Lutz' Stimme überschlug sich fast vor Aufregung.

»Hör mir auf mit Ostdeutschland, da komme ich gerade her.«

»Ein Jahrtausendfund, ein absoluter Knaller. Wie viel Geld könntest du auf die Schnelle lockermachen?«

Ulli wurde hellhörig. »Um was handelt es sich denn?«, fragte er.

»Ein Kultgegenstand aus der Bronzezeit, mit Gold und

Sternenhimmel. Ich habe ihn noch nicht gesehen, doch er soll absolut einmalig sein. Zwei Schwerter gehören auch dazu. Achim will fünfundsiebzigtausend Euro, aber der tatsächliche Wert soll siebenstellig sein.«

Das war doch endlich einmal eine gute Nachricht.

»Wer weiß noch alles davon?«, fragte er.

»Keine Ahnung, aber wir sollten lieber nicht lange warten.«

Ulli setzte sich ins Auto und fuhr sofort zu Achim. Achim zeigte ihm Fotos der Funde. Er wollte den Fund so schnell wie möglich verkaufen, und es war besser, zwei Interessenten zu haben als einen. Sie einigten sich auf fünfzehntausend Euro Provision, wenn Ulli einen solventen Käufer finden würde. Der Preis der Sternenscheibe war mittlerweile auf hundertfünfzigtausend Euro gestiegen.

Jana rief Richard an und bat ihn vorbeizukommen, der nur zu gerne ihrer Bitte nachkam. Wenig später stand er vor Janas Tür. Sie erwartete ihn bereits.

»Wie fühlst du dich?«, fragte er und nahm sie in den Arm. Sie sah blass aus. Dunkle Schatten lagen unter ihren Augen. Die Jeans und das weiße T-Shirt unterstrichen ihre atemberaubende Figur. Die zusammengebundenen Haare ließen sie jünger aussehen als sie tatsächlich war. Gebäck und Rotwein standen einladend auf dem von Kerzen beleuchteten, niedrigen Tisch bereit. Richard genoss die Atmosphäre, die in ihrer Wohnung herrschte.

Jana füllte die Gläser und setzte sich mit hochgezogenen Beinen in ihren Lieblingssessel. Richard machte es sich auf der Couch bequem.

»Ich bin immer noch völlig durcheinander und beginne damit, an meinem Verstand zu zweifeln. Wenn ich nicht genügend Beweise hätte, würde ich denken, dass alles, war wir erlebt haben, nur ein Traum war. Es ist so unvorstellbar und passt einfach nicht in mein Denkschema.«

Richard hatte ihr aufmerksam zugehört. Er trank einen großen Schluck von dem spanischen Wein. Wohlige Wärme breitete sich in ihm aus.

»Ich weiß nicht, was ich dir sagen soll«, sagte er leise. »Vielleicht sollten wir weniger auf unseren Verstand hören und nicht versuchen, alles sofort zu analysieren. Es wird immer Dinge zwischen Himmel und Erde geben, die wir nicht begreifen können. Was wissen wir denn schon?

Wie jede Generation vor uns sind wir der Meinung, wir hätten alles unter Kontrolle und wären fortschrittlich und modern. Doch immer neue Erkenntnisse, zum Beispiel über das Alter und die Entwicklung der Menschheit, werfen die alten über den Haufen. Kürzlich wurde ein Skelett entdeckt, das noch eine Million Jahre älter ist als das davor gefundene.

Es gibt so viele ungelöste Rätsel, die unser Weltbild ins Wanken bringen, wenn wir eines Tages hinter ihr Geheimnis kommen sollten. Die Lösungen liegen alle in der Vergangenheit. Das ist ja der Grund dafür, warum wir so fasziniert von ihr sind. Menschen wie Achim, für die Geld das Wichtigste ist, haben noch nicht begriffen, dass es unmöglich ist, etwas mitzunehmen. Obwohl er genügend Gräber geplündert hat und eigentlich daraus gelernt haben sollte. Ich bin der Meinung, wir sollten mehr auf unsere Gefühle und inneren Eingebungen hören. Erst wenn wir die Vergangenheit wirklich verstehen, werden wir in der Lage sein, die richtigen Weichen für die Zukunft zu stellen.«

»Es ist schön, mit dir zu reden.« Jana war nachdenklich geworden. »Du bist der einzige Mensch, der mich versteht und der mir wirklich zuhört. Das ist es, was mich an unserer Zeit stört. Wir hetzen durchs Leben und suchen nach dem Sinn. Anstatt ihn zu finden, jagen wir an ihm vorbei. Ich habe die Abende in unserem Langhaus geliebt. Es war herrlich, nach einem anstrengenden Tag am Feuer zusammenzusitzen, gemeinsam zu essen und über das am Tag Erlebte zu sprechen. Ich habe nicht einen Moment den Fernseher vermisst. Ein Teil von mir ist bei Balder und Isa geblieben. Ich glaube nicht, dass ich hier jemals wieder richtig glücklich sein kann.«

Sie tranken eine zweite Flasche Wein und redeten, bis

es hell wurde. Irgendwann schlief Jana auf dem Sessel ein, und auch Richard sank müde in den Schlaf.

Einige Tage später traf Wolfgang sich mit Achim im »Historia«, einer römischen Erlebnisgastronomie in der Nähe von Düsseldorf. Sie setzten sich an einen kleinen Tisch etwas abseits und bestellten Mulsum.

»Es gibt nur zwei Möglichkeiten«, sagte Wolfgang, nachdem die blonde Kellnerin in Tunica den römischen Gewürzwein stilgerecht in Tonbechern serviert hatte.

»Und die wären?«, fragte Achim.

»Ich habe alle gängigen Bücher über die Bronzezeit durchgesehen und nichts gefunden, was auch nur annähernd aussieht wie deine Sternenscheibe. Du sagst, sie kommt aus dem Osten. Weißt du eigentlich, dass alles, was dort gefunden wird, unters Schatzregal fällt? Das bedeutet, egal, wer die Scheibe kauft, muss damit rechnen, dass sie ohne Schadenersatz eingezogen wird. Wir können sie also nur an ein Museum oder ins Ausland verkaufen. Oder kennst du einen Sammler, der sich damit begnügen würde, die Scheibe im Keller zu verstecken und sie niemandem zeigen zu können, aus Angst, verraten zu werden?«

Achim verzog das Gesicht, als hätte er in eine Zitrone gebissen. Mit der Hand machte er eine abfällige Bewegung. In seiner Stimme klangen Verachtung und auch Zorn mit, als er antwortete.

»Wenn ich Museum höre, fallen mir sofort die Fibeln vom Heidentor ein. Werner hat versucht, sie über einen Händler an das Museum zu verkaufen, das dem Fundort am nächsten war. Er hätte einen wesentlich höheren Preis erzielt, wenn er sie einzeln verkauft hätte. Doch er besaß genügend Verantwortungsbewusstsein, um sie dem Museum anzubieten. Man hatte sich bereits auf den Preis geeinigt. Als Werner dann mit den Fibeln ins Museum kam, wurden sie konfisziert, und er bekam auch noch eine Strafanzeige. Fünfundvierzig keltische Fibeln, die so selten waren, dass keiner von uns jemals einen ähnlichen Typ in der Hand gehabt hatte. Ich könnte dir noch mehr Geschichten erzählen von Sammlern, die versucht haben, ihre Funde an die Museen zu verkaufen, wo sie hingehörten. Sie sind alle gelinkt worden. Denk nur an den römischen Würfelturm, den Horst damals in der Eifel gefunden hat. Er hat ihn einer Archäologin aus Krefeld zur Untersuchung überlassen, weil keiner wusste, was es war, was er da gefunden hatte. Sie hat ihm versichert, er würde ihn zurückbekommen. Anhand der Inschrift kam sie später dahinter, worum es sich bei dem Fund handelte und aus welchem Jahrhundert er stammte. Auf der vorderen Seite des Würfelturms stand: ›Pictos victos hostis deleta ludite securi‹, was übersetzt so viel bedeutet wie: Die Pikten sind besiegt, der Feind ist vernichtet, spielt unbekümmert.

Als sie dann festgestellt hat, dass es sich um einen weltweit einmaligen Fund handelte, haben sie ihn ins Museum nach Bonn gebracht und ihm tausend Mark Entschädigung angeboten. Obwohl der Turm heute mindestens eine viertel Million Euro wert ist. Es gibt außer diesem nur noch einen aus Holz, und der steht irgendwo in Ägypten, soviel ich weiß. Horst wollte den Turm dem Museum stiften, unter der Bedingung, dass sein Name als Stifter darunter steht. Das ist bis heute nicht passiert. Vergiss es. Museum kommt nicht infrage.«

»Du hast Recht, so gesehen bleibt uns nur das Ausland. Obwohl ich da vielleicht noch eine Idee hätte. Es gibt einen Professor in Berlin, der sich ausschließlich mit der

Bronzezeit befasst. Er leitet, soweit ich weiß, auch ein Museum, oder arbeitet zumindest in einem. Er ist der Experte für Bronzezeit und würde sicher alles darum geben, wenn er einen Fund wie diesen publizieren könnte. Du erinnerst dich doch sicher an den Goldhut, der vor einigen Jahren gefunden worden ist. Mike hat ihn diesem Professor verkauft. Anderthalb Millionen Mark hat er damals dafür bezahlt.«

»Wenn er für den Goldhut solch eine Summe bezahlt hat, kann er für die Scheibe und die beiden Schwerter genauso viel bezahlen. Von den Goldhüten sind vier in der Literatur erfasst, und mindestens zwei sind in privater Hand, soweit ich informiert bin. Die Scheibe ist bisher einzigartig, auch wenn sie nicht komplett aus Gold besteht. Wir können also mindestens eine halbe Million Euro dafür verlangen.«

»Ich rufe den Professor morgen an und vereinbare einen Termin mit ihm. Wie hoch ist meine Provision?«

Achim überlegte. Normalerweise gab er Wolfgang fünfzehn Prozent, doch das wären fünfundsiebzigtausend, ein bisschen viel nur für die Vermittlung.

»Ich gebe dir zehn Prozent, wenn der Deal reibungslos und zügig über die Bühne geht.«

Wolfgang war einverstanden, und sie verabredeten, telefonisch in Verbindung zu bleiben.

Am nächsten Morgen rief Wolfgang bei Professor Mertens an und vereinbarte einen Termin mit ihm.

Es regnete in Strömen, als er drei Tage später aus dem Flugzeug stieg. Sie waren um drei Uhr verabredet, und so konnte er noch in aller Ruhe durch das Museum schlendern. Gegen drei Uhr ließ er sich bei Professor Mertens melden. Die kleine rothaarige Sekretärin sah ihn interessiert an. In dem Kakianzug mit der braunen Lederweste darüber erinnerte er an Indiana Jones, nur der Hut fehlte noch. Wolfgang liebte es, dieses Image zu verbreiten. Gerade heute fühlte er sich wie der Jäger des verlorenen Schatzes. Wenn er sich mit dem Professor einigen würde, wäre es allein sein Verdienst, zu dem Erhalt des kulturellen Erbes Deutschlands beigetragen zu haben. Er hätte ein gutes Werk getan und gleichzeitig Geld damit verdient. Besser konnte es gar nicht sein.

Er wurde zu dem Büro des Professors geführt, der ihn bereits ungeduldig erwartete. Seit dem Anruf des Händlers konnte er an nichts anderes mehr denken. Zigarrenqualm schlug Wolfgang entgegen, als die Rothaarige die Tür öffnete. In dem ungelüfteten Zimmer herrschte das reinste Chaos.

Bücher und Abhandlungen aller Art stapelten sich auf dem Boden, der Couch ebenso wie auf allen anderen möglichen Sitzgelegenheiten. Der Professor erwartete ihn bereits. Freundlich reichte er ihm die Hand. Wolfgang spürte die neugierige Erwartung, die der Professor nur schlecht verbergen konnte. Aus sanften blauen Augen sah er ihn durch seine dicken Brillengläser an.

»Bitte setzen Sie sich doch«, forderte er Wolfgang auf und nahm hinter seinem Schreibtisch Platz. Wolfgang sah sich suchend um. Es war kein freier Stuhl zu sehen. Er nahm den Stapel Bücher, der auf dem Stuhl neben ihm lag, und reichte ihn dem Professor, der ihn auf dem letzten freien Platz seines riesigen Eichenschreibtischs platzierte.

Dann setzte er sich und zog einige Fotos aus seiner schwarzen Ledermappe.

»Ich bin zu Ihnen gekommen, um Ihnen dies zu zeigen.«

Er reichte dem Professor ein Foto von der Sternenscheibe, das dieser aufmerksam studierte.

»Haben Sie schon einmal etwas Ähnliches gesehen?«

Der Professor schüttelte den Kopf.

»Nein, wenn das hier wirklich echt ist, haben wir eine Sensation. Ich müsste erst einmal das Original sehen und es untersuchen. Aber ich glaube, jetzt schon sagen zu können, dass wir es mit dem interessantesten Fund dieses Jahrhunderts zu tun haben. Kann ich das Original sehen? Haben Sie es mitgebracht?« Seine Stimme klang aufgeregt. Die vorher sanften Augen blitzten fanatisch auf.

»Leider nein, der Besitzer hat mir nur diese Fotos mitgegeben.«

»Wie groß ist der Durchmesser des Originals?«

»Ungefähr dreißig Zentimeter«, antwortete Wolfgang.

»Ist sie gewölbt oder flach, und wie schwer ist sie, ist sie massiv?«

Die wachsende Spannung des Professors war nicht zu übersehen. Wolfgang beantwortete alle Fragen, so gut wie er konnte.

»Was wollte ich noch fragen? Ach ja, der Fundort, wo genau wurde der Fund gemacht?« Vor lauter Aufregung hätte er beinahe das Wichtigste vergessen.

»Nach meiner Information stammt er aus der Umgebung von Ostberlin«, behauptete Wolfgang.

»Wann kann ich das Original sehen?« Aufgeregt beugte sich der Professor nach vorn, um ja keine Silbe von Wolfgangs Antwort zu verpassen.

Das war genau das, was Wolfgang hören wollte. Er steckte die Fotos zurück in seine Mappe und lehnte sich entspannt zurück. Es war ein seltsames Gefühl, das ihn angenehm durchrieselte. Es hatte etwas mit Macht zu tun und mit Überlegenheit einem berühmten Professor gegenüber, der hilflos gefangen war in seiner Gier nach Ruhm und der Faszination antiker Funde. Für einen kurzen Moment genoss er dieses Gefühl, bevor er sich zu einer Antwort bequemte.

»Ein Bekannter, der namentlich nicht erwähnt werden möchte, hat diesen Fund vor wenigen Tagen zufällig gemacht. Er möchte ihn verkaufen und legt Wert darauf, dass die Sachen in Deutschland bleiben. Andererseits steht er finanziell ein wenig unter Druck, sodass er gezwungen ist, ihn zu einem angemessenen Preis zu verkaufen.« Das war wieder gelogen, aber Wolfgang hatte kein schlechtes Gewissen dabei.

»An welche Summe hat Ihr Bekannter gedacht?«

Wolfgang überlegte nur eine Sekunde. Das Interesse des Professors war unübersehbar. »Er möchte eine halbe Million Euro dafür.« Mit dem Preis heruntergehen konnte er immer noch. Professor Merkens sprang auf.

»Das ist eine stolze Summe, doch der Fund ist es wert. Wie Sie wissen, haben die Museen wenig Geld. Ich werde mit unseren Sponsoren sprechen. Und ich müsste das Original vorher sehen, um es auf Echtheit zu prüfen.« Er reichte Wolfgang die Hand. »Sie hören von mir.« Wolfgang war schon in der Türe, als dem Professor noch etwas einfiel.

»Ist es möglich, dass Sie mir die Fotos hier lassen?«

»Ich denke, das lässt sich machen.« Wolfgang zog die Fotos aus der Mappe und reichte sie dem Professor. Dass er damit einen großen Fehler gemacht hatte, konnte er nicht ahnen.

Gut gelaunt flog er zurück nach Düsseldorf. Er rieb sich die Hände. Er musste äußerst vorsichtig vorgehen, doch es würde sich lohnen. Der Professor war bekannt dafür, dass er den Schatzsuchern und Händlern gegenüber korrekt war. Fünfzigtausend Euro, steuerfrei. Der Deal würde natürlich unter der Hand laufen, darauf würde er bestehen.

Noch vom Flughafen aus rief er Achim an, um ihm die gute Nachricht zu überbringen.

Am nächsten Tag bekam Achim Besuch von Ulli.

»Du kannst schon mal den Sekt kalt stellen. Ich habe einen Sammler in der Schweiz gefunden, der bereit ist, hundertfünfzigtausend Euro zu zahlen.«

Achim druckste ein wenig herum.

»Die Scheibe ist schon verkauft, ich wollte dich heute noch anrufen.«

Ulli lief vor Wut rot an.

»Was sind das denn für Methoden? Du hast mir den Auftrag erteilt, die Funde zu verkaufen. Was ist mit meiner Provision?«

Achim beruhigte ihn.

»Ich gebe dir fünftausend Euro, wenn das Geschäft abgewickelt ist.«

»Wir haben fünfzehntausend Euro vereinbart, und genau die wirst du mir geben.«

»Das muss ich erst mit Richard und Jana besprechen«, versuchte Achim ihn abzuwimmeln.

Drohend sah Ulli ihn an.

»Versuche nicht, mich zu bescheißen, sonst wirst du es bereuen.«

Wütend stand er auf und knallte Achims Wohnungstür hinter sich zu.

Nachdem der Händler gegangen war, lehnte Professor Mertens sich nachdenklich zurück. Ob der Fund wirklich aus der Umgebung von Ostberlin stammte? Oft genug schon waren die Fundorte von den Händlern verlegt worden. Dass es sich bei den Funden um die Aunjetitzer-Kultur handelte, hatte er sofort festgestellt. Doch die kam auch in Polen und Tschechien vor. Und in Thüringen, Bayern, Dresden und Sachsen-Anhalt. Vielleicht sollte er erst noch versuchen, nähere Informationen über diesen Hortfund zu bekommen. Wie hieß der Händler noch, der ihm den Goldhut verkauft hatte? Der schien bestens informiert zu sein über das, was sich in der Schatzsucherszene abspielte.

Er griff nach seinem Adressbuch und wählte die gesuchte Telefonnummer.

Der Händler war sofort am Telefon.

»Hier spricht Professor Mertens, haben Sie einen Moment Zeit für mich?«

»Selbstverständlich, Herr Professor, worum handelt es sich denn?« Gespannt wartete Mike auf das, was jetzt kommen würde.

»Ich habe einen außergewöhnlichen Hortfund angeboten bekommen. Er soll aus der Gegend um Ostberlin stammen. Wir würden ihn gerne für unser Museum kaufen, wo er hingehört. Haben Sie vielleicht etwas von einer illegalen Grabung aus der Bronzezeit gehört, die eine Sternenscheibe beinhaltet?«

Mike schnappte aufgeregt nach Luft. »Nein, wo soll sie denn gefunden worden sein?«

»Nach meinen Informationen ist sie vor Jahren in der Umgebung von Ostberlin gefunden worden, doch ich wüsste gern Näheres über den Fund.«

»Ich werde mich ein wenig umhören, und wenn ich etwas erfahren habe, melde ich mich.«

»Vielen Dank, ich würde mich freuen, von Ihnen zu hören.«

Das Gespräch war beendet. Mikes Adrenalinspiegel schoss nach oben. Er sprang auf und rannte unruhig in seinem Wohnzimmer hin und her. Da steckte doch bestimmt wieder Achim dahinter. Der Kerl wurde immer dreister. Wie konnte er es wagen, etwas an seinen Kunden zu verkaufen? Was war das überhaupt für eine Sternenscheibe? Wie kam es, dass er nichts davon gehört hatte?

Wütend trat er gegen den Zeitungsständer, der polternd durchs Zimmer flog.

Trotz seiner Wut musste er sich eingestehen, dass er selbst Schuld hatte. Mehr und mehr hatte er sich aus der Szene zurückgezogen, doch das würde er auf der Stelle ändern. Ab sofort würde er wieder an allen Treffen und Veranstaltungen teilnehmen und die anderen Händler regelmäßig kontaktieren, wie er es früher getan hatte. Unter dem Vorwand, etwas kaufen zu wollen, hatte er sie einmal im Monat abgeklappert, um sich ein Bild von ihrer Ware und vor allem von ihren Preisen zu machen. Achim. Es konnte nur Achim sein, der dem Professor den Hortfund angeboten hatte. Achim und Wolfgang waren die Einzigen, die von dem Deal mit dem Goldhut an Professor Mertens wussten. Doch wenn Achim die Sternenscheibe hatte, würde er es ihm nicht freiwillig sagen. Er musste sich etwas einfallen lassen.

Endlich hatte er sich wieder so weit beruhigt, dass er klar denken konnte. Ein zynisches Lächeln zog um seinen Mund, als er zum Telefon griff.

Achim hob nach wenigen Klingeltönen ab.

»Hallo, Alter, lange nichts mehr von dir gehört, wie geht es dir denn so?«

»Danke, bestens, was verschafft mir die Ehre deines Anrufs?«

Achim triumphierte innerlich, als er an die Scheibe dachte. So etwas hatte Mike garantiert noch nicht in den Fingern gehabt.

»Ich habe da einen Kunden, der kauft wie verrückt, und ich habe keine vernünftige Ware mehr und wollte fragen, ob du noch etwas Besonderes hast.«

»Du kannst ja mal vorbeischauen.« Achim zögerte. War das wieder ein Trick von Mike? Wusste er von der Scheibe? Eigentlich spielte es keine Rolle, ob er von dem Fund wusste oder nicht. Er würde es genießen, Mike zappeln zu lassen, und wenn er nicht wegen der Scheibe kam, würde er ihm vielleicht etwas von seinen Sachen abkaufen. So oder so würde es ein vergnüglicher Abend für ihn werden.

»Ich komme heute Abend gegen acht, wenn es dir recht ist.«

»Alles klar, bis dann.« Er legte auf.

Achim rieb sich vergnügt die Hände. Bald würde er genügend Geld haben, um das Leben so zu genießen, wie er es sich immer erträumt hatte. Dann könnten ihn alle mal. Als Erstes würde er in die Karibik fliegen und sich von den Schönen des Landes verwöhnen lassen. Danach würde man weitersehen.

Mike erschien pünktlich um acht Uhr und schien es nicht erwarten zu können, ihn zu sehen. So schnell konnte es gehen. Er hatte nicht vergessen, wie er früher Mike hinterhertelefonieren musste, um an Ware zu kommen. Doch das war endgültig vorbei.

»Kann ich dir etwas anbieten? Vielleicht einen Kaffee oder ein Bier?«, fragte er, nachdem Mike in seinem eigenen Lieblingssessel Platz genommen hatte. Das war wieder einmal typisch für ihn. Mike besaß eine Dreistigkeit, die an Unverschämtheit grenzte, und das Schlimmste war, dass er jedes Mal damit durchkam. Achim begann sich zu ärgern. Doch schnell hatte er sich wieder unter Kontrolle, schließlich hatte er die Nase vorn.

»Ein Kaffee wäre gut, und wenn du einen Schluck Whisky hast, wäre das noch besser. Ich habe einen Scheißtag hinter mir.«

Achim holte Kaffee und stellte zwei Gläser und eine Flasche Jim Beam auf den Tisch, von dem er großzügig einschenkte. Er fühlte sich wie ein Sieger.

»Du hast Recht, lass uns erst einmal einen Schluck trinken, dann kann man dieses Scheißleben besser ertragen.«

Achim leerte sein Glas in einem Zug, während Mike an seinem nur nippte.

»Zeig mir mal deine Ware«, forderte er ihn auf. Achim stand auf und kam wenig später mit zwei Kisten zurück.

Mike nutzte den Moment, den er allein war, um seinen Whisky in die Blätter zu schütten. Die sehen aus, als bräuchten sie dringend etwas Flüssiges, dachte er hämisch, womit er nicht ganz Unrecht hatte. Die Blätter des monströsen Gummibaumes wirkten trocken und färbten sich an den Rändern bereits braun.

Achim stellte die Kisten auf den Teppichboden und begann, darin herumzukramen.

»Hast du etwas dagegen, wenn ich mir noch einen Schluck Whisky nehme?«, fragte Mike.

»Nein, ist schon okay, gieß mir auch noch einen ein.«

Achim legte einige Fibeln und eine wunderschöne bronzene Marsstatuette auf den Marmortisch.

»Schöne Patina.« Mike nahm die Marsfigur und drehte sie in der Hand, um sie von allen Seiten zu betrachten.

»Was willst du denn dafür haben?«, fragte er scheinheilig, obwohl er nicht im Traum daran dachte, sie zu kaufen.

»Sie war nicht billig, ich kann sie dir für tausendfünfhundert Euro geben.«

»Wie soll ich bei diesem Preis noch etwa daran verdienen? Zeig mal, was du noch alles hast.«

Kurze Zeit später war der Tisch bedeckt mit Kunstgegenständen und Schmuck aus der Vergangenheit. Bronzezeitliche Armreifen lagen neben römischen Fibeln und Ringen und fränkischen Gürtelbeschlägen.

Mike nahm ein Teil nach dem anderen und heuchelte Interesse. Nebenbei achtete er darauf, dass die Whiskygläser ständig gefüllt waren.

Zwei Stunden später war Achim so betrunken und der Gummibaum so gut getränkt, dass Mike den Zeitpunkt für gekommen hielt.

»Du weißt doch immer über alles Bescheid, was in der Szene abgeht«, schmeichelte er. »Ich brauche etwas ganz Besonderes. Mein Kunde hat so viel Kohle, dass er sie nicht mehr zählen kann, und ist total geil auf einzigartige Sachen.«

Er ließ seinen Blick über den Tisch schweifen, bevor er fortfuhr.

»Von dem Zeug hat er so viel, dass er es schon im Keller stapelt. Es muss etwas Besonderes sein.«

Ein kurzes Warnsignal flammte in Achims Gehirn auf, das er aber mit dem nächsten Schluck Whisky auslöschte.

»Du bist mein Freund«, lallte er, »und deswegen werde ich dir jetzt etwas zeigen, das dich umhaut.«

Er ging schwankend zur Tür, besessen von der Idee, es Mike zu zeigen und ihm zu beweisen, dass er besser war als er.

Mike triumphierte innerlich. Was so ein bisschen Alkohol alles bewirken kann.

Als Achim zurück ins Wohnzimmer kam, knallte er die Türe hinter sich zu und wäre beinahe über die Teppichkante des teuren Persers gestolpert, der als Blickfang mitten im Raum lag. Er versuchte, eine geheimnisvolle Miene aufzusetzen, doch es gelang ihm lediglich eine lächerlich wirkende Grimasse.

»Gleich wirst du staunen. Ich habe etwas gefunden, wovon ihr alle nur träumt.« Dass Jana die Scheibe entdeckt hatte, hatte er längst verdrängt. Genauso wie die Zeitreise in die Bronzezeit.

Er wickelte einige in alte Handtücher verpackte Gegenstände aus. Mike schob die anderen Exponate zur Seite, um Platz zu schaffen. Als Erstes reichte Achim ihm die beiden Schwerter.

»Da sind Goldfäden eingelegt. Sogar der Griff war durch einen Goldreif verziert.«

Mike nahm eines der Schwerter und drehte es bewundernd in der Hand.

»War das ein Hortfund?«, fragte er. »Was gehört noch alles dazu? Die Schwerter sind klasse, aber es handelt sich bei ihnen um keinen seltenen Typ.«

»Das Beste kommt noch.« Triumphierend wickelte er die Scheibe aus einem großen Handtuch und legte sie mit erwartungsvoller Miene auf den Tisch.

»Was sagst du jetzt? So etwas hast du noch nie gesehen, gib es zu.«

Mike tat ihm den Gefallen, und es fiel ihm nicht einmal schwer, Bewunderung zu zeigen.

»Du hast Recht. So etwas habe ich wirklich noch nie in die Finger bekommen. Wo hast du sie her?« Seine Augen hingen gierig an der Scheibe.

»Ich habe sie gefunden, habe ich doch eben gesagt.«

Mike starrte fasziniert auf die goldenen Gestirne, die meisterhaft in die Bronzescheibe eingelegt waren und sanft im Lampenlicht glänzten. Fast ehrfürchtig nahm er sie in die Hände. Das Einzige, wovor er normalerweise Ehrfurcht hatte, war Geld, doch diese Scheibe hatte eine Ausstrahlung, der selbst er sich nicht entziehen konnte.

Eine Weile sagte keiner der beiden Männer ein Wort. Achim hatte Mühe, seine Augen aufzuhalten, und Mike überlegte fieberhaft, wie er die Scheibe an sich bringen konnte.

»Wie viel willst du für den Fund haben?«, fragte er schließlich.

Achim riss die Augen, die ihm ständig zufielen, wieder auf und setzte sich aufrecht hin.

»Du brauchst dir keine Hoffnung zu machen, der Fund ist so gut wie verkauft.«

»Du hättest mir wenigstens Bescheid sagen können. Ich hätte bestimmt einen höheren Preis herausgehandelt als du.«

Ihm fiel wieder ein, dass der Professor aus Berlin mehr über den Fund wissen wollte.

»Der Fund ist doch niemals aus Deutschland«, startete er einen Versuch. »Du kannst mir ruhig sagen, woher er stammt. Du weißt, dass ich den Mund halten kann.«

»Ich kann dir nur sagen, dass er aus dem Osten stammt. Der Osten ist groß, und der Fundort bleibt mein Geheimnis. Du kannst dir ja einen ausdenken, wenn du

Lust hast.« Er kicherte in sich hinein. »Irgendwann fahre ich dort noch einmal hin, da liegt bestimmt noch mehr, vielleicht ein Goldschatz?«

Er wirkte jetzt wieder fast nüchtern. Wieso war er noch nicht auf die Idee gekommen, dort weiterzugraben?

Er nahm die Scheibe und wickelte sie wieder ein. Ebenso die anderen Sachen.

»Es ist besser, wenn du jetzt gehst, ich bin müde.«

Widerwillig stand Mike auf.

»Wenn irgendetwas bei deinem geplanten Deal schief gehen sollte, ruf mich an.«

Und dass etwas schief gehen würde, dafür würde er schon sorgen.

Die ganze Nacht grübelte er darüber nach, wie er den Verkauf der Sternenscheibe an den Professor verhindern könnte, ohne dass Achim davon erfahren würde. Doch so viel er auch darüber nachdachte, es gab nur eine Möglichkeit, den Verkauf nach Berlin zu verhindern.

Am nächsten Morgen rief er Professor Mertens an.

»Guten Morgen, Herr Professor, ich habe die gewünschten Informationen für Sie.«

»Und die wären?«

»Es war gut, dass Sie mich angerufen haben. Der Hortfund stammt nicht aus der Gegend um Ostberlin, sondern aus Thüringen.«

Einen Moment war es still in der Leitung.

»Sind Sie noch dran?«, fragte Mike.

»Ja, ich bin noch da.« Mike konnte die Enttäuschung des Professors deutlich spüren. Er tat ihm fast Leid, doch er konnte nicht anders handeln, wenn er mitverdienen wollte.

»Sind Sie da ganz sicher?« Die Stimme des Professors klang fast bettelnd, doch Mike zerstörte auch den letzten Funken Hoffnung, den Professor Mertens noch hatte.

»Es gibt keinen Zweifel. Der Händler, der Ihnen den Fund angeboten hat, hat Sie bewusst angelogen, damit Sie den Fund kaufen. Es tut mir Leid, dass ich Ihnen nichts anderes sagen kann. Wenn ich wieder etwas für Sie tun kann, können Sie mich jederzeit anrufen.« Er legte auf.

Jetzt brauchte er nur noch zu warten. Und wenn es ihm

zu lange dauern würde, bis Achim angekrochen kam, konnte er immer noch ein wenig Druck machen. Das könnte Achim so passen, einen Deal in dieser Größenordnung ohne ihn machen zu wollen. Da hätte er früher aufstehen müssen.

Er würde schon sehen, was er davon hatte. Das nächste Mal würde Achim ihn sofort anrufen und nicht diesen Schleimer Wolfgang.

»Ist es wahr, dass der Hortfund aus Thüringen stammt und nicht aus der Umgebung von Berlin?«

Professor Mertens hatte beschlossen, der Sache sofort auf den Grund zu gehen, und hatte Wolfgang angerufen.

Wolfgangs Puls beschleunigte sich. Was war geschehen? Wie kam der Professor auf diese Idee? Was sollte er jetzt tun? Wie viel wusste der Professor, und von wem hatte er diese Informationen? Da war doch wieder ein ganz linkes Ding am Laufen. Er beschloss, vorsichtig zu sein, und räusperte sich ausgiebig, um Zeit zu gewinnen.

»Wie kommen Sie darauf, dass der Fund aus Thüringen stammt?« Bereits als Kind hatte er gelernt, dass man unangenehme Fragen am besten mit einer Gegenfrage beantwortete.

»Ich habe da meine Quellen.« Die Stimme des Professors wurde schärfer. Er hatte nicht vor, sich von dem Händler betrügen zu lassen. »Ich möchte jetzt sofort wissen, woher der Fund tatsächlich kommt. Wenn er aus Thüringen stammt, kann ich ihn nicht kaufen, da er in diesem Fall unters Schatzregal fällt und dem Land gehört.«

Wolfgang zögerte, er spürte die Gefahr, die von dem Professor ausging. Er hatte hier einen hohen Beamten vor sich und nicht irgendeinen kleinen Händler.

»Ich weiß nicht, was ich Ihnen sagen soll. Meiner Information nach stammt der Fund aus der Gegend um Berlin, doch ich kann Ihnen nicht garantieren, dass das stimmt. Sie wissen so gut wie ich, dass die Fundorte schon mal verlegt werden.«

»Im Prinzip spielt es keine Rolle, ob der Fund hier gemacht worden ist oder einige Kilometer weiter östlich.« Der Professor überlegte. Er war hin- und hergerissen zwischen dem Wunsch, die Sternenscheibe in sein Museum zu bekommen, und seiner Pflicht, die ganze Sache zu melden. Doch die Sternenscheibe hatte ihn so in seinen Bann gezogen, dass er nicht anders konnte, als ein Risiko einzugehen, das ihn, wenn alles aufflog, seinen Job kosten würde.

»Wenn ich mich darauf verlassen könnte, dass die ganze Geschichte unter uns bleibt und Sie mir den Fundort Ostberlin schriftlich bestätigen, würde ich den Fund trotz allem kaufen.«

»Sie müssen mir schon sagen, von wem Sie die Information mit Thüringen haben. Nur wenn ich weiß, wer den Verkauf stören will, kann ich die Folgen einschätzen.«

Professor Mertens überlegte. Er hatte noch nie einen seiner Informanten preisgegeben, nur deswegen genoss er das Vertrauen der Schatzsucher und Händler.

Doch da kam Wolfgang auch schon die Erkenntnis. Er schlug sich mit der Hand vor die Stirn. Natürlich, warum war er nicht sofort darauf gekommen?

»Schon gut, Sie brauchen mir nichts zu sagen, ich weiß, von wem Sie die Informationen haben. Von Mike, habe ich Recht? Der konnte es noch nie leiden, wenn er bei einem Geschäft außen vor bleibt. Und er kennt keine Skrupel, ihn interessiert nur Geld.«

»Könnten Sie ihn denn nicht irgendwie beteiligen? Ich bin wirklich sehr an dem Ankauf des Fundes interessiert.«

»Ich werde das abklären, dann rufe ich wieder an.« Wütend knallte Wolfgang den Hörer auf die Gabel. Mike war noch gerissener, als er gedacht hatte. Es wurde Zeit, dass ihm einmal jemand seine Grenzen aufzeigte. Warum konnte Achim auch sein blödes Maul nicht halten? Die gesamte Schatzsucherszene spielte bereits verrückt. Es war genau das eingetreten, was er befürchtet und wovor er Achim gewarnt hatte. Er musste dringend mit ihm reden.

»Du hast es vermasselt, jetzt müssen wir Mike mit ins Boot nehmen, denn der ist in der Lage, alle Archäologen verrückt zu machen, wenn er nicht mitverdienen kann«, sagte er eine Stunde später.

Sie saßen in Achims Wohnzimmer. Achim hatte schon wieder ein Glas Whisky vor sich stehen.

»Ich bring den Typ um.« Achim sprang auf und rannte wie ein angestochener Stier im Wohnzimmer hin und her.

»Hättest du die Klappe gehalten, wärest du bald um einhundertfünfzigtausend Euro reicher gewesen. Der Professor will jetzt etwas Schriftliches von uns, und das können wir ihm unmöglich geben. Du sagst mir jetzt sofort, woher der Fund stammt, oder ich steige aus. Ich habe keine Lust, wegen so einem Scheiß Ärger zu bekommen.«

»Ich kann dir den Fundort jetzt noch nicht sagen. Aber ich werde mich um Mike kümmern.« Eine leise Drohung schwang in seiner Stimme mit.

»Du bist doch schon wieder betrunken, mach, was du willst, aber halte mich da raus.«

Wolfgang stand auf und verließ ärgerlich Achims Wohnung. So ein Mist, dachte er, ich hätte das Geld gut gebrauchen können. Mit solchen Idioten kann man einfach keine Geschäfte machen.

Achim setzte sich in seinen alten Opel und fuhr zu Mike. Er macht sich keine Gedanken darüber, dass er bereits zu viel getrunken hatte, um noch fahren zu dürfen.

Als er in die kleine Seitenstraße einbog, sah er sofort Mikes schwarzes Cabrio. Es gab ihm einen Stich, als er seinen Opel hinter dem eleganten Cabrio parkte.

Während der Fahrt zu Mikes Wohnung war seine Wut auf den Händler noch größer geworden. Er konnte es kaum erwarten, ihm eine zu verpassen. Da er dreimal in der Woche zum Boxen ging, konnte er sich trotz seiner Größe sehr gut verteidigen.

Mike öffnete nach dem ersten Klingeln. Sein überraschter Gesichtsausdruck verwandelte sich in Angst, als er die kalte Wut in Achims Augen sah.

Ohne ein Wort zu sagen, holte Achim aus und schlug ihm die geballte Faust ins Gesicht. Sofort spritzte ein Schwall Blut aus Mikes Nase. Durch den unerwarteten Schlag hatte er das Gleichgewicht verloren, und bevor er ausweichen konnte, traf ihn der nächste Schlag, der seine Lippen aufplatzen ließ. Er versuchte, seinen Kopf mit den Händen zu schützen, und sank wimmernd zu Boden. Achim trat ihm einige Male in die Rippen.

»Wenn du dich noch einmal in meine Geschäfte einmischst, wirst du keine Gelegenheit mehr haben, es zu bereuen.« Damit drehte er sich um und ging.

Mike schleppte sich ins Bad und wusch sich das Blut aus dem Gesicht. Obwohl sein Kopf schmerzte und ihm alle Rippen wehtaten, war seine Wut größer als sein Schmerz. Er ließ sich auf die Couch fallen und griff zum Telefon. Er rief alle Schatzsucher an, die er kannte, und erzählte ihnen, dass die Sternenscheibe aus Thüringen stammte.

Professor Mertens würde es nicht wagen, den Fund zu kaufen, wenn so viel Leute über den Fundort informiert waren.

Damit war der Fund für Deutschland unverkäuflich geworden. Achim würde sich wieder beruhigen und irgendwann angekrochen kommen, wenn er feststellte, dass er keinen Käufer finden würde.

Doch es kam alles ganz anders.

Wolfgang informierte den enttäuschten Professor darüber, dass die Sternenscheibe anscheinend doch aus Thüringen stammen würde.

»Dann werde ich wohl den Kollegen von Thüringen von dem Fund berichten müssen. Bitte halten Sie mich auf dem Laufenden, was weiter mit dem Fund geschieht. Er ist für die Wissenschaft von unschätzbarem Wert.«

Wolfgang versprach es ihm und flog für zwei Wochen nach Kalifornien, um sich von dem Ärger zu erholen.

Janas Leben verlief äußerlich wieder normal. Jeden Morgen fuhr sie zu ihrer Arbeit als Brokerin in einem großen, hellen Büro an der Königsallee. Früher einmal hatte ihr der Job Spaß gemacht. Sie hatte die Herausforderungen geliebt, die sie täglich zu bewältigen hatte. Ihre Kollegen mochten sie, und auch mit ihrem Chef, einem Mann, der anscheinend ohne Schlaf auskommen konnte, gab es keine Probleme. Jetzt verstand sie plötzlich nicht mehr, was sie an diesem Beruf fasziniert hatte. Der Stress und die ständige Hektik begannen ihr auf die Nerven zu gehen, dazu kam, dass sie sich immer öfter unwohl fühlte.

An diesem Morgen saß sie lustlos vor ihrem Computer, als ihr plötzlich schlecht wurde. Sie sprang auf und stürmte zur Toilette, wo sie sich heftig übergab. Ihre Kollegin Bettina stand in dem kleinen Vorraum und zog sich die Lippen nach.

»Du wirst doch nicht schwanger sein?«, fragte sie spöttelnd.

»Nein, natürlich nicht, ich habe nur eine kleine Magenverstimmung«, gab Jana ärgerlich zurück. Ausgerechnet Bettina, das größte Klatschmaul der Firma, musste sie hier antreffen. Sie hatte irgendwie das Talent, immer im richtigen Moment am richtigen Ort zu sein. Ansonsten war sie ganz nett, obwohl ihr Interesse ausschließlich den Angelegenheiten anderer Menschen galt. Auf dem Rückweg zu ihrem Platz bemerkte Jana die neugierigen Blicke ihrer Kollegen. Bettina hatte nicht damit gewartet, ihren Verdacht den Kollegen mitzuteilen. Sie ging zu ihrem Chef und bat ihn, ihr für heute freizugeben. Nach einem Blick in ihr blasses Gesicht schickte er sie nach Hause.

Kurz entschlossen fuhr Jana zu ihrem Frauenarzt. Bettinas Worte gingen ihr nicht aus dem Kopf. Was, wenn sie tatsächlich schwanger war? Das würde ihr Unwohlsein in den letzten Wochen erklären. Sie wollte es genau wissen. Der Arzt untersuchte sie sorgfältig und machte eine Ultraschallaufnahme. Dann sah er sie freundlich lächelnd an.

»Ich kann Ihnen gratulieren, Sie sind in der sechsten Woche schwanger. Es scheint alles normal zu sein, dem Baby geht es gut. Wenn Sie das nächste Mal kommen, sagen wir in vier Wochen, können Sie vielleicht schon die Herztöne hören.«

Jana sah ihn fassungslos an. Damit hatte sie nicht gerechnet. »Sind Sie sicher?«, fragte sie. Ihre Gedanken überschlugen sich.

»Es gibt keinen Zweifel«, antwortete der Arzt freundlich. Jana griff nach ihrer Handtasche und verließ, ohne ein Wort zu sagen, die Praxis. Dass der Arzt ihr besorgt »Ist alles in Ordnung?« nachrief, hörte sie nicht mehr. Sie fuhr nach Hause, legte sich aufs Bett und starrte die Decke an. Ein Baby, dachte sie immer wieder, ich werde ein Baby bekommen.

Richard überlegte gerade, ob er für heute Schluss machen sollte, als sein Handy klingelte. Er hatte den ganzen Tag damit verbracht, den Systemfehler eines Bankcomputers zu finden und zu beheben.

»Hast du Zeit, vorbeizukommen?« Janas Stimme klang merkwürdig ruhig.

»Was ist passiert?«, fragte Richard zurück. »Du klingst so komisch.«

»Es geht mir gut, ich würde nur gerne mit dir sprechen.«

»Ich wollte gerade Feierabend machen. In einer halben Stunde bin ich bei dir.«

Er quälte sich durch den dichten Verkehr, und aus der halben Stunde wurde eine Stunde. Jana warf immer wieder ungeduldige Blicke aus dem Fenster. Endlich sah sie den schwarzen Jeep vorfahren. Sie empfing Richard an der Haustür. Richard wusste nach einem kurzen Blick in ihr Gesicht, dass irgendetwas passiert war. Er legte einen Arm um sie und zog sie neben sich auf die Couch.

»Erzähle mir, was geschehen ist«, sagte er.

Jana sah ihn unsicher an.

»Ich bekomme ein Baby«, sagte sie. »Wie kann das möglich sein? Ein Baby von einem Mann, der vor dreitausendfünfhundert Jahren gelebt hat?«

Richard starrte sie an. Er schluckte einmal, bevor er verblüfft hervorstieß: »Bist du dir ganz sicher?«

Jana lächelte glücklich. Versonnen strich sie mit der Hand über ihren noch flachen Bauch.

»Der Arzt hat gesagt, es ist alles in Ordnung, und dem Baby geht es gut.«

»Das ist nicht zu fassen.« Richard sah sie verwirrt an. »Es wäre gegen alle Naturgesetze, doch das war unsere Reise durch die Zeit auch.« Er strich sich nachdenklich durch die Haare. »Wenn uns jetzt jemand reden hören könnte, würde er uns für verrückt erklären.«

»Wo ist eigentlich die Sternenscheibe?«, fragte Jana, die ihm gar nicht zugehört hatte.

»Du kennst ja unsere Abmachung. Hortfunde werden verkauft, und der Erlös wird geteilt. Achim wollte sich darum kümmern.«

Es dauerte einen Moment, dann begriff er, warum Jana

wissen wollte, wo sich die Scheibe befand. Er sah ihr fest in die Augen. Ihre Augen würden ihm verraten, wenn sie versuchen sollte zu lügen.

»Nein«, sagte er leise, »denk nicht einmal daran. Du kannst nicht zurück. Es würde nicht gut gehen. Davon abgesehen trägst du jetzt die Verantwortung für dein Baby.«

»Wer sagt denn, dass ich zurück will«, gab Jana trotzig zur Antwort. »Ich möchte die Sternenscheibe als Erinnerung behalten. Ihr könnt die Schwerter haben, und wenn ihr darüber hinaus noch Geld von mir wollt, werde ich es euch geben. Immerhin habe ich sie gefunden.« Es ärgerte sie, dass Richard sie so schnell durchschaut hatte. Sie wollte ihn nicht beunruhigen. Er war ihr bester Freund. Aber sie hatte auch Angst davor, dass er versuchen würde, ihre Rückkehr zu verhindern. Sie wusste, dass er sich um sie sorgte und sich zu ihrem Beschützer auserkoren hatte. Doch egal, was geschehen würde, sie würde zu ihrem Mann und zu Isa zurückgehen. Niemand würde es schaffen, sie von ihrem Entschluss abzubringen. Ihre Entscheidung war in dem Moment gefallen, als sie begriffen hatte, dass sie Balders Kind unter ihrem Herzen trug. Richard sah, wie sich ihre Gesichtszüge verhärteten, ein entschlossener Zug legte sich um ihren Mund. Ihm wurde mulmig. Er musste etwas unternehmen. Fieberhaft überlegte er, wie er Jana von ihrem Entschluss abbringen konnte. Ein Gedanke durchzuckte ihn. Plötzlich wusste er, was er zu tun hatte. Es würde ganz einfach sein. Es gelang ihm nicht, den Triumph in seiner Stimme zu verbergen.

»Ich muss gehen, ich habe noch einiges zu erledigen.« Er stand auf und küsste Jana auf die Wange. »Bleib sitzen, ich finde allein hinaus. Du hörst von mir.« Die Tür fiel ins Schloss. Jana war wieder allein.

Jana überlegte. Richard führte doch etwas im Schilde.

Es war nicht seine Art, sie so plötzlich zu verlassen , dafür war er zu gerne bei ihr. Sie griff zum Telefon und wählte Achims Nummer. Sie ließ es eine ganze Weile klingeln, aber niemand hob ab. Sie versuchte, ihn über sein Handy zu erreichen, doch die Mailbox sprang an.

Richard war schnell in den Jeep gestiegen. Schon auf dem Weg nach unten wählte er Achims Nummer.

»Ich muss dich sofort sprechen. Tu mir den Gefallen und geh nicht ans Telefon, bis ich bei dir bin.« Nach wenigen Minuten hatte er Achims Wohnung erreicht.

»Wo brennt es denn?« Achim grinste ihn fröhlich an. »Gut, dass du kommst, ich habe hervorragende Neuigkeiten.«

»Jana will wieder zurück. Das müssen wir verhindern. Wie weit bist du eigentlich mit dem Verkauf der Sternenscheibe und der Schwerter?«

»Darüber wollte ich mit dir reden. Wir haben jemanden gefunden, der bereit ist, eine halbe Million Euro dafür zu zahlen.«

»Eine halbe Million?« Richard starrte Achim mit offenem Mund an.

»Wir müssen natürlich äußerst vorsichtig sein. Wenn alles so läuft wie geplant, erhält jeder hundertfünfzigtausend in bar. Damit hast du nicht gerechnet, was? Dazu kommen noch die Torques und die Regenbogenschüsselchen.«

»Das musst du mir genauer erzählen. Hast du einen Cognac für mich? Ich glaube, den brauche ich jetzt.«

Achim stand auf und füllte zwei Cognacschwenker. Dann erzählte er Richard, was sich in den letzten Tagen ereignet hatte. Er füllte die Gläser mehrmals nach, und es war schon weit nach Mitternacht, als Richard Achim von Janas Schwangerschaft berichtete.

»Sie darf auf gar keinen Fall die Scheibe in die Hände bekommen. Stell dir vor, Jana will unbedingt zu diesem Jäger zurück. Das müssen wir verhindern. Wenn sie dich anruft, sagst du ihr, dass die Scheibe und die Schwerter bereits verkauft sind. Und sag ihr unter keinen Umständen, wer sie gekauft hat.«

Am nächsten Morgen klingelte Achims Handy. Es war Samstag. Achim sah auf die Uhr neben seinem Bett. Nicht einmal ausschlafen konnte man. Er griff nach dem Hörer.

»Wer wagt es, meinen kostbaren Schlaf zu stören? Gib dich zu erkennen«, flüsterte er mit verstellter Stimme.

»Endlich erreiche ich dich«, sagte Jana vorwurfsvoll. »Warum bist du gestern nicht ans Telefon gegangen?«

»Mein Akku war leer«, log Achim. »Was gibt es denn so Dringendes?«

»Ich wollte mit dir über meine Sternenscheibe reden, kann ich gleich vorbeikommen?«

»Leider bin ich noch nicht salonfähig. Hat Richard dir schon erzählt, dass du eine reiche Frau bist? Hundertfünfzigtausend Euro für jeden von uns. Wie findest du das? Eigentlich müsstest du mir ein dickes Küsschen durch den Draht geben.«

Jana hatte nicht vor, auf sein Geplänkel einzugehen.

»Wer hat die Scheibe denn gekauft?«, fragte sie enttäuscht. Sie hatte so sehr gehofft, dass die Funde noch bei Achim waren.

»Wer wird denn so neugierig sein«, flachste Achim. »Aber Spaß beiseite. Der Käufer hat darauf bestanden, dass niemand seinen Namen erfährt. Ich habe es ihm sogar schriftlich geben müssen. Es war Bestandteil des Vertrages, den wir geschlossen haben.«

»Das gilt aber doch nicht für mich«, versuchte Jana es noch einmal.

»Es gilt für jeden. Jana, es tut mir Leid, aber ich kann dir den Namen nicht nennen. Freust du dich nicht über das viele Geld?«

»Es war meine Sternenscheibe, ich habe sie gefunden.« Jana wurde wütend. »Ich habe ein Recht darauf zu erfahren, wer sie jetzt hat.«

Achim blieb hart. »Und ich werde zu meinem Wort stehen. Das ist man demjenigen schuldig, der bereit ist, so viel Geld auszugeben.«

»Wie du willst. Ich werde schon herausbekommen, wo meine Scheibe steckt«, sagte Jana trotzig und legte den Hörer auf.

Sie überlegte. Es musste einen Weg geben, auch ohne Achims Hilfe an die Sternenscheibe zu kommen. Sie war zu allem bereit. Wenn es nicht anders ging, musste sie eben kämpfen. Entschlossen reichte sie ihren Jahresurlaub ein. Anschließend fuhr sie zu ihren Eltern, um mit ihnen zu reden. Ihre Mutter öffnete die Tür. Sie war wie immer perfekt gekleidet.

»Jana, mein Schatz, schön, dass du uns besuchst, aber musst du nicht arbeiten?«

Jana gab ihr einen Kuss. »Ich habe mir freigenommen. Ist Papa da?«

»Er sitzt in seinem Arbeitszimmer. Wir wollten gleich essen. Möchtest du mit uns essen?«

»Gern«, sagte Jana, »und danach werde ich euch etwas erzählen.«

Janas Vater war Steuerberater, hatte aber vor Jahren seine Kanzlei verkauft. Da er keine Hobbys hatte, saß er trotzdem jeden Vormittag und jeden Nachmittag in seinem Büro.

Nach dem Essen wurde wie immer der Kaffee an dem runden Tisch im Wohnzimmer serviert.

»Habt ihr euch schon einmal Gedanken darüber gemacht, ob Zeitreisen möglich sind?«, fragte Jana unvermittelt.

»Alles Unsinn«, sagte Janas Vater. »Zeitreisen sind genauso unmöglich wie es Leben auf anderen Planeten gibt.«

»Was würdest du denn sagen, wenn jemand, den du kennst, dir erzählen würde, dass er eine Reise durch die Zeit gemacht hat?«

»Solche Spinner gab es schon immer, genau wie die Menschen, die Ufos gesehen haben wollen. Alles Spinner und Drogensüchtige.« Ihr Vater geriet in Rage. Für ihn gab es außer der Bibel nichts, das wahr sein konnte.

Jana gab auf. Ihre Eltern würden es nicht verstehen, wenn sie ihnen von ihren Erlebnissen in der Bronzezeit berichten würde. Sie würden denken, sie hätte Drogen genommen. Selbst wenn sie ihr glauben würden, würde ihr Weltbild ins Wanken geraten. Ihre heile Welt, die sie um sich herum aufgebaut hatten, würde zerfallen und der feste Glaube an die Bibel zerstört sein. Das konnte und wollte sie ihren Eltern nicht antun.

Sie verabschiedete sich und versprach, bald wieder vorbeizukommen. Trotzdem war sie ein wenig enttäuscht. Sie hatte sich so sehr gewünscht, ihre Erlebnisse mit ihren Eltern zu teilen. Eigentlich hatte sie sich das schon ihr ganzes Leben lang gewünscht: dass ihre Eltern versuchen würden, sie zu verstehen, und ihr einmal wirklich zuhören würden. Sie fuhr nach Hause und nahm ein Bad. Danach fühlte sie sich wieder besser. Sie setzte sich an ihren kleinen Schreibtisch und überlegte. Wer könnte die Scheibe gekauft haben? Es musste jemand sein, der eine Menge Geld besaß. Wen rief Achim immer an, wenn er etwas verkaufen wollte? Sie nahm einen Block und schrieb alle Namen von Händlern auf, die sie kannte. Dann strich sie die Namen aus, die nicht infrage kamen. Es blieben zwei Namen übrig. Richard würde ihr dieses Mal nicht helfen. Er durfte nicht einmal etwas von ihren Nachforschungen erfahren. Somit wäre sie ganz allein, aber nur, bis sie wieder bei Balder und bei Isa war. Ihr Herz tat ihr weh, wenn sie an das kleine Mädchen dachte. Isa hatte ihr vertraut. Und sie hatte ihr Versprechen gebrochen, sie niemals zu verlassen.

Sie schloss die Augen und dachte an Balder, Isa und das kleine Dorf, an Ethne, die so viel für sie riskiert hatte. Vor ihrem inneren Auge tauchte der dichte Wald auf, in dem die Luft so herrlich würzig war. Sie sah, wie die Bäume sich ruhig und gleichmütig im Wind bewegten. Sie beneidete sie fast ein wenig. Sie hatten ihren festen Platz, von dem aus sie gelassen und erhaben auf die ruhelosen Menschen herabblickten. Die Äste schienen ihr zuzuwinken wie alte Freunde. Eine tiefe Sehnsucht nach dem Dorf erfasste sie und bestärkte sie in ihrem Entschluss, zurückzugehen. Sie dachte über ihr jetziges Leben nach. Sie war dreißig Jahre alt, hatte einen guten Job, eine schöne Wohnung und einige Freunde. Es gab keinen Grund, mit ihrem Leben unzufrieden zu sein. Trotzdem war sie nie ausgeglichener und glücklicher gewesen als in dem kleinen Dorf.

Ärgerlich schob Professor Mertens einen Stapel Bücher zur Seite. Wo war nur sein Adressbuch? Er suchte weiter. Der große Stapel vor ihm neigte sich bedenklich zur Seite. Da, endlich entdeckte er das kleine blaue Buch unter einer Tageszeitung von letzter Woche.

Er schlug es auf. Wie hieß noch sein Kollege in Thüringen? Schober? Oder war es Schubert? Schober war richtig. Er fand die Telefonnummer und griff zum Telefon. Die »Sternenscheibe«, wie der Händler sie nannte, ging ihm nicht mehr aus dem Kopf. Er würde sie publizieren. Das würde er sich von niemandem nehmen lassen. Endlich einmal ein spektakulärer Fund. Es würde eine Sensation geben, wenn er damit zur Presse gehen würde. Er hörte schon das leise Surren der Kameras, und Blitzlichter zuckten um ihn herum auf. Ganz Deutschland würde auf ihn blicken.

»Sekretariat Doktor Schober, was kann ich für Sie tun?«, meldete sich eine kühle Frauenstimme.

»Hier spricht Professor Mertens, ist Doktor Schober zu sprechen? Es ist dringend.«

»Einen Moment bitte.« Die Stimme klang nicht sonderlich beeindruckt. Es klickte, dann hatte er Doktor Schober am Telefon.

»Hallo, Herr Kollege, was gibt es denn Dringendes?«, meldete er sich gut gelaunt. Er war mit sich und der Welt zufrieden, denn endlich hatte er den Job als »Landesarchäologe« bekommen. Lieber hätte er zwar den gleichen

Job im Westen gehabt, aber man konnte sich leider nicht alles aussuchen.

Immerhin war er sein eigener Chef und wurde genügend bewundert und beachtet. Anfangs war er stolz auf die vielen Vorträge, zu denen man ihn einlud und bei denen regelmäßig die örtliche Presse anwesend war. Doch sein Privatleben, das aus seiner neuen Freundin bestand, begann allmählich darunter zu leiden.

»Ich würde gerne mit Ihnen über ein Ensemble von mehreren bronzezeitlichen Objekten sprechen, die mir zum Kauf angeboten wurden. Es handelt sich um etwas ganz Außergewöhnliches. Amateurarchäologen haben diesen Bronzehort in der Nähe von Sachsen-Anhalt gefunden.«

Die eben noch einschmeichelnde Stimme des Doktors wurde schneidend.

»Wenn ich an dieses kriminelle Pack denke, wird mir speiübel. Amateurarchäologen, dass ich nicht lache. Seit der Grenzöffnung fallen sie wie Schmeißfliegen in unsere Gegend ein, durchwühlen unsere Wälder und Felder und plündern alles, was wie ein Grab aussieht. Außer den Knochen lassen sie nichts liegen. Und die werfen sie auch noch durcheinander. Wir können keine Fundsituation mehr bestimmen und auch nicht rekonstruieren, was dort einmal gewesen ist. Die Metalldetektoren müssten sofort verboten werden. Ich habe dies schon mehrmals der Politik vorgeschlagen, aber die reagieren nicht. Sind zwei Drittel der Zeit mit ihrem Wahlkampf beschäftigt und verbringen die restliche Zeit damit, zu streiten und sich gegenseitig den schwarzen Peter zuzuschieben. Da kann einem die Galle hochkommen. Wir haben nicht genügend Leute und Gelder, um die nötigen Grabungen durchzuführen, und müssen tatenlos zusehen, wie unser Boden leer geräumt und unser kulturelles Erbe in die ganze Welt verkauft wird. Wenn wir dann doch einmal Gelder haben, um eine Grabung durchzuführen, fallen die Raubgräber nachts über die Grabungen her. Letzten Monat haben sie sogar unseren Bauzaun geklaut. Aber was sage ich Ihnen, Sie kennen ja die Situation. Erzählen Sie mir mehr von dem Fund.«

Doktor Schober empfand es als persönlichen Angriff auf sein Eigentum, wenn die Schatzsucher etwas aus seinem Boden holten. Das einzig Gute an diesem Scheißosten war, dass man hier vielleicht noch einen spektakulären Fund machen konnte, mit dem er sich ein persönliches Denkmal setzen würde.

»Ich halte den Fund für echt, eine astronomische Dokumentation aus der Bronzezeit. Ich hätte ihn sehr gern für unser Museum gekauft, aber es scheint, als würde er aus Ihrem Bundesland stammen.

Es handelt sich um eine flache Scheibe aus massiver Bronze, deren Durchmesser etwa dreißig Zentimeter beträgt. Auf der oberen Seite befinden sich verschiedene Applikationen aus Gold: ein Vollmond, ein sichelförmiger Mond, noch ein sichelförmiges Artefakt mit abgestumpften Enden sowie einunddreißig Sterne. Dazu kommen zwei sich gegenüber liegende, sichelförmige Ornamente mit abgestumpften Enden, die sich am äußeren Rand befinden. Kleine Bohrungen ziehen sich rund um das Objekt, als wäre es auf irgendetwas, zum Beispiel einer Holzplatte, montiert worden. Etwas Ähnliches habe ich bisher nicht gesehen, obwohl, wie Sie wissen, die Bronzezeit mein Spezialgebiet ist. Es gehören noch zwei Vollgriffschwerter mit eingelegten Goldfäden zu dem Fund. Anhand des Schwerttyps würde ich die Exponate in die mittlere Bronzezeit, die Aunjetitzer-Kultur, datieren. Es gibt die Möglichkeit, sie anzukaufen. Der jetzige Eigentümer hat eine halbe Million Euro angesetzt. Wenn sie aus der Gegend um Ostberlin stammen würde, hätte ich unsere Sponsoren bemüht. Aber sie stammt nun mal aus Ihrem Bundesland und fällt damit unters Schatzregal. Somit wird sie in jedem Fall in Ihr Museum zurückgeführt. Sollten Sie an einem Ankauf interessiert sein, würde ich mich bereit erklären, die Vermittlung zu übernehmen. Wie schon erwähnt, würde ich sehr gerne die Publikation dieses Hortfundes übernehmen.«

»Ich habe mich wohl verhört? Sie hätten den Fund gekauft? Von diesem kriminellen Pack? Die gehören doch alle in den Knast. Wie kann man etwas kaufen, das einem bereits gehört? Zum Glück haben wir das Schatzregal und brauchen keine Entschädigungen zu zahlen wie die in Bayern und Nordrhein-Westfalen. Bei uns gibt es anstelle von einer Entschädigung eine saftige Strafanzeige, und das ist auch richtig so.«

Doktor Schober ist vielleicht noch zu jung, dachte Professor Mertens. Er hat noch nicht begriffen, dass es nicht nur Schwarz und Weiß gab, mit seinem Hass auf die Schatzsucher konnte er viel kaputtmachen. Er selbst hatte lange genug gebraucht, um das Vertrauen einiger von ihnen zu gewinnen. Und das würde er auf keinen Fall aufs Spiel setzen, um einem jungen, karrieregeilen Kollegen zu Ehre und Ruhm zu verhelfen. Trotzdem startete er noch einen Versuch.

»Wie viele Fundmeldungen haben Sie denn in den letzten Jahren erhalten?«, fragte er ironisch.

»Ich bin ja erst einige Jahre im Amt. Mein Vorgänger, der meine Meinung geteilt hat, hat leider kaum Fundmeldungen erhalten, aber das werde ich ändern.«

»Und wie? Indem Sie allen Findern eine Strafanzeige verpassen? Das wird sich so schnell herumsprechen, dass

Sie nie mehr etwas von dem erfahren, was in Ihrem Bundesland gefunden wird. Selbst die Bauern werden es sich überlegen, ob sie ihre Zufallsfunde melden oder lieber wieder unterpflügen.

Waren Sie schon einmal in Bayern? Haben Sie sich die bronzezeitlichen Funde dort einmal genauer angesehen? Ich könnte schwören, dass mindestens die Hälfte davon aus Thüringen, Sachsen-Anhalt oder Dresden stammt. Und warum? Nur wegen diesem Schatzregal. Die Kollegen in Bayern erhalten fast täglich Fundmeldungen. Sie gehen aber auch vernünftig mit den Findern um. Sie versuchen, die Schatzsucher umzudrehen, und spannen sie für ihre Arbeit ein. Erst kürzlich habe ich mit einem Kollegen darüber gesprochen. Die Zusammenarbeit mit einigen der Schatzsuchern klappt hervorragend. In Nordrhein-Westfalen werden die Schatzsucher sogar geschult und erhalten eine Suchgenehmigung. Sie arbeiten begeistert und vor allem kostenlos mit den Archäologen zusammen. Vielleicht sollten Sie einmal darüber nachdenken?«

»Ich werde meine Einstellung jedenfalls nicht ändern, doch Ihr Angebot, was die Vermittlung angeht, nehme ich dankend an.«

Ich werde schon dafür sorgen, dass derjenige die Ehre bekommt, dem sie zusteht, nämlich mir.

»Sie hören von mir, wenn ich Näheres weiß, schönen Tag noch.« Professor Mertens legte auf. Gut, dass ich den Namen des Händlers nicht kenne, aber davon abgesehen würde ich ihn diesem ehrgeizigen, arroganten Pinsel auch nicht sagen. Selbst wenn dieser Fund die Sensation des Jahrtausends ist, wird es noch weitere Funde geben. Ich werde jedenfalls meine Kontakte nicht gefährden.

Nachdenklich lehnte Doktor Schober sich in seinem Stuhl zurück.

Vielleicht hatte sein Mitarbeiter, der Archäologe Doktor Pohl, doch nicht ganz Unrecht mit der These, die er bei der letzten Mitarbeiterbesprechung vertreten hatte. In England schien die Zusammenarbeit mit den Sondengängern hervorragend zu funktionieren. Dort durfte, abgesehen von den offiziellen Grabungsflächen, jeder, der Lust hatte, nach Bodenschätzen suchen. Die Funde konnte man behalten oder aber an ein Museum verkaufen. Das hatte den Vorteil, dass seine Kollegen in England zumindest von den meisten Funden erfuhren, sie fotografieren und in die Denkmallisten aufzunehmen konnten. Auch hatten die Sucher keinen Grund, Fundorte und Fundzusammenhänge zu verheimlichen. Hier in Deutschland sah die Sache ganz anders aus. Die Bodendenkmalgesetze waren von Bundesland zu Bundesland verschieden. Doch trotz aller Überlegungen konnte er nicht verhindern, dass ihn die Wut packte, wenn er an die Schatzsucher dachte.

Egal, wie man es dreht und wendet, sie sind kriminell und werden es auch bleiben, dachte er. Das Klingeln des Telefons riss ihn aus seinen Überlegungen. Seufzend ergriff er den Hörer.

Als Achim von der Arbeit kam, fand er seine Wohnung aufgebrochen vor. Das Chaos, das die Einbrecher hinterlassen hatten, war unvorstellbar. Aus Wut darüber, nichts gefunden zu haben, hatten sie alles zerstört, was ihnen in die Hände gefallen war. Der Anruf, den er wenige Minuten später von Wolfgang erhielt, gab ihm den Rest. Wolfgang teilte ihm mit, dass der Professor aus Berlin ohne Angaben von Gründen von dem Ankauf der Scheibe zurückgetreten war. Aus der Traum von der halben Million. Am Boden zerstört, rief er Ulli an. Ulli verzichtete darauf, Achim zappeln zu lassen, als er hörte, wie deprimiert dieser war. Noch am gleichen Abend trafen sie sich in Achims Wohnung. Entsetzt betrachtete Ulli das Durcheinander.

»Weißt du schon, wer das getan hat?«, fragte er.

»Leider nicht, ich habe bisher die Polizei auch noch nicht verständigt«, gab Achim zur Antwort.

»Du wirst aber doch einen Verdacht haben?«, wollte Ulli wissen.

»Ich bin mir nicht sicher.« Achim zögerte. »Im Grunde habe ich nur zwei Leuten von unseren Funden erzählt. Aber du weißt ja, wie schnell sich so etwas in der Szene herumspricht. Es gibt einige Sucher, denen ich einen Einbruch zutrauen würde, aber das nützt nichts, solange ich keine Beweise habe.«

»Gut, dass du die Funde zur Bank gebracht hast. Stell dir vor, sie hätten noch in der Wohnung gelegen.« Achim verdrehte die Augen.

»Darüber denke ich lieber nicht nach.« Gut, dass er auf Wolfgang gehört und die Funde bei der Bank eingelagert hatte.

»Dann lass uns zur Sache kommen. Nach den Geschehnissen hier sollten wir alle weiteren Schritte gut überlegen. Wir werden äußerst vorsichtig vorgehen müssen.« Ulli trat ans Fenster, schob die Gardine ein Stück zur Seite und betrachtete die parkenden Autos unter sich.

»Niemand zu sehen.«

»Du glaubst doch nicht etwa, dass wir beobachtet werden?«, fragte Achim entsetzt.

»Rechnen sollten wir damit. Lieber zu viel Vorsicht als zu wenig. Ich könnte dir da einige Geschichten erzählen ... Nur meiner Vorsicht habe ich es zu verdanken, dass alle Deals, bei denen ich dabei war, gut über die Bühne gegangen sind. Ich schlage Folgendes vor: Morgen vereinbare ich einen Termin mit meinem Kunden. Er wird sicher ein oder zwei Tage brauchen, bis er die Kohle besorgt hat. Wenn wir den Termin zur Übergabe haben, fahren wir zur Bank und holen die Funde. Doktor Buchner ist in Ordnung. Ich habe ihm schon mehrmals Bodenfunde verkauft. Trotzdem sollten wir auch bei ihm vorsichtig sein. Hundertfünfzigtausend Euro ist eine Menge Geld. Bei so einer Summe sind schon einige Leute auf dumme Gedanken gekommen.«

»Ich kann dir die Scheibe nicht mehr für hundertfünfzigtausend geben«, sagte Achim. »Abgesehen davon, dass sie wesentlich mehr wert ist, habe ich Richard und Jana schon von dem Angebot aus Berlin erzählt, und das betrug eine halbe Million. Wenn dein Käufer nicht bereit ist, eine halbe Million zu bezahlen, würden wir lieber warten und in Ruhe nach einem anderen Interessenten suchen.«

Ulli überlegte einen Moment.

»Ich habe Doktor Buchner die Scheibe und die Schwerter für hundertfünfzigtausend Euro angeboten; wenn ich jetzt einen höheren Preis verlange, brauche ich gute Argumente dafür.«

»Du könntest ihm sagen, dass dein Lieferant, also ich, Nachforschungen angestellt hat und dass es sich bei diesem Fund um die älteste archäologische und astronomische Dokumentation handelt, die jemals in Deutschland gefunden worden ist. Dazu kommt, dass die Scheibe absolut einzigartig ist und wahrscheinlich das heiligste aller Heiligtümer im gesamten Kyffhäuser war. Nur die obersten Priester durften es berühren. Dann kann man ganz klar die Plejaden, das Siebengestirn, auf der Scheibe erkennen. Ich habe nachgesehen. Vor ungefähr dreieinhalbtausend Jahren waren die Plejaden ein Frühlingssternbild. Wenn er die Scheibe in der Schweiz publizieren lässt, wird ihr Wert ins Unbezahlbare steigen.«

Ulli war beeindruckt von Achims Argumenten. Er konnte nicht wissen, dass diese nicht von ihm, sondern von Wolfgang stammten.

»Also gut. Du hast mich überzeugt. Ich werde versuchen, Doktor Buchner ebenfalls zu überzeugen. Geld genug hat er, außerdem ist er an dem Ankauf brennend interessiert. Er liebt alles, was einzigartig ist.«

Sie besprachen in Ruhe, wie sie weiter vorgehen würden. Achim war mit allem, was Ulli vorschlug, einverstanden.

Drei Tage später holte Ulli Achim ab.

Doktor Buchner war bereit, dreihundertfünfzigtausend Euro zu bezahlen, wenn die Scheibe es wert sein sollte. Achim hatte mit Richard telefoniert, der mit diesem Preis einverstanden war.

Bereits auf der Fahrt zu Achims Wohnung hatte Ulli sorgfältig die Autos beobachtet, die hinter ihm fuhren.

Achim erwartete ihn schon. Ulli musterte ihn missbilligend.

»Hast du keinen Anzug?«, fragte er. »So kannst du unmöglich über die Grenze fahren. Schon vergessen, was wir in der Schule gelernt haben? Kleider machen Leute. Wir müssen seriös aussehen, sonst werden wir an der Grenze kontrolliert.« Selbstzufrieden sah Ulli an sich herunter: grauer Boss-Anzug, dunkelgraues Hemd, Krawatte, glänzend polierte italienische Schuhe. Achims Blick folgte ihm.

»Ist schon gut, ich habe verstanden, was du meinst.« Er lief in sein Schlafzimmer und zog sich um. Als er wieder herauskam, stieß Ulli einen bewundernden Pfiff aus.

»Der Anzug steht dir gut, du siehst wie ein Heiratsschwindler aus«, spöttelte er. »Aber Spaß beiseite, du solltest dich öfter so kleiden. Ist besser fürs Geschäft.« Gemeinsam verließen sie Achims Wohnung. Ulli lief auf seinen Mercedes zu.

»Wir fahren mit meinem Wagen, du wirst gleich merken, warum.« Achim war einverstanden und zeigte Ulli den Weg zur Bank. Unterwegs beobachteten sie sorgfältig die Autos hinter sich.

Als sie das Bankgebäude erreichten, fuhr Ulli zur Vorsicht noch einmal um den Block.

»Die Luft ist rein«, sagte er. »Beeil dich, ich warte im Auto auf dich.« Nach zehn Minuten war Achim zurück. Ulli öffnete den Kofferraum und legte den Koffer und das längliche Paket hinein, das Achim ihm reichte. Dann fuhren sie los. An der nächsten Tankstelle hielt Ulli an und kaufte eine Marke zum Autowaschen.

»Was soll das denn jetzt?«, fragte Achim erstaunt. »Dein Wagen sieht doch aus wie frisch poliert. Warum willst du ihn waschen?«

»Wirst du gleich sehen.« Ulli stieg aus und holte den

Koffer und das Paket aus dem Kofferraum und legte beides auf den Rücksitz. Dann fuhr er in die Waschstraße. Als der Wagen eingeschäumt war und die beiden dicken Waschrollen jeglichen Blick ins Innere des Wagens versperrten, nahm er die präparierte Seitenverkleidung der Fahrertür ab.

»Gib mir mal die Schwerter«, forderte er Achim auf. »Weißt du jetzt, warum ich lieber mit meinem Wagen fahren wollte?«

Achim nickte grinsend. Die Scheibe wurde, in einer Decke eingewickelt, hinter der anderen Türverkleidung verstaut. Dann fuhren sie Richtung Schweizer Grenze. Zielort war Bern. Bis auf einige kleinere Staus kamen sie gut voran. Am frühen Abend erreichten sie die Grenze.

»Haben Sie etwas zu verzollen?«, fragte der grauhaarige Zöllner mit Schweizer Dialekt. Routiniert streifte sein Blick über das Innere des Wagens. Auf dem Rücksitz entdeckte er die Wirtschaftswoche und einen Koffer.

»Dürfte ich mal in den Koffer sehen?«, fragte er freundlich.

»Gern.« Ulli stieg aus und reichte dem Zöllner den geöffneten Koffer. Es befanden sich nur einige Papier darin.

»Würden Sie bitte den Kofferraum öffnen?«, forderte der Zöllner. Ulli öffnete den Kofferraum.

»Wie lange möchten Sie in der Schweiz bleiben?«

»Wir fahren schon morgen wieder zurück.« Ulli zuckte bedauernd die Schultern. »Wir würden natürlich gern länger in Ihrem schönen Land bleiben, aber was soll man machen. Die Geschäfte lassen einem keine Zeit.« Der Zöllner nickte zustimmend.

»Ja, dann wünsch ich den Herrschaften noch eine gute Fahrt.« Erleichtert fuhren sie über die Grenze. Pünktlich erreichten sie Bern. Ulli steuerte den Wagen in eine noble

Villengegend, dann fuhr er noch einmal um den Block und beobachtete aufmerksam jedes parkende Auto. Schräg gegenüber einer großen Villa im Kolonialstil hielt er an. Er nahm den Koffer vom Rücksitz und stieg aus.

»Du setzt dich ans Steuer und fährst eine Straße weiter. Ich rufe dich über Handy an. Wenn ich zu dir sage: ›Herr Schmidt, Sie können jetzt hereinkommen‹, ist etwas faul. In diesem Fall fährst du sofort in unser Hotel und wartest dort auf mich. Hier ist die Adresse, ich habe zwei Einzelzimmer auf deinen Namen gebucht. Ich glaube zwar nicht, dass der Doktor vorhat, uns zu hintergehen, aber man weiß ja nie. Bis gleich.« Ulli drehte sich um und lief auf die breite Einfahrt zu. Achim startete den Wagen und fuhr eine Straße weiter. Schon nach wenigen Minuten klingelte sein Handy.

»Alles klar, du kannst kommen. Doktor Buchner wird das Garagentor öffnen, du kannst direkt hineinfahren.« Achim tat, wie ihm geheißen war. Er fuhr in die breite Doppelgarage, wo er von Ulli und Doktor Buchner empfangen wurde. Ulli löste die Verkleidung der Türen und holte die Schwerter und die Scheibe heraus. Von der Garage aus gelangte man direkt ins Haus. Achim blickte sich bewundernd um. Das bestimmt zweihundert Quadratmeter große Wohnzimmer war voll gestopft mit den teuersten Antiquitäten. Sogar ein echter Renoir hing an der Wand, wie er mit geübtem Auge feststellte. Ulli machte Achim mit Doktor Buchner bekannt.

»Das ist mein Geschäftspartner, Herr Schmidt.« Doktor Buchner reichte ihm die Hand. Er war um die fünfzig, leger gekleidet und wirkte äußerst souverän. In fast akzentfreiem Deutsch sagte er: »Ich freue mich sehr, Ihre Bekanntschaft zu machen. Bitte nehmen Sie Platz.« Er wies auf eine großzügige Lederlandschaft. »Darf ich Ihnen etwas zu trinken anbieten?« Achim entschied sich für einen Whisky, Ulli für Mineralwasser. Neugierige Erwartung lag in Doktor Buchners Stimme, als er Ulli aufforderte, ihm die Sternenscheibe zu zeigen. Ulli wickelte sie vorsichtig aus der Decke, die er immer in der Türverkleidung bereithielt, und legte sie auf den kostbaren Teakholztisch. Doktor Buchner beugte sich über den Tisch und hob die Sternenscheibe hoch. Er betrachtete sie eine ganze Weile. Ohne aufzublicken, sagte er: »Sie haben nicht zu viel versprochen, mein Guter. Wirklich außergewöhnlich.« Ulli reichte ihm die beiden Schwerter.

»Die lagen neben der Sternenscheibe, schauen Sie sich den Griff an. Ich habe in meinen Büchern nachgesehen. Es gab sieben verschiedene Schwerttypen in der Bronzezeit. Meiner Meinung nach sind alle drei Exponate Kultgegenstände. Ich würde sie in die mittlere Bronzezeit datieren.« Doktor Buchner nickte zustimmend. Er ging zu einem der kleinen Beistelltischchen, auf dem ein Stapel Bücher lag. Er nahm eines und zeigte es Ulli.

»Ich habe mich ebenfalls ein wenig informiert. In keinem der Bücher habe ich etwas gefunden, was auch nur annähernd wie eine Sternenscheibe aussieht.«

»Ich hatte Ihnen ja am Telefon versprochen, dass es sich um ein wirklich einzigartiges Stück handelt.« Doktor Buchner konnte seinen Blick nicht von der Scheibe wenden. Seine Augen glitzerten gierig wie bei allen Sammlern, die etwas vor sich sahen, das sie unbedingt besitzen wollen. Er ging auf die Holzvertäfelung neben der Bücherwand zu und drückte auf eine der Holzplatten. Ausgelöst durch einen verborgenen Mechanismus sprang diese auf und gab den Blick auf einen kleinen Tresor frei. Er stellte die Zahlenkombination ein, öffnete den Tresor und nahm einen Briefumschlag heraus.

Wie im Krimi, dachte Achim und beobachtete fasziniert, wie der Doktor den Tresor wieder schloss und die Holzplatte ihren alten Platz einnahm. Selbst wenn man ganz genau hinschaute, konnte man keinen Unterschied zwischen dieser einen und den anderen Platten erkennen. Er reichte Ulli den Umschlag. »Dreihundertfünfzigtausend Euro, wie vereinbart.« Ulli nahm den Umschlag und zählte nach.

»Stimmt genau.« Er reichte Doktor Buchner die Hand. »Wenn ich wieder einmal etwas Besonderes habe, werde ich Sie anrufen«, versprach er.

Achim verabschiedete sich ebenfalls.

»Der hat ja nicht einmal gehandelt«, sagte Achim, als sie wieder in Ullis Mercedes saßen.

»Es gibt eben Leute, die haben Niveau«, grinste Ulli. »Mit Menschen wie Doktor Buchner Geschäfte zu machen ist das reinste Vergnügen. Leider kenne ich nicht noch mehr von der Sorte.« Sie fuhren zum Hotel, aßen ein Steak und nahmen anschließend noch einige Drinks an der Bar. Sofort nach dem Frühstück fuhren sie zurück nach Deutschland.

Ulli erhielt seine Provision, und Achim teilte den Rest des Geldes mit Richard und Jana.

Den Gedanken, das Geld für sich allein zu behalten, hatte er sofort wieder verworfen. Damit wäre er in der Schatzsucherszene unten durch. Niemand würde mehr mit ihm suchen gehen oder Geschäfte mit ihm machen, ganz abgesehen davon, ihm Exponate auf Kommission zu überlassen. Ein guter Name in dieser Szene war mehr wert als Geld.

Er buchte einen Flug nach Thailand sowie eine Suite im teuersten Hotel. Er liebte diesen Luxus, den er sich jetzt endlich leisten konnte, und hatte vor, sich von den Schönen des Landes verwöhnen zu lassen.

Richard wurde kurzfristig von seiner Firma nach Kuba geschickt, um vor Ort eine größere Computeranlage zu installieren. Anschließend sollte er die Angestellten dort in die einzelnen Programme einweisen. Er würde mindestens drei Wochen in Kuba bleiben müssen. Bevor er flog, lud er Jana zum Essen ein. Pünktlich um sieben Uhr stand er vor ihrer Haustür. Er hatte einen Tisch im Restaurant des Fernsehturms reserviert. Auf dem Weg dahin zeigte Richard auf einen Kirchturm, an dem sie vorbeifuhren.

»Wenn ich einen Kirchturm sehe, muss ich immer an den Goldhut denken, den wir während einer Begräbniszeremonie bewundert haben. Habe ich dir eigentlich davon erzählt?«

»Nein, aber es würde mich interessieren.« Jana sah ihn auffordernd an.

»Ich mache mir seit Wochen Gedanken über den Goldhut, er geht mir einfach nicht mehr aus dem Kopf. Bei der Begräbniszeremonie zu Ehren des Wanderhändlers hat der Priester ihn auf einen Pfahl gesteckt, um den zwölf weitere Pfähle herumstanden. Da hat er mich an einen Kirchturm erinnert. Er kam mir vor wie eine Antenne, eine Antenne zu den Göttern. Doch bei der Verurteilung des Banditen, der uns überfallen hat, trug der Priester ihn auf dem Kopf, als wäre er ein Zeichen von Wissen und Überlegenheit.

Da habe ich an Merlin und andere Druiden gedacht. Selbst die heutigen Zauberhüte haben die gleiche Form wie der Goldhut. Als ich vor einigen Tagen zur Arbeit gefahren bin, habe ich Schulkinder mit einer Schultüte gesehen. Die Schultüten haben die gleiche Form wie die Zauberhüte. Doch in sie muss das Wissen erst noch hineingefüllt werden. Also bin ich zu dem Schluss gekommen, dass die Goldhüte für Wissen stehen, und Wissen ist Macht.

Und genau das hat sich über Tausende von Jahren nicht geändert. Im Mittelalter hat die Kirche die Menschen bewusst dumm gehalten, nur wenige Menschen durften lesen und schreiben lernen. Hast du eine Ahnung, wieso Kinder am ersten Schultag eine Schultüte erhalten? Es würde mich interessieren, wie diese Tradition entstanden ist.«

Jana konnte ihm darauf keine Antwort geben, doch Richard spürte, das sie über ihre Erlebnisse sprechen wollte. Sie fühlte sich Balder und Isa näher, wenn sie über diese und ihre gemeinsame Zeit sprach. So erzählte er ihr von seinen und Achims Erlebnissen und von dem Gespräch mit dem Schmied. Als sie an ihrem Tisch hoch über den Dächern von Düsseldorf saßen, zeigte er auf die Sterne, die am Himmel funkelten. Er wiederholte die Worte des alten Schmiedes, die ihn tief beeindruckt hatten.

»Der Himmel verbindet die Menschen auf der ganzen Welt und zu jeder Zeit. Er verbindet sie für immer mit dem, was war, und mit dem, was kommen wird. Egal, wo du dich befindest, die Sterne zeigen dir, was geschehen wird. Wenn du sie genau beobachtest, wirst du es erkennen.«

Nachdem sie gegessen hatten, fuhr er Jana wieder nach Hause und begleitete sie bis in ihre Wohnung.

»Es tut mir Leid, dass ich dich ausgerechnet jetzt allein lassen muss, aber die Firma lässt mir keine Wahl. Ich werde dich anrufen, so oft ich kann. Pass auf dich und auf dein Baby auf. Wenn ich zurück bin, kann man sicher schon etwas von deiner Schwangerschaft sehen.« Er nahm Jana noch einmal in den Arm, bevor er ging. Dann war sie allein.

Entschlossen und zielstrebig machte sie sich an die Arbeit. Sie würde die Sternenscheibe finden. Als Erstes rief sie Lui in Köln an. Sie kannte ihn von gelegentlichen Sammlertreffen. Er war einer der Veranstalter der vier großen Schatzsuchertreffen, die alljährlich in Berlin, München, Trier und Köln organisiert wurden.

»Kannst du mir bitte sagen, wann das nächste Schatzsuchertreffen stattfindet?«, fragte sie ihn. Sie hatte schon oft an diesen Treffen teilgenommen, denn es war die einfachste Möglichkeit, um an die Händler und Sammler heranzukommen. Lui war der Veranstalter des Kölner Treffens. Bereitwillig gab er ihr die gewünschte Auskunft.

»Nächste Woche Freitag und Samstag im ›Historia‹. Das ist in Kaarst, in der Nähe von Düsseldorf. Wir haben in Köln dieses Jahr kein geeignetes Lokal gefunden, und das ›Historia‹ passt schon allein vom Ambiente sehr gut. Wenn du keine Einladung hast, faxe ich dir eine mit Wegbeschreibung zu.«

Jana gab ihm ihre Faxnummer und legte auf. Sie hatte Glück, dass sie das Treffen nicht verpasst hatte. Zehn Minuten später zog sie die Einladung aus ihrem Faxgerät.

Die nächsten Tage kamen ihr vor wie eine Ewigkeit. Ihre Sehnsucht nach Balder und Isa wurde jeden Tag stärker. Als sie es nicht mehr aushielt, fuhr sie in den nahe gelegenen Stadtwald. Sie sehnte sich nach der würzigen Waldluft, und es tat ihr fast körperlich weh, als sie die verkümmerten, kranken Bäume sah. Bis in die Mitte des Waldes zogen die Abgase der Autos und der Flugzeuge, die im Minutentakt über ihn hinwegdonnerten. Frustriert fuhr Jana in ihre Wohnung zurück. Sie dachte an ihr Baby und versuchte sich vorzustellen, wie es wohl aussehen würde. Dann kam der Brief, der alles veränderte und auch die letzte Bindung an ihr jetziges Leben auflöste. Er war von ihrer Mutter. Jana erkannte sofort die feine, klare Handschrift. Was war geschehen, dass ihre Mutter ihr schrieb? Sie hätte anrufen können. Aufgeregt riss sie den zartgelben Umschlag auf und holte mit zitternden Händen die eng beschriebenen Blätter hervor.

Liebe Jana,
seit deinem letzten Besuch habe ich keine Ruhe mehr gefunden. Ständig habe ich darüber nachgedacht, warum du über Zeitreisen gesprochen hast und was du uns wirklich erzählen wolltest. Warum es dir so wichtig war, obwohl du weißt, wie dein Vater zu solchen Dingen steht.
Ich habe deine Enttäuschung darüber gespürt, dass du nicht mit uns reden konntest und wir dich nicht verstanden haben. Ich habe gemerkt, dass du, mein Schatz, vor einer wichtigen Veränderung in deinem Leben stehst. Deine zusammengepressten Lippen und der Blick deiner Augen haben es mir verraten. Es kam mir vor, als wenn du Abschied von uns nehmen wolltest, ein Abschied für immer.
All das hat mich dazu gebracht, ein Versprechen zu brechen, das ich deinem Vater vor dreißig Jahren gegeben habe. Es gibt da etwas, das du nicht weißt, aber doch wissen solltest. Ich bete zu Gott, dass es richtig ist, dass ich dir schreibe. Was ich dir jetzt erzählen werde, geschah an einem Abend vor über dreißig Jahren.
Dein Vater und ich waren schon zwei Jahre verheiratet und sehr glücklich miteinander. An diesem Wochenende sind wir nach Sachsen-Anhalt gefahren, um deine Großmutter zu besuchen, die dort in einem kleinen Fachwerkhaus direkt am Waldrand

gelebt hat. Es war ein stürmischer Oktoberabend. Ich erinnere mich noch genau, wie mich das Klappern der Fensterläden erschreckt hat. Der Wind wurde mit jeder Minute heftiger, steigerte sich zu einem Sturm. Eiskalt zog es durch die Ritzen. Er fegte über das kleine Haus, als wolle er es mit sich reißen. Es ächzte und knackte in den alten Balken, und ich war froh darüber, dass dein Vater bei mir war. Bei ihm fühlte ich mich sicher.

Dann hörten wir das Wimmern. Dein Vater hörte es als Erster. Wir dachten zuerst, es wäre eine Katze, die ins Haus wollte. Deine Großmutter hatte viele Katzen, die ihr über ihre Einsamkeit hinweghalfen. Vater stand auf und ging zur Tür, um nachzusehen. Er kam mit einem alten, handgeflochtenen Korb zurück, in dem ein Baby lag und wimmerte. Es war in eine dicke gewebte Decke gewickelt und hatte die blauesten Augen, die wir jemals gesehen hatten. Dein Vater reichte mir den Korb mit einem seltsamen Ausdruck in den Augen.

Für einen Moment sahen wir uns an. Ich werde diesen Moment niemals vergessen, es war einer der glücklichsten in meinem Leben. Dann hob ich dich aus dem Korb und drückte dich fest an mich. Ich fühlte die Wärme, die von deinem kleinen Körper ausstrahlte, und die Gefühle, die ich in diesem Moment für dich empfunden habe, waren unbeschreiblich. Ja, mein Schatz, du hast richtig gelesen, das Baby in dem Korb warst du. Wir konnten keine Kinder bekommen, sosehr wir uns auch welche gewünscht hatten. Jetzt bekamen wir dich.

Vom ersten Augenblick an haben wir dich über alles geliebt. Aber da war noch etwas. Etwas, das mir

dein Vater auf der Rückfahrt erzählte und was ich bis heute nicht verstehen kann. Als dein Vater den Korb hochhob, sah er einen dunklen Hirsch mit einem riesigen Geweih vor sich stehen. Der Hirsch hatte seltsame Augen. Er sah deinen Vater einen Moment an, dann drehte er sich um und verschwand. Dein Vater redet nicht gern darüber. Später sagte er mir, dass er sich das mit dem Hirsch nur eingebildet habe. Es war ja schon dunkel, und die vom Wind hin und her gepeitschten Äste haben ihm wahrscheinlich nur ein Trugbild vorgegaukelt. Jetzt weißt du alles.
Dein Vater hat den Korb und die Decke in den Kamin geworfen. Warum er das getan hat, sagte er mir nicht. Als er für einen Moment das Zimmer verließ, habe ich ein kleines Stück von dem Stoff retten können. Ich habe es dir in den Briefumschlag gelegt. Über deine Herkunft haben wir nie etwas erfahren. Aber wir lieben dich, als wärest du unser eigenes Kind.
Sei nicht böse auf deinen Vater, er liebt dich genauso wie ich. Wenn man sich sein ganzes Leben lang nur mit trockenen Paragraphen befasst, hat man für viele Dinge kein Verständnis. Dein Vater hat immer nur gearbeitet, damit wir keine Sorgen haben. Es war seine Art, uns seine Liebe zu zeigen. So, mein Schatz, ich höre jetzt auf zu schreiben. Wenn du darüber reden möchtest, ruf mich an. Dein Vater und ich werden immer für dich da sein. Vergiss das nie.

Deine Mama

Tief bewegt griff Jana nach dem Briefumschlag. Tatsächlich befand sich darin ein winziges Stück Stoff. Vorsichtig holte sie es heraus. Sie hielt es ins Licht und besah es von allen Seiten. Das konnte doch nicht wahr sein! Sie rannte in ihr Schlafzimmer und zog einen Koffer unter ihrem Bett hervor. Sie öffnete ihn und nahm ihr selbstgewebtes Umschlagtuch heraus. Dann hielt sie das winzige Stück Stoff daneben. Es war die gleiche Webart, der gleiche Stoff. Selbst das Karomuster stimmte mit ihrem Umschlagtuch überein. Fassungslos ließ Jana sich auf ihr Bett sinken. Was hatte das alles zu bedeuteten? So viel sie auch grübelte, sie fand keine zufrieden stellende Erklärung. Sie dachte an Balder und die Menschen in dem kleinen Dorf. Sie nahmen das Leben, wie es kam, versuchten nicht, für alles eine Erklärung zu finden. Wenn die Götter etwas beschlossen hatten, dann war es eben so. Warum sollte man sich dagegen auflehnen?

Es würde doch nichts nützen. Vielleicht erklärte das die Zufriedenheit, die sie dort empfunden hatte. Das Leben früher war mühseliger, aber es blieb immer genügend Zeit zum Erzählen. Was hatte die ganze Technik den Menschen gebracht? Obwohl man die Hausarbeit mit wenigen Handgriffen erledigen konnte und innerhalb eines Tages von einem Ende der Welt zum anderen gelangte, hatte niemand mehr Zeit. Die Menschen hatten Besitz von der Erde ergriffen und sie mit einer Arroganz zu ihrem Nutzen verändert und ausgebeutet, als wäre sie ihr Eigentum, als würde es keine zukünftigen Generationen mehr geben.

Nur sich selbst hatten sie nicht geändert. Sie waren genauso grausam und neidisch geblieben, wie sie es zu jeder Zeit gewesen waren. Der einzige Unterschied war der neue Individualismus, der schon die Kinder lehrte, nur an sich selbst zu denken. Keiner hörte dem anderen mehr zu, jeder nahm sich, was er bekommen konnte. Es war leichter zum Mond zu fliegen, als Frieden in der Welt zu schaffen oder dafür zu sorgen, dass niemand mehr Hunger leiden musste. Von den Gedanken, die ihr durch den Kopf gingen, wurde Jana müde. Mit dem kleinen Stück Stoff in der Hand schlief sie ein. Ihr letzter Gedanke war, dass sie nicht mehr hierher gehörte, vielleicht nie hierher gehört hatte.

Endlich kam der Freitag. Jana machte sich sorgfältig zurecht. Die Wegbeschreibung war gut, und so betrat sie als eine der Ersten das »Historia«. Der schwarzhaarige Lui stand im Eingang und kontrollierte, ob jeder, der hereinwollte, eine Einladung hatte. Der dichte Schnauzbart, den er trug, verlieh ihm das Aussehen eines Freibeuters. Freundlich reichte er ihr die Hand.

»Schön, dass du kommst«, begrüßte er sie. »Kommen Richard und Achim auch noch?«

»Nein, Achim ist in Thailand, und Richard wurde von seiner Firma nach Kuba geschickt.«

Nachdenklich ließ Jana ihren Blick durch das wunderschön eingerichtete Lokal schweifen, das durch sein ausgefallenes Ambiente bestach. Sie hatte schon von dem Lokal gehört, das gleichzeitig Restaurant und Museum war. Dass es so gemütlich war, überraschte sie. Ihr Blick blieb an den mit antiken Kostbarkeiten gefüllten Vitrinen hängen.

Sie sah sich die Vitrinen genauer an, die an den Wänden entlang und zwischen den Tischen standen. Sie waren chronologisch bestückt mit Exponaten von der Eiszeit über die Bronzezeit, den Kelten, Römern, Franken, Merowingern, Karolingern bis hin zum Zweiten Weltkrieg.

Die meisten Händler waren schon da und breiteten ihre Waren aus. Jana ging von Tisch zu Tisch und bestaunte die Bodenfunde. Von der Steinzeit bis zur Neuzeit konnte man alles kaufen, was das Herz begehrte. Vorausgesetzt natürlich, man hatte genügend Geld. Sie sah Keramikgefäße aus den verschiedensten Epochen, sassanidische, römische und keltische Ringe und Armreifen. Sogar eine merowingische Perlenkette konnte man erwerben. Dann gab es Schwerter, Kurzschwerter, Lanzen und Pfeilspitzen, byzantinische Kreuze, gläserne Armreifen und Unmengen von Fibeln aus Bronze, Silber oder Gold. Römische Amphoren, die einer der Schatztaucher vom Meeresgrund geborgen hatte, mittelalterliche Schlüssel und Schlösser und kleine Porzellanpüppchen von der Jahrhundertwende. Ein Stand fiel besonders ins Auge. Auf blauem Samt lagen perfekt präsentiert ägyptischer Schmuck und bronzene Götterfiguren in verschiedenen Größen und aus allen römischen Provinzen. Münzen, die so klein waren, dass man eine Lupe brauchte, um etwas darauf erkennen zu können, aber auch Münzen, die doppelt so groß waren wie ein Fünfmarkstück. Man konnte Goldmünzen kaufen, deren Wert den eines Mittelklassenwagens übertraf.

Dann gab es Stände, wo man allerlei Kurioses kaufen konnte. Es war unglaublich, was alles auf den Feldern herumlag. Pilgerkreuze, verrostete Hufeisen, Knöpfe, Teile von Möbeln und Pferdebeschläge und Gürtelschnallen aus dem Zweiten Weltkrieg, verschiedene Munition und sogar Handgranaten, bei denen der Zünder vorsorglich entfernt worden war.

Dazu kamen echte und gefälschte Ringe und Münzen aus der Türkei, Bulgarien und Griechenland. Apulische Amphoren und Weihegefäße, italische Tonfiguren und jede Menge Fachbücher zu den einzelnen Themen. Wer noch keinen Metalldetektor besaß, hatte Schwierigkeiten, sich zu entscheiden. Jeder der Detektorenhändler schwor auf die Suchgeräte, die er verkaufte. An einem Stand mit Beilen und Armreifen aus der Bronzezeit blieb Jana stehen.

»Hallo, Werner«, begrüßte sie den Händler. Werner,

von allen nur Kelten-Werner genannt, nickte ihr freundlich zu. Er sah aus wie Karl Lagerfeld mit seinem Zöpfchen, nur war er nicht ganz so elegant gekleidet. Werner war Frührentner und hatte nur noch eine Niere. Wenn er nicht an der Dialyse hing, fuhr er mit seinem Metalldetektor in die Wälder, um nach verborgenen Bodenschätzen zu suchen, durch deren Verkauf er seine magere Rente aufbessern konnte. Niemand kannte sich besser mit Hügelgräbern aus als er. Wenn er Geld brauchte, pflegte er zu sagen: »Ich fahre jetzt zu meiner Waldbank.« Stets kam er dann wenige Tage später mit einigen keltischen Torques, Armreifen, Fibeln oder Beilen zurück. Die Stellen, an denen er suchte, verriet er niemandem.

»Schön, dass ich dich hier treffe. Du weißt sicher schon, dass Achim und Richard außer Landes sind. Ich kann sie momentan nicht erreichen, aber ich brauche dringend ein Foto von der Sternenscheibe. Kannst du mir sagen, wer sie gekauft hat?« Werner war im Allgemeinen bestens informiert darüber, was in der Szene vor sich ging. Jeder mochte ihn und wusste, dass man sich auf ihn verlassen konnte. Doch diesmal schüttelte er bedauernd den Kopf.

»Es tut mir Leid. Ich habe zwar von der Sternenscheibe gehört und hätte sie gerne einmal gesehen, aber mehr weiß ich nicht darüber. Vielleicht solltest du Ulli oder Wolfgang fragen, sie werden sicher gleich hier sein.«

Immer mehr Sucher und Sammler betraten den Raum. Die meisten hatten Kisten und Schachteln unter dem Arm. Jeder versuchte zu verkaufen, zu tauschen oder sonst irgendwie einen guten Deal zu machen. Jana mochte die meisten der Sammler, deren Alter zwischen fünfundzwanzig und weit über siebzig Jahren lag und die aus den unterschiedlichsten Gesellschaftsschichten stammten.

Es gab einige gut aussehende Marlboro-Typen unter

ihnen, aber auch besserwisserische Pedanten und Langweiler, die stundenlang von ihrem einzigen, tollen Fund erzählten, den sie bereits in der Steinzeit gemacht haben mussten.

Ab und an gesellten sich auch einige Schatztaucher dazu und erzählten unglaubliche Geschichten von sagenhaften Schätzen auf dem Meeresgrund. Man erfuhr etwas über Goldschürfer in Peru und Australien, angeblichen, heimlich geborgenen Schätzen der berühmten Kokosinsel, sogar über das Bernsteinzimmer wurde diskutiert, von dem einige behaupteten, dass sich Teile davon längst in den Kellern privater Sammler befanden. Wer über ein Thema nicht Bescheid wusste, erfand einfach etwas hinzu, das bei künftigen Erzählungen dann bereitwillig mit eingeflochten wurde.

Eine tiefe Leidenschaft für Ausgrabungen verband die Sammler und Sucher, die sich über jeden Standesdünkel problemlos hinwegsetzten. Manager saßen neben Taxifahrern und Arbeitslosen, Doktoren und Industrielle diskutierten mit Installateuren und Schichtarbeitern und tauschten Literatur aus.

Fachbücher, die selbst über ein Antiquariat nicht mehr bezogen werden konnten, wurden kopiert oder ausgeliehen, sodass man auch die seltensten Exponate genau bestimmen konnte.

Jeder hatte sein Spezialgebiet, und so saß eine geballte Menge Fachwissen nebeneinander, aus dem man schöpfen konnte, so viel man wollte.

Jana setzte sich auf einen Hocker an einen der Stehtische und bestellte sich einen Kaffee. Der Rest der Sucher würde sicherlich gleich eintreffen.

Der dunkelblonde Borste aus Köln trat auf sie zu. Er konnte es kaum erwarten, seinen neuesten Fund zu zeigen.

»Willst du sehen, was ich gefunden habe?«, platzte er heraus, kaum dass er Platz genommen hatte. Ohne ihre Antwort abzuwarten, zog er einen römischen Denar aus seiner Tasche und reichte ihn ihr mit erwartungsvoller Miene.

Jana nahm die dargebotene Silbermünze, die fast zweitausend Jahre alt war, und bewunderte sie gebührend. Das Porträt des Augustus war klar zu erkennen, und auch die Rückseite war vorzüglich erhalten.

»Ich hab eine irre Stelle gefunden, da liegen bestimmt noch mehr von den Münzen. Vielleicht finde ich sogar einen Aureus dort.«

Borste war nicht der Einzige, der davon träumte, selbst einmal eine römische Goldmünze mit seinem Metalldetektor zu orten und sie einem der geschichtsträchtigen Ackerböden zu entreißen.

Jana fragte gar nicht erst, wo diese Stelle lag. Sie wusste, dass niemand eine Erfolg versprechende Stelle bekannt gab, bevor er nicht sicher sein konnte, dass man dort außer Kronkorken und Coladosendeckeln nichts mehr finden würde.

Die nächsten Sammler kamen herein und gesellten sich zu ihnen. Sie alle genossen diese Treffen, hatten doch die wenigsten unter ihnen im Bekanntenkreis Gleichgesinnte, mit denen sie sich über ihre Ausgrabungen und Sammlungen unterhalten konnten.

Sofort nahm Borste Jana die Münze aus der Hand und zeigte sie jedem, der sie sehen wollte.

Die Münzfreunde betraten als Nächste den Raum. Zielstrebig steuerten sie ihren runden Stammtisch an, der extra von einem großen Scheinwerfer taghell erleuchtet worden war.

Kaum dass sie saßen, zogen sie ihre Lupen aus der

Tasche und beugten sich leise murmelnd über die mitgebrachten Münzen und nahmen von dem, was um sie herum geschah, nichts mehr wahr.

Langsam füllte sich der große Raum, und jeder setzte sich an seinen Stammplatz, sofern dieser noch frei war.

Knisternde Spannung erfüllte den verqualmten Raum. Irgendetwas an diesem Abend war anders als sonst. Jana, die sich angeregt mit den Wuppertalern über keltische Regenbogenschüsselchen unterhalten hatte, drehte sich suchend um. Sie konnte die Spannung im Raum fast körperlich fühlen. Überall standen einzelne Gruppen von Suchern, steckten die Köpfe zusammen und tuschelten aufgeregt, wobei sie geheimnisvolle Mienen machten. Neugierig trat Jana zu der Gruppe, die ihr am nächsten stand.

»Darf man erfahren, was es Spannendes gibt?«, fragte sie Hein, einen langhaarigen Sucher, der seine gesamte Freizeit auf den Feldern verbrachte und hier und da römische Münzen oder Gemmen fand, von dessen Verkauf er sein altes Auto samt Benzin finanzierte, um weiter suchen zu können.

Die Sucher hatten ihr Gespräch unterbrochen und sahen Jana an. Keiner sagte etwas. Hier würde sie nichts erfahren, und sie versuchte ihr Glück bei Tom, der bestens über alles informiert war, was in der Szene vor sich ging. Sie setzte ihr strahlendstes Lächeln auf.

»Weißt du, was heute hier los ist?«, fragte sie ihn. »Alle tuscheln, aber niemand sagt mir etwas.«

Tom warf ihr einen vorwurfsvollen Blick zu. Frauen ging so etwas nichts an, sie konnten doch nie ihren Mund halten.

»Schade«, sagte Jana nach einer Weile. »Ich habe gedacht, du wüsstest etwas, dann werde ich eben Wolfgang fragen.«

Enttäuscht sah sie ihn aus ihren schönen blauen Augen an und tat so, als würde sie gehen.

Das wollte Tom nicht auf sich sitzen lassen, denn er war stolz darauf, immer bestens informiert zu sein und zum harten Kern der Sucher zu gehören. Dazu kam, dass er die blonde Jana heimlich verehrte. Er bewunderte ihre charmante, sichere Art, mit der sie die Sucher beeindruckte und deren Respekt erwarb. Wo sie auftauchte, war sie unbestrittener Mittelpunkt, und manch verstohlener Blick folgte ihr, wenn sie auf ihren schwarzen Pumps durch den Raum lief.

»Eigentlich darf ich nicht darüber reden, es ist zu gefährlich.« Er zögerte, doch Jana warf ihm einen aufmunternden Blick zu, in den sie so viel Bewunderung wie möglich legte. Dem konnte er nicht widerstehen. Jana würde früher oder später sowieso erfahren, warum in dem überfüllten Raum so große Aufregung herrschte.

»Ich habe gehört, dass jemand im Osten einen Wahnsinnsfund gemacht hat. Irgendetwas mit Schwertern und einer Sternenscheibe. Gold war auch dabei.«

Jana war elektrisiert, jetzt würde sie endlich erfahren, wer den Fund gekauft hatte. Dass sie es war, die die Scheibe gefunden hatte, schien niemand hier zu wissen.

»Kannst du mir sagen, wer die Scheibe hat?«, fragte sie aufgeregt. »Ich würde sie gern einmal sehen.«

Doch Tom wusste nichts Näheres, und Jana drehte sich enttäuscht um, um woanders etwas über den Aufenthaltsort der Scheibe zu erfahren.

Doch niemand wusste etwas Genaues. Sie erfuhr, dass es Streit, Knochenbrüche und Erpressungen gegeben haben sollte und mehrere Händler an dem Fund mitverdienen wollten, denen man besser nicht in die Quere kam.

Das Schatzsuchertreffen war eine reine Männerwelt,

nur wenige Frauen wurden dort akzeptiert. Andere Menschen träumten von einem Millionengewinn im Lotto, die Schatzsucher, genau wie die Archäologen, von einem außergewöhnlichen Fund.

Jedenfalls war die Scheibe eine willkommene Abwechslung, war es doch in den letzten Monaten ruhig geworden. Vereinzelte Münzen wurden von den Feldern geborgen, ansonsten tauchten keine interessanten Funde auf.

Immer lagen die gleichen Bodenfunde auf den Tischen, und alle träumten von vergangenen Zeiten: vor zwanzig Jahren, als das Hafenbecken von Krefeld-Gellep ausgehoben wurde und in Köln der Bagger täglich die Erde aufriss und man alles finden konnte, was das Herz begehrte, vorausgesetzt, man war zur richtigen Zeit am richtigen Ort. Oder in und um Xanten, wo Hunderte von Menschen nach jedem Regen über die frisch gepflügten Felder liefen, um mit bloßen Augen nach Gemmen zu suchen, kleinen, römischen Schmucksteinen, in die antike Künstler filigrane Gottheiten kunstvoll eingeschnitten hatten.

Oder in Trier, wo praktisch überall, wo der Boden bewegt wurde, stille Zeugen der Vergangenheit sichtbar wurden, die unzählige Menschen im Laufe der Jahrtausende zurückgelassen hatten.

Die Sammelgebiete reichten von Münzen über Fibeln zu Keramiken bis hin zu figürlichen Darstellungen, die allerdings sehr teuer waren.

Geredet wurde viel, doch oft erwiesen sich angeblich sensationelle Funde als Bronzeschrott, oder es waren einfach nur Gerüchte, deren Ursprünge irgendwann von niemandem mehr festgestellt werden konnten.

Die Sammler und Schatzsucher liebten diese Geschichte, bedeuteten sie doch die Erfüllung ihrer kühnsten Träume. Wie der angebliche Silberhortfund mit achtundneunzig römischen Denaren, den ein Essener in der Nähe von Kalkriese gemacht hatte und von dem er nur einen einzigen Denar vorzeigte. Die anderen hatte er angeblich verkauft. Kalkries, das bedeutete Varusschlacht, und es war nicht ungefährlich, sich dort mit einem Metalldetektor blicken zu lassen.

Polizeistreifen kontrollierten Autos mit fremden Kennzeichen, und jede Menge ehrenamtliche Grabungshelfer und Archäologen versuchten eifersüchtig, das riesige Gelände zu überwachen, in dessen Erde die Überbleibsel der beiden berühmtesten römischen Legionen vermutet wurden, die von dem mächtigen Feldherrn P. Quinctilius Varus geführt und von dem cheruskischen Fürsten Arminius im Jahre neun nach Christus vernichtend geschlagen worden waren.

Einige Sammler träumten davon, den verlorenen Legionsadler zu finden, der abgesehen von seinem kulturhistorischen Wert unbezahlbar sein würde, oder aber Schwerter, Rüstungsteile oder zumindest einige von den kostbaren Münzen bergen zu können.

Einer der Sucher stand auf, um in Ruhe zu telefonieren. Jana nutzte die Gelegenheit, um sich auf den frei gewordenen Platz neben Wolfgang zu setzen.

»Ich würde dich gerne einen Moment sprechen. Du kennst mich doch noch?«, fragte sie, als Wolfgang sie erstaunt ansah. Immerhin hatte sie ihn seit Jahren nicht mehr gesehen.

»Ich denke schon, du bist doch öfter mit Achim und Richard zusammen. Also schieß los. Worüber wolltest du mit mir sprechen?«

Jana zögerte einen Moment, bevor sie fortfuhr: »Du machst doch manchmal Geschäfte mit Achim. Kannst du mir vielleicht sagen, wer die Sternenscheibe gekauft hat?«

Erwartungsvoll sah sie ihn an. Wolfgang runzelte die Stirn.

»Hör mir auf mit dieser blöden Scheibe. Nichts als Ärger habe ich damit gehabt. Wir hatten einen Käufer, der viel Geld dafür bezahlen wollte. Wir waren uns schon einig, als er, ohne einen Grund zu nennen, abgesprungen ist. Außerdem schien er ziemlich sauer zu sein. Mit anderen Worten, ich habe auch noch einen Kunden verloren. Achim hat mir nicht einmal den Flug nach Berlin ersetzt oder mir meine Zeit bezahlt. Aber das müsstest du doch eigentlich wissen, ihr wart doch gemeinsam suchen, oder nicht? Wieso fragst du eigentlich nicht Achim, wo die Scheibe jetzt ist? Habt ihr Streit bekommen?« Misstrauisch sah er sie an.

»Nein«, beruhigte Jana ihn. »Aber Achim ist in Thailand, und ich kann ihn momentan nicht erreichen. Ich wollte nur ein Foto von der Sternenscheibe als Erinnerung haben, das ist alles.« Enttäuscht stand sie auf. Jetzt blieb nur noch Ulli übrig. Sie hatte ihn bisher nicht gesehen. Sie ging zum Eingang, um Lui zu fragen, ob Ulli schon da war. Lui schüttelte bedauernd den Kopf.

»Ich habe ihn nicht gesehen, aber er war bis jetzt auf jedem Treffen. Vielleicht kommt er später.« Jana sah sich um. Es war kein Sitzplatz mehr frei. Die wichtigsten Geschäfte wurden innerhalb der ersten Stunde abgeschlossen. Je nachdem, wie viel die Händler verkauft hatten, saßen sie mehr oder weniger zufrieden am Tisch und bestellten erst einmal etwas zu essen. Später, bevor die Händler wieder einpackten, gingen sie noch einmal mit den Preisen runter, und man konnte hier und da ein Schnäppchen machen. Bei den Münzfreunden war noch ein Platz frei. Auf Janas Frage, ob sie sich dazusetzen könne, reagierte keiner der Männer. Konzentriert saßen sie mit ihren Lupen in der Hand über verschiedenen Münzen, um sie zu begutachten. Jana setzte sich. Sie hatte Hunger bekommen und beschlossen, einen Salat zu bestellen, während sie auf Ulli wartete.

Es war spät geworden, als die Kellnerin ihr endlich den Salat brachte. An den Ständen waren nur noch wenige Händler, die meisten der Anwesenden hatten sich um die Stehtische versammelt und tranken Bier.

Friedhelm, ein Kunst- und Antikenhändler, hatte ebenfalls von dem Treffen erfahren und beschlossen, dorthin zu fahren. Eigentlich war es unter seinem Niveau, diese Treffen zu besuchen. Der Allerweltskram, wie er ihn herablassend nannte und den die Sucher und die kleinen Händler dort voller Stolz anboten, interessierte ihn nicht sonderlich. Doch die Geschäfte gingen schlecht, es war immer schwieriger geworden, gute Ware zu einem günstigen Preis einzukaufen, sodass er überhaupt noch etwas daran verdienen konnte. Seine Kunden, überwiegend Ärzte, hatten schon alles in ihren Tresoren und Vitrinen, was man sich denken konnte, und sprangen nur noch auf außergewöhnliche Funde an.

Auch mit der Sammlung, die er von den Erben eines verstorbenen Sammlers angekauft hatte, hatte er keinen guten Schnitt gemacht. Er hatte sie komplett kaufen müssen und war, abgesehen von einigen Topteilen, die nicht einmal seine Kosten gedeckt hatten, auf dem Rest der Ware sitzen geblieben.

Die Auktionen in London waren ebenfalls enttäuschend. Das einzig wirklich Interessante war ein zwei Kilogramm schwerer Torques aus purem Gold gewesen, doch der war so teuer, dass er die Finger davon gelassen hatte.

Das Treffen war so, wie er es erwartet hatte, und so schlenderte er gelangweilt von Tisch zu Tisch.

Er war erst spät gekommen, und viele Schatzsucher saßen bereits gemütlich bei einem Bier zusammen und unterhielten sich. Sie hatten die Hoffnung längst aufgegeben, noch irgendetwas verkaufen zu können, und so versuchten sie, zu tauschen oder mit Dumpingpreisen untereinander noch einen guten Deal zu machen.

Friedhelm setzte sich dazu und bestellte eine Runde für alle. Das tat er nicht etwa aus Großzügigkeit, sondern weil er wusste, dass die meisten Sucher ihn nicht besonders mochten, was allerdings auf Gegenseitigkeit beruhte und ihn nicht weiter störte.

»Hat noch irgendjemand etwas Figürliches oder sonst wie Interessantes?«, fragte er. Sofort begannen einige der Sucher, in den auf dem Boden stehenden Kisten zu kramen und allerlei Fibeln und Applikationen hervorzuholen und anzupreisen.

»So eine Fibel hast du bestimmt noch nicht gesehen, ein absolut seltener Typ, ich kann dir einen Sonderpreis machen.« Peter sah ihn erwartungsvoll an.

»Hast du die auch in Silber oder in Gold?«, fragte Friedhelm arrogant zurück. »Meine Kunden stehen nicht auf so einen Allerweltskram. Sie wollen Exponate, die einzigartig oder zumindest feuervergoldet sind. Dafür sind sie auch bereit, gut zu zahlen.« Sein Gesicht verzog sich zu einem unangenehmen Grinsen.

Die Sucher begannen sich über seine Überheblichkeit, aber auch über seinen Erfolg zu ärgern, den Friedhelm durch seinen teuren Anzug und die noch teurere Armbanduhr demonstrierte.

»Wenn du etwas Einzigartiges willst, hättest du früher

kommen müssen. Jetzt ist die Sternenscheibe bereits verkauft.« Peter grinste ihn hämisch an.

»Was für eine Sternenscheibe?«, fragte Friedhelm zurück. Er würde doch wohl nichts Lohnenswertes verpasst haben?

»Die Sternenscheibe aus der Bronzezeit, diesen Kulthort mit den goldverzierten Schwertern.« Peter genoss es, Friedhelm zu ärgern und ihm den Mund wässrig zu machen.

»Nein, ich habe nichts davon gehört, aber du wirst es mir sicher gleich erzählen.«

Friedhelm war sauer. Vielleicht sollte er doch öfter diese blöden Treffen besuchen, allein, um auf dem Laufenden zu bleiben.

Er bestellte noch eine Runde. Alkohol machte die Sucher erfahrungsgemäß gesprächiger. Er sollte Recht behalten. Eine halbe Stunde später wusste er alles über die Scheibe, was die Gerüchteküche hergab.

Nur dass sie längst in die Schweiz verkauft war, konnte er nicht ahnen.

Ulli war immer noch nicht da, und Jana beschloss, nach Hause zu fahren. Sie hatte keine Lust, sich die Geschichten von den unglaublichen Hortfunden anzuhören, die mit jedem Bier fantastischer wurden. Wenn sie wahr wären, müssten einige der Sammler längst Millionäre sein. Die wenigen unter ihnen, die wirklich einmal einen Münzschatz oder andere wertvolle Schätze geborgen hatten, konnte man an einer Hand abzählen. Die meisten der hier anwesenden Sammler gingen nur noch gelegentlich suchen und zehrten von den Erinnerungen. Sie hatten jetzt Frau und Kinder und wenig Freizeit. Wenn sie sich mal ein Wochenende freigeschaufelt hatten und nach drei einsamen Tagen und Nächten auf den Feldern nur mit ein paar Kupfermünzen heimkamen, brauchten sie diese Geschichten, um ihren Traum von Abenteuer und der schnellen Mark weiterträumen zu können.

Jana ging Richtung Ausgang und ließ ihren Blick noch einmal über die Sucher schweifen, in der Hoffnung, Ulli zu entdecken, doch sie konnte ihn nirgends sehen.

Lui hielt sich immer noch in der Nähe des Eingangs auf. Jana ging zu ihm. »Kannst du mir vielleicht die Telefonnummer von Ulli geben?«, bat sie ihn. Lui holte sein Adressbuch und schrieb ihr die Nummer auf einen Zettel. Jana verabschiedete sich und fuhr nach Hause. Sie war müde und ging sofort ins Bett. »Morgen rufe ich Ulli an«, dachte sie noch, bevor sie einschlief. Sie träumte von Balder, Isa und ihrem Baby.

Am nächsten Morgen wählte sie die Telefonnummer von Ulli. Er war nicht da. Sie versuchte noch einige Male, ihn zu erreichen, hatte aber erst am späten Nachmittag Glück. Ihr Herz klopfte bis zum Hals vor lauter Aufregung, als der Hörer endlich abgenommen wurde.

Doch Ulli zerschlug ihre Hoffnung. Unfreundlich gab er ihr zu verstehen, dass er die Namen seiner Kunden grundsätzlich nicht preisgeben könne und dass er Achim das Versprechen abgenommen habe, ebenfalls Stillschweigen darüber zu bewahren. Frustriert und traurig legte Jana den Hörer zurück auf die Feststation.

Tränen liefen ihr über die Wangen. Wie sollte sie zurück zu ihrem Mann gelangen? Würde Balder jemals erfahren, dass sie sein Kind unter ihrem Herzen trug? Richard fehlte ihr. Sie vermisste seine ruhige, freundliche Art. Wenn er jetzt hier wäre, würde er sie trösten. Jana machte einen Kaffee und kuschelte sich in ihren Sessel. Sie schaltete den Fernseher ein, um sich von ihren traurigen Gedanken abzulenken, zappte durch die Programme, entdeckte aber nichts, was sie interessierte. Als sie gerade abschalten wollte, erweckte das Gesicht eines Mannes ihre Aufmerksamkeit. Sie stellte den Ton lauter und lehnte sich zurück.

Der Moderator interviewte gerade einen Araber über seine Religion. Fasziniert betrachtete sie das klassische Gesicht des Arabers, das im krassen Gegensatz zu dem des verweichlicht aussehenden Moderators stand. Zwei Welten prallten aufeinander. Der Araber war korrekt mit einem teuren Anzug gekleidet. Etwas an ihm erinnerte Jana an die Menschen in dem kleinen Dorf. Vielleicht war es die Art, wie er auf die Fragen des Moderators konterte, der immer wieder vergeblich versuchte, ihn aufs Glatteis zu führen und ihm etwas zu entlocken, das er nicht preisgeben wollte.

Der Araber ließ ihm keine Chance. Er antwortete auf jede Frage souverän und offen, mit einer unerschütterlichen Sicherheit und Klarheit, die beeindruckend war. Der Moderator wirkte neben ihm mehr und mehr wie eine Karikatur. Sein selbstbewusstes Kameralächeln verkrampfte sich. Unsicher sah er auf seine Notizen. Dann beendete er abrupt das Interview. Er sah aus wie ein kleiner Junge, dem man sein Spielzeug weggenommen hatte.

Jana dachte an diesem Abend noch lange darüber nach, was der Araber dem Moderator voraushatte. Sie kam zu dem Schluss, dass es die Konsequenz war, mit der er seine Religion ausübte. Aber auch die klare Einstellung zu Leben und Tod. Es war die Sicherheit eines Menschen, der unerschütterlich an seinem vom Schicksal vorgesehenen Weg festhielt, der wusste, dass sich das Schicksal nicht beeinflussen ließ und niemand ihm entkommen konnte.

Die Tage vergingen, wurden zu Wochen. Janas Urlaub war vorbei, und sie hatte wieder angefangen zu arbeiten. Jeden Tag fuhr sie lustloser in ihre Firma. Ihr Bauch wurde täglich runder. Immer häufiger spürte sie, wie ihr Kind sich bewegte. Es waren die wenigen glücklichen Momente, die sie jedes Mal auskostete, so lange sie konnte. Sie hatte sich völlig zurückgezogen und grübelte ständig darüber nach, wie sie an die Sternenscheibe kommen könne. Achim hatte sich eine Thailänderin aus dem Urlaub mitgebracht und verjubelte den Rest des Geldes mit ihr, das er von dem Verkauf der Sternenscheibe noch übrig hatte.

Als Richard einige Wochen später zurückkam, fuhr er sofort zu ihr. Er war erschrocken über Janas Aussehen. Tiefe Schatten lagen unter ihren schönen Augen, in denen der fröhlich Glanz fehlte. Er ging mit ihr spazieren und versuchte, sie aufzumuntern, aber es gelang ihm nicht. Jana hatte sich selbst ihm verschlossen. Richard begann zu begreifen, dass Jana hier nicht mehr glücklich werden konnte. So beschloss er schweren Herzens, ihr zu helfen. Er rief Achim an und forderte ihn auf, ihm den Namen und die Adresse des Käufers zu geben. Doch Achim blieb stur. Er wollte es sich nicht mit Ulli verderben.

Eines Abends zeigte Jana Richard den Brief, den ihre Mutter ihr geschrieben hatte. Als Richard ihn gelesen hatte, war er sprachlos. Was hatte das alles zu bedeuten? Er fand keine Erklärung, so viel er auch grübelte. Doch dann hatte er eine Idee.

»Weißt du eigentlich, wo genau das Haus deiner Großmutter steht?«, fragte er Jana und sah sie erwartungsvoll an. Jana überlegte.

»Meine Großmutter ist gestorben, als ich noch klein war, ich kann mich weder an sie noch an das Haus erinnern.« Sie sprang auf und holte einige Fotoalben hervor. Aufgeregt blätterte sie die Seiten durch. Auf einem schon leicht vergilbten Schwarzweißfoto fand sie, was sie gesucht hatte. Eine sympathisch aussehende alte Frau saß auf einer Bank vor einem kleinen, schiefen Fachwerkhaus. Die grauen Haare trug sie hochgesteckt unter einem Dutt. Auf ihrem Schoß saß eine gut genährte, gefleckte Katze. Sie reichte Richard das Fotoalbum.

»Gib mir mal die Lupe«, forderte Richard sie auf. Jana stand auf und holte ihre Lupe. Richard studierte das Foto genau.

»Schau mal her«, sagte er. »Siehst du die Hügelkette hier? Könnte es sein, dass das Haus in der Nähe der Stelle gestanden hat, an der wir die Reise durch die Zeit angetreten haben?«

Jana nahm ihm die Lupe aus der Hand und studierte aufmerksam das Foto. Ihre Hände begannen vor Aufregung zu zittern.

»Du hast Recht, die Hügelkette sieht so aus wie die hinter unserer Fundstelle. Aber ich habe dort kein Haus gesehen. Es war doch weit und breit kein Haus in Sicht. Oder kannst du dich an eines erinnern?«

»Vielleicht ist es abgerissen worden«, gab Richard zu bedenken. »Du könntest ja deine Eltern nach der Adresse fragen, dann wissen wir es genau.«

Jana griff sofort zum Telefon. Ihr Vater war dran.

»Hallo Papa«, begrüßte sie ihn. »Kannst du mir bitte die Mama ans Telefon holen?«

»Tut mir Leid, aber deine Mutter ist bei einer Schulfreundin zum Essen eingeladen und wird erst spät zurückkommen.« Jana war zu ungeduldig, um länger warten zu können.

»Ich sehe mir gerade die alten Fotos an und wollte dich nach der Adresse von Großmutters Fachwerkhaus fragen. Ich würde gerne dorthin fahren, um es mir anzusehen. Kannst du sie mir geben?«

Die Stimme ihres Vaters klang erstaunt, als er ihr den Namen des Dorfes nannte, an dessen Rand das Haus einsam und abgelegen stand.

»Deine Mutter und ich waren vor einigen Jahren noch einmal dort, weil es einen Interessenten gab, der es als Wochenendhaus kaufen wollte. Er ist aber dann vom Kauf zurückgetreten, weil die Kosten für eine Renovierung zu hoch waren. Es gibt ja nicht einmal eine Heizung in dem Haus. Ich hatte damals zu viel zu tun, um mich weiter darum zu kümmern. Nach der Grenzöffnung sind wir noch zwei- oder dreimal angerufen worden, doch es ist nie zu einem Verkauf gekommen.«

Jana verabschiedete sich von ihrem Vater und legte auf. Mit glänzenden Augen sah sie Richard an. Noch bevor sie etwas sagte, wusste Richard, was sie ihn fragen wollte. »Ist gut. Du hast mich schon überredet. Ich werde mit dir dorthin fahren. Aber ich kann erst am nächsten Wochenende, weil ich versprochen habe, den Notdienst für eine größere Computeranlage zu übernehmen«, sagte er lächelnd. Jana fiel ihm um den Hals.

»Danke, dass du mich nicht allein fahren lässt«, sagte sie. »Ich weiß zwar noch nicht genau, was ich mir davon erhoffe, aber ich habe das Gefühl, dass es wichtig ist, dorthin zu fahren.«

Die nächsten Tage vergingen viel zu langsam. Ungeduldig erwartete sie das kommende Wochenende. Endlich war es so weit, der nächste Tag war der ersehnte Samstag. Richard und Jana wollten so früh wie möglich losfahren. Jana holte ihre Reisetasche aus dem Schrank. Sie überlegte, was sie mitnehmen wollte.

Die erwartungsvolle Spannung, die sich in ihr ausgebreitet hatte, steigerte sich zur Euphorie. Doch schon im nächsten Moment bekam sie Angst davor, enttäuscht zu werden. Sie würde es nicht ertragen, wenn sie auf ihrer Reise in den Osten Deutschlands nichts erreichen würden. Sie wusste nicht genau, was sie sich überhaupt davon versprach, aber die Hoffnung, die in ihr keimte, ließ sich nicht unterdrücken.

Sie lief in ihr Schlafzimmer und holte den Koffer unter dem Bett hervor, in dem sie die Sachen verstaut hatte, die sie von ihrer Reise durch die Zeit mitgebracht hatte. Mit zitternden Händen öffnete sie den Koffer. Sie nahm ihr Gewand heraus und hielt es an ihr Gesicht. Mit geschlossenen Augen sog sie die vertrauten Gerüche ein. Ihre Sehnsucht nach Balder und nach Isa wurde unerträglich.

Vor ihrem inneren Auge tauchten die schönen, alten Bäume auf, die sich ruhig und gleichmäßig im Wind hin und her wiegten. Wieder schien es ihr, als würden die Äste ihr zuwinken, sie auffordern, zu ihnen zurückzukehren.

Lange Zeit saß sie mit dem Gewand in der Hand vor dem Koffer. Dann stand sie auf und legte es in die Reisetasche. Sie packte noch die verschiedensten Dinge ein, die man eigentlich nicht für einen Wochenendtrip benötigte. Es war spät geworden. Jana nahm ein ausgiebiges Bad und cremte sich sorgfältig ein. Sie trank noch ein Glas Rotwein und legte sich dann in ihr Bett. Wider Erwarten schlief sie sofort ein.

Am nächsten Morgen stand sie, ohne auf das Klingeln des Weckers zu warten, um sechs Uhr auf und kochte sich einen Kaffee.

Als Richard pünktlich vor ihrer Tür stand, um sie abzuholen, lag eine stille Erwartung in Janas Gesicht. Ihre Augen hatten wieder den alten Glanz. Richard dachte, dass sie noch nie schöner war als jetzt. Sein Herz zog sich traurig zusammen. Er hätte alles dafür gegeben, Jana für sich zu gewinnen. Sie tranken noch einen Kaffee zusammen, dann nahm Richard Janas Reisetasche. Sie war schwerer als er erwartet hatte. Er unterdrückte den Wunsch sie danach zu fragen, was sie alles mitgenommen hatte. Schweigend stiegen sie in Richards Jeep. Es regnete in Strömen. Richard hatte Mühe, sich auf den Verkehr zu konzentrieren. Immer wieder drehte er den Kopf, um Jana anzusehen.

Hoffentlich wird Jana nicht enttäuscht, dachte er. Doch Jana wurde lebhafter, je näher sie ihrem Ziel waren. Sie lachte und scherzte mit ihm und erzählte ihm alles Mögliche, nur über ihre Reise durch die Zeit und das Wochenende, das vor ihnen lag, verlor sie kein Wort. Es war Mittag, als sie den kleinen Ort erreichten, den Janas Vater ihnen genannt hatte. Fachwerkhäuser säumten die Straße, die durch Nebra führte. Richard hielt vor einem Gasthof. Er drehte sich zu Jana und sah sie an.

»Lass uns etwas essen, bevor wir uns hier umsehen.« Jana war einverstanden. Der Gasthof war sauber und gemütlich. Sie bestellten Schnitzel mit Röstkartoffeln und Spiegelei. Als sie gegessen hatten, fragte Richard den Wirt nach dem Fachwerkhaus von Janas Großmutter. Der Wirt war ein kleiner Mann um die sechzig, mit schütterem Haar und Bierbauch. Neugier blitzte in seinen wässrigblauen Augen auf.

»Ich kann Ihnen sagen, wo das Haus steht, doch wenn Sie Näheres darüber wissen möchten, fragen Sie am besten den Addi. Er kommt jeden Abend her. Addi hat sich damals um die Katzen gekümmert, als die alte Frau gestorben ist.« Redselig fuhr er fort: »Es sind schon unheimliche Dinge um das Haus herum geschehen. Außer Ihnen gab es noch mehrere Interessenten für das Haus, aber sie sind alle wieder abgesprungen. Niemand weiß genau, warum.« Offensichtlich hielt der Wirt sie für ein kaufinteressiertes Ehepaar. Richard bedankte sich und bezahlte die Rechnung. Er gab dem Wirt ein großzügiges Trinkgeld, das dieser freudig einsteckte. Dann fragte er ihn, ob er noch ein Zimmer für eine Nacht freihätte.

»Selbstverständlich habe ich ein Zimmer für Sie. Kommen Sie mit, ich werde es Ihnen zeigen.« Er nahm einen Schlüssel vom Brett und führte sie über eine knarrende Holztreppe in ein sauber hergerichtetes Doppelzimmer. Die Einrichtung war schlicht, aber praktisch. Als einziger Schmuck hing ein liebevoll verziertes, handgeschnitztes Kreuz über dem Bett.

»Gegen sieben kommt der Addi«, wiederholte er noch

einmal. Er reichte Richard den Schlüssel und wünschte ihnen noch einen schönen Nachmittag. Dann ließ er die beiden allein. Richard holte die Reisetaschen aus dem Jeep und brachte sie ins Zimmer. Er sah Jana an und bemerkte die Ungeduld in ihren Augen.

»Sollen wir jetzt zu dem Haus deiner Großmutter fahren oder möchtest du dich erst ein wenig ausruhen?«, neckte er sie. Übermütig warf Jana ihm eines der Kissen an den Kopf.

»Lass uns fahren.« Sie stiegen in den Jeep, und Richard fuhr den Wagen langsam über das holprige Kopfsteinpflaster aus dem Ort. Sie sahen das Haus schon von weitem, obwohl es von mehreren großen Eichen umgeben war, die es fast vollständig verdeckten. Richard hielt direkt vor dem Haus. Als sie ausgestiegen waren, sah Jana sich neugierig um. Hier hatte also ihre Großmutter gelebt. Hinter dem Haus erhob sich eine sanft ansteigende Hügelkette. Richard hatte Recht gehabt, es war die gleiche Hügelkette, die sie von weitem gesehen hatten, als sie das letzte Mal hier gewesen waren.

Sie sah sich das Haus genauer an. Das Dach schien undicht zu sein. Die Farbe von den Holzläden vor den Fenstern war zum größten Teil abgeblättert, und auch die Tür hatte einen neuen Anstrich nötig. Ihr Blick fiel auf die Bank, die sie schon auf dem Foto gesehen hatte. Sie setzte sich darauf und dachte an ihre Großmutter, die ja eigentlich gar nicht ihre richtige Großmutter war. Trotzdem war es schade, dass sie sich nicht kennen gelernt hatten. Sie war erst zwei Jahre alt gewesen, als ihre Großmutter starb. Jana zog den Schlüssel von dem Haus, den ihre Mutter ihr gegeben hatte, aus ihrer Tasche und schloss die Haustür auf. Sie war verzogen und klemmte. Erst nach einem kräftigen Stoß sprang sie knarrend auf. Feuchte, muffige Luft strömte ihr entgegen. Sie sah sich in dem halbdunklen Raum um. Nur wenig Licht drang durch die kleinen Fenster ins Innere des Hauses. Der Raum, in dem sie sich befand, war Wohnraum, Esszimmer, Schlafzimmer und Küche in einem. Vor dem Kachelofen links an der Wand lag ein flacher Stein auf dem Fußboden. Er war ungefähr vierzig Zentimetern lang und fast genauso breit. Jana erinnerte sich, wie ihre Mutter ihr einmal erzählt hatte, dass der Stein erst im Ofen aufgeheizt und anschließend mit Zeitungspapier umwickelt ans Fußende des Betts gelegt wurde.

»Das Wichtigste ist, dass die Füße warm sind«, hatte sie immer gesagt. Der massive Esstisch war blank gescheuert und wirkte im Gegensatz zu den Stühlen recht stabil. Das zerschlissene Sofa neben dem Kamin ließ sich durch Ausklappen in ein Bett verwandeln. Über dem Sofa hing ein Ölgemälde, auf dem ein dunkler Hirsch abgebildet war. Er stand unter drei mächtigen Eichen. Im Hintergrund konnte man einen Hügelkamm erkennen. Lange betrachtete Jana das Bild. Sie überlegte, ob es eine Bedeutung hatte. Richard war hinter sie getreten. Sie fragte ihn, was er von dem Bild hielt.

»Ich kann nichts Besonderes auf dem Bild erkennen. Es gibt eine Menge Menschen, die Bilder mit Hirschen in ihren Wohnzimmern hängen haben«, sagte er schulterzuckend.

»Aber die meisten Hirsche werden nicht so dunkel gemalt. Dieser hier ist fast schwarz und in der Relation zu den Eichen ziemlich groß.« Jana sah sich suchend um. Sie hoffte, einen Hinweis auf ihre Herkunft oder eine Erklärung für die Reise durch die Zeit zu finden. Irgendetwas, das sie ihrem Ziel näher bringen würde, zurück in die Vergangenheit zu gelangen. Sie durchsuchte Schränke und Schubladen, doch außer dicken Staubschichten und Mäusedreck fand sie nichts. Enttäuscht sah sie Richard an.

»Wo können wir noch suchen?«

»Ich habe keine Ahnung, wir wissen ja nicht einmal genau, wonach wir überhaupt suchen. Wir könnten ein Stück spazieren gehen und uns die Stelle ansehen, wo wir die Schwerter und die Scheibe gefunden haben. Vielleicht fällt uns dann etwas ein.«

Jana war einverstanden, und Richard holte ihre Jacken aus dem Auto. Querfeldein liefen sie über die abgeernteten Felder. Die Sonne stand hoch am Himmel, ein leichter Wind blies ihnen ins Gesicht. Jana genoss die frische Luft. Sie hatte das Gefühl, seit langem wieder richtig durchatmen zu können. Es dauerte nur wenige Minuten, bis sie das Feld erreichten, wo sie die Funde gemacht hatten. Jana sah sich suchend um. Am Rande des Feldwegs, der die beiden Felder trennte, stand die Esche. Sie sah aus wie jede andere Esche auch. Sie lief zu der Esche, legte ihre Arme um den Stamm. Doch nichts geschah. Das Feld war frisch gepflügt. Die von ihnen gegrabenen Löcher waren nicht mehr zu sehen.

»Hier müsste es sein.« Jana setzte sich auf den warmen Ackerboden. Mit der Hand nahm sie einige Erdklumpen und zerbröselte sie zwischen ihren Fingern. Richard ließ sich neben ihr nieder. Sie lehnte den Kopf an seine Schulter. Schweigend saßen sie nebeneinander und hingen ihren Gedanken nach. Immer wieder zerbröselte Jana Erde zwischen ihren Fingern und überlegte, wie viele Menschen in den vergangenen Jahrtausenden wohl schon über diesen Boden gelaufen waren.

Ihr Blick fiel auf den kleinen Erdhaufen, den sie in der letzten Stunde neben sich aufgehäuft hatte. Was war das? Ein kleiner goldener Punkt blinkte zwischen den kleinen Erdklumpen auf. Mit zwei Fingern holte Jana ihn heraus.

»Sieh dir das an.« Sie hielt Richard das erbsengroße, auf einer Seite abgerundete Goldplättchen hin.

»Auf der Sternenscheibe gab es eine Vertiefung, die leer war. Es könnte sein, dass du den fehlenden Stern gefunden hast.« Jana sprang aufgeregt auf. »Es könnte sein, aber es muss nicht«, gab Richard zu bedenken. Er wollte Jana eine weitere Enttäuschung ersparen. Doch Jana ließ sich nicht beirren.

»Jetzt muss Achim uns die Adresse von dem Käufer geben. Er wird sich bestimmt freuen, wenn wir ihm den fehlenden Stern bringen. Komm mit«, forderte sie Richard auf. »Wir fahren zum Gasthof zurück und rufen Achim an.«

Richard erreichte Achim sofort und erzählte ihm von dem Goldplättchen.

»Ich muss erst Ulli fragen, immerhin handelt es sich um seinen besten Kunden.«

»Du weißt, dass wir nicht vorhaben, ihm den Kunden wegzunehmen. Ich habe dir doch erzählt, wie wichtig es für Jana ist.«

Achim versprach, sein Bestes zu tun, dann legte er auf.

»Was hat er gesagt? Wird er uns den Namen und die Adresse geben?«, fragte Jana aufgeregt. Richard sah sie liebevoll an.

»Er wird sein Bestes geben, um von Ulli die Erlaubnis zu erhalten. Ich bin mir nicht sicher, was du dir davon versprichst, diesem Kunden das Goldplättchen zu bringen. Glaubst du wirklich, dass es reichen wird, die Scheibe in die Hände zu nehmen? Er wird sie dir ganz sicher nicht mitgeben. Dafür hat er zu viel bezahlt.« Sie gingen zurück in die Gaststube. Der Wirt blinzelte ihnen verschwörerisch zu, während er auf sie zukam.

»Da hinten sitzt der Addi. Wenn Sie ihn zu einem Bier einladen, erzählt er Ihnen alles, was er über das alte Haus weiß«, flüsterte er.

Jana reagierte nicht auf die Worte des Wirts. Nachdenklich nippte sie an ihrem Rotwein.

»Ich glaube nicht, dass es schaden kann, Näheres über das Haus deiner Großmutter zu erfahren«, sagte Richard. »Der Wirt hat mich neugierig gemacht, ich würde gerne wissen, was die Leute hier im Dorf so reden.«

»Wenn du meinst.« Ohne große Begeisterung stand Jana auf und folgte Richard an den Tisch neben der Theke. Das Alter des Mannes, der an dem Tisch saß, war schwer zu schätzen. Mit dem langen Bart und den ungekämmten grauen Haaren wirkte er verwahrlost. Er trug ein kariertes Hemd und eine speckige Lederhose, die aussah, als würde sie aus den sechziger Jahren stammen.

»Dürfen wir uns einen Moment zu Ihnen setzen?«, fragte Richard. »Wir würden gerne etwas über das alte Fachwerkhaus am Dorfrand erfahren.«

Addi sah misstrauisch zu ihnen auf. »Wenn Sie schon einmal hier sind, setzen Sie sich eben.« Bewunderung trat in seine Augen, als sein Blick auf Jana fiel. »Das ist aber mal ein hübsches Weibsbild«, entfuhr es ihm.

Sie setzten sich, und Richard bestellte zwei Bier. Addi nahm das Glas und trank es in einem Zug leer. Er stellte das leere Glas wieder hin und sah Richard auffordernd an. Richard verstand sofort und bestellte ein neues Bier.

»Soso«, begann Addi, »ihr seid also an dem Haus interessiert und möchtet etwas darüber erfahren.« Er lehnte sich zurück. Seine Augen richteten sich auf einen leeren Punkt an der nikotingefärbten Wand gegenüber.

»Seitdem es dieses Dorf gibt und so weit wir zurückdenken können, machen alle Waldtiere, sogar die Vögel, einen großen Bogen um das Haus und das Waldstück bis zum Hügelkamm. Die Tiere meiden diese Gegend und auch die Felder, die vor dem Haus liegen. Der Bauer braucht keine Vogelscheuchen aufstellen, wenn er eingesät hat. Nicht einmal eine Krähe verirrt sich auf diese Felder. Im Umkreis von einem Kilometer ist kein Tier zu finden, ausgenommen die Katzen der alte Frau, die lange in dem kleinen Haus gelebt hat. Ich habe die Katzen versorgt, als die alte Frau tot war. Doch sie sind mir nacheinander weggestorben. Die Katzen hielten sich allerdings fast nur im Haus auf. Sie sind selten herausgekommen.

Es gibt nur ein Tier, das sich in dieser Gegend aufhält, und das ist ein großer dunkler Hirsch, der wie aus dem Nichts auftaucht und wieder verschwindet. Er muss schon uralt sein, weil bereits meine Großmutter von ihm erzählte. Wer das Haus in diese unheimliche Gegend gebaut hat, weiß niemand mehr. Die alte Frau hat das Haus damals von einem weitläufig verwandten Großonkel geerbt. Es hat lange Jahre leer gestanden, weil niemand es haben wollte. Jedenfalls war sie dann eines Tages da und ist in das Haus eingezogen.

Ich war damals noch ein kleiner Junge und habe ihr öfter Holz gebracht und die Einkäufe für sie erledigt. Ich hatte nicht den Eindruck, dass sie sich fürchtete. Obwohl keiner der Dorfbewohner es wagen würde, sich nach Einbruch der Dämmerung in dieser Gegend aufzuhalten, schien sie sich in dem Haus äußerst wohl zu fühlen. Die Dorfbewohner erzählten, dass sie nicht ganz richtig im Kopf sei, doch das stimmt nicht. Sie war eine liebe, gottesfürchtige Frau, die jeden Sonntag zur Kirche ging. Sie konnte gut kochen, und ihre Plätzchen waren die besten, die ich jemals gegessen habe.«

Addi sah Richard an.

»Von dem vielen Erzählen bekommt man Durst.«

Richard und Jana hatten dem alten Mann gespannt zugehört.

Richard bestellte noch zwei Bier und für Jana einen Rotwein.

Nachdem sie ausgetrunken hatten, bedankten sie sich bei dem alten Mann für die Auskünfte und gingen in ihr Zimmer.

»Immer wieder dieser Hirsch. Ich würde zu gerne wissen, was das zu bedeuten hat«, sagte Richard, nachdem er die Tür hinter sich geschlossen hatte. Jana ließ sich auf eines der Betten fallen.

»Es ist Cernunnos, der Gehörnte«, sagte sie ruhig, als wäre es das Selbstverständlichste der Welt. »Du hast doch gehört, was Isa gesagt hat. Wir würden ihn heute als Teufel bezeichnen, doch die Menschen damals kannten weder Gott noch Teufel. Für sie war Cernunnos der Sonnengott und damit der wichtigste Gott. Die anderen Götter rief man, je nachdem, was man wünschte, an und brachte ihnen Geschenke oder Opfer. Wenn dann der Gott oder die Göttin, an die man sich gewandt hatte, nicht half, so gab es noch genügend andere Götter, an die man sich wenden konnte.«

Richard sah sie bewundernd an. Sie schien so verwurzelt mit den Menschen in dem kleinen Dorf zu sein, dass sie sogar dachte wie sie.

»Während der Zeit, in der ich mein Gedächtnis verloren hatte, habe ich die Götter genauso angerufen und ihnen geopfert, wie es die anderen Frauen getan haben.«

Am nächsten Morgen fuhren sie direkt nach dem Frühstück nach Düsseldorf zurück. Achim hatte mit Ulli gesprochen. Ulli hatte sich bereit erklärt, Jana mit zu seinem Kunden zu nehmen. Vorausgesetzt, sie würde die Fahrtkosten übernehmen und ihm eine Aufwandsentschädigung bezahlen. Den Namen des Kunden durfte sie niemandem gegenüber erwähnen. Jana war mit allem einverstanden, und so fuhr sie eine Woche später mit Ulli in die Schweiz. Doktor Buchner erwartete sie bereits. Er war sehr erfreut darüber, den fehlenden Stern zu erhalten. Jana war nervös, als Ulli sie mit dem Doktor bekannt machte. Sie fieberte dem Moment entgegen, in dem sie die Scheibe in die Hände bekommen würde.

Doktor Buchner führte sie ins Wohnzimmer und bat sie, auf der Ledercouch Platz zu nehmen.

Dann stellte er Mineralwasser und Kaffee auf den Tisch. Den teuren Cognac, den er ihnen anbot, lehnten beide ab. Jana holte ein kleines Schmuckdöschen aus ihrer Handtasche, öffnete es und reichte es Herrn Buchner.

»Die Größe stimmt«, staunte dieser, »es ist unglaublich. Wie ist es nur möglich, ein so winziges Stück Gold auf einem Acker zu finden?« Kopfschüttelnd stand er auf und verließ das Wohnzimmer. Kurze Zeit später kehrte er mit der Sternenscheibe in den Händen zurück. Jana nahm das Goldplättchen und legte es in die dafür vorgesehene Vertiefung. Es passte genau: Jana hatte den fehlende Stern gefunden. Doktor Buchner war überglücklich. Er zog einen Fünfhunderteuroschein aus seiner Brieftasche und reichte ihn Jana.

»Sie haben mir eine große Freude gemacht. Bitte bleiben Sie doch zum Essen, dann können wir uns noch ein wenig unterhalten.« Ulli und Jana sahen sich an.

»Vielen Dank für die Einladung«, ergriff Ulli das Wort, »wir bleiben selbstverständlich gern. Ich habe noch ein paar Kleinigkeiten mitgebracht; falls Sie daran interessiert sind, zeige ich sie Ihnen.« Ulli zog eine flache Schachtel aus der Innentasche seines Jacketts. Unter den gespannten Augen Doktor Buchners öffnete er sie. Sechs Regenbogenschüsselchen lagen golden glänzend auf dem dunkelblauen Samt. Ein gieriger Ausdruck trat in Doktor Buchners Augen. Er holte seine Lupe und begutachtete fachmännisch die kostbaren Münzen.

Keiner der beiden Männer achtete auf Jana, die nur Augen für die Scheibe hatte. Jana überlegte fieberhaft, wie sie es anstellen könnte, mit der Scheibe nach draußen zu gelangen. Ihr Blick streifte die teuren Gardinen, die kurz vor dem Boden mit einer Goldkante endeten. Die Gardinen waren durchsichtig und gaben den Blick auf eine geschmackvoll ausgestattete überdachte Terrasse frei. Die Sonne war gerade im Begriff unterzugehen, aber noch war es hell.

»Sie haben eine wunderschöne Terrasse«, begann sie schmeichelnd. »Dürfte ich mich vielleicht für einen Moment dort hinsetzen? Nach der langen Autofahrt könnte ich etwas frische Luft gebrauchen.«

Doktor Buchner sah sie überrascht an. »Selbstverständlich, meine Gnädigste.« Höflich stand er auf und drückte auf einen versteckten Knopf in der Wand. Leise surrend fuhr die Gardine zur Seite. Dann öffnete er einen der beiden großen Türflügel. Jana stand auf.

»Haben Sie etwas dagegen, wenn ich die Sternenscheibe mit hinausnehme? Ich würde sie mir gern anschauen.«

»Bitte.« Doktor Buchner führte sie auf die Terrasse und rückte ihr einen weich gepolsterten Stuhl zurecht. Jana beugte sich über die Scheibe und versuchte, ihr Geheimnis zu ergründen. Ihre Finger strichen über den goldenen Mond. Sie fühlte nur kaltes, totes Metall. Sie hob die Scheibe hoch, hielt sie dem Himmel entgegen. Nichts geschah. Vielleicht muss es erst Nacht werden, dachte sie. Sie sah auf die untergehende Sonne. Wie lange würde sie brauchen, um endlich zu verschwinden? Nervös schaute sie durch die geöffnete Tür zu den beiden Männern, die über die Münzen gebeugt auf der Couch saßen. Doktor Buchner hatte noch einige Bücher auf den Tisch gelegt, um Alter und Herkunft der Münzen besser bestimmen zu können.

Endlich war die Sonne untergegangen. Jana konnte nur noch einen schmalen Streifen am Horizont erkennen. Wie hypnotisiert starrte sie in den Himmel, als könne sie den Mond dadurch bewegen, schneller aufzusteigen. Es war ungefähr eine halbe Stunde vergangen, als die Männer auf die Terrasse traten.

»Ein schöner Abend«, bemerkte Doktor Buchner. »Wen es Ihnen recht ist, lasse ich hier draußen servieren.« Er hatte den zufrieden Gesichtsausdruck eines Sammlers, der seiner Meinung nach ein gutes Geschäft gemacht hatte. Erleichtert atmete Jana tief durch. Sie würde genügend Zeit haben. Doktor Buchner ging ins Haus und kam mit einem alten französischen Rotwein und drei Gläsern in der Hand zurück. Zufrieden prosteten sich die drei Menschen zu. Die Haushälterin, eine hagere, streng aussehende Frau mittleren Alters, trug das Essen auf. Es gab Hummerkrabben als Vorspeise. Sie stellte das Tablett ab und nahm die Scheibe, um sie auf einen der Beistelltische zu legen.

Doktor Buchner stand auf. »Ich werde sie zurück in den Tresor legen«, beschloss er.

»Nein.« Jana schrie fast. Als sie den erstaunten Blick des Doktors sah, wusste sie, dass sie zu weit gegangen war. Mit dem freundlichsten Lächeln, das sie zustande brachte, flötete sie: »Bitte, ich würde die Scheibe gern anschauen, wenn es dunkel ist, um zu sehen, wie die Sterne funkeln.«

Doktor Buchner warf Ulli einen hilflosen Blick zu, doch der zuckte nur die Schultern, was so viel wie »Versteh doch einer die Frauen« bedeutete.

Doktor Buchner legte die Scheibe zurück auf den Beistelltisch. Der Hummer war köstlich, doch Jana hätte auch trockenes Brot hinuntergewürgt, wenn man es von ihr verlangt hätte. Sie zwang sich, einen Bissen nach dem anderen zu schlucken, und heuchelte Begeisterung. Ulli, der nicht wissen konnte, was in Jana vorging, ließ es sich schmecken. Eine zweite Flasche Wein wurde geöffnet. Der nächste Gang bestand aus eingelegtem Gemüse mediterraner Art. Langsam stieg der Mond höher. Als der Hauptgang – gegrillte Seezunge auf Champagnerschaum – serviert wurde, stand der Mond hoch am Himmel. Der Doktor entschuldigte sich für einen Moment und ging ins Haus. Jana sprang auf. Das war die Gelegenheit. Sie schnappte sich die Scheibe und hielt sie dem Mond entgegen. Ulli starrte sie entgeistert an.

»Bist du jetzt völlig übergeschnappt? Leg sie sofort wieder auf den Tisch. Doktor Buchner könnte auf die Idee kommen, dass du ihm die Scheibe stehlen willst«, zischte er.

Jana hört ihn nicht. Mit zitternden Händen hielt sie die Scheibe hoch und hoffte darauf, dass etwas geschehen würde. Es geschah nichts. Der Doktor kam zurück und setzte sich auf seinen Stuhl. Jana legte die Scheibe zurück. Als zum krönenden Abschluss flambierter Obstsalat serviert wurde, waren die Männer ziemlich angetrunken, und nachdem anschließend ein Tablett mit Espresso auf den Tisch gestellt wurde, sagte Ulli auch zu dem Cognac nicht mehr nein. Nachdem alles außer dem Cognac abgeräumt worden war, holte Jana die Scheibe an den Tisch. Ihre Hände fest um das Metall geschlossen, hoffte sie auf ein Wunder. Doch ihre Hoffnungen erfüllten sich nicht. Ulli stand schwankend auf, bedankte sich für die freundliche Einladung und verabschiedete sich. Jana blieb nichts anderes übrig, als ebenfalls aufzustehen. Enttäuscht und müde fuhr sie mit Ullis Mercedes zu ihrem Hotel.

»Du hast vergessen, die fünfhundert Euro einzustecken«, sagte er und hielt ihr den Geldschein hin.

»Behalte ihn«, gab Jana leise zur Antwort. »Das Geld interessiert mich nicht.«

Als sie nach Deutschland zurückfuhren, sagte Jana kein Wort. Sie versuchte, mit der Verzweiflung fertig zu werden, die sie ergriffen hatte. Ulli war sauer.

Achim hätte mir ruhig erzählen können, dass Jana nicht ganz dicht ist, dachte er bei sich. Er wollte jedenfalls nichts mehr mit ihr zu tun haben und war erleichtert, als er Jana endlich vor ihrer Wohnung absetzen konnte.

Der Herbst kam über Nacht. Heftige Stürme tobten über Düsseldorf, knickten Bäume um und deckten Dächer ab. Jana war verzweifelt. Sie, die immer stolz auf ihre Zuverlässigkeit und Pünktlichkeit gewesen war, meldete sich krank. Allein saß sie in ihrer Wohnung und grübelte. Sie hatte etwas übersehen, aber was? Die ganze Zeit über hatte sie gedacht, dass die Scheibe der Schlüssel war. Vielleicht war sie es auch, aber etwas fehlte noch. Als Richard, der einzige Mensch, zu dem sie Kontakt hielt, sie an diesem Abend besuchte, hatte sie sich nicht einmal die Haare gekämmt. Trübsinnig saß sie in ihrem Sessel und starrte vor sich hin.

»Was haben wir bloß übersehen?«, fragte sie ihn.

Richard konnte es nicht mehr hören. Er würde nicht länger mitansehen, wie seine geliebte Jana sich aufgab. Sie war immer ein fröhlicher, spontaner Mensch gewesen, der sich durch nichts aus der Ruhe bringen ließ. So konnte es nicht weitergehen. Richard beschloss dem ein Ende zu machen. In schärferem Ton, als er vorgehabt hatte, sagte er: »Jana, hör mir bitte zu. Du kannst doch nicht ernsthaft denken, dass eine Metallscheibe, auch wenn sie noch so schön und einzigartig ist, dich wie ein Fahrstuhl in die Vergangenheit bringt. Sie war vielleicht der Auslöser unserer Reise, die mir übrigens mittlerweile wie ein schlechter Traum vorkommt. Aber da war auch noch etwas anderes. Etwas, das wir wahrscheinlich nie begreifen geschweige denn erklären und noch weniger beeinflussen können. Reiß dich endlich zusammen. Das Leben geht weiter. Du musst dich damit abfinden, dass du nicht mehr zurück kannst. Davon abgesehen bist du es deinem Baby schuldig, gesund zu bleiben. Dein Balder und deine Isa sind seit einigen tausend Jahren tot. Begreif das endlich. Wach auf und hör damit auf, dich gehen zu lassen.«

Jana sah ihn an, als hätte sie ihn noch nie gesehen. Leise sagte sie: »Ich habe gedacht, du wärst mein Freund. Mein einziger Freund, der mich versteht und zu mir hält. Ich habe mich geirrt. Bitte geh jetzt, ich möchte allein sein.«

Richard stand auf und verließ Janas Wohnung. Bereits im Treppenhaus bereute er seinen scharfen Ton.

Immerhin ist Jana schwanger und reagiert sensibler auf alles, was um sie herum passiert, versuchte er ihr Verhalten zu entschuldigen. Trotzdem konnte es so nicht weitergehen. Er beschloss Janas Mutter anzurufen, damit diese sich um ihre Tochter kümmerte. Doch am nächsten Tag konnten weder Janas Mutter noch Richard Jana erreichen. Sie versuchten es mehrmals, aber ohne Erfolg. Richard fuhr zu ihrer Wohnung, doch niemand reagierte auf sein Klingeln. Er sah an dem Haus hoch. Hinter Janas Fenster war es dunkel. Schweren Herzens fuhr er nach Hause. Wo konnte sie sein? Sie würde doch keine Dummheiten machen? Am nächsten Morgen hatte er Kopfschmerzen und fühlte sich wie gerädert. Schlecht gelaunt stand er auf und fuhr zur Arbeit. Die Sorge um Jana ließ ihn nicht los. Alle fünf Minuten griff er zum Telefon. Das endlose Klingeln hallte schrill in seinem Kopf.

Nachdem Richard die Wohnung verlassen hatte, war Jana aufgestanden.

»Du kannst nicht mehr zurück, Balder und Isa sind seit Tausenden von Jahren tot.«

Immer wieder hörte sie seine Worte. Sie presste ihre Hände gegen ihre Ohren, doch es half nichts.

»Sie sind nicht tot, sie leben. Und sie warten auf mich, hörst du? Balder und Isa leben, sie leben, und sie warten auf mich.« Ihre Stimme war lauter geworden, bis sie fast schrie. Sie stampfte mit dem Fuß auf, fegte wütend die Zeitungen vom Tisch. Ohnmächtige Wut hatte sie gepackt. Nach einer Weile wurde sie ruhiger, ihre Wut hatte einer tiefen Entschlossenheit Platz gemacht. Sie lief zum Spiegel und betrachtete ihr Gesicht. Dunkle Schatten lagen unter ihren Augen. Die blonden Haare hingen strähnig herunter. Richard hatte Recht: So konnte es auf keinen Fall weitergehen. Es war Zeit zum Handeln. Wie eine Marionette ging sie ins Schlafzimmer und holte ihren Koffer unter dem Bett hervor. Sie packte alles ein, was sie brauchen würde. Anschließend setzte sie sich an ihren Computer und schrieb ihrem Chef die Kündigung, die sie per E-Mail abschickte. Sie hatte es versucht, doch es war ihr unmöglich, so wie bisher zu leben.

Sie rollte ihre Bettdecke und ihr Kopfkissen ein und nahm noch etwas Bettwäsche und zwei Wolldecken mit. An der Tür drehte sie sich noch einmal um. Ihre Wohnung, die ihr immer ein Zufluchtsort gewesen war, bedeutete ihr nichts mehr. Sie schloss die Tür hinter sich, setzte sich in ihren Mercedes und fuhr in die Nacht hinaus. Mitternacht war längst vorbei, als sie Düsseldorf hinter sich gelassen hatte. Bis auf wenige Autos waren die Straßen frei. Das Kind in ihr bewegte sich.

»Ich werde dich zu deinem Vater und zu deiner Schwester bringen«, versprach Jana dem Ungeborenen. Zärtlich strichen ihre Finger über ihren Bauch.

Die Dunkelheit der Nacht war unmerklich in zähes, heller werdendes Grau übergegangen, als Jana durch Nebra fuhr. Streckenweise war es so nebelig, dass man die Wolken nicht sehen konnte, die schwer am Himmel hingen. Langsam fuhr sie über das holprige Kopfsteinpflaster auf das Haus ihrer Großmutter zu. Dichter Nebel hatte es eingehüllt und verlieh ihm etwas Geheimnisvolles. Jana achtete nicht auf den Nebel, auch die klamme Kälte schien sie nicht zu spüren. Sie stieg aus dem Wagen und schloss die Haustür auf. Feuchtkalte Luft schlug ihr entgegen. Erschöpft ließ sie sich auf die modrige Couch fallen und fiel Sekunden später in einen tiefen Schlaf.

In ihren Träumen tauchte Isa auf und winkte ihr zu. Sie wollte zu dem Kind laufen, es umarmen, doch bevor sie es erreicht hatte, löste es sich in Nichts auf und war verschwunden. Dann sah sie den dunklen Hirsch. Er sah aus wie der auf dem Bild, unter dem sie schlief. Der Hirsch sah sie an. Voller Verzweiflung rannte sie auf ihn zu, doch er verschwand genauso wie Isa.

Sie erwachte von dem Trommeln der Äste, die der Wind gegen das Dach schlug. Zitternd vor Kälte stand sie auf, das Bild Isas vor Augen. Sie öffnete die Holzläden vor den kleinen Fenstern. Es war heller Tag. Suchend sah sie sich in dem niedrigen Raum um. Sie musste irgendwie den Ofen anheizen, doch sie entdeckte nirgendwo Holz. Sie lief um das Haus und fand auf der Rückseite einen Stapel Holz. Rasch nahm sie einige Scheite und trug sie ins Haus, legte sie in den Ofen und zündete sie an. Nach wenigen Minuten flackerte ein gemütliches Feuer. Wohlige Wärme breitete sich aus. Jana schloss die Augen. Das Knistern des Feuers erinnerte sie an das kleine Dorf und die Menschen, die gemeinsam mit ihr an der Feuerstelle gesessen hatten. Sie dachte an Balder, daran, wie er sie geliebt hatte. Ob er sie so vermisste wie sie ihn? Sicher konnte er nicht begreifen, was geschehen war. Konnte sie es denn?

Ihre Gedanken wanderten zu Isa, und Tränen liefen ihr über die Wangen, als sie daran dachte, dass das kleine Mädchen ganz allein war. Wie furchtbar einsam musste sie sich fühlen.

Ihr Magen begann zu knurren. Sie hatte gar nicht daran gedacht, etwas zu essen mitzunehmen. Als sie auf ihre Armbanduhr sah, musste sie an Richard denken. Sicher würde er sich Sorgen machen, wenn er sie nicht erreichen konnte. Sie beschloss, ihn später anzurufen. Erst einmal wollte sie einkaufen gehen. Es war elf Uhr, sie hatte lange geschlafen.

Sie stieg in ihr Auto und fuhr langsam in den kleinen Ort. Am Ende der Straße entdeckte sie einen kleinen Lebensmittelladen, hielt vor dem Geschäft an und stieg aus.

Wie ruhig es hier war. Eine schwarzweiß gefleckte, gut genährte Katze überquerte in aller Ruhe die Straße. Es waren weder Flugzeuge noch das Dauerrauschen fahrender Autos zu hören. Zwei ältere Damen mit Hut hielten vor dem Geschäft ein kleines Schwätzchen. Niemand schien es hier eilig zu haben. Jana wartete noch einen Moment, bevor sie die Autotür hinter sich schloss. Sie hatte die richtige Entscheidung getroffen. Hier, in diesem abgeschiedenen Ort, würde sie die Ruhe haben, die sie brauchte, um zu sich selbst zu finden und über ihr weiteres Leben nachzudenken.

Die Verkäuferin hinter der Theke musterte sie neugierig. Es kam nicht oft vor, dass Fremde sich in ihren Laden verirrten. Jana kaufte alles, was sie in den nächsten Tagen brauchen würde. Dann fiel ihr etwas ein.

»Gibt es hier in der Nähe ein Buchgeschäft?«, fragte sie.

Die Verkäuferin erklärte ihr umständlich den Weg, während sie Janas Einkäufe in Tüten verpackte. Anschließend half sie ihr, alles ins Auto zu tragen. Als sie das schicke Mercedes-Coupé sah, konnte sie ihre Neugier nicht länger zügeln.

»Machen Sie hier Urlaub?«, fragte sie. Jana sah sie an. Darüber, wie lange sie hier bleiben würde, hatte sie noch nicht nachgedacht. Sie hatte es in Düsseldorf nicht mehr ausgehalten, und das Haus ihrer Großmutter war ihr wie ein Zufluchtsort erschienen. Wenn es eine Möglichkeit gab, zu ihrem Mann und Isa zurückzukehren, dann nur hier.

»Ja«, sagte sie zu der Frau und ließ sie stehen. Die Frau sah ihr enttäuscht nach, als sie langsam die Straße hinunterfuhr. Gerne hätte sie mehr über die elegante Frau erfahren, die sich so ein teures Auto leisten konnte.

Jana fand das Buchgeschäft sofort. Sie kaufte zwei Bücher über Schwangerschaften und Geburten und fuhr dann zu dem Haus ihrer Großmutter zurück.

In aller Ruhe verstaute sie ihre Einkäufe in dem weißen Küchenschrank. Es gab hier nicht einmal einen Kühlschrank, was Jana aber nicht weiter störte. Da es in dem Haus keinen Strom gab, hatte sie sich zwei Petroleumlampen und Kerzen gekauft. Sie drehte den Wasserhahn über dem kleinen Keramikwaschbecken auf. Er funktionierte. Nachdem einige Liter braune Brühe aus dem Hahn gelaufen waren, wurde das Wasser klarer. Sie füllte den Wasserkessel und stellte ihn auf den Kachelofen. Dann brühte sie sich einen Kaffee auf und genoss den Duft des frischen Kaffees, der durch das Haus zog. Sie legte Holz nach und setzte sich auf die Couch, um ihren Kaffee zu trinken und etwas zu essen. Die frischen Brötchen und der spanische Schinken schmeckten köstlich.

Als sie fertig war, nahm sie ihr Handy und rief Richard an. Richard war erleichtert, als er Janas Stimme hörte. Er hatte sich wie ein Trottel benommen. Kein Wunder, dass sie gestern nichts mehr von ihm wissen wollte.

»Was ist los, wo bist du, ich habe mir große Sorgen um dich gemacht.«

»Es tut mir Leid, dass ich gestern nicht sehr freundlich zu dir gewesen bin, ich bin jetzt in dem Haus meiner Großmutter und werde einige Zeit hier bleiben. Ich muss einfach für eine Weile allein sein, um in Ruhe nachzudenken. Wenn du mir einen Gefallen tun möchtest, dann telefoniere bitte mit meinen Eltern und sag ihnen, dass sie sich keine Sorgen zu machen brauchen und dass ich hier bin. Mein Akku ist fast leer, und ich habe keinen Strom hier.«

»Soll ich am Wochenende vorbeikommen?«

»Nein, ich möchte wirklich allein sein. Wenn irgendetwas ist, melde ich mich. Mach dir bitte keine Sorgen, es geht mir gut.« Sie legte auf und schaltete das Handy ab.

Den Rest des Tages verbrachte Jana damit, das Haus zu putzen. Sie spülte das Geschirr und putzte die fast blinden Fenster. Dann lüftete sie gründlich und ließ gleichzeitig den Kamin brennen, um die Feuchtigkeit aus dem Haus herauszubekommen. Die von schwarzen Balken in Quadrate unterteilten Fachwerkwände gefielen ihr, und nachdem sie eine Decke über die alte Couch gelegt hatte, wirkte der Raum schon wohnlicher. Sie legte noch eine gelbe Baumwolldecke über den Tisch und stellte einen Korb mit frischem Obst und eine Kerze darauf.

Dann nahm sie ihr Buch und begann zu lesen. Sie hatte sich bisher nicht weiter mit ihrer Schwangerschaft befasst und betrachtete staunend die Bilder von den verschiedenen Entwicklungsstadien der Embryonen. Sie überlegte. Wenn der Arzt richtig gerechnet hatte, müsste sie jetzt in der achtzehnten Schwangerschaftswoche sein. Sie wollte alles über Schwangerschaft und Geburt wissen und las bis weit nach Mitternacht.

Die nächsten Tage verbrachte Jana damit, sich in dem

Haus ihrer Großmutter einzurichten, und kaufte eine Gasflasche, um auf dem alten Gasherd kochen zu können. Jeden Tag lief sie über die Felder zu der Stelle, wo sie die Reise durch die Zeit angetreten hatte. Sie ging zu der Esche und umarmte sie, doch sie bekam keine Antwort. Der Baum schien genauso abgestumpft zu sein wie die Menschen seiner Zeit.

Manchmal ging sie auch in den Wald, der direkt hinter dem Haus ihrer Großmutter begann. Abends las sie in ihren Büchern oder grübelte darüber nach, warum sie die Reise durch die Zeit gemacht hatten. War es Zufall, oder steckte etwas anderes dahinter? Und was war mit dem Stück Stoff, den ihre Mutter ihr geschickt hatte? Bedeutete das, dass sie aus der Vergangenheit gekommen war? Wer waren ihre Eltern, wie sahen sie aus? Sah sie ihrer Mutter ähnlich oder mehr ihrem Vater? Sie verspürte auf einmal den dringenden Wunsch, ihre richtigen Eltern kennen zu lernen und alles über sie zu erfahren. Warum hatte ihre leibliche Mutter sie verlassen, lebte sie noch? Hatte sie sie überhaupt geliebt? Was war mit dem Hirsch, den ihr Vater damals gesehen hatte, war er Cernunnos gewesen? Ihre Eltern hatten ihr beigebracht, dass es nur einen Gott gab, den Christengott. Wenn es ihn gab, war er schon immer da gewesen, also auch in der Vergangenheit. Warum hatte er sich den Menschen damals nicht offenbart?

Und was war mit Cernunnos? Wie passte das alles zusammen? Doch so viel sie auch grübelte, sie fand keine Erklärung.

Sie besorgte sich eine Mitgliedskarte in der örtlichen Bücherei und lieh sich alle Bücher aus, die sie über die verschiedenen Religionen und Mythologien finden konnte. Sie stellte fest, dass vor dreieinhalbtausend Jahren in der bekannten Welt überwiegend der Sonnenkult vorherrschte. Es waren hauptsächlich Naturgötter, die von den Menschen verehrt wurden. Bei den Kelten waren es drei Hauptgötter: Taranis, Esus und Teutates. Einige Gelehrten verglichen sie mit den Hauptgöttern der Römer – Jupiter, Mars und Merkur.

Die Belgen verehrten einen dreiköpfigen Gott, die Häduer den Hammergott, der als latinisierter Sucellus später seinen Herrschaftsbereich von der Rhône bis zur Mosel ausdehnte. Zentralfrankreich verehrte den »sitzenden Gott«, der Mittelrhein einen Reiter mit kniendem Riesen, während die an der Mosel lebenden Treverer den Smertrios verehrten, einen Kriegsgott.

Viele Götter hatten Tiergestalt oder waren mit tierischen Attributen versehen, sowohl bei den Kelten als auch bei den Ägyptern und Griechen. Sie fand auch etwas über Cernunnos, einen keltisch-gallischen Gott, der ein Hirschgeweih trug und manchmal mit einer Schlange mit Widderkopf abgebildet war. Zahlreiche göttliche oder gottähnliche Tiere kamen hinzu, meist zu einer Dreiheit vereinigt.

Nur über die Götter in der Bronzezeit fand sie nichts.

Jana stellte fest, dass es in den alten Religionen viele Parallelen zum Christentum gab, doch sie fand trotz allem keine Antwort auf ihre Fragen. Das Leben in dem kleinen Dorf war mystischer, und die Menschen lebten in der Natur, mit der Natur und von der Natur. Sie verehrten Bäume, Steine und die Elemente und hörten auf ihre Götter.

Die Tage flossen ineinander, und der Winter brach ohne Vorwarnung in aller Härte herein. Als Jana an diesem Morgen aus dem Haus trat, lag der Schnee fast einen Meter hoch, und es war klirrend kalt. Das Sonnenlicht brach sich in den Eiszapfen, die wie funkelnde Edelsteine an den Bäumen hingen. Jana hielt den Atem an vor so viel Schönheit. Die Landschaft wirkte unberührt und frisch in ihrem weißen Mantel.

Als Jana hinter das Haus lief, um Holz zu holen, versank sie bis zu den Knien im Schnee. Erstaunt stellte sie fest, dass jemand ihren Holzvorrat aufgefüllt hatte. Wer konnte das sein? Sie kannte hier niemanden. Der alte Addi fiel ihr ein. Hatte er nicht gesagt, dass er das Holz für ihre Großmutter besorgt hatte? Dankbar nahm sie einige der Scheite und trug sie ins Haus.

Als sie sich bückte, um sie in den Ofen zu legen, spürte sie, wie das Kind in ihrem Bauch strampelte. Sie setzte sich einen Augenblick auf die Couch und sprach zu ihm. Ob es sie hören konnte? Wie weit war sie überhaupt mit ihrer Schwangerschaft? Sie hatte jedes Gefühl für Zeit verloren und wusste nicht einmal, welcher Monat war. Dafür hatte sie eine innere Ruhe gefunden, die sie bisher nur in dem kleinen Dorf kennen gelernt hatte.

Die nächsten Tage verbrachte sie im Haus. Der kleine Weg zum Haus ihrer Großmutter war genauso wie ihr Auto zugeschneit. Zum Glück hatte sie genügend Bücher, und wenn sie keine Lust zum Lesen hatte, starrte sie ins Feuer und hing ihren Gedanken nach. Eines Nachmittags klopfte es an der Haustür. Jana sprang erschrocken auf. Sie war so vertieft in ihre Gedanken, dass sie im ersten Moment gar nicht wusste, was los war.

Als sie die Tür öffnete, wirbelten große Schneeflocken ins Haus. Etwas verlegen stand der alte Addi draußen, die dunkle Mütze tief ins Gesicht gezogen.

»Wollte mal hören, ob das Fräulein etwas braucht«, sagte er.

»Bitte kommen Sie doch herein«, bat Jana. Addi klopfte seine schneebedeckten Stiefel an der Hauswand aus und trat ins Haus. Neugierig sah er sich um. Was er sah, gefiel ihm. Das Haus wirkte sauber und gemütlich.

»Setzen Sie sich doch«, forderte Jana ihn freundlich auf. »Darf ich Ihnen einen Kaffee oder einen Tee anbieten?«

»Kaffee ist gut.« Addi setzte sich an den Küchentisch und spielte immer noch verlegen mit seinen Händen.

»Waren Sie es, der mir das Holz gebracht hat?«

Addi nickte.

»Das war wirklich nett vor Ihnen«, bedankte Jana sich.

Plötzlich freute sie sich über ihren unerwarteten Besuch. Es war schön, mal wieder mit jemandem zu reden. Sie füllte Kekse in eine Schale und stellte sie auf den Tisch. Dann zündete sie die Kerzen an.

»Sie sind die Enkelin von der alten Frau?« Es war mehr eine Feststellung als eine Frage.

Jana nickte bestätigend mit dem Kopf.

Der alte Mann zog einen dicken Umschlag unter seinem Mantel hervor und reichte ihn ihr.

»Die alte Frau hat gesagt, Sie würden irgendwann hier auftauchen, und dann soll ich Ihnen das hier geben. Ich hatte es schon fast vergessen, doch dann sah ich den Rauch aus dem Haus aufsteigen. Ich komme ab und zu hier vorbei, um nach dem Haus zu sehen, das habe ich der alten Frau vor ihrem Tod versprechen müssen«, fügte er erklärend hinzu.

Jana legte den Umschlag zur Seite. Sie würde ihn öffnen, wenn sie allein war.

»Können Sie mir vielleicht etwas über das Bild hier sagen?« Sie zeigte auf das Bild mit dem Hirsch.

»Nein«, erwiderte er schroff. Doch die Antwort kam zu schnell, und Jana hatte das Gefühl, dass er mehr wusste als er zugab.

Addi trank seinen Kaffee und stand auf.

»Wenn Sie etwas brauchen, sagen Sie es mir, ich werde es Ihnen bringen.«

Jana zögerte nur einen Moment. »Ich brauche Kartoffeln, Brot und etwas Gemüse. Und zwei Liter Milch und eine Flasche Rum.«

Addi sah missbilligend auf ihren gewölbten Bauch. Jana war seinem Blick gefolgt. »Den Rum brauche ich nur, falls ich einmal Besuch habe«, sagte sie schnell. Sie zog einen Fünfzigeuroschein aus ihrer Handtasche und drückte ihn Addi in die Hand.

»Und vielen Dank noch mal für Ihren Besuch und Ihre Hilfe.«

Jana sah ihm nach, wie er durch den tiefen Schnee zurück zum Dorf stapfte.

Er wird wiederkommen, und dann wird er mir sagen, was er über den Hirsch weiß.

Als sie die Kaffeetassen abräumte, fiel ihr Blick auf den Umschlag. Neugierig riss sie ihn auf. Was wollte ihre Großmutter, die ja gar nicht ihre richtige Großmutter war, ihr nach ihrem Tod mitteilen?

Ein kleines Buch kam zum Vorschein. Jana nahm es so vorsichtig in die Hand, als hätte sie Angst, es könnte zerbrechen. Es war ein altmodisches, grünes Tagebuch mit einem winzigen, goldenen Schloss, aber ohne Schlüssel. Jana untersuchte den Umschlag genauer, und tatsächlich fand sie den Schlüssel. Sie schloss das Buch auf. Es war ein seltsames Gefühl, das Tagebuch einer Toten zu lesen. Sie brauchte eine Weile, um die mit Tinte geschriebenen altdeutschen Buchstaben zu entziffern. Die erste Seite in dem kleinen Buch war nachträglich eingeklebt worden.

Meine liebe Jana,
jetzt weiß ich endlich, warum ich dieses Tagebuch geschrieben habe. Es geschieht nichts ohne Sinn, egal, ob wir unser Leben steuern oder uns steuern lassen. Ich weiß, dass du viele Fragen hast, auf die du keine Antworten weißt. Genauso wie ich wusste, das du wieder hierher zurückkommst, wo du nach deiner Reise durch die Zeit angekommen bist. Ich hoffe, ich erschrecke dich nicht mit meinen Worten, doch du musst die Wahrheit erfahren, auch wenn sie noch so schmerzlich ist.

Du stehst unter dem Schutz von Cernunnos, dem Wächter der Schwelle, der Lehrer und Gelehrter ist, Jäger und Gejagter, der durch die Welten gehen kann, genauso wie durch Raum und Zeit.

Er hat viele Namen und viele Gesichter, er schärft die Wahrnehmung und den Instinkt. Er lehrt uns, die Natur zu verstehen und den Gesang der Bäume zu hören, die lange vor den Menschen da waren, sie begleitet, getröstet und ihnen gedient haben. Wenn sie nicht mehr sind, kann es kein Leben mehr geben.

Cernunnos wurde vor langer Zeit vergessen, und doch ist er da. Du findest ihn hier auf dieser heiligen Erde, wo alle Ströme zusammenfließen, wie sie es seit Anbeginn der Zeiten tun.

Doch er verblasst immer mehr in dieser Zeit, in der die Wahrnehmung und der Instinkt der Menschen verblassen, die nicht mehr in der Lage sind, die traurigen Lieder der Bäume zu hören, die unter Müll und Abgasen ersticken.

Mein liebes Kind, ich werde versuchen, dir einige deiner Fragen zu beantworten, doch vergiss eines nicht: Jede Antwort, die du erhältst, wird neue Fragen nach sich ziehen. Als wir dich damals wimmernd in dem Korb vor der Tür fanden, wusste ich, dass Cernunnos dich geschützt hat. Mit deinen Eltern konnte ich nicht darüber reden, sie glauben wie ich an den Christengott, und außerhalb dieses Glaubens haben sie sich gegen alles andere verschlossen.

Aus welcher Zeit du stammst und warum Cernunnos dich hierher gebracht hast, kann ich dir nicht sagen, doch wenn du auf deine Instinkte hörst, wirst du es erfahren. Ich wünsche dir, dass dein Weg nicht zu steinig sein wird. Höre auf deine innere Stimme. Viele Menschen legen sich eine Wahrheit zurecht, an die sie sich klammern und in der sie sich sicher fühlen. Doch es gibt viele Wahrheiten, und es ist nicht leicht, sie zu verstehen.

Du musst wieder zurück in die Zeit, aus der du gekommen bist, damit der Kreis sich schließen kann. Nimm dein Schicksal an und hadere nicht mit ihm. Egal, in welche Zeit du zurückgehst, jede Epoche hat seine guten Seiten, man muss sie nur sehen. Es tut mir Leid, dass ich nicht mehr für dich tun kann. In dem Futter des Briefumschlags wirst du einen goldenen Anhänger finden. Er lag neben dem Körbchen, in dem wir dich gefunden haben. Ich habe ihn für dich aufbewahrt. Vielleicht wird er dir helfen?

In Liebe, deine Großmutter

Jana schloss die Augen. Wieder und wieder las sie den Brief. Er war so unwirklich und doch so real. Ein tiefes

Glücksgefühl strömte durch ihren Körper bei dem Gedanken an Balder und Isa. Sie würde sie wiedersehen, ihre Ahnung war Gewissheit geworden. Sie gehörte nicht hierher, hatte nie hierher gehört.

Sie nahm den Briefumschlag und tastete ihn ab. Dann trennte sie vorsichtig das Futter auf und entdeckte einen fast zehn Zentimeter großen, golden schimmernden Anhänger. Ihr Herz klopfte aufgeregt, als sie ihn näher an die Kerze hielt. Die gleichen Gestirne wie auf der Scheibe waren kunstvoll in den Anhänger eingraviert und gepunzt worden. Selbst die Sonnenbarke fehlte nicht. Sie war durch feine Querstriche ringsum verziert worden.

Zwei Löcher am äußeren Rand des Schmuckstücks bezeugten, dass es als Anhänger getragen worden war. Doch wer hatte ihn getragen? Jana öffnete die Goldkette, die sie um ihren Hals trug, und wechselte das kleine Kreuz, das sie vorher getragen hatte, gegen den Anhänger aus. Immer wieder berührten ihre Finger den kostbaren Anhänger, der für sie bestimmt war.

Es war dunkel geworden, und sie stand auf, um die Petroleumlampen anzuzünden und Holz nachzulegen. Dann setzte sie sich wieder auf die Couch und griff nach dem Tagebuch, um weiterzulesen.

Oktober 1943

Ich bin glücklich darüber, wieder in dem Haus meiner Kindheit zu sein. Dreißig Jahre habe ich aus Liebe zu meinem guten Herbert, Gott hab ihn selig, in der Stadt gelebt.

Aber ich habe dort nie hingehört, die Stadt hat mir die Luft zum Atmen genommen, alles war kalt und tot, und die Gier der Menschen hat mich beinahe erdrückt.

Hier, umgeben von meinem geliebten Wald, werde ich in Ruhe sterben. Die Menschen im Dorf sind mir fremd geworden und ich ihnen, doch ich habe meine Katzen, und das genügt mir.
Die Eichen haben mich willkommen geheißen, sie haben mich erkannt. Und Cernunnos ist gekommen. Ich darf mit niemandem darüber reden, doch mein Tagebuch wird alle Geheimnisse, die ich ihm anvertraue, bewahren.
Wie glücklich war ich als Kind. Unvoreingenommen und vertrauensvoll habe ich eine Welt kennen gelernt, die den meisten Menschen für immer verschlossen bleibt. Ich habe gelernt, mit den Bäumen, deren Schicksal mit dem der Menschen untrennbar verbunden ist, zu sprechen, ihnen zuzuhören und sie zu trösten.
In der Zeit, in der es nicht mehr Nacht und noch nicht Tag ist, waren die Lichtwesen meine Spielgefährten. Sie haben mit mir im Wald getanzt, und die Tiere haben mir vertraut.

Die Augen fielen Jana zu, das kleine Buch glitt ihr aus der Hand. Ohne es zu bemerken, sank sie in einen tiefen Schlaf.

Sie lief durch den Wald, auf der Suche nach etwas, von dem sie vergessen hatte, was es war. Sie musste es finden und lief weiter und weiter. Der Wald öffnete sich und gab den Blick auf einen tiefgrünen Weiher frei. Winzige Elfen räkelten sich auf wunderschönen Seerosen, die den Weiher schmückten. Der Boden war von weichem Moos überzogen, in dem kleine weiße Sterne blühten.

Große graue Findlinge lagen verstreut um den Weiher herum. Als sie auf das dunkle Wasser zuging, sah sie einen Krieger auf einem verwitterten Stein sitzen. Er hatte ihr den Rücken zugewandt. Ein langer grüner Umhang lag um seine Schultern, und sein Kopf wurde von einem Helm aus Eberzähnen bedeckt.

Als sie näher kam, drehte der Krieger sich um und sah sie an. Jana erschauerte unter seinem Blick. Sein Gesicht war das eines Mannes, und doch wusste Jana, dass er kein Mensch war.

»Komm her, mein Kind.« Er sprach, ohne dass sich seine Lippen bewegten. Jana gehorchte ihm. Der Krieger beugte sich vor und legte ihr einen goldenen Anhänger um den Hals.

»Trage ihn immer«, befahl er.

Nach diesen Worten verschwand er, löste sich auf wie feuchter Nebel in der Sonne.

Jana erwachte. Verwirrt setzte sie sich auf und griff nach ihrem Anhänger.

Eine Weile dachte sie über den Traum nach. War der Krieger Cernunnos?

Sie stand auf und bereitete ihr Frühstück zu. Dann las sie weiter in dem Tagebuch ihrer Großmutter. Mit klaren Worten wurde Jana in eine mystische Welt geführt, und sie fing an zu verstehen. Eine tiefe innere Ruhe breitete sich in ihr aus. Sie wusste jetzt, dass alles so geschehen würde, wie es von Anfang an vorgesehen war, und dass sie nichts daran ändern konnte.

Ein Geräusch schreckte sie aus ihren Gedanken. Es hörte sich an, als würde jemand vor der Tür stehen. Da klopfte es auch schon. Das ist sicher Addi, der mir meine Einkäufe bringt, dachte sie. Doch als sie die Tür öffnete, stand Richard vor ihr. Im Arm hielt er einen riesigen Strauß dunkelroter Rosen.

»Ich musste dich einfach sehen«, sagte er und reichte ihr die Blumen. Sie legte die Blumen auf den Tisch und fiel ihm in die Arme. Er zog sie ganz nah zu sich heran und streichelte beruhigend über ihr Haar.

Sie hatte gar nicht gewusst, wie sehr sie ihn vermisst hatte.

»Es ist so schön, dich zu sehen«, sagte sie.

Richard setzte sich an den Tisch und sah zu, wie Jana die Rosen in eine große Vase steckte und Kaffee zubereitete. Der Raum war warm und gemütlich, und Jana war schöner denn je. Sein Herz zog sich schmerzhaft zusammen, so sehr liebte er sie.

Was konnte er nur tun, um sie für sich zu gewinnen? Jana kam mit dem Kaffee und zwei Tassen an den Tisch.

»Es ist so viel geschehen, ich hoffe, du hast genügend Zeit mitgebracht, damit ich dir alles erzählen kann.« Sie sah ihn mit ihren schönen Augen an. »Doch zuerst musst du mir erzählen, wie es dir geht. Was macht deine Firma, und wie geht es Achim?«

Während sie fragte, tauchten Bilder von Düsseldorf vor ihr auf. Doch sie verspürte nicht die geringste Sehnsucht nach der Stadt. Es war eine andere Welt, eine Welt, die sie für immer hinter sich gelassen hatte.

Richard ignorierte ihre Fragen. »Ich habe mir etwas überlegt und möchte dich bitten, über das, was ich dir jetzt sage, nachzudenken, bevor du mir eine Antwort gibst. Ich möchte, dass du meine Frau wirst. Ich würde für uns ein schönes Haus im Grünen kaufen, und wir werden gemeinsam dein Kind aufzuziehen. Ich werde es lieben wie mein eigenes, das verspreche ich dir. Bitte sag ja und komm mit mir zurück. Ich weiß, dass du mich nicht liebst, doch meine Liebe ist groß genug für uns beide.«

Er sah sie erwartungsvoll an. Jana schmerzte der Gedanke, ihn mit ihrer Antwort verletzen zu müssen. Doch sie hatte keine Wahl.

»Ich kann nicht deine Frau werden, selbst wenn ich es wollte. Ich muss wieder zurück.« Sie stand auf und reichte Richard den Brief ihrer Großmutter.

Als er ihn gelesen hatte, sank er in sich zusammen. Sie sah die verzweifelte Hoffnungslosigkeit in seinen Augen und die tiefe Liebe zu ihr. Es brach ihr fast das Herz. Sie trat zu ihm und nahm ihn tröstend in den Arm. Beide hatten Tränen in den Augen, als sie an die bevorstehende Trennung dachten, die endgültig war.

»Ich könnte mit dir kommen und dich beschützen«, machte Richard einen letzten Versuch, sich gegen das Schicksal aufzulehnen.

Jana sah ihn beruhigend an. »Das wird nicht möglich sein, der Kreis muss sich schließen, und du weißt das. Wir können uns in unseren Träumen und Gedanken treffen. Ich werde dich nie vergessen, du wirst immer in meiner Erinnerung sein.«

Das Feuer war heruntergebrannt, und Jana stand auf, um Holz nachzulegen.

»Wann wirst du zurückgehen?«, fragte Richard.

»Ich weiß es nicht«, sagte Jana nachdenklich. »Doch ich werde wissen, wenn es so weit ist.«

Lange saßen sie an diesem Abend zusammen und versuchten, die Ereignisse zu verstehen. Es war schon spät, als sie sich zum Schlafen legten. Es gab nur die eine Klappcouch, und so legten sie sich nebeneinander hin und genossen die Wärme des anderen. Jana schlief rasch ein, doch Richard gelang es nicht, einzuschlafen. Er genoss den Duft, der Jana umgab, und versuchte, ihn sich für immer einzuprägen. Er würde sie niemals vergessen.

Als Jana erwachte, hatte Richard schon das Frühstück zubereitet. Schweigend tranken sie ihren Kaffee.

»Du könntest noch etwas für mich tun«, begann Jana.

»Meine Wohnung muss aufgelöst werden, und meine Eltern müssen erfahren, was geschehen ist, auch wenn sie es nicht verstehen werden. Ich kann einfach nicht mit ihnen reden, obwohl ich weiß, dass ich es ihnen schuldig bin. Mein Vater würde sofort einen Psychologen einschalten, und ich möchte verhindern, dass wir uns im Streit trennen.«

Richard sah sie traurig an. Er spürte, dass der Abschied näher rückte.

»Ich werde mich um alles kümmern«, versprach er. Jana nahm ihren Briefblock und schrieb Richard eine Generalvollmacht aus.

»Das Geld auf meinem Konto kannst du behalten oder Achim geben, wie du es für richtig hältst. Den Brief und das Tagebuch meiner Großmutter bring bitte meinen Eltern, wenn ich fort bin.«

Richard versprach Jana, sich um alles zu kümmern.

»Darf ich wiederkommen?«, fragte er. »Es kann ja sein, dass du noch eine Zeit lang hier bist.«

»Wann immer du willst.« Richard wusste, dass der Zeitpunkt gekommen war, um sich zu verabschieden.

Auf der Rückfahrt grübelte er darüber nach, ob er sie noch einmal wiedersehen würde. Als er zu Hause war, stürzte er sich verzweifelt in seine Arbeit, um sich abzulenken. Das Schlimmste für ihn war, dass er nichts tun konnte außer zuzusehen, wie ihm das Liebste, das er hatte, vom Schicksal genommen wurde.

Jana war wieder allein. Abgesehen von Addi, der zweimal in der Woche bei ihr vorbeischaute, traf sie niemanden. Addi blieb immer nur wenige Minuten, denn Jana war ihm nicht ganz geheuer, und er konnte nicht verstehen, dass eine so junge, schöne Frau, die noch dazu schwanger war, in dieser Abgeschiedenheit lebte.

Weihnachten stand vor der Tür, und Kindheitserinnerungen stiegen in Jana auf. Das erste Mal, seit sie hier war, fühlte sie sich einsam.

Es war der vierundzwanzigste Dezember, und seit sie denken konnte, hatte sie diesen Tag bei ihren Eltern verbracht.

Ihr Bauch war jetzt so dick, dass sie sich nur noch mit Mühe bücken konnte. Sie hatte es sich gerade mit einer heißen Schokolade und einem Buch vor dem Feuer gemütlich gemacht, als es klopfte. Überrascht stand Jana auf, um die Tür zu öffnen. Es waren ihre Eltern, die endlich wissen wollten, was mit ihr los war.

Mit klopfendem Herzen bat Jana sie herein. Ihre Mutter umarmte sie, während ihr Vater einige liebevoll eingewickelte Pakete aus dem Kofferraum lud.

»Wir haben ein Zimmer im Dorf gemietet«, sagte ihre Mutter und betrachtete ihre Tochter aufmerksam von oben bis unten. »Ich möchte jetzt wissen, was mit dir los ist. Dass jemand für einige Tage allein sein möchte, kann ich gut verstehen. Doch du bist jetzt schon mehrere Wochen hier, und das in deinem Zustand. Hast du dich mit Richard gestritten?«

Sie mochte den ruhigen Richard und hätte ihn gerne als Schwiegersohn gehabt. Für sie stand fest, dass er der Vater von Janas Baby war. Hatte sie sich etwa in ihm getäuscht? Hatte er Jana sitzen lassen? Nein, sie konnte sich nicht so geirrt haben. Da steckte etwas anderes dahinter, und sie hatte sich fest vorgenommen, nicht eher wieder zu fahren, bis sie herausgefunden hatte was los war.

»Nein, Mutter, es ist etwas anderes. Ich hätte es euch längst erzählt, doch ich fürchte, ihr werdet es nicht verstehen.«

Sie saßen alle drei am Tisch, und Janas Eltern sahen

ihre Tochter erwartungsvoll an. Jana reichte ihrer Mutter den Brief, den ihre Großmutter ihr geschrieben hatte. Während des Lesens wich alle Farbe aus ihrem Gesicht. Wortlos reichte sie den Brief ihrem Mann.

»Das ist doch Quatsch, deine Mutter war zum Schluss nicht mehr ganz richtig im Kopf«, sagte er zu seiner Frau, nachdem er ihn gelesen hatte. »Du wirst doch hoffentlich nicht an so einen Unsinn glauben?« Er sah Jana scharf an. Doch sie senkte ihren Blick. Sie liebte ihren Vater und wollte sein Weltbild nicht zerstören.

»Nein«, sagte sie nach einem Blick auf ihre Mutter, »ich habe nur lange darüber nachgedacht, wer meine richtigen Eltern sind.«

Damit war für ihren Vater das Thema erledigt, nur ihre Mutter sah sie immer wieder sorgenvoll an.

»Wie lange hast du denn vor, noch hier zu bleiben?«, fragte sie. »Wäre es nicht das Beste, wenn wir dich mit zurücknehmen? Du könntest bis zur Geburt bei uns wohnen und auch danach, wenn du möchtest. Du weißt, dass wir genügend Platz haben.«

»Gebt mir noch ein bisschen Zeit. Das Baby kommt erst in zehn Wochen, und ich fühle mich sehr wohl hier.«

Es war schon spät, als Janas Eltern aufbrachen.

»Wir kommen morgen früh noch einmal vorbei, bevor wir zurück nach Hause fahren«, versprach ihre Mutter, als sie sich verabschiedeten.

Am nächsten Morgen nahm ihre Mutter Jana beiseite.

»Geht es dir wirklich gut, oder möchtest du, dass ich bei dir bleibe? Du hast ja nicht einmal ein Telefon hier.«

»Es ist gut, Mutter, ich werde dir schreiben, und wenn ich euch brauche, kann ich euch vom Dorf aus anrufen.«

Sie winkte ihnen nach, als sie losfuhren. Dann ging sie erleichtert zurück ins Haus. Mit jedem Tag, der verging, wurde sie unruhiger und ihre Sehnsucht nach Balder und Isa stärker. Wann würde sie endlich bei ihnen sein? Doch nichts geschah, und Jana wurde jeden Tag verzweifelter. Wieder und wieder las sie in dem Tagebuch. Vielleicht hatte sie etwas übersehen und es gab irgendeinen Hinweis, doch so viel sie auch in dem kleinen Buch las, sie konnte nichts finden.

Um sich abzulenken, fuhr sie in die Bücherei. Sie las Bücher über Heilkräuter und deren Wirkung. Es konnte nicht schaden, wenn sie mehr darüber wusste.

Dann schrieb sie ihrer Mutter einen Brief. Er wurde sehr lang, und Jana erzählte ihr, was alles in den letzten Wochen geschehen war. Sie versicherte ihrer Mutter, dass sie nichts anderes wollte, als zu ihrem Mann und Isa zurückzukehren, und bat sie um Verständnis.

> Man kann sich Dingen, die man nicht sehen will, verschließen, sie ignorieren, wie Papa es tut, aber deswegen sind sie trotzdem real. Ich weiß, dass du anders denkst als er, vielleicht gelingt es dir, ihn im Laufe der Zeit zu überzeugen. Bitte seid mir nicht böse, ich habe keine Wahl, aber ich bin überzeugt davon, mit Balder und Isa glücklich zu werden. Ich danke euch für alles, was ihr für mich getan habt. Ich werde euch immer lieben und niemals vergessen. Das Einzige, was mich traurig stimmt, ist, dass ich euch beide und Richard nicht mehr wiedersehen werde, die drei Menschen, die mir hier am meisten bedeutet haben.

Jana nahm einen Umschlag und verschloss ihn sorgfältig. Dann schrieb sie den Namen ihrer Mutter darauf und legte ihn in eine Schublade des Küchenschranks.

Wieder waren einige Wochen vergangen, ohne dass etwas geschah. Die Geburt ihres Kindes rückte näher. Würde sie es hier zur Welt bringen? Stimmte es vielleicht gar nicht, was ihre Großmutter geschrieben hatte? Würde sie doch hier bleiben müssen? Die Warterei, ob etwas geschehen würde oder nicht, zerrte an ihren Nerven. Ein starke Unruhe hatte von ihr Besitz ergriffen. Sie hielt es im Haus nicht mehr aus und beschloss, einen Spaziergang zu machen. Sie zog ihre gefütterten Stiefel und ihren warmen Mantel an und wickelte sich noch einen langen Schal um Kopf und Hals. Es war klirrend kalt, und der scharfe Ostwind trieb ihr die Tränen in die Augen. Im Wald würde es weniger windig sein als auf den Feldern, und so lief sie vorsichtig, um nicht auf dem gefrorenen Schnee auszurutschen, den kleinen Weg entlang. Das Laufen tat ihr gut, und sie wurde etwas ruhiger. Sie war so in ihre Gedanken versunken, dass sie nicht bemerkte, wie die Zeit verging.

Plötzlich spürte sie an ihren Beinen etwas Warmes. Jana blieb überrascht stehen. Sie brauchte einen Moment, um zu begreifen, dass die Fruchtblase geplatzt war. Ohne Vorwarnung schoss ein heftiger Schmerz durch ihren Körper, als wolle er ihn zerreißen. Benommen sank Jana zu Boden. Der Schmerz trieb ihr die Tränen in die Augen. Verzweifelt bemühte sie sich, wieder hochzukommen, doch da kam schon die nächste Wehe, die nicht weniger stark war. Wimmernd lag Jana auf dem schneebedeckten Waldboden und zwang sich, ruhig zu atmen, wie sie es in den Büchern gelesen hatte. Die Wehen kamen mit einer Heftigkeit kurz hintereinander, die ihr kaum Zeit zum Verschnaufen ließ. Lange lag sie halb liegend, halb sitzend auf dem Boden und schrie bei jeder Wehe ihren Schmerz und ihre Angst in den Wald. Ihre steif gefrorenen Hände krallten sich in die kalte Erde. Sie spürte weder die Kälte noch den einsetzenden Graupelschauer. Die Dämmerung senkte sich über den Wald, doch es wurde nicht dunkler. Ein helles Licht erschien, legte sich über Jana, hüllte sie ein. Der Gesang der Elemente ertönte, wurde lauter. Staunend sah Jana auf das Licht. Die Sehnsucht nach dem überirdisch scheinenden Licht, das heller war als jede Sonne, wurde unerträglich. Ihr Körper löste sich in Milliarden kleiner Perlen auf, die in dem schimmernden Nebel um sie herum versanken. Bevor sie das Bewusstsein verlor und in den Sog aus Zeit und Raum gerissen wurde, jubelte alles in ihr. Ich habe es geschafft. Ich werde nach Hause kommen

Mit dem einsetzenden Bewusstsein kam der Schmerz zurück. Sie keuchte und presste, und schon spürte sie den Kopf ihres Babys zwischen ihren Beinen. Panik überfiel sie, doch da kam auch schon die nächste Wehe, und das Kind glitt aus ihrem Körper hinaus. Mühsam richtete sie sich auf und nahm es in den Arm. Mit ihren Nägeln trennte sie die Nabelschnur durch. Das Kind in ihrem Arm begann zu schreien. Sie nahm das eine Ende des Schals und rieb es trocken. Es war ein Junge. Balder würde stolz auf sie sein. Sie konnte es kaum erwarten, ihn zu sehen und ihm seinen Sohn zu zeigen. Mit ihren Zähnen riss sie den verschmutzten Teil des Schals ab und wickelte ihr Baby in den Rest ein. Dann öffnete sie ihren Mantel und legte es an ihre Brust. Während sie die Nachgeburt herauspresste, fand der kleine Mund die Brustwarze und begann zu saugen. Glücklich betrachtete Jana das kleine Gesicht. Jetzt erst sah sie sich um und stellte erschrocken fest, dass sie die Gegend, in der sie sich befand, nicht kannte. Um sie herum standen sieben moosüberzogene Findlinge, die sie wie stumme Wächter umgaben.

Auf dem leicht abschüssigen Platz standen einige

Eichen, dazwischen hohe Gräser und einzelne Sträucher. Es war nicht kalt, doch die tief hängenden, dunklen Wolken versprachen nicht Gutes. Es würde gleich regnen, und Jana zwang sich, praktisch zu denken. Als Erstes musste sie hier verschwinden. Das Blut und die Nachgeburt würden wilde Tiere anlocken. Mit zittrigen Knien stand sie auf und sah sich um.

Sie befand sich hoch oben auf einem Höhenzug, umgeben von Bergen. Warum war sie nicht an der Quelle? Wie sollte sie das Dorf und mit ihm Balder und Isa finden? Wenn sie wenigstens die Richtung wüsste, in die sie zu gehen hatte.

Sie war erst wenige Schritte gegangen, als ein Unwetter losbrach, wie sie es noch nie erlebt hatte. Heftige Böen steigerten sich zu einem Sturm, und der Regen prasselte sintflutartig auf sie herunter. In wenigen Sekunden war sie fast bis auf die Haut durchnässt, der Boden war aufgeweicht. Die Angst um ihr Baby schnürte ihr die Kehle zu.

Verzweifelt versuchte sie, Schutz unter den Bäumen zu finden, doch der Blitz, der unweit von ihr krachend den Stamm einer Eiche spaltete, ließ sie angstvoll weiterlaufen. Es blitzte und donnerte, und der Sturm peitschte ihr den Regen ins Gesicht. So schnell sie konnte lief sie den Hügel hinunter. Auf halber Höhe entdeckte sie eine kleine Höhle. Erleichtert kroch sie hinein und sah sich um. Es fiel nur wenig Licht in den vorderen Teil der Höhle, doch es genügte Jana, um etwas zu erkennen. Jemand schien vor ihr hier gewesen zu sein. Sie entdeckte eine halbe Markasitknolle und abgeschlagene Feuersteinklingen auf dem felsigen Boden. Sogar einige Äste lagen aufgeschichtet unter einem überhängenden Felsvorsprung. Erleichtert nahm Jana Holz und schlug den Feuerstein an der Markasitknolle entlang, wie sie es gelernt hatte. Als Zunder nahm sie ein Stück von ihrem Wollschal.

Kurze Zeit später flackerte ein gemütliches Feuer, und Jana zog ihren nassen Mantel aus und breitete ihn auf dem Boden in der Nähe des Feuers aus.

Dann beugte sie sich über ihr Baby und küsste zärtlich sein Gesicht. Wie schön es war. Sie hatte noch nie ein schöneres Baby gesehen. Sie streichelte die kleinen Hände und konnte ihren Blick nicht von dem Baby wenden, das friedlich an ihrer Brust schlief. Jetzt, wo sie zur Ruhe kam, fielen ihr vor Erschöpfung fast die Augen zu. Das Feuer erhellte den Eingang der Höhle und gab flackernd einen Blick auf den hinteren Teil frei. Bevor Jana die Augen zufielen, sah sie dort aufgetürmte Schädel und Skelette liegen.

Doch ihre Müdigkeit war größer als ihr Entsetzen. Ihr letzter Gedanke, bevor sie einschlief, war, dass sie sich in einer der heiligen Höhlen befand, in die Mabon sich oft zurückgezogen hatte. Vielleicht war sie doch nicht so weit von dem Dorf entfernt wie sie geglaubt hatte.

Sie schlief tief und fest und erwachte erst am anderen Morgen. Das Unwetter war vorbei, wie sie mit einem Blick aus dem Höhleneingang feststellte. Die Sonne war gerade aufgegangen, und bis auf einige weiße Wolkenfetzen leuchtete der Himmel tiefblau. Jana stillte ihr Baby und verließ mit ihm die Höhle.

Sie beschloss, den Fluss zu suchen. Wenn sie am Fluss war, würde sie früher oder später zu ihrem Dorf finden. Sie lief den Hügel hinauf, in der Hoffnung, sich von dort aus besser orientieren zu können. Doch als sie oben angekommen war, sah sie sich enttäuscht um. Bäume und Sträucher versperrten ihr den Blick ins Tal. Sie schloss die Augen und drückte ihr Baby fester an sich. Ich werde Balder finden, und wenn ich Tag und Nacht laufen muss, ich werde es schaffen. Tränen der Verzweiflung rollten über ihre Wangen. Ich werde es schaffen, hörst du? Sie sagte es immer wieder, schrie es den Hügel hinunter.

Dann drehte sie sich um und ging mit festen Schritten zurück. Sie lief den ganzen Vormittag. Als ihre Beine vor Schwäche zitterten, ließ sie sich auf den Boden sinken und schlief sofort ein. Sie erwachte von dem Wimmern ihres Babys und ließ es trinken. Sie wusste, dass sie bald etwas zu essen finden musste, um weiterhin genügend Milch für ihr Baby zu haben.

Schlimmer als der Hunger war der brennende Durst, der sie quälte. Sie riss einige feuchte Brennnesseln aus und kaute auf ihnen herum.

Dann wanderte sie bis zum späten Nachmittag weiter. Mit einem abgeknickten Ast gelang es ihr, einige Wurzeln auszugraben. Sie nahm eine der Feuersteinklingen, die sie in der Höhle gefunden hatte, und schälte damit die Wurzeln. Nachdem sie gegessen hatte, fühlte sie sich etwas besser. Sie würde eine weitere Nacht im Wald verbringen müssen und sah sich nach einem Platz um, wo sie mit ihrem Baby sicher war.

Zwischen den Wurzeln einer ausgehöhlten Eiche entzündete sie ein Feuer, das die Tiere fern halten würde. Bald wirst du deinen Vater kennen lernen und deine Schwester, versprach Jana ihrem Baby. Der warme Körper gab ihr Trost, doch die Angst, ob sie ihr Baby beschützen könnte, blieb und ließ sie bei jedem Knacken und Rascheln zusammenzucken. Erst gegen Morgen sank sie in einen unruhigen Schlaf.

Nachdem Jana fort war, war Balder noch schweigsamer geworden. Isa hatte sich wieder in sich selbst zurückgezogen und ließ niemanden an sich heran. Sie weigerte sich, in Layas Haus zu wohnen, und verschwand oft stundenlang im Wald. Laya brachte ihnen jeden Abend Brot und Suppe und kümmerte sich um die Kuh. Als Balder an diesem Abend von der Jagd kam, saß Isa mit weit geöffneten Augen auf dem Boden. Sie war in Trance, und Balder wartete schweigend, bis sie wieder zurückkam. Er machte sich Sorgen um sie. Keinem der Dorfbewohner war entgangen, dass Isa das zweite Gesicht hatte, und Mabon würde sie bald holen, um sie als Priesterin auszubilden. Er verzog verächtlich das Gesicht, als er an den Priester dachte. Mabon hatte sich jeden Respekt bei ihm verscherzt. Seit dem Tag, als Cernunnos ihm Jana genommen hatte, sah man Mabon nur noch mit verzerrtem Gesicht durch das Dorf gehen. In seinen aufgerissenen Augen lauerte der Wahnsinn. Er brauchte Isa, weil die Götter nicht mehr zu ihm sprachen und er befürchten musste, den Respekt aller Dorfbewohner zu verlieren. Dazu kam die Angst vor Cernunnos, die an ihm nagte und ihm fast den Verstand raubte.

Isa kam wieder zu sich. Es dauerte einen Moment, bis sie sich wieder zurechtfand.

Sie sah ihren Vater an.

»Jana ist zurück, sie hat ein Baby. Wir müssen zu ihr, sie braucht unsere Hilfe. Ich habe sie im Traum gesehen.«

Balder, der wusste, dass Isa Dinge sehen konnte, die allen anderen verborgen blieben, sah seine Tochter ernst an.

»Sag mir, wo sie ist«, forderte er sie auf.

»Ich habe Berge gesehen«, erwiderte Isa.

Noch vor Sonnenaufgang brachen Balder und Isa auf, um nach Jana zu suchen. Isa nahm den kleinen Hund mit. Sie ritten den ganzen Tag am Fluss entlang, um eine Stelle zu finden, an der sie ihn gefahrlos überqueren konnten. Es war schon später Nachmittag, als sie auf die Berge zuritten, die sich undurchdringlich vor ihnen auftürmten.

An diesem Tag hatte Jana Glück. Sie entdeckte einen schmalen Bach, der sich durch den Wald schlängelte. Endlich konnte sie ihren Durst stillen und sich und ihr Baby waschen. Sie lief den Bach entlang in der Hoffnung, dass er sie zum Fluss führen würde. Sie sollte Recht behalten. Doch als sie aus dem Wald trat und am Ufer des Flusses stand, konnte sie keinen Anhaltspunkt dafür finden, welche Richtung sie nehmen sollte. Nach kurzem Überlegen entschied sie sich, den Fluss hinaufzulaufen. Immer wieder musste sie sich setzen, um eine Pause zu machen, und sie spürte, wie ihre Kraft nachließ.

Verzweifelt raffte sie sich auf, um weiterzugehen, doch sie wurde immer schwächer. Ihr Puls raste, und Schweiß rann in Strömen über ihren Körper. Dann wieder zitterte sie vor Kälte, und ihre Beine gaben nach. Die Angst um ihr Baby ließ sie immer wieder aufstehen und weitergehen. Als sie sich das nächste Mal mühsam aufrichtete, begann sich alles um sie herum zu drehen, und ihr wurde schwarz vor Augen. Bewusstlos sank sie am Flussufer nieder, ihr Baby fest an sich gepresst.

Die beiden Männer, die zum Fluss ritten, um ihre Pferde zu tränken, waren guter Dinge. Sie freuten sich auf den

Ritt, der vor ihnen lag, war er doch eine willkommene Abwechslung in ihrem eher eintönigen Leben. Sie waren gerade wieder auf ihre Pferde gestiegen um weiterzureiten, als der Wind das Schreien des Babys zu ihnen trug.

»Hast du das gehört?« Ragnar, der Ältere der beiden, drehte sich suchend um. »Hier ist weit und breit kein Dorf, was meinst du, sollen wir nachsehen, wer da ist?«

Der Jüngere schüttelte den Kopf. »Wir müssen weiterreiten, wenn wir bis zum Einbruch der Dunkelheit unser Ziel erreichen wollen.«

»Du hast Recht.« Sie waren erst wenige Meter geritten, als Ragnars Pferd scheute und seinen Reiter abwarf. Eine Ringelnatter schlängelte sich nicht weniger erschrocken davon.

»Bist du verletzt?« Artar sprang besorgt vom Pferd und beugte sich über seinen Begleiter.

»Ich glaube nicht.« Ragnar stand auf. Das Schreien des Babys wurde lauter, fordernder. Die beiden Männer sahen einander an.

»Ich glaube, wir sollten doch nachsehen.« Ragnar nahm sein Pferd am Zügel und lief in die Richtung, aus der das Schreien kam. Sein Begleiter folgte ihm. Es dauerte nicht lange, da sahen sie die Frau am Boden liegen. Ihre blonden Haare leuchteten in der Sonne. Das Baby hatte sich aus ihrem Arm gerollt und schrie immer verzweifelter. Ragnar nahm es hoch und reichte es seinem Freund.

»Es ist ganz kalt, du musst es in deinen Umhang wickeln«, forderte er ihn auf. Dann sah er sich die Frau genauer an. Wie war sie hierher gekommen? Verletzt war sie nicht, doch sie schien krank zu sein. Ihr Atem rasselte, und ihr Gesicht war hochrot vom Fieber. Ragnar überlegte nicht lange. Er hob die Frau hoch und setzte sie vor sich aufs Pferd. Dann ritten sie langsam in ihr Dorf zurück.

»Die Schlange war ein Zeichen«, sagte er.

Sein Begleiter nickte. Wenn die Götter die Frau und das Baby retten wollten, durften sie sich dem nicht widersetzen. Das Schreien des Babys war in klägliches Wimmern übergegangen, bevor es erschöpft in Artars Armen einschlief.

Zwei Stunden später erreichten sie das Dorf. Sie hielten vor dem Haus des Stammesführers und stiegen von ihren Pferden. Die Frauen kümmerten sich um das Baby, während Ragnar die immer noch bewusstlose Frau in die Hütte der Heilerin trug.

»Hilf ihr«, befahl er ihr. »Die Götter wollen, dass sie lebt.«

Sonia begann sofort damit, Kräuter zu zerstampfen und einen heilenden Trank zuzubereiten. Sie kühlte der Fremden die Stirn und flößte ihr vorsichtig den Trank ein. Dann zündete sie Räucherwerk an und sah zu, wie es zischend verbrannte. Nach einer Weile wurde der Atem der Frau ruhiger. Sie schlief. Neugierig betrachtet Sonia die Frau mit den goldenen Haaren. Sie war wunderschön, trotz der tiefen Schatten, die um ihre Augen lagen.

Dann entdeckte sie den Anhänger. War die Frau eine Priesterin? Sie schickte einen Boten zu dem höchsten Priester, der wenig später ihre Hütte betrat. Er nahm den Anhänger in die Hand und betrachtete ihn.

»Ich werde mit ihr sprechen, wenn sie gesund ist«, sagte er und verließ nachdenklich die Hütte. Was hatte das alles zu bedeuten?

Jana bemerkte, wie jemand ihre Stirn kühlte. Sie versuchte, ihre Augen zu öffnen, doch es gelang ihr nicht. Ethne ist bei mir, dachte sie erleichtert, bevor sie wieder einschlief. Doch als sie am nächsten Morgen die Augen aufschlug, sah sie in das Gesicht einer hochmütigen jungen Frau, die mit verschlossener Miene auf sie herabsah. Jana versuchte, sich aufzusetzen, doch sie war zu schwach.

»Mein Baby«, sagte sie verzweifelt. »Bitte gib mir mein Baby.« Die junge Frau nickte beruhigend mit dem Kopf und verließ die Hütte. Wenig später kam sie mit Janas Baby zurück und legte es ihr in die Arme. Dankbar sah Jana sie an.

»Das werde ich dir nie vergessen«, sagte sie. Dann schlief sie wieder ein. Als sie das nächste Mal aufwachte, fühlte sie sich schon besser, und es gelang ihr, sich aufzusetzen. Die Frau reichte ihr eine Schale mit Suppe. Nachdem Jana gegessen hatte, stillte sie ihr Baby und lehnte sich zufrieden zurück.

»Ich war auf dem Weg zu meinem Dorf, in dem mein Mann auf mich wartet. Es ist das Dorf Fintans,« erzählte sie. »Kannst du mir sagen, wie weit es von hier entfernt ist?« Erwartungsvoll sah sie Sonia an.

»Ich kenne niemanden mit dem Namen Fintan,« sagte Sonia, »aber ich werde die Männer fragen, vielleicht wissen die etwas. Warum warst du überhaupt allein mit deinem Baby unterwegs?«

»Ich habe mich verlaufen, ich hatte solche Angst um mein Baby«, wich Jana aus. Doch sie konnte kein Anzeichen von Mitgefühl in den Augen der Heilerin erkennen und beschloss, vorsichtig zu sein und sich jedes weitere Wort gut zu überlegen. Sie war ihrem Ziel so nah und konnte es kaum erwarten, Balder zu sehen.

Für den Moment war sie erst einmal in Sicherheit, und das war das Wichtigste. Ihre Augen fielen zu, und wieder sank sie in einen tiefen Schlaf. Am nächsten Morgen fühlte sie sich besser, und es gelang ihr, aufzustehen. Sonia gab ihr ein Gewand, das eine der Frauen gebracht hatte. Janas Kleider hatte sie ins Feuer geworfen. Sie waren verdreckt und hatten nach Blut und Geburt gerochen. Sie reichte ihr einen Kamm und half ihr dabei, ihr Haar zu flechten. Dann führte sie Jana, die ihr Baby im Arm hielt, zum Versammlungsraum. Die Männer und der Priester erwarteten sie bereits.

Jana wartete, bis der Priester sie ansprach.

»Sag uns, wo du herkommst und was dir geschehen ist.« Gierig hingen seine Augen an Janas Anhänger, während er auf ihre Antwort wartete.

Jana hatte sich längst auf diese Frage vorbereitet. Stolz hob sie ihren Kopf und sah den Männern der Reihe nach in die Augen. Sie musste die Kontrolle behalten, damit niemand auf die Idee kam, sie als Magd festzuhalten, oder, was noch schlimmer war, sie verheiraten zu wollen.

»Ich werde eure Frage beantworten, doch zuerst möchte ich euch für eure Gastfreundschaft und eure Hilfe danken. Ich habe einen Auftrag der Götter erfüllt. Auf dem Rückweg in mein Dorf bin ich krank geworden und habe den richtigen Weg verloren.« Sie nahm den Anhänger und hielt ihn so, dass jeder ihn sehen konnte.

»Cernunnos hat ihn mir gegeben, ich stehe unter seinem Schutz. Ich muss so schnell wie möglich in das Dorf Fintans und möchte euch bitten, mir zu helfen, dorthin zu kommen.«

Die Männer sahen sich an. Der Stammesführer, ein schwächlicher alter Mann in kostbar bestickten Gewändern, ergriff das Wort.

»Wir werden darüber beraten, doch Fintans Dorf kenne ich nicht. Kannst du uns sagen, wo es sich befindet?«

»Es liegt am Fluss, mehr weiß ich nicht.«

Sie wurde aus dem Versammlungshaus geführt, damit die Männer sich beraten konnten. Die Sonne schien warm auf sie herunter, und Jana setzte sich mit ihrem

Baby auf eine Holzbank. Das Dorf war ähnlich wie die Dörfer, die sie kannte. Doch die Menschen kleideten sich anders, und die Frauen flochten ihr Haar zu kunstvollen Frisuren und trugen es unbedeckt. Schwere bronzene oder silberne Reifen klirrten an den Armen und Beinen der Frauen, und die Taille betonten sie durch Gürtel mit Sonnenmotiven.

Die Männer schmückten sich mit dicken Reifen, die sie um den Hals trugen, und fast alle, die sie gesehen hatte, besaßen kostbar verzierte Schwerter und Dolche. Es schien ein reiches Dorf zu sein, und bald sah Jana auch den Grund dafür. Wagen voll mit kostbarem Salz wurden abgeladen und das Salz in einem großen Lagerhaus verstaut. Deswegen auch die vielen Schwerter. Sicher mussten die Dorfbewohner das Salz gegen andere Stämme verteidigen. Auch die Sprache unterschied sich von der, die sie kannte, obwohl sie sie verstehen konnte. Die Menschen sprachen härter und betonten die Worte anders. Manche Silben verschluckten sie.

Das Dorf war wesentlich größer als Fintans und durch einen hohen Steinwall geschützt. Janas Blick wanderte zu ihrem Baby. Goldener Flaum bedeckte seinen Kopf. Die Frauen hatten es in ein warmes, sauberes Tuch gewickelt. Sie konnte sich nicht satt sehen an ihrem Sohn, der noch keinen Namen besaß. Balder würde einen für ihn auswählen. Jetzt hatte er die Augen geöffnet und sah sie an. Janas Herz quoll über vor Liebe zu ihrem Kind.

Sehnsüchtig wanderte ihr Blick den durch schwere Holzbohlen befestigten Weg entlang zum Ausgang des Dorfes. Am liebsten würde sie sofort aufbrechen, um sich auf den Weg zu ihrem Mann zu machen.

Als Jana das Versammlungshaus verlassen hatte, beriet Derga, der Hohe Priester, sich mit den anderen Priestern. Alle Priester waren weiß gekleidet und trugen eine goldene Sichel an ihren aufwändig verzierten Gürteln.

»Wenn Cernunnos der Frau mit den goldenen Haaren den Anhänger geschenkt hat, müssen wir ihn unbedingt haben. Wer weiß, welche Macht in ihm steckt«, begann Derga. Die anderen Priester murmelten Zustimmung.

»Wir könnten sie opfern, dann sehen wir, ob sie wirklich unter dem Schutz von Cernunnos steht.«

Das Gesicht von Fergus, einem jungen Priester, verzog sich zu einer abstoßenden Grimasse. Er hasste und verachtete die Frauen, die seiner Meinung nach nur dazu da waren, um Kinder zu gebären. Ihr Verstand reichte nicht aus, um höhere Dinge zu verstehen oder mit den Göttern in Verbindung zu treten. Selbst wenn die Götter sie benutzten, um durch sie ihren Willen zu offenbaren, waren sie nicht in der Lage zu verstehen.

Sie stahlen sich in die Gedanken der Männer und lenkten sie von den Göttern ab. Er liebte es, sie zu opfern. Es gab ihm ein Gefühl von Macht, wenn sie um Gnade wimmerten und erst im letzten Moment mit weit aufgerissenen Augen, die dunkel vor Angst waren, begriffen, dass sie sterben würden. Er hatte sich sein ganzes Leben lang versagt, eine Frau zu besitzen, doch er konnte nicht verhindern, dass sie in seinen Träumen erschienen und ihr weiches Fleisch an seinen Körper pressten. Dann stand er auf und lief zum Fluss, um sich in dem eiskalten Wasser abzukühlen. Die Schönheit dieser Fremden war schon unverschämt. Sie hatte sogar die Priester beeindruckt. Wie konnte sie es wagen, sich der Gunst von Cernunnos zu brüsten?

Sie war eine Gefahr für das Dorf und musste so schnell wie möglich beseitigt werden.

»Sie genießt unsere Gastfreundschaft. Wir können sie

nicht einfach opfern«, gab einer der älteren Priester zu bedenken.

Derga, der Hohe Priester, ergriff das Wort.

»Sie kann sich dem Urteil der drei dunklen Steine unterziehen, dann kann sie beweisen, dass sie die Wahrheit gesprochen hat und nicht vorhat, uns zu schaden.«

Das war die Lösung. Die Idee war ihm gerade erst gekommen, doch sie war gut. Sie würden die Gastfreundschaft nicht verletzen. Wenn die Frau die Wahrheit gesprochen hatte, brauchte sie nichts zu befürchten. Die Götter würden über ihr Leben entscheiden, und niemand konnte ihnen einen Vorwurf machen.

In seine Augen war ein fiebriger Glanz getreten. Er musste den Anhänger haben, er hatte die Macht gespürt, die von ihm ausging und die er brauchte, um seine Stellung zu behaupten. Cernunnos hatte sich ihm seit langem verweigert. Selbst wenn er die heiligen Pilze zu sich genommen hatte, schickte er ihm keine Zeichen mehr.

Derga trat vor den Rat, um ihm die Meinung der Priester vorzutragen.

»Wir haben der Frau unsere Gastfreundschaft gewährt.«

Unsicher kratzte sich Etain, der Stammesführer, das Kinn. »Was ist, wenn sie wahr gesprochen hat und unter dem Schutz von Cernunnos steht?«, fragte er ängstlich.

Derga warf ihm einen verächtlichen Blick zu.

»Wenn sie unter Schutz von Cernunnos steht, kann sie es beweisen. Wir wissen nicht, was sie für eine Macht besitzt und ob sie sie nicht vielleicht gegen uns wendet. Wir kennen die Frau nicht. Doch wenn ihre Macht in dem Anhänger steckt, müssen wir ihn unbedingt haben. Wir könnten ihn gegen unsere Feinde benutzen, die immer stärker werden. Wenn wir sie gehen lassen und der Anhänger in die Hände unserer Feinde fällt, sind wir verloren. Wir dürfen uns diese Gelegenheit nicht entgehen lassen.«

Das klang einleuchtend, und die Männer nickten zustimmend. Auf keinen Fall durfte jemand anderes in den Besitz des Anhängers gelangen.

Es kam zur Abstimmung. Alle Männer, ausgenommen Ragnar und sein Freund Artar, stimmten für das Urteil der drei dunklen Steine.

Jana wurde in den Versammlungsraum geführt. Die abweisenden Blicke der Männer verhießen nichts Gutes.

Derga trat vor. Er fixierte Jana mit scharfem Blick, um ihre Reaktion auf seine Worte nicht zu verpassen.

»Der Rat ist zu dem Schluss gekommen, dass du die Wahrheit deiner Worte beweisen musst. Du wirst dich morgen früh dem Urteil der drei dunklen Steine unterziehen, und wenn du wahr gesprochen hast, werden wir darüber beraten, was weiter mit dir geschehen soll und ob wir dir helfen können, zurück in dein Dorf zu gelangen. Doch wenn du gelogen hast, wirst du dem Gott geopfert werden, mit dessen Macht du dich gebrüstet hast.«

Triumphierend sah Derga, wie alle Farbe aus Janas Gesicht wich. Er hatte Recht gehabt. Die Frau besaß keine Macht. Morgen schon würde er in den Besitz des Anhängers gelangen.

Jana wurde zurück in das Haus von Sonia gebracht. Fieberhaft überlegte sie, was sie jetzt tun sollte. Der gierige Blick des Priesters auf ihren Anhänger war ihr nicht entgangen. Er würde ganz sicher darauf achten, dass sie das Dorf nicht verließ. Bei Einbruch der Dunkelheit würde das große Tor verschlossen werden, und damit hatte sie keine Möglichkeit mehr zu fliehen. Ihr fiel ein, was Ethne ihr damals über die drei dunklen Steine gesagt hatte. Niemand hat bisher ein Gottesurteil überlebt. Dieser Priester war nicht anders als Mabon. Sicher würde er dafür sorgen, dass nur schwarze Steine in der Mulde lagen und sie keine Chance hatte, das Gottesurteil zu überleben.

Sie unterdrückte die aufkommende Verzweiflung. Sie musste einen klaren Kopf bewahren, um eine Möglichkeit zu finden, sich und ihr Baby zu retten.

Sonia verließ ohne ein Wort das Haus. Sobald die Tür sich hinter ihr geschlossen hatte, sah Jana sich genauer um. Verschiedene Gefäße in allen Größen standen auf den Regalen, die sich bis unter die Decke zogen. An der Decke hingen unzählige Kräuter zum Trocknen. Auf einem Regal lagen mehrere Lederbeutel. Jana öffnete einen nach dem anderen. Doch sie fand nicht, was sie suchte.

Sie sah in jedes einzelne Gefäß, doch auch dort fand sie keinen hellen Stein, den sie unter ihrem Gewand hätte verstecken können.

Weinend sank sie auf eine der mit Fellen bedeckten Lehmbänke und drückte ihren Sohn fest an sich. Hatte sie die Reise durch die Zeit gemacht, nur um hier zu sterben?

Und was würden diese Menschen ihrem Baby antun? Der Gedanke an ihr Baby gab ihr neue Kraft. Sie hatte noch die ganze Nacht Zeit, um sich etwas zu überlegen.

Doch mit der heraufziehenden Morgendämmerung kam die Angst und legte sich wie eine Kralle um ihr Herz. Jana begann am ganzen Körper zu zittern. Sie nahm ihr Baby und küsste wieder und wieder sein süßes Gesicht. Dann reichte sie es Sonia, die sie mit unbewegtem Gesicht ansah.

»Bitte kümmere dich um ihn, falls ich nicht zurückkomme. Sein Vater ist Balder, aus dem Dorf Fintans. Er wird dich reich belohnen, wenn du ihm seinen Sohn bringst.« Flehend sah sie Sonia an. Doch die senkte ihren Blick.

»Ich werde es mir überlegen«, sagte sie nur.

Die Tür wurde geöffnet, und zwei Priester betraten den Raum. Einer von ihnen war Fergus. Jana gab sich einen Ruck, als sie in das hämische Gesicht des jungen Priesters sah, der sie aus schmalen, kalten Augen fixierte. Sie würde diesem grässlichen Priester ihre Angst nicht zeigen. Die Priester nahmen sie in die Mitte und führten sie hinaus.

Die Sonne strahlte über einem tiefblauen Himmel. Vögel zwitscherten, und eine leichte Brise wehte ihr den Duft der blühenden Gräser ins Gesicht. Jana schluckte. Es tat weh, an so einem herrlichen Tag sterben zu müssen.

Die anderen Priester und der Rat erwarteten sie bereits. Gemeinsam verließen sie das Dorf. Die meisten der Dorfbewohner hatten sich dem Zug der Menschen angeschlossen, der sich langsam in Bewegung setzte. Hintereinander liefen sie einen schmalen Pfad entlang, der immer steiler wurde und auf einem nackten Felsplateau endete. Lediglich die an drei Seiten steil abfallenden Ränder waren spärlich mit Gras bewachsen.

In der Mitte des Felsplateaus türmte sich ein Haufen aus Torf und Asche auf, der ringsum durch ein Flechtwerk aus Ästen befestigt war. Rund um den Platz standen große Schalen mit brennendem Räucherwerk, welche die Aufmerksamkeit der Götter auf die Handlung der Menschen lenken sollte.

Derga breitete die Arm aus und murmelte einige Worte vor sich hin. Dreimal umkreiste er langsam den vorbereiteten Torfhaufen. Dann erhob er seine Hände zum Himmel. Ein kehliger Gesang ertönte, doch nicht einmal ein Windhauch folgte seinem Ruf. Die Götter blieben stumm.

Zwei junge Priester führten Jana in die Mitte des Platzes. Als sie ihr die Augen verbinden wollten, traf ein Sonnenstrahl auf ihren Anhänger und ließ ihn hell aufleuchten. Geblendet schlossen die Priester die Augen. Derga trat vor und griff nach dem Anhänger, um ihn ihr vom Hals zu reißen. Sein fauliger Atem schlug Jana ins Gesicht, und sie drehte angeekelt den Kopf zur Seite. Als seine Finger sich um den Anhänger schlossen, war es ihm, als würde er in brennendes Feuer fassen. Mit einem Schmerzschrei zog er seine Hand zurück und starrte sie entsetzt an.

Die Priester drehten Jana so, dass die Sonne den Anhänger nicht mehr treffen konnte, und verbanden ihr die Augen.

Derga brauchte einen Moment, um seine Fassung wiederzuerlangen. Seine Augen glitzerten tückisch, als er mit lauter Stimme die Regeln verkündete, wie es das Gesetz verlangte.

»Du darfst nur einen Stein hervorholen. Ist es ein schwarzer, hast du gelogen. Wenn du einen farbigen Stein ziehst, hast du die halbe Wahrheit gesagt. Ziehst du einen weißen Stein, hast du die Wahrheit gesprochen. Mögen die Götter nun entscheiden.«

Mit zitternden Händen bückte Jana sich und steckte ihre Hand in die schwarze Erde. Die Dorfbewohner hielten die Luft an vor Aufregung. Wie würden die Götter entscheiden? Die gespannte Stille auf dem Felsplateau wurde nur durch einige Geräusche von Tieren unterbrochen.

Janas Hand stieß an etwas Hartes. Sie hatte den ersten Stein gefunden. Er fühlte sich weich und glatt an. Sollte sie ihn nehmen oder nach einem anderen Stein suchen? Sie dachte an ihr Baby und an Balder. Hatte sie überhaupt eine Chance?

Ohne nachzudenken, griff sie nach dem Anhänger. Als sie ihn berührte, spürte sie, wie eine unbändige Kraft in ihren Körper strömte. Sie zog ihre Hand aus dem Torf und riss sich mit der anderen Hand die Binde von den Augen. Triumphierend schoss ihr ausgestreckter Arm in die Höhe. Ihre blonden Haare leuchteten in der Sonne. Die Dorfbewohner sahen sie erschrocken an. War die Frau verrückt geworden? Alle Blicke richteten sich auf ihre Hand, die sie fest zu einer Faust verschlossen hielt.

»Lass uns sehen, wie die Götter entschieden haben«, forderte Derga innerlich triumphierend.

Er allein kannte die Entscheidung der Götter, doch das ging niemanden etwas an. In der Nacht hatte er sich auf den Berg geschlichen und die drei verschiedenen Steine gegen dunkle ausgetauscht. Dass er beobachtet worden war, hatte er nicht bemerkt.

Jana öffnete ihre Hand. Ein kleiner Stein schimmerte strahlend weiß im Licht der Sonne. Die Dorfbewohner brachen in Jubel aus. Niemand hatte ihren Tod gewünscht.

Derga brauchte einen Moment, bis er begriff, dass er verloren hatte. Er sank auf die Knie. Cernunnos hatte die schwarzen Steine in weiße verwandelt. Eisige Angst kroch in ihm hoch, als er daran dachte, dass er gegen Cernunnos Willen gehandelt hatte. Wie würde Cernunnos ihn bestrafen? Er kam nicht mehr zum Nachdenken. Ein scharfer Schmerz zerriss sein Herz, als hätte jemand eine Klinge hineingestoßen, und seine Augen traten aus ihren Höhlen.

Wimmernd brach er zusammen. Gelber Schaum rann aus seinen Mundwinkeln und bildete eine schleimige Pfütze auf dem felsigen Boden. Sein Körper zuckte noch einmal wild auf, dann brach der Blick in seinen Augen. Der Hohe Priester war tot.

Er hatte nicht ahnen können, dass Ragnar die Steine

ausgetauscht hatte. Ragnar war fest davon überzeugt, dass die Schlange ein Zeichen von Cernunnos gewesen war.

Dass er sich in die schöne, blonde Frau verliebt hatte, würde er niemals zugeben. Nicht einmal vor sich selber.

Die Menschen sahen einander erschrocken an. Ehrfürchtige Bewunderung lag in ihren Gesichtern, aber auch Angst und Entsetzen.

Jana drehte sich zu dem Stammesführer um und sah ihm direkt in die Augen, die unsicher flackerten.

»Jetzt werdet ihr mir helfen, in mein Dorf zu kommen, wie du es versprochen hast.«

Glücklich rannte sie den Berg hinunter zu Sonias Hütte. Sie nahm ihren Sohn in den Arm und wartete, bis die Dorfbewohner nacheinander eintrafen. Jetzt, wo sie alles überstanden hatte, begannen ihre Knie vor Schwäche zu zittern, und kleine Schweißperlen glänzten auf ihrer Stirn.

Als sich alle Bewohner auf dem Dorfplatz eingefunden hatten, um über das eben Erlebte zu diskutieren, bat Etain um Ruhe.

»Kennt jemand von euch das Dorf von Fintan, oder hat von ihm gehört?«

Doch niemand wusste, wo sich das Dorf befand.

Jana bückte sich und zeichnete mit einem spitzen Feuersteinabschlag die Gebirgszüge, die man vom Ufer des Flusses in der Nähe ihres Dorfes sehen konnte, und den Verlauf des Flusses in den staubigen Boden, so weit er ihr bekannt war. Erwartungsvoll sah sie in die Runde. Sie musste so schnell wie möglich hier verschwinden. Die Furcht, welche die Menschen vor ihr empfanden, würde nicht von Dauer sein, und sie war nicht im Geringsten scharf darauf zu erfahren, was dann kommen würde.

Die Dorfbewohner starrten sie an. Niemand sprach ein Wort. Etain betrachtete Janas Zeichnung genau. Dann sprach er, ohne ihr in die Augen zu sehen, die für eine Frau einen zu starken Willen ausstrahlten.

»Wir kennen diese Gegend nicht. Sie muss sehr weit von hier entfernt auf der anderen Seite der Berge liegen. Doch der Weg dorthin ist gefährlich. Wilde Stämme leben dort, die anderen Gesetzen folgen als wir und deren Sitten uns fremd sind. Sie können nicht schmieden und besitzen keine Dörfer. Wer ihnen in die Hände fällt, ist verloren. Sie schneiden jeden Fremden in kleine Stücke und verzehren ihn, in der Hoffnung, die Kraft des Unglücklichen in sich aufnehmen zu können. Die Knochen und Schädel ihrer Opfer schichten sie in ihren Höhlen übereinander und opfern sie ihren Göttern. Wir haben versprochen, dir zu helfen, und werden dir ein Pferd und Vorräte geben. Doch ich kann keinen meiner Männer zwingen, dich zu begleiten. Du musst es allein schaffen.«

Jana sah in die erschrockenen Gesichter der Menschen.

Sie hob ihren Kopf und sprach so würdevoll, wie sie konnte: »Ich danke euch, ihr habt mein Leben und das meines Kindes gerettet. Ein Pferd und Vorräte sind mehr, als ich verlangen kann. Cernunnos möge euch beschützen.«

Ragnar trat vor.

»Wenn du mir die Erlaubnis erteilst, werde ich die Frau und ihr Baby in ihr Dorf bringen. Ich werde so lange fragen, bis ich erfahren habe, in welcher Gegend es sich befindet. Wir werden den weiteren, aber sicheren Weg den Fluss entlang nehmen und die Berge meiden.«

Artar stellte sich neben seinen Freund. »Ich werde dich begleiten. Zusammen können wir sie besser schützen.«

Jana sah die beiden Männer überrascht an. Was sie sah, gefiel ihr. Der ältere der beiden Männer hatte feine, aristokratische Gesichtszüge und wirkte ernst und verschlossen. Eine tiefe Narbe zog sich über seine linke Wange. Sein Freund war höchstens Mitte zwanzig. Seine dunklen Augen funkelten erwartungsvoll in dem runden Gesicht. Er machte einen draufgängerischen, aber freundlichen Eindruck.

Etain gab ihnen widerwillig die Erlaubnis. Er würde zwei gute Männer verlieren, doch er war froh darüber, dass die fremde Frau so schnell wie möglich aufbrechen wollte. Sie hatte nur Unruhe in sein Dorf gebracht.

Zwei Stunden später ritten sie los. Jana atmete erleichtert auf, als sie das Dorf hinter sich gelassen hatten. Sie ritten zum Fluss, dorthin, wo sie Jana gefunden hatten.

Ragnar warf Jana immer wieder bewundernde Blicke zu. Die stolze Entschlossenheit in ihrem Gesicht faszinierte ihn.

Er zügelte sein Pferd. »Beschreibe mir die Gegend, wo dein Dorf steht.«

Jana sagte ihm alles, was sie wusste. Ragnar überlegte.

»Wenn es stimmt, was du sagst, dann haben wir noch einen weiten, gefahrvollen Weg vor uns.« Er konnte es kaum glauben, dass Jana diesen Weg allein zurückgelegt haben sollte. Doch es spielte keine Rolle. Er würde Jana in ihr Dorf bringen, wie er es versprochen hatte.

Sie ritten den ganzen Tag. Als die Dämmerung hereinbrach, schlugen sie ihr Nachtlager unter dem Schutz einer Eiche auf. Artar suchte nach Feuerholz, während Ragnar die Pferde versorgte. Jana stillte ihr Baby und erzählte ihm von seiner Schwester. Als das Feuer brannte, reichte Ragnar jedem ein Stück Brot und etwas geräuchertes Fleisch. Jana rollte sich in ihre Decke und schlief sofort ein. Die leisen Stimmen der beiden Männer und das Rauschen der Bäume begleiteten sie in ihren Schlaf.

Am nächsten Tag erreichten sie ein kleines Dorf. Jana

hatte sich ein Tuch um ihre Haare gebunden und den Anhänger unter ihrem Gewand versteckt. Sie wollte auf keinen Fall auffallen und schlug ihre Augen nieder, als sie auf den Dorfplatz zuritten. Die Menschen in dem Dorf waren gastfreundlich und luden die Fremden zum Essen ein. Ragnar erkundigte sich nach Fintan, doch auch hier kannte ihn niemand.

Die Männer redeten nur wenig mit ihr, doch sie spürte, dass jede ihrer Bewegung aufmerksam beobachtet wurde. Ragnar warf ihr oft nachdenkliche Blicke zu, wenn er sich unbeobachtet glaubte. Die Gespräche der Männer drehten sich hauptsächlich um die Jagd und wo man am besten das Nachtlager aufschlagen sollte. Jana war mehrmals kurz davor, Ragnar zu fragen, warum er die lange Reise auf sich genommen hatte, um sie in ihr Dorf zu begleiten. Doch ein Blick in sein verschlossenes Gesicht hielt sie davon ab. Irgendwann würde er es ihr sagen. Sie hatte gelernt, ihre Gedanken für sich zu behalten, und wollte auf keinen Fall für geschwätzig gehalten werden.

Sie konnte nicht ahnen, wie besorgt Ragnar um sie war. Er war sich der Gefahr bewusst, die um sie herum lauerte, und er konnte den Gedanken nicht ertragen, Jana nicht beschützen zu können. Abends am Feuer, wenn er sicher sein konnte, dass Jana schlief, überlegte er gemeinsam mit seinem Freund, welchen Weg man am nächsten Tag wählen oder ob man nicht doch besser nachts reiten sollte.

Artar lachte jedes Mal unbekümmert, für ihn war die Reise ein willkommenes Abenteuer, und er würde keinem Kampf aus dem Weg gehen. Er fühlte sich sicher bei seinem Freund. Solange Ragnar bei ihm war, würde ihm nichts geschehen.

Sie waren schon drei Tage unterwegs, als sie auf einen Wanderhändler trafen, der von vier schwer bewaffneten Kriegern begleitet wurde.

»Wir grüßen euch.« Ragnar zügelte sein Pferd vor dem schwer beladenen Wagen des Händlers. Jana und Artar taten es ihm nach. Die Krieger steckten ihre Schwerter zurück in die Scheide, als sie sahen, dass die beiden Männer eine Frau und ein Baby bei sich hatten. Sie bedeuteten keine Gefahr für sie.

Er fragte den Händler, einen dicken, kostbar gekleideten Mann mit flinken Augen, die unentwegt hin und her wanderten, nach dem Dorf Fintans. Diesmal hatten sie Glück. Der Händler glaubte, das Dorf zu kennen, und erklärte ihnen den Weg. Doch es lagen noch viele Tagesreisen vor ihnen, und der Händler warnte sie vor mordlustigen Banden, die mordend und plündernd durch die Gegend zogen und alles überfielen, was Beute versprach.

»Ihr könnt euch uns anschließen«, schlug er vor. »Wir kommen zwar langsam voran, doch es wäre sicherer.« Seine Augen unter den dichten buschigen Augenbrauen funkelten ihn listig an. Zwei Schwerter mehr wären in jedem Fall von Vorteil für ihn. »Deine Frau könnte auf dem Wagen sitzen, dann hätte sie es bequemer«, fügte er lockend hinzu.

Ragnar sah Artar an. »Was meinst du, sollen wir uns dem Händler anschließen?«, fragte er nach einem kurzen Blick auf Jana.

»Händler werden zu oft überfallen. Ich denke, es ist sicherer, wenn wir allein weiterreiten. Wir könnten uns abseits der Wege halten, und mit Cernunnos Hilfe werden wir auf keine der Banden treffen.«

Ragnar bedankte sich bei dem Händler und wünschte ihm Glück für seine Reise.

Dann ritten sie weiter. Der Händler sah ihnen enttäuscht nach. Er machte sich große Sorgen um seine Sicherheit, nachdem er in dem letzten Dorf, das sie besucht hatten, von den Überfällen erfahren hatte.

Ragnar bog von der alten Handelsstraße ab, die es schon seit ewigen Zeiten gab, und ritt querfeldein durch den Wald. Oft versperrten ihnen tief hängende Äste den Weg, und sie mussten sich eng an ihre Pferde schmiegen. Nach einiger Zeit lichtete sich der Wald, und sie erreichten eine baumlose Ebene. Sie kamen jetzt schneller voran und ritten, bis es dunkel wurde. Ragnar machte bei ihrem Nachtlager nur ein kleines Feuer, das von weitem nicht gesehen werden konnte.

Es war nicht sehr kalt, doch gegen Morgen zog Nebel auf, und so brachen sie schon in aller Frühe auf. Der Nebel hatte alle Farben verschluckt und die Landschaft mit tristem Grau überzogen. Die Schritte der Pferde wurden durch den weichen Waldboden verschluckt, und wie lautlose Schatten glitten sie durch den unheimlich wirkenden Wald. Jana hielt sich nah bei ihren Begleitern, aus Angst, sie in dem dichter werdenden Nebel zu verlieren. Ab und zu schnaubte eines der Pferde nervös, ansonsten war es still. Zu still!

Ragnar hielt besorgt sein Pferd an. Seine Augen versuchten, den Nebel zu durchdringen, er lauschte angestrengt. Kein Rascheln, kein Vogelgesang, nichts. Doch es war zu spät. Wie böse Geister tauchten Reiter vor ihnen auf und versperrten ihnen den Weg. Sie waren bis unter die Zähne bewaffnet.

Der Anführer musterte die beiden Männer abschätzend. Sie waren leichte Beute. Mit einem bösartigen Grinsen hob er den Arm, das Zeichen für den Angriff. Sie standen auf einer flachen, auf allen Seiten von dichtem Wald umgebenen Senke, die nirgends Schutz bot.

»Versuche zu fliehen«, flüsterte Ragnar Jana zu und versetzte ihrem Pferd einen Hieb, sodass es erschrocken losgaloppierte. Jana wäre beinahe aus dem Sattel gefallen. Zwei der Männer wollten ihr folgen, doch der Anführer hielt sie zurück.

»Die Frau gehört mir, um die kümmern wir uns später.« Pfeile und Speere flogen, als die Banditen auf sie zustürmten. Ragnar preschte nach vorne, wich einem Wurfspeer aus und stieß dem ersten Angreifer sein Schwert in die Brust. Er konnte es gerade noch herausziehen, als der nächste Räuber auf ihn zukam. Eine Schwertspitze riss Ragnars Seite auf, doch er bemerkte es nicht. Er blockierte den Mann mit dem Heft seines Schwerts und schlitzte ihn auf. Artar war von drei Reitern umringt und kämpfte verzweifelt.

Ragnar kam ihm zu Hilfe und hieb den Ersten vom Pferd. Dann riss er sein Pferd herum, konnte im letzten Moment einem Speer ausweichen und traf den zweiten Mann in die Kehle. Blut spritzte auf seinen Umhang. Artar hatte den letzten Angreifer getötet und ihm sein Schwert in die Seite gerammt. Schwer atmend sahen die beiden Freunde sich an. Dunkles Blut färbte die rechte Seite von Ragnars Umhang rot.

Erleichtert wanderte sein Blick über die Toten. »Cernunnos war mit uns, ohne seine Hilfe hätten wir es nicht geschafft.«

Artar stieg vom Pferd und sammelte die Schwerter und Beutel der Männer ein. Er wickelte sie in einen Umhang, den er einem der Toten abnahm, und packte alles auf eines der Pferde. Dann brachen sie auf, um nach Jana zu suchen.

Jana war eine ganze Weile geritten. Als sie merkte, dass sie nicht verfolgt wurde, hatte sie sich nach einem sicheren Versteck umgesehen. Sie zog ihr Pferd in ein dichtes Gestrüpp und ließ sich auf den Boden sinken. Sie stillte ihr Baby, während ihr Tränen über die Wangen kullerten. Um sie zu retten, würden zwei gute Männer sterben, denn die Angreifer waren in der Überzahl. Ragnar und Artar hatten keine Chance. Sie beschloss, zu schlafen und erst in der Nacht weiterzureiten, das war sicherer. Doch dann hörte sie leise Geräusche, die näher kamen. Der Nebel hatte sich aufgelöst, aber immer noch war es diesig und trüb. Jana duckte sich tiefer. Zwei Reiter kamen dicht an ihr vorbei. Sie führten ein Packpferd mit sich.

»Hoffentlich finden wir sie, bevor es dunkel wird«, hörte sie eine vertraute Stimme. Vor Erleichterung stöhnte sie auf, erhob und schob sich durch das Gestrüpp.

»Ich bin hier«, rief sie glücklich und lief auf die beiden Männer zu, die so viel für sie riskiert hatten. Sie sah, dass Ragnar schwer verletzt war. Halb bewusstlos hing er über seinem Pferd. Sie drückte Artar ihren Sohn in den Arm und versuchte, Ragnar aufzufangen, als dieser sich nicht mehr halten konnte und langsam von seinem Pferd sank. Beunruhigt beugte Jana sich über ihn. Sie schob den Umhang zu Seite und sah eine lange Wunde, die sich über die ganze Seite zog. Zum Glück war sie nicht sehr tief.

»Wir müssen ihn sofort verbinden«, sagte sie. »Ich brauche Wasser und Feuer, damit ich es abkochen kann, außerdem ein großes Stück Zunder.« Artar beeilte sich, ihre Forderungen zu erfüllen. Jana kochte den Zunder in dem Wasser aus und drückte ihn fest in die Wunde, um die Blutung zu stillen. Ragnar hatte eine Menge Blut verloren, und sie betete, dass er durchhalten würde. Sie riss lange Streifen von ihrem Rock ab und verband Ragnar damit. Dann wusch sie sein Gesicht und seine Hände. Artar sah ihr bewundernd zu.

»Mehr kann ich nicht tun. Wenn er stark genug ist, wird er es überleben.«

Erschöpft setzte sie sich neben Artar ans Feuer.

»Wie kann ich euch danken für das, was ihr für mich getan habt?«

»Ragnar hat dich damals am Fluss gefunden, bei ihm musst du dich bedanken. Ich wollte weiterreiten, als wir das Weinen deines Babys gehört haben. Doch eine Schlange hat Ragnars Pferd erschreckt, und wir dachten, das wäre ein Zeichen von Cernunnos, und wir sollten dich retten.«

»Vielleicht war es das.« Gedankenverloren starrte Jana ins Feuer. Nach einer Weile stand sie auf und kühlte Ragnars Stirn. Er schlief, und sein Atem ging ruhig. Sie setzte sich wieder ans Feuer, und Artar, der sie beobachtet hatte, sah sie nachdenklich an.

»Du bist eine starke Frau, aber sag mir, wird mein Freund leben?«

»Wir werden es morgen früh wissen. Wenn er kein Fieber bekommt, hat er gute Chancen.«

Während sie ihr Baby stillte, erzählte sie Artar eine Geschichte. Eine Geschichte von Menschen, die nicht einmal mehr Zeit hatten, Geschichten zu erzählen und die Bäume nicht kannten. Bevor sie einschlief, war sie glücklich, hier zu sein. Bald werde ich bei Balder sein, und dann wird er endlich seinen Sohn sehen, dachte sie sehnsüchtig.

Am nächsten Morgen ging es Ragnar besser, doch er konnte unmöglich den ganzen Tag reiten. Sie beschlossen, einige Tage zu warten, bevor sie weiterreiten würden. Artar ging auf die Jagd und kam mit einem Wildschwein zurück. Wenig später zog der Geruch von gebratenem Fleisch durch den Wald. Der Himmel lag wie eine seidige Decke über ihnen, und die Sterne funkelten wie kostbare Edelsteine. Es war wunderschön, und Jana spürte, wie eine tiefe Ruhe sie durchströmte.

An das leise Rascheln der Tiere hatte Jana sich längst gewöhnt, und das Rauschen der Bäume war wie ein sanftes Lied. Sie genoss den Duft des Waldes, den sie tief in ihre Lungen sog.

Das Baby in ihren Armen gab ihr die Wärme, die sie brauchte. Es hatte ordentlich zugenommen und würde einmal ein kräftiger Junge werden. Zärtlich drückte sie ihn an sich und schlief das erste Mal seit langer Zeit zufrieden ein.

Der nächste Tag brachte dunkle Wolken mit sich, es regnete ununterbrochen. Trotzdem bestand Ragnar darauf weiterzureiten. Die lang gezogene Ebene wurde hügeliger und endete an einem Wald, der immer dichter wurde.

Sie ritten den ganzen Tag. Als Jana bemerkte, dass Ragnars Stirn mit Schweißperlen bedeckt war und sich sein Gesicht vor Schmerz verzerrte, bat sie um eine Pause.

Ragnar erholte sich nur langsam, doch mit jedem Tag, der verging, konnte er länger reiten. Nach einer Woche ging er sogar wieder auf die Jagd.

Sie waren jetzt fast zwei Wochen unterwegs, und Jana fragte sich, ob sie sich überhaupt auf dem richtigen Weg befanden. Sie sprach mit Ragnar darüber, doch er beruhigte sie.

»Der Händler hat gesagt, dass wir in die Richtung der

aufgehenden Sonne reiten müssen, und das tun wir. Es kann nicht mehr lange dauern, bis wir den Fluss erreichen, der uns zu deinem Dorf führt.«

Sie waren auf eine der Handelsstraßen gestoßen, die von den Händlern benutzt wurde, die durch die bekannte Welt zogen, um ihre Waren zu tauschen.

In der Nähe des Handelswegs trafen sie immer wieder auf Dörfer, und Ragnar und Artar tauschten Kupferbarren gegen getrocknetes Fleisch und Honigbier. Die Menschen in den Dörfern waren sehr gastfreundlich, obwohl ein Rest Misstrauen blieb.

Abends, wenn sie gemeinsam am Feuer saßen, erzählte Jana Geschichten. Ihre beiden Begleiter liebten es, ihre Geschichten zu hören, und konnten nicht genug davon bekommen. Manchmal lachten sie zusammen oder beobachteten nachdenklich die Sterne, die in unerreichbarer Ferne über ihnen funkelten.

»Was glaubst du«, sagte Ragnar einmal, »ist die Erde rund, wie einer der Händler behauptet hat, der aus dem Land der immerwährenden Sonne kam, oder ist sie eine Scheibe?«

»Die Erde ist rund«, gab Jana zur Antwort. Sie war sehr klug, und Ragnar fragte sich oft, woher sie solche Dinge wissen konnte, doch er glaubte ihr.

»Eines Tages werden die Menschen zum Mond fliegen«, sagte sie gedankenverloren.

Ragnar sah sie entsetzt an. »Bist du eine Seherin oder haben die Götter dich geschickt?« Er beobachtete sie genau.

»Ich bin keine Seherin; dort, wo ich herkomme, gibt es viele gelehrte Menschen. Männer, Frauen und sogar Kinder. Es ist anders als hier, wo nur die Priester lernen und das Wissen bewahren. Ich stamme nicht aus dem Dorf meines Mannes, sondern bin von sehr weit her gekommen. Doch das ganze Wissen hat auch viel Unglück über die Menschen gebracht. In dem Punkt haben eure Priester Recht: wenn Wissen in die falschen Hände fällt, kann es von Menschen gegen Menschen benutzt werden.«

Lange dachte Ragnar über ihre Worte nach. Er war sehr wissbegierig und stellte Jana immer mehr Fragen, die sie beantwortete, so gut sie konnte. Artar lauschte ihren Worten wie ein neugieriges Kind. Für ihn war das Leben ein Abenteuer, von dem er nicht genug bekommen konnte. Er war sorglos und fröhlich und genoss staunend alles Neue. Grübeln war ihm fremd, und er träumte davon, ein großer Krieger zu werden.

Vertrauen und Freundschaft verband die drei Menschen, die das Schicksal zusammengeführt hatte. Ragnars Herz zog sich schmerzhaft zusammen bei dem Gedanken, Jana bald zu verlieren. Er würde ihre Warmherzigkeit und ihre Klugheit vermissen. Sie war eine Gefährtin, wie ein Mann sich keine bessere wünschen konnte.

Balder und Isa waren bis tief in die Berge geritten, in der Hoffnung Jana zu finden. Obwohl Balder schon bald die Aussichtslosigkeit seines Unterfangens erkannte, war er anfangs nicht bereit, aufzugeben. Isa war verzweifelt, weil die Götter nicht zu ihr sprachen. Doch es verging ein Tag nach dem anderen, ohne dass sie auch nur die geringste Spur von Jana fanden, und Balder beschloss schweren Herzens, ins Dorf zurückzukehren.

»Vielleicht hat sie den Weg ins Dorf längst gefunden und erwartet uns bereits«, tröstete er Isa und auch sich selbst.

Eine Woche später erreichten sie ihr Dorf, wo Laya sie aufgeregt erwartete.

Sie hatte einen Jungen zur Welt gebracht und war darüber sehr glücklich. Ihr Mann Argor war stolz auf sie und seinen Sohn und hatte ihr eine Kette aus Sonnensteinen geschenkt, die sie mit hocherhobenem Haupt trug, sodass alle Frauen sie sehen konnten.

Als sie sah, dass Balder und Isa ohne Jana zurückkamen, teilte sie deren Trauer. Sie nahm Isa in den Arm und versuchte, sie zu trösten.

»Jana ist stark, sie wird es schaffen, und wenn die Götter es wollen, wird sie zu uns zurückkehren. Wo soll sie denn sonst hin? Hier sind die Menschen, die sie lieben, und das weiß sie.«

Das Leben ging weiter. Balder ging wie gewohnt zur Jagd, und Isa war immer häufiger bei Ethne anzutreffen, die begonnen hatte das Kind mit der Zubereitung der verschiedenen Räucherwerke und dem Umgang mit Kräutern vertraut zu machen. Sie würde dieses Wissen schon bald brauchen. In dem Moment, wo sie eine Frau wurde, würde Mabon sie zu sich holen. Und dieser Tag war nicht mehr fern.

Isa lernte schnell und erwies sich als sehr geschickt im Umgang mit den verschiedenen Pflanzen, Kräutern und Pilzen.

Seit dem Beginn ihrer Reise waren etwa vier Wochen vergangen. Der Frühling war mit all seiner Schönheit angebrochen. Es blühte und duftete um sie herum, und Janas Herz schlug schneller, als sie daran dachte, dass sie das Dorf bald erreichen und endlich bei den Menschen sein würde, die sie über alles liebte. Die Landschaft hatte sich verändert. Die Berge waren nur bei klarem Wetter in weiter Ferne als dunkle Silhouetten zu erkennen. Sanft ansteigende bewaldete Hügel wechselten in lang gezogene, ebenfalls bewaldete Ebenen über, und durch die Bäume schimmerte der Fluss.

Jana war nicht mehr zu halten. Sie lenkte ihr Pferd auf den Fluss zu, von dem sie überzeugt war, dass er derjenige war, den sie gesucht hatten. Sie drängte ihre Begleiter zur Eile und wäre am liebsten die ganze Nacht geritten. Doch die Pferde mussten versorgt werden, und auch ihre Begleiter hatten Hunger. Sie schlugen ihr Nachtlager nicht weit entfernt vom Fluss auf und machten sich hungrig über die letzten Vorräte her.

»Morgen müssen wir etwas jagen, wenn wir kein Dorf finden«, sagte Ragnar.

Traurig sah er in Janas Augen, in die ein erwartungsvoller Glanz getreten war.

»Du scheinst die Gegend zu kennen. Werden wir dein Dorf morgen erreichen?«

»Ich bin mir nicht sicher. Die Gegend ist so, wie ich sie in Erinnerung habe, doch wie weit das Dorf noch entfernt ist, kann ich dir nicht sagen.«

Vor Aufregung konnte Jana kaum schlafen. Immer wieder wanderten ihre Gedanken zu Balder, sie träumte davon, in seinen Armen zu liegen und seine Hände auf ihrem Körper zu spüren.

Sie erwachte von dem Geschrei der Vögel. Ihre Begleiter schliefen tief und fest. Die Sonne war gerade dabei aufzugehen. Sie nahm ihren Sohn und beschloss, zum Fluss zu gehen, um ihre Haare zu waschen. Das Wasser war kalt, trotzdem verspürte sie das Verlangen, darin zu baden. Sie zog ihr Gewand aus und legte vorsichtig ihr Baby darauf, dann tauchte sie in dem eisigen Wasser unter.

Als sie wieder hochkam, spiegelte sich die aufgehende Sonne wie ein glühender Feuerball auf der Wasseroberfläche und ließ sie rot schimmernd aufleuchten. Jana blickte voll Staunen auf die Farbenpracht. Ihr Herz quoll über vor Lebensfreude. Nach einer Weile wurde ihr kalt, und sie schwamm zurück ans Ufer. Sorgfältig drückte sie das Wasser aus ihren langen Haaren und legte ihren Sohn in das feuchte Gras, um ihr Gewand zu nehmen.

Sie war gerade im Begriff, es überzuziehen, als sie ein Geräusch hinter sich hörte. Erschrocken fuhr sie herum und starrte in das von glühendem Hass verzerrte Gesicht von Cai. Es war wie ein zurückgekehrter Albtraum. Fort, nur fort von hier. Ihre Gedanken überschlugen sich. Ihr Herz begann zu rasen. Sie wollte aufspringen, um wegzulaufen, doch sie hatte das Gefühl, als würde sie sich in Zeitlupe bewegen. Ihr Gewand hielt sie wie einen Schutzschild vor sich, während sie entsetzt in die kalten, gehässigen Augen von Cai starrte, die triumphierend aufblitzten.

Er trat einen Schritt nach vorn und riss ihr das Gewand aus der Hand. Gierig glitten seine Augen über ihren nackten Körper und blieben auf den vollen Brüsten hängen. »Die Götter sind doch gerecht«, murmelte er, bevor er sich auf sie stürzte und sie auf den Boden drückte. Seine Hände packten so heftig nach ihren Brüsten, dass Jana vor Schmerz aufschrie. Sie kratzte, trat und biss, doch sie hatte keine Chance. Cai lag mit seinem ganzen Körpergewicht auf ihr. Seine Hände waren überall, griffen ihr zwischen die Beine und kneteten ihr Hinterteil. Als Jana ihn verzweifelt in die Schulter biss, schlug er sie so heftig ins Gesicht, dass sie halb besinnungslos zurücksank. Kalt sah er sie an. Ein grausamer Zug lag auf seinem Gesicht, als sein Blick auf Janas Sohn fiel.

»Tu das nie wieder, sonst werfe ich den Balg in den Fluss«, sagte er leise. Jana spürte die Drohung in seiner Stimme. Sie wusste, dass er nicht zögern würde, sie in die Tat umzusetzen. Voll Grauen hielt sie still, als seine Zunge über ihr Gesicht glitt und sein fauliger Atem ihr entgegenschlug. Er biss in ihre Brüste und spreizte mit einem seiner Knie gewaltsam ihre Beine. Dann zog er sein Gewand aus und rieb keuchend seine harte Männlichkeit an ihrem Körper, bevor er rücksichtslos in sie eindrang. Vor Erniedrigung und Schmerz schossen Jana die Tränen aus den Augen. Die Angst um ihr Baby ließ sie fast wahnsinnig werden.

Beide bemerkten den Mann nicht, der sich ihnen mit erhobenem Schwert näherte. Mit aller Kraft trat er Cai in die Seite und traf ihn in die Niere. Der Tritt war so heftig, dass Cai von Jana abließ und schwer atmend auf dem Rücken liegen blieb. Bevor er begreifen konnte, was geschehen war, holte Ragnar aus und stieß ihm sein Schwert in die Brust. Ein ungläubiger Ausdruck trat in die Augen des tödlich Verletzten, während Blut aus seinem Mundwinkel rann. Röchelnd schnappte er nach Luft, dann wurden seine Augen leer. Cai war tot.

Ragnar spuckte ihm voll Abscheu ins Gesicht. Er beugte sich über Jana, die sich wie ein Embryo zusammengerollt hatte und wimmernd auf dem Boden lag. Er zog sie hoch und nahm sie in den Arm. Ihr Kopf lehnte schwer an seiner Schulter. Beruhigend streichelten seine Hände über ihren Rücken. Seine Stimme klang rau, als er ihr half, ihr Gewand anzulegen. Doch dann ließ er sie abrupt los.

»Lass uns zurück ins Lager gehen«, stieß er hervor. Seine Stimme klang härter, als er es beabsichtigt hatte. Diese Frau konnte die Männer um den Verstand bringen. Es war gut, dass sie bald wieder bei ihrem Mann sein würde. Er wusste nicht, wie lange er sich noch beherrschen konnte, nachdem er ihre weiche Haut unter seinen Händen gespürt hatte. Das Bild ihres herrlichen Körpers mit den vollen Brüsten hatte sich für immer in sein Herz gebrannt.

Nur seine Liebe und der Respekt, den er für sie empfand, hielt ihn davon ab, sie in seine Arme zu reißen.

Weinend stand Jana auf und nahm ihren Sohn. Heiße Tränen liefen über das Baby, das sie so fest an sich presste, dass es empört aufschrie.

Schweigend packten sie ihre Sachen zusammen, bestiegen ihre Pferde und brachen auf. Ragnar schien es kaum erwarten zu können, sie loszuwerden. Mit unbeweglichem Gesicht saß er auf seinem Pferd und trieb es immer wieder zur Eile an. Artar, der nicht mitbekommen hatte was geschehen war, sah unruhig von einem zum anderen. Keiner sagte ein Wort. Jana starrte traurig vor sich hin. Das Schlimmste war die Scham, seit sie zurück im Lager waren, und auch jetzt würdigte Ragnar sie keines Blicks.

Glaubte er etwa, sie hätte gewollt, dass Cai sie vergewaltigte? Am liebsten wäre sie allein gewesen, um sich ihrem Kummer hinzugeben. Sie konnte es nicht ertragen, dass Ragnar so über sie dachte. Er war ihr in den letzten Wochen ein guter Freund geworden. Sie ließ ihr Pferd etwas zurückfallen, doch die Männer bemerkten es sofort und wurden ebenfalls langsamer. Das Schweigen hielt bis zum Abend an. Ragnar ging auf die Jagd und kam zwei Stunden später mit einem Rehkitz zurück. Er war völlig durcheinander. Die Gefühle der Wut und des Schmerzes machten ihn verrückt. Nie zuvor hatte eine Frau es geschafft, sich so in seine Gedanken zu drängen.

Jana half nicht mit, das Fleisch zuzubereiten, sie hatte keinen Hunger. Apathisch saß sie am Feuer und starrte in die Flammen. Nach einer Weile rollte sie sich in ihre Decke und tat so, als würde sie schlafen. Wie konnte sie Balder unter die Augen treten? Wie würde er reagieren, wenn er erfuhr, dass Cai sie vergewaltigt hatte? Der unruhige Schlaf, in den sie gegen Morgen sank, wurde immer wieder von Albträumen unterbrochen. Schreiend fuhr sie jedes Mal hoch und schlief erleichtert weiter, wenn sie feststellte, dass sie nur geträumt hatte.

Am nächsten Tag wurde die Gegend vertrauter, und Jana wusste, dass es nur noch wenige Tage dauern würde, bis sie das Dorf erreichen. Sie hatte es jetzt nicht mehr eilig. Immer wieder drängte sie auf eine Pause. Sie brauchte Zeit, um ihrem Mann gegenübertreten zu können. Als sie an diesem Abend ihr Nachtlager aufschlugen, sah Jana die beiden Männer fest an.

»Morgen werden wir mein Dorf erreichen, und ich möchte euch danken, das ihr die Gefahr auf euch genommen habt, um mich und meinen Sohn nach Hause zu begleiten. Ihr seid mir gute Freunde gewesen, und ich werde immer in Dankbarkeit an euch denken und meinem Sohn, wenn er größer ist, von euren Taten berichten.«

Ragnars Augen verdunkelten sich vor Schmerz. Er hatte gewusst, dass dieser Tag kommen würde, doch den Gedanken daran hatte er immer wieder verdrängt.

Jana hatte sich wieder beruhigt. Sie hatte Balders Eifersucht noch zu gut in Erinnerung und beschlossen, ihm nichts von dem Vorfall mit Cai zu erzählen. Balder würde damit nicht fertig werden, und sie konnte den Gedanken nicht ertragen, dass er sie so abweisend ansehen würde wie Ragnar es tat. Dass Ragnar sie liebte, konnte sie nicht ahnen. Sie glaubte, dass er sie verachtete, wie sie es selbst tat, wenn Cais gieriges Gesicht vor ihren Augen auftauchte.

Sie zwang sich, nach vorn zu blicken. Ein neuer Abschnitt ihres Lebens lag vor ihr, und ihr Sohn würde ihr die Kraft geben, mit den Erlebnissen fertig zu werden. Die

Zeit würde die Wunden heilen und ihr helfen, alles zu verarbeiten. Leiser Optimismus schlich sich in ihre Gedanken, und ihre Lebensfreude kehrte allmählich wieder zurück. Sie trieb ihr Pferd an und ritt neben Ragnar.

»Ich werde dich nie vergessen«, sagte sie. »Bitte denke nicht schlecht von mir. Ich habe das, was geschehen ist, nicht gewollt, das musst du mir glauben. Ich werde dich immer als meinen Freund in Erinnerung behalten.«

Ragnar sah sie an. Als sie die Sehnsucht in seinen dunklen Augen entdeckte, wurde ihr klar, dass sie mehr für ihn war als ein Freund. Er hatte sich in sie verliebt.

Sein Gesicht verschloss sich wieder, als er mit rauer Stimme antwortete: »Ich denke nicht schlecht von dir, doch es ist an der Zeit, dass unsere Wege sich trennen«, sagte er ruhig, und Jana wusste, dass er Recht hatte.

Sie zeigte ihnen den Weg in ihr Dorf. Es war später Nachmittag, und die Sonne war gerade im Begriff unterzugehen, als sie in das Dorf einritten. Ein Sturm der Gefühle tobte in Jana, als sie das Ziel ihrer Sehnsucht vor sich sah. Wie im Traum ritt sie auf den Dorfplatz zu. Endlich war sie zu Hause.

Sofort wurden sie von den Dorfbewohnern umringt, die sie ungläubig anstarrten. Aufgeregtes Gemurmel ertönte. Erst verschwand die Frau des Jägers plötzlich, dann kehrte sie mit einem Baby im Arm und zwei fremden Männern zurück. Das konnte doch nicht mit rechten Dingen zugehen.

Jana stieg vom Pferd und sah sich suchend um. Sie konnte Isa und Balder nirgends entdecken. Die Blicke der Dorfbewohner folgten ihr, als sie mit großen Schritten auf ihr Haus zulief. Sie riss die schwere Holztür auf, doch das Haus war leer. Mit einem raschen Blick vergewisserte sie sich, dass sich nichts verändert hatte. Vor Erleichterung liefen ihr die Tränen über die Wangen. Balder hatte sich keine neue Frau genommen. Die Angst, dass er es tun könnte, hatte sich immer wieder in ihre Gedanken geschlichen, konnte er doch nicht ahnen, dass sie zurückkehren würde.

Die Menschen traten zur Seite und gaben den Blick auf Isa frei, die aus Ethnes Haus gekommen war. Isas Blicke wanderten über die aufgeregt murmelnden Dorfbewohner, bevor sie Jana entdeckte. Ihr kleines Gesicht leuchtete vor Überraschung und Freude auf. Glücklich stürzte sie sich in Janas Arme, die sich fest um den kleinen Kinderkörper schlossen.

»Ich habe gewusst, dass du zurückkommst, doch es hat so lange gedauert«, stammelte sie. »Ich habe dich in den Bergen gesehen, dich und das Baby. Wir haben dich gesucht, weil du uns so sehr gefehlt hast.«

»Sag mir, wo dein Vater ist«, forderte sie Isa auf.

»Er ist auf der Jagd«, gab Isa zur Antwort. Staunend betrachtete sie das Kind in Janas Armen. Jana reichte ihr vorsichtig das Baby.

Damit war der Bann gebrochen. Die Frauen umringten Jana und bewunderten das Baby mit den goldenen Haaren und den großen blauen Augen, die das Gesicht beherrschten. Es hatte die hohen Wangenknochen und die schmale Nase seines Vaters, und niemand zweifelte daran, dass es Balders Kind war. Alle redeten durcheinander und freuten sich, dass Jana zurück war. Bald schon würde sie ihnen wieder die Geschichten erzählen, die sie alle vermisst hatten.

Ragnar und Artar beobachteten Jana noch einen Moment. Dann wendeten sie ihre Pferde und verließen das Dorf. Niemand achtete auf sie. Jana umarmte Laya, die mit strahlenden Augen auf sie zulief. Im Arm hielt sie ihren Sohn. Ethne stand etwas abseits. Auch sie war glücklich darüber, dass Jana zurückgekommen war. Sie hatte die Gespräche mit ihr vermisst und konnte es kaum erwarten, bis der Trubel sich gelegt hatte. Es gab so vieles, was sie Jana fragen wollte. Doch dafür war auch morgen noch Zeit.

Jana drehte sich nach ihren Begleitern um, konnte sie aber nirgends entdecken.

Enttäuscht wandte sie sich wieder den Frauen zu, die sie mit Fragen bombardierten. Vielleicht war es besser, dass Ragnar aufgebrochen war, bevor Balder zurück war. Es würde ihrem Mann sicher nicht gefallen, dass sie so lange mit zwei fremden Männern unterwegs gewesen war, von denen der eine sehr gut aussah. Sie würde Ragnar vermissen und auch Artar, der immer wie ein großer, gut gelaunter Junge gewesen war. In Gedanken wünschte sie ihnen Glück für die lange Reise, die sie vor sich hatten.

Nachdem sie alle begrüßt und die Frauen mit der Beantwortung der vielen Fragen, die ihr gestellt worden waren, auf später vertröstet hatte, betrat sie gemeinsam mit Isa und Laya ihr Haus. Laya starrte sie unentwegt an, als hätte sie Angst, Jana könne sich vor ihren Augen in Luft auflösen. Isa hatte sich neben Jana auf die Bank gesetzt und hielt ihre Hand fest. So saßen sie eine ganze Weile da, glücklich darüber, wieder zusammen zu sein.

»Bleibst du jetzt für immer bei uns?« Isa sah Jana bittend an.

»Ich wüsste nicht, wo ich lieber bleiben würde. Es war nicht meine Schuld, dass ich fortgegangen bin. Eines Tages werde ich dir alles erzählen. Dann wirst du verstehen, dass ich keine Wahl hatte.« Die beiden Frauen bewunderten gegenseitig ihre Babys. Isa streichelte zärtlich ihren Bruder.

»Wie heißt er eigentlich?«, fragte sie neugierig.

»Er hat noch keinen Namen. Sein Vater wird einen für ihn auswählen, und wenn du möchtest, kannst du dir schon mal einen überlegen und ihn deinem Vater später vorschlagen.«

Als Balder von der Jagd kam, sah er zwei Männer aus dem Dorf reiten. Sie schienen tief in Gedanken versunken und beachteten ihn nicht. Was hatten sie in seinem Dorf gewollt? Er trieb sein Pferd zur Eile an. Dass etwas geschehen war, spürte er sofort, als er auf den Dorfplatz zuritt. Grüppchen von Frauen standen überall herum und unterhielten sich angeregt anstatt zu arbeiten. Als sie Balder entdeckten, unterbrachen sie ihre Gespräche und starrten ihn an. Doch niemand sagte etwas. Er sprang vom Pferd und sprach die Frau an, die ihm am nächsten stand.

»Kannst du mir sagen, was hier los ist?«, fragte er ungeduldig. Als sie nicht sofort antwortete, packte er sie an den Schultern.

»Geh in dein Haus, dann wirst du es selbst sehen«, antwortete die Frau lächelnd und blinzelte den anderen Frauen verschwörerisch zu. Balder ließ sie los und stürmte auf sein Haus zu. Schwungvoll riss er die Tür auf und starrte verblüfft auf die Szene, die sich ihm bot. Jana mit einem Baby an der Brust, das friedlich zu trinken schien. Eng an sie geschmiegt saß Isa und sah mit glücklichem Gesicht abwechselnd auf Jana und das Baby.

Jana sah auf. Ihre Blicke trafen sich, versanken ineinander. Sie nahm das Baby von ihrer Brust und hielt es Balder entgegen.

»Dein Sohn«, sagte sie mit Stolz in ihrer Stimme. »Du glaubst nicht, wie lange ich auf diesen Moment gewartet habe.« Balder sah auf das Baby, dann wieder auf Jana.

Ungläubig nahm er seinen Sohn und hob ihn jubelnd in die Luft, um ihn dann stolz zu bewundern.

»Er hat noch keinen Namen.« Jana war aufgestanden und neben ihn getreten.

Balder legte seinen Sohn auf eine der Bänke und zog Jana in seine Arme. Es war so, wie Jana es sich die ganze Zeit über erträumt hatte. Glücklich schloss sie die Augen und genoss den vertrauten Geruch ihres Mannes. Er roch nach Leder, Schweiß und Wald. Laya hatte Isa an die Hand genommen und aus dem Haus geführt.

»Komm mit mir, wir lassen die beiden für eine Weile allein«, flüsterte sie ihr zu. »Sie haben sich sicher viel zu erzählen.«

Balder löste seine Arme von Jana und schob sie so weit von sich, dass er ihre Augen sehen konnte.

»Es ist gut, dass du wieder bei mir bist«, sagte er, »doch wage es nie wieder, mich zu verlassen.«

Dann hob er sie hoch und legte sie auf ihre gemeinsame Schlafstätte. Seine Hände wanderten über ihren Körper, als wolle er sich vergewissern, dass sich nichts an ihr verändert hatte. Jana schloss die Augen. Für einen Moment sah sie das verzerrte Gesicht von Cai vor ihren Augen und verdrängte es sofort. Was geschehen war, war endgültig vorbei. Balders Hände schlossen sich zärtlich um ihre Brüste, und Jana ließ sich glücklich von seiner Leidenschaft mitreißen.

Es war schon spät, als Balder sich von ihr löste. Er stand auf, füllte zwei Becher mit Honigbier und reichte ihr einen.

»Ich werde ihm den Namen Fintan geben. Unser Stammesführer hat keinen Nachfolger, und unser Sohn wird eines Tages seinen Platz einnehmen. So wird Fintans Name nie vergessen werden, und Fintan wird nicht traurig sein, wenn er sich auf den Weg zu den Göttern begibt.«

Balder entzündete das Feuer und legte sich wieder neben seine Frau. Eng umschlungen genossen sie die Nähe des anderen, und Jana erzählte ihm, was sie in den letzten Wochen alles erlebt hatte. Erst als Balder zu schnarchen begann, bemerkte sie, dass er längst eingeschlafen war. Lächelnd stand sie auf und stillte ihr Baby. Sie würden noch ihr ganzes Leben Zeit zum Erzählen haben. Kein Albtraum quälte sie, als sie kurze Zeit später tief und fest einschlief und erst am Morgen wieder erwachte.

Isa kam herein, in der Hand ein Körbchen mit einem langen Hanfseil.

»Laya hat es mir gegeben. Es ist für meinen Bruder«, sagte sie stolz. »Darf ich ihn hineinlegen?« Jana nickte lächelnd. Sie stand auf, um das Hanfseil an einem der tiefer hängenden Deckenbalken zu befestigen. Dann sah sie zu, wie Isa den kleinen Fintan vorsichtig in das Körbchen legte und ihn sanft hin und her schaukelte.

Glücklich stand sie auf, entzündete das Feuer und bereitete den Ofen vor. Tiefer Frieden erfüllte sie. Hier gehörte sie her, umgeben von den Menschen, die ihr alles bedeuteten. In diesem Haus würde sie ihr weiteres Leben verbringen und gemeinsam mit Balder alt werden.

Sie setzte sich neben Isa und nahm sie in den Arm.

»Erzähle mir, wie es dir ergangen ist«, forderte sie Isa auf. Und Isa erzählte ihr alles, was in ihrer Abwesenheit geschehen war.

»Wenn ich eine Frau bin, darf ich Mabons Gehilfin werden, weil ich die Gabe des Sehens besitze«, sagte sie stolz. »Ethne hat mir gezeigt, wie ich die Kräuter und Pflanzen zubereiten muss und welche Krankheiten sie heilen können. Jeden Tag lehrt sie mich etwas Neues. Nur vor Mabon habe ich ein bisschen Angst, er hat seltsame Augen und redet Dinge, die keiner versteht.«

In der ganzen Aufregung hatte Jana Ethne ganz vergessen, und jetzt wollte sie keine Sekunde mehr warten, sie zu besuchen.

»Lass uns zu Ethne gehen und dann zur Quelle, wo alles begann«, sagte sie. Sie nahm ihren Umhang und lief zur Tür. In der Tür drehte sie sich noch einmal um. Das Baby schlief friedlich in seinem Körbchen.

Ethne erwartete sie bereits. Die beiden Frauen umarmten sich freundschaftlich. Dann gingen sie gemeinsam zur heiligen Quelle. Ethne hatte einen Korb mit Früchten und Getreide mitgenommen, die sie in das heilige Wasser gleiten ließ. Andächtig beobachteten sie, wie die Opfergaben Kreise ziehend versanken.

Ein heller Schein erleuchtete die ausgehöhlte Eiche, in der die Heiligtümer ruhten.

Jana lief zu dem Baum und zog die Sternenscheibe hervor. Sie glänzte heller als jedes Sonnenlicht. Das Licht hüllte sie ein, und sie fühlte eine Wärme, die sie bisher nicht kannte. Bilder tauchten vor ihr auf, und die Entstehung der Erde, Pflanzen, Tiere und Menschen zogen wie im Zeitraffer an ihr vorbei.

Dinosaurier kamen und gingen wieder, als wären nur wenige Sekunden vergangen. Die ersten Menschen tauchten auf, entwickelten sich weiter und verschwanden ebenfalls wieder. Neue Menschen kamen und vermehrten sich. Die Erde veränderte sich, wurde von Kriegen erschüttert und von Menschen in Besitz genommen, bis ins Jahr zweitausend und weiter. Die Welt wurde immer greller und kälter, die Pflanzen grauer und stiller, bis sie schließlich ganz verschwanden, und mit ihnen die Menschen.

Der ausgebeutete blaue Planet explodierte mit dem

gleichen Knall, durch den er entstanden war. Dann war nichts mehr. Nur ein helles Licht erinnerte noch einige Millionen Jahre lang an einen Planeten, der von Menschen zerstört worden war, die nichts gelernt hatten.

Isa und Ethne starrten fasziniert auf Jana, die eingehüllt in das geheimnisvolle Licht dastand, wie eine Göttin, die Scheibe fest in den Händen haltend. Dann war es vorbei. Benommen blieb Jana noch eine Weile still auf der gleichen Stelle stehen. Langsam drehte sie sich um und legte die Scheibe zurück in den ausgehöhlten Baum. Der Kreis hatte sich geschlossen, das Rad konnte sich weiterdrehen.

Ihre Augen strahlten vor Glück, als sie mit Isa und Ethne zurück in ihr Dorf lief, in dem ihr neues Leben begann.

Fünf Jahre später

Das Grab des Wanderhändlers hatte unversehrt die Jahrtausende überstanden, als der Archäologe Doktor Reinartz es Stück für Stück freilegte. Die kostbare Ausstattung des Toten versprach aufschlussreich zu werden.

Selbst von den ehemals prunkvollen Gewändern waren Stofffragmente erhalten.

Das Aufregendste aber waren die Lederstiefel an den Füßen des Mannes, der vor über dreitausend Jahren verstorben war. Sie hatten die gleichen Absätze wie die heutigen Stiefel. Wie waren sie in das Grab gekommen?

Die Untersuchungen im Labor ergaben, dass sie genauso alt waren wie die Gewänder des Unbekannten. Doch das war noch nicht alles.

Nach weiteren drei Jahren wurde nur wenige Kilometer entfernt ein Familiengrab geöffnet, in dem sich die Überreste von sechs Menschen aus der gleichen Epoche befanden.

Das Ungewöhnlichste des Fundes war die Frau, die laut Untersuchung über siebzig Jahre alt geworden war. Ein stolzes Alter für einen Menschen aus dieser Zeit, deren Durchschnittsalter kaum mehr als vierzig Jahre betragen hatte.

Doch der Kiefer der Frau übertraf alles, was Doktor Reinartz je gesehen hatte.

Die hinteren Backenzähne enthielten drei hochmoderne Keramikfüllungen.

Um zu verhindern, dass durch das Bekanntwerden dieser Sensation weitere Ausgrabungen behindert wurden, hielt man die Information zurück.

Die Überreste der unbekannten Frau aus der Bronzezeit wurden in eine beschriftete Kiste mit der Nummer 0213165903 gepackt und landeten im Magazin eines Forschungsinstituts für Vor- und Frühgeschichte.

Spätere Generationen würden sich eines fernen Tages mit diesem Fund befassen und vielleicht sein Geheimnis entschlüsseln.

Nachwort

Schatzsucherei ist das zweitälteste Gewerbe der Menschheit. Sagenumwobene Geschichten von unermesslichen Schätzen im Boden oder auf dem Meeresgrund, verbunden mit Abenteuerlust und der Hoffnung auf das schnelle Geld, haben Menschen seit jeher dazu gebracht, sich auf die Schatzsuche zu begeben.

Im Zeitalter der Metalldetektoren strömen Tausende von Glücksrittern und -suchenden auf die Felder und in die Wälder und plündern die Gräber, die noch nicht durch Überbauung zerstört sind.

Den wenigsten Menschen ist bewusst, dass es sich bei diesen Bodenfunden um unser kulturelles Erbe handelt, zu deren Erhalt wir unseren Kindern gegenüber verpflichtet sind.

»Die Scheibe« ist die älteste astronomische und archäologische Dokumentation, die jemals in Deutschland gefunden worden ist. Sie ist ein Jahrtausendfund.

Bedauerlicherweise ist auch sie den Weg gegangen, den viele andere Exponate vor ihr gegangen sind, und im Keller eines fanatischen Sammlers verschwunden.

Selbst wenn sie eines Tages wieder auftauchen sollte, wird niemand mehr den Fundort, die Umstände des Fundes und die Zusammenhänge kennen, was eine Gesamtpublikation erschweren, wenn nicht gar unmöglich machen würde.

Durch die Geldgier mancher Menschen werden wir viele Rätsel unserer Vergangenheit niemals lösen können und gleichzeitig unseren Kindern die Möglichkeit nehmen, dies zu tun, aber auch dadurch, dass immer weniger Gelder für Forschungen und notwendige Grabungen ausgegeben werden.

Wir machen uns Gedanken über eine Besiedelung des Mars, aber ist es nicht ebenso wichtig, unsere Wurzeln kennen zu lernen?

Für die »Scheibe« gibt es noch Hoffnung. Ihr Aufenthaltsort ist einigen wenigen Menschen bekannt, ebenso ihr Fundort.

Durch die Veröffentlichung dieses Romans wird sie hoffentlich nie in Vergessenheit geraten und vielleicht eines Tages in einem Museum von Ihnen, liebe Leser, bewundert werden.

Ich hatte das Glück, sie für einen Moment in meinen Händen halten zu dürfen. Ihre geheimnisvolle Ausstrahlung hat sich tief in mein Herz gebrannt und mich dazu gebracht, nein, gezwungen, über sie zu schreiben.

Hildegard Burri-Bayer

Glossar

Bronze ist eine Kupfer-Zinn-Legierung, deren klassisches Mischverhältnis (90 % Kupfer und 10 % Zinn) erst um 2200 vor Christus nach jahrhundertelangem Experimentieren ermittelt wurde.

Feuererzeugung in der Stein- und Bronzezeit

Materialien:

Feuerstein (Flint, Silex) besteht aus fast reinem Siliciumdioxid (SiO_2) und zu 3 % aus Wasser. Entstanden ist Feuerstein vor ca. achtzig Millionen Jahren in der Kreidezeit.

Markasit und Pyrit (Schwefelkies, Eisenkies) haben die gleiche chemische Zusammensetzung FeS_2. Sie unterscheiden sich grundlegend in der Form der Kristalle. Unter Einfluss von Sauerstoff kann Markasit sehr schnell zerfallen und wandelt sich dabei in Schwefel und schwefelige Säure um.

Zunderschwamm (Fomes fomentarius) ist ein Baumpilz, der überwiegend auf Buchen wächst. Im Volksmund wird er deswegen auch Buchenpilz genannt.

Technik:

Beim Feuerschlagen entstehen durch die Umwandlung von kinetischer Energie in Wärmeenergie sehr heiße und lange glimmende Funken, die durch glimmfähiges Material (Zunder) aufgefangen werden müssen. Leichtes Anblasen bei gleichzeitiger Zugabe von trockenen Brennstoffen (z. B. Moose, Gräser, Birkenrinde, kleine Zweige) entfacht ein offenes Feuer.

Fibeln waren Gewandspangen, die zum Zusammenhalten von Kleidungsstücken aller Art dienten. Die Fibeln mit hohem Bügel dienten dazu, gröbere Stoffe wie Mäntel zusammenzuhalten, dagegen eigneten sich Fibeln mit flachem Bügel nur zum Aufstecken auf ein Kleidungsstück; sie wurden zu Schmuckfibeln.

Goldkegel kennt man je einen von Avanton bei Poitiers (Departement Vienne) in Frankreich und von Schifferstadt (Kreis Ludwigshafen) in Rheinland-Pfalz, von Etzelsdorf (Kreis Nürnberger Land) in Bayern und den »Berliner Hut« (Südwestdeutschland/Schweiz). Alle vier Zeremonialhüte sind jeweils aus einem einzigen Stück Gold ohne Naht auf die gesamte Länge ausgetrieben, was außerordentliche metallurgische und handwerkliche Erfahrungen der bronzezeitlichen Schmiede voraussetzt.
Die Hauptmotive in der Ornamentik sind Scheiben- und Kreismotive, die im bronzezeitlichen Kulturkonnex allgemein als Sonnensymbole gedeutet werden.

Hängebecken wurden aller Wahrscheinlichkeit nach am Gürtel getragen. Die Frauen in der Bronzezeit bewahrten in ihnen Kämme, Nadeln, Spangen und Kosmetika, sodass man sie zu Recht als bronzezeitliche »Kulturbeutel« bezeichnen kann.

Speerschleuder stellt nach dem derzeitigen Erkenntnisstand die älteste einfache Maschine der Menschheit dar. Der Arm des Werfers wird mit diesem künstlichen Hebel quasi verlängert. Dadurch vergrößert sich die Strecke der Beschleunigung, die Abwurfgeschwindigkeit des Speers erhöht sich und – daraus resultierend – seine Durchschlagskraft.

Tutuli ist eine in einem Mitteldorn auslaufende, spiralverzierte oder durchbrochene Gürtelscheibe, die in Leibeshöhe ihren Platz fand. Gewöhnlich groß wie Untertassen, erreichte sie in Jütland die Größe eines Tellers.

Literaturverzeichnis

R. Bianchi und A. Giuliano, *Etrusker und Italiker*, München 1974

Sylvia und Paul F. Botheroyd, *Lexikon der keltischen Mythologie*, München 1995

Hans Ferdinand Döbler, *Die Germanen*, München 2000

Die Herstellung, *Heiligtümer und Opferkulte der Kelten*, Stuttgart 1995

Konrad Jazdewski, *Urgeschichte Mitteleuropas*, Wroclaw, Polen, 1984

Ernst F. Jung, *Die Germanen*, Augsburg 1993

Percy Knauth, *Die Entdeckuung des Metalls*, Niederlande, B. V. 1974

Landesmuseum Hannover, *Bronzezeit in Niedersachsen*, Oldenburg 1996

Wilfried Menghin, *Die Funde der Bronzezeit aus Frankreich*, Berlin 1993

Douglas Monroe, *Merlyns Wiederkehr*, Freiburg im Breisgau 1998

Niedersächsisches Landesmuseum Hannover,
Hrsg. Günter Wegner,
Götter und Helden in der Bronzezeit
Kunst- und Ausstellungshalle der BRD 1999
25. Ausstellung des Europarats

Rudolf Pförtner, *Bevor die Römer kamen,*
Augsburg 1996

Ernst Probst, *Deutschland in der Bronzezeit,*
München 1996

Professor Dr. Hans Reinerth, *Vorgeschichte der deutschen Stämme,* Leipzig 1940

Françoise Le Roux und Christian J. Guyonvarc'h, *Die Druiden,*
Engerda 1996

Ute Seidel, *Bronzezeit,* Band 2
Württembergisches Landesmuseum Stuttgart 1998

Hartwig Zürn, *Hallstattzeitliche Grabfunde in Württemberg und Hohenzollern,* Tafelband,
Stuttgart 1987

–, *Hallstattzeitliche Grabfunde in Württemberg und Hohenzollern,* Textband,
Stuttgart 1995